전설의 왕국

목차

서막　　　　　　　　　　7

호녀 전기 虎女傳記

1장. 여정의 시작　　　　31
2장. 승냥이와의 만남　　55
3장. 승냥이와 고라니　　77
4장. 고라니의 눈물　　　97
5장. 표범과 까마귀　　　117
6장. 뱀의 독과 해독제　　139
7장. 고래를 잡는 사람들　167
8장. 용의 뼈　　　　　　193
9장. 범의 엄마　　　　　215
10장. 야수의 전쟁　　　　239

웅녀 전기 熊女傳記

1장. 경쟁의 시작	261
2장. 예언의 곰	281
3장. 멧돼지의 땅	303
4장. 고인돌	325
5장. 여우의 간계	349
6장. 독수리의 절벽	379
7장. 변심	407
8장. 계시의 밤	429
9장. 곰의 엄마	449
10장. 야수의 전쟁	471

사대홍 외전	495
작가 인터뷰	517

서막

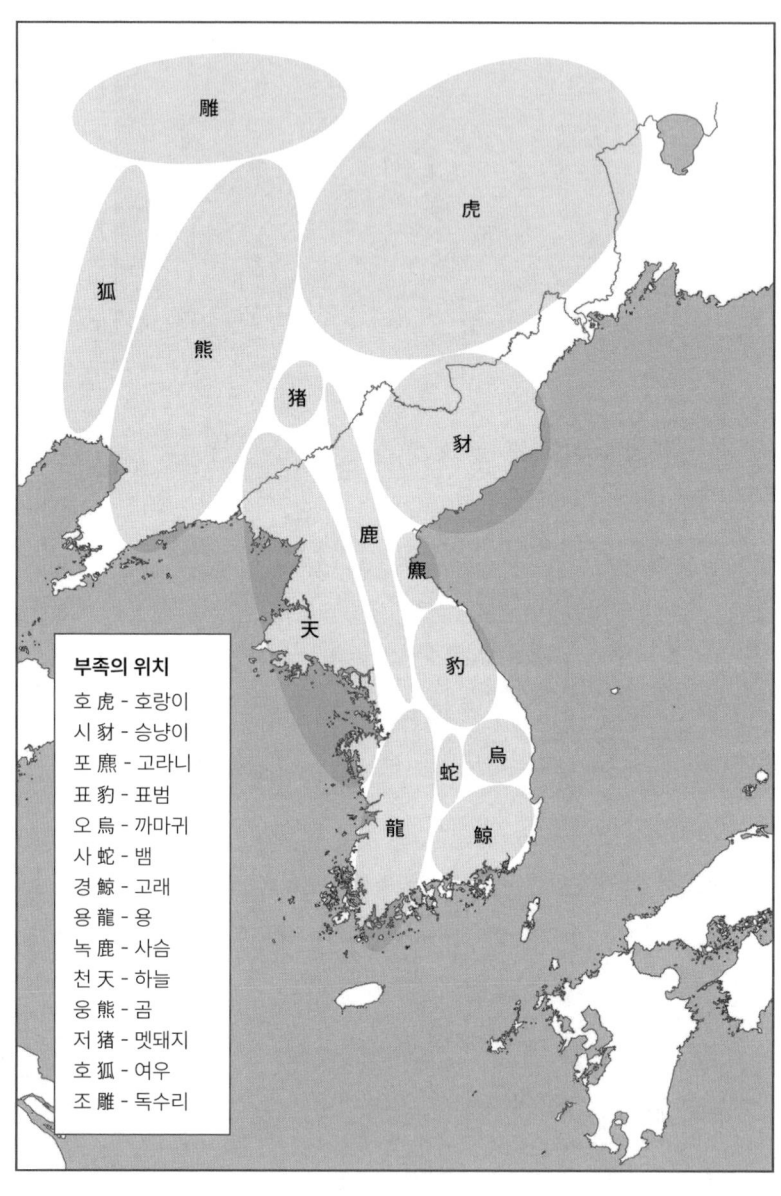

　천족(天族)은 호족(虎族), 웅족(熊族)과의 교류가 많이 있었다. 하지만 그들을 이끄는 엄마(*작가 정의: 고대 모계사회 여자 부족장의 명칭)와의 직접적인 대화는 극히 드문 일이었다. 그런데 두 부족의 엄마들이 직접, 그것도 동시에 찾아왔다니 사안의 중대성을 짐작하고도 남았다.
　환웅은 깊이 생각해 보았다.
　'지금 시점에 그녀들에게 제일 중요한 것은 무엇일까?'
　의문은 금방 해소되었다. 환웅은 조용히 혼잣말을 했다.
　"역병…."
　환웅은 그들이 무엇을 요구할지 알 수 있었다. 다만, 부족의 중요한 비밀을 타 부족에게 쉽게 내어줄 수는 없는 일이었다.
　그녀들은 아름다웠다. 누구 하나 미모로는 결코 떨어져 보이지 않았다. 호족 여인은 건강함과 밝음을, 웅족 여인은 기품과 우아함을 뽐고 있었다. 환웅은 처음으로 '선택의 어려움이 이런 것이구나.' 하고 느꼈다.

상기된 얼굴을 들킬세라 헛기침하고는 태연히 물었다.

"호족과 웅족의 엄마는 어찌하여 날 찾아왔나요?"

호족의 여인이 답했다.

"호족에 역병이 돌고 있습니다. 환웅께 치료 방법을 여쭙고자 합니다."

웅족의 여인이 말을 이어 간다.

"웅족에도 역병이 돌고 있습니다. 웅족 또한 환웅께 고견을 듣고 싶습니다."

환웅이 답했다.

"내가 어째서 두 종족을 도와야 합니까? 또 내가 치료법을 어떻게 알고 있다고 생각합니까?"

냉정함이 묻은 질문에 호녀는 목소리를 약간 높여 답했다.

"우리는 오랫동안 천족과 척지지도 않았고, 서로에게 피해를 주지 않았습니다. 같은 땅과 하늘을 나누어 쓰고 있습니다. 따라서 응당 도움을 주실 것이라 믿습니다."

웅녀는 환웅만큼이나 차분히 답했다.

"호녀의 말처럼 우리는 같은 하늘과 같은 땅을 사용하고 있습니다. 역병이 천족에게 미치지 못하고, 웅족과 호족에게만 퍼지고 있음을 잘 알고 있습니다. 이는 천족은 이를 해결할 방법을 알고 계심을 뜻하겠지요."

환웅은 다시 반복했다.

"내가 방법을 안다고 칩시다. 그렇다고 다른 부족에게 방법을 알려 줘야 할 이유는 없지요. 웅족과 호족의 비법을 거꾸로 내가 요구한다면 들을 것이오?"

환웅의 말에 호녀와 웅녀는 차분히 동시에 대답했다.

"홍익인간."

환웅이 따라 말했다.

"홍익인간?"

"천족의 큰 뜻으로 알고 있습니다. 응당 환웅께서는 따르실 것으로 알고 있습니다."

부드러움 속에 단호함이 묻은 웅녀의 말이다.

"천족은 하늘의 뜻을 듣는다고 하니, 제를 지내어 하늘의 답을 구하시지요. 응당 두 부족 모두 뜻에 따를 것입니다."

호녀가 거들며, 자신 있는 목소리를 냈다.

환웅은 속으로 미소를 지었다. 둘 다 명분과 방법을 모두 제시하는 현명한 대답이기 때문이었다. 이렇게 현명하기에 두 부족을 대표하는 엄마가 되었을 것이다. 외모만큼이나 현명함도 우열을 가릴 수 없었다.

환웅이 고심에 찬 얼굴로 말했다.

"내가 제를 지내어 하늘의 뜻을 받겠습니다. 하지만 돕고 싶어도 당신들을 그냥 도울 수는 없습니다. 내가 하늘에 긍정의 뜻을 받는다고 하여도 길을 제시하는 것이 전부. 방법은 당신들이 찾아내야 합니다. 그래야 내가 천족의 비밀을 발설하지 않는 것이 되지요."

다음 날 환웅은 하늘에 제를 올렸다. 호녀와 웅녀는 제를 올리는 동안 초조하게 기다려야만 했다. 시간은 그녀들의 편이 아니었기 때문이다.

제를 끝낸 환웅과 호녀, 웅녀가 서로를 마주했다.

환웅이 말을 꺼냈다.

"하늘의 뜻을 전하겠습니다. 천족은 호족과 웅족에게 길을 제시하겠습니다."

호녀와 웅녀는 말을 들음과 동시에 얼굴에 기쁨의 표정이 스쳤다.

환웅의 말이 이어졌다.

"하지만 길을 제시할 뿐 찾는 것은 그대들의 몫입니다. 그리고 그 찾은 대가를 받아야 하겠습니다."

호녀와 웅녀는 서로의 눈을 한 번씩 보고는 동시에 말했다.

"대가라면?"

환웅이 진지한 표정으로 말을 이어 간다.

"천족의 비밀을 공유할 방법은 부족의 연합뿐입니다. 따라서 백 일 안에 해답을 찾아낸 자는 천족과 같은 부족원의 일원이 될 것입니다. 찾지 못한 자는 스스로 살길을 찾아야 하겠지요. 이 연합만이 비밀을 지키는 길입니다. 이른 시간 안에 방법을 찾은 부족과 연합하겠습니다."

호녀와 웅녀는 놀란 표정을 지으며 조용히 한 단어를 반복하고 있었다.

"연합…."

호녀와 웅녀는 머리가 복잡할 수밖에 없었다. 천족이 큰 부족이기는 하지만, 부족을 합한다는 것은 쉬운 일이 아니었다. 크게 종교적 문제와 정치적 문제를 모두 포함한 부족의 흥망성쇠(興亡盛衰)가 달렸으니, 부족을 대표하는 엄마라는 자리에 있다고 해도 쉽게 결정할 문제는 아니었다.

게다가 연합의 가장 확실한 방법은 혼인이었다. 그리고 부족 엄마의 혼인 또한 간단한 문제가 아니었다.

환웅이 말을 이어 나갔다.

"아무의 도움 없이 내가 낸 문제를 혼자 해결하는 부족의 엄마는 천인의 자격을 얻을 것이며, 이는 곧 하늘이 신성함을 부여하는 새로운 사람으로 고귀하게 다시 태어나는 것입니다."

웅녀는 생각했다.

'현재로서는 환웅이 제안한 방법을 따르는 것 외에 뾰족한 방법이 없다. 부족의 흥망이 나에게 달려 있다.'

호녀의 생각은 이랬다.

'어떤 길을 제시하는지 문제를 받아 보고 결정한다 해도 늦지 않다. 제안을 받지 않을 이유도 없지.'

둘 다 환웅의 제안을 받아야 하는 상황이었다.

호녀가 답했다.

"환웅의 제안을 받겠습니다."

이어 웅녀도 답했다.

"제안을 받아들이겠습니다."

환웅이 흡족한 얼굴로 말했다.

"내일 아침 동이 트면 신단수가 있는 우리의 영산에 큰 동굴이 하나 있으니, 그곳에서 문제를 제시하겠습니다."

다음 날 신단수가 있는 영산에는 수많은 사람이 모여들었다. 전날 있었던 세 부족 간의 일은 천족 사이에 널리 퍼졌다. 게다가 호족과 웅족의 엄마를 수행하는 이들까지 수를 세기 어려울 만큼 모여들었다. 모인 이들조차 이번 일이 세 부족에 얼마나 중요한 일인지 알고 있었다. 수많은 사람이 모였지만 주위는 조용했다. 누구도 이 긴장감을 뚫고 떠들어댈 수 없었다.

환웅은 큰 소리로 말했다. 목소리가 얼마나 우렁찬지 모인 모두가 들을 수 있을 듯했다.

"오늘 호족과 웅족의 엄마들이 내가 내는 문제를 백 일간 풀 것이다. 그들은 햇빛 한 줌 없는 동굴에서 누구의 도움 없이 내가 주는 것만을 가지고 답을 찾아야 한다. 만약 중간에 동굴을 나온다면 그 약속은 깨진 것이다. 백 일간 문제를 풀어내지 못해도 약속은 깨진 것이다. 만약 약속된 백 일 내에 답을 찾는다면 그는 하늘이 인정하는 고귀한 천인으로 거듭날 것이다."

이야기를 마친 환웅은 손가락으로 어딘가를 가리켰다. 이에 모든 사람이 환웅이 가리키는 곳을 바라보았다. 그곳에는 사람들이 쑥과 마늘을 산처럼 쌓고 있었다. 군중은 정적을 깨고 탄성을 자아냈다.

저마다 "쑥과 마늘이야?"를 반복하고 있었다.

군중이 잠잠해지자, 환웅이 다시 외쳤다.

"쑥과 마늘만을 가지고 백 일 내에 고귀한 천인으로 거듭나길 바란다. 지금 당장 시작하라."

환웅의 말이 끝남과 동시에 우레와 같은 함성과 박수가 쏟아져 나왔다.

총명한 호녀와 웅녀도 환웅이 제시한 길이 쑥과 마늘뿐인 것에 적잖이 놀랐다. 쑥과 마늘은 약간 독성을 가지고 있어서, 부족들은 독초로 생각했다. 누구도 이를 먹지 않았다. 또한 어떤 동물도 먹는 것을 본 적이 없었다. 실로 난감한 표정을 감출 수 없었다. 먹을 수 없는 것들을 가지고 역병을 치료할 약을 어떻게 만들 수 있을까?

당장 그녀들은 끼니조차도 어떻게 해야 할지 막막했다. 호녀와 웅녀는 어두운 표정으로 동굴을 향했다. 사람들은 서로 웅성거리며 이렇게 말했다.

"쑥과 마늘은 독이 있어 먹지 못하는데, 다른 식량도 없이 백 일은 고사하고, 며칠을 버티지 못할 거야."

모두 걱정스러운 눈빛으로 호녀와 웅녀를 바라보았다.

동굴 앞 넓은 평지에는 쑥과 마늘이 잔뜩 쌓여 냄새만으로도 정신이 아득해졌다. 동굴 초입은 어둡고 좁았다. 한 사람이 겨우 자유롭게 들어갈 수 있는 공간이었다. 열 발짝을 지나자, 동굴은 빛이 있는 듯 서서히 밝아져 왔다. 또다시 열 발짝을 지나자, 동굴은 점점 더 넓어졌다. 오른쪽으로 꺾인 모퉁이를 돌자, 둘은 깜짝 놀라 소리를 질렀다.

"와!"

그곳은 동굴 안 풍경이 아니었다. 물웅덩이도 있었고, 누군가 기거할 수 있을 만한 많은 식량과 필요한 것들이 잘 갖추어져 있었다. 그뿐만 아니라 공간도 제법 넓어 오랜 시간 머문다 해도 어려움이 없을 것 같았다. 동굴 밖 모습으로는 상상할 수 없는 크기와 천장부터 내려온 종유석들은 아름다운 것을 넘어 신비롭게 느껴졌다. 동굴 천장 여러 곳에서 어떻게 들어오는지 빛이 스며들어 어둡지도 않았다. 둘은 서로의 얼굴을 보며 안도의 숨을 쉬며 웃었다.

하지만 안도는 그리 오래가지 못했다. 풀어야 할 문제가 너무 어려웠고, 그들에게는 시간이 없었다. 그도 그럴 것이 독을 약으로 바꾸기도 어렵지만, 하루하루 지날수록 부족원들이 죽어 나갈 것이 뻔했다. 시간이 촌각을 다투고 있었다.

호녀가 물었다.

"웅녀께서는 방법이 떠오르셨나요?"

웅녀는 사색하는 표정으로 대답했다.

"딱히 방법이 없는 것 같아요."

호녀도 잠시 생각을 하더니 말했다.

"우리 함께 방법을 찾아보는 게 어떻겠어요?"

웅녀가 답했다.

"그렇게 하는 게 좋겠어요. 지금은 한시가 급한걸요."

호녀가 맞장구를 치며 말했다.

"맞아요. 우리는 경쟁 관계가 아니에요. 필요한 건 이기는 것이 아니라 방법을 찾는 거예요."

웅녀가 고개를 끄덕이며 말을 이었다.

"누군가 좋은 생각이 난다면 상의하기로 해요. 우리의 지식과 지혜를 함께 모아야 할 때예요."

막상 이 말을 끝으로 둘은 한동안 말을 이을 수 없었다. 생각은 하고 있었지만, 좋은 생각이 좀처럼 떠오르지 않았다. 침묵을 깬 건 호녀였다.

"웅녀님, 일단 동굴에 뭐가 있는지 살펴보지요. 설마 쑥과 마늘만 주고 문제를 해결하라고 하지는 않았을 거예요."

"내 생각도 그래요."

웅녀는 호녀를 따라 일어섰다.

동굴을 다시 한번 꼼꼼히 봤지만, 특별한 것은 찾을 수 없었다. 인위적인 것은 움집뿐이었다. 그들은 작은 움집으로 들어섰다. 네 명이 생활할 수 있는 크기의 움집에는 몇 가지 토기가 있었고 불을 쓸 수 있어 음식을 해 먹을 수 있는 기본적인 것이 갖추어져 있을 뿐 특별한 것이 없었다. 말린 고기와 과일들이 보였다. 그녀들은 다시 한번 큰 실망에 빠졌다. 둘은 한동안 또다시 긴 침묵에 빠져야 했다.

첫날의 하루는 그렇게 지났다. 먹지도 마시지도 않고 생각만 하다가 어느새 잠에 빠져 들었다. 호녀가 깬 것은 인기척 때문이었다. 웅녀가 마늘과 쑥을 한 아름 안고 들어오고 있었다.

호녀가 물었다.

"뭔가 좋은 생각이 났어요?"

"아니요."

웅녀는 고개를 절레절레 흔들며 말을 이었다.

"쑥과 마늘에 정답이 있다면 관찰부터 하는 게 맞을 것 같아서…."

호녀는 약간은 실망한 표정으로 말했다.

"그럼, 우리 같이 봐요."

둘은 마치 처음 보는 것인 양 뚫어져라 이곳저곳을 살펴보았다. 그녀들은 어릴 때부터 부족원들과 자연에 있는 대부분의 동식물에 관해 공부했다. 누군가 독초를 먹고 죽으면 안 되니, 여러 식물에 관해 잘 알아야 했다. 그런데 가져온 쑥과 마늘을 보니, 일반적으로 어디에나 흔히 있는 종류가 아니었다.

두 사람은 마늘 껍질을 벗겨 보고 냄새도 맡아 보고 혀에도 살짝 대 맛을 보기도 했다. 보통 마늘은 알이 흰색인데, 이것은 노란빛이 진해 겉모습부터 달랐다. 알맹이의 개수 또한 보통 마늘보다 많았다. 쓴맛과 매운맛에 강렬한 냄새까지 도저히 먹을 수 없는 것이라는 생각이 들었다. 웅녀는 심지어 헛구역질을 몇 번 하기도 했다. 먹은 것이 없어 구토는 하지 않았다.

쑥은 일반적으로 볼 수 있는 것과는 다르게 잎이 두 배는 컸으며, 잎에는 검은빛이 돌았다. 그 향도 알고 있는 것보다 역할 정도로 강했다.

웅녀가 고개를 갸웃하며 말했다.

"제가 알고 있던 보통의 쑥과 마늘이 아닙니다. 향과 맛이 더 자극적이에요. 일반적인 쑥과 마늘의 독은 배가 아프거나 구토하는 정도입니다. 이것은 제가 예전에 어른께 듣기로 잘못 먹으면 사람이 죽을 수 있다는 그 종류인 것 같아요."

쑥과 마늘을 들어 냄새를 맡던 호녀가 대답했다.

"네. 저도 직접 본 것은 처음이지만, 사람이 먹으면 죽을 수 있는 쑥과 마늘이 있다고 듣기는 했습니다. 제 생각에도 그것인 것 같아요."

웅녀와 호녀는 더욱 난감한 표정으로 서로를 바라보았다.

그녀들은 하루 종일 쑥과 마늘을 보았지만, 하루가 너무나 짧았다. 그렇게 두 번째 날도 지나갔다.

다음 날은 호녀가 쑥과 마늘을 한 아름 들고 들어왔다. 그러고는 말했다.

"웅녀님 우리 밥을 좀 먹고 계속해요. 기운이 하나도 없네요."

생각해 보니, 둘은 이틀이나 굶은 상황이었다. 기운 없는 몸으로 말린 고기와 과일 몇 조각으로 끼니를 했다. 동굴 안 샘물까지 한 바가지 마시고 나니 기운이 좀 솟았다. 밥 먹는 것 빼고는 어제처럼 쑥과 마늘을 손에 잡고 이리저리 볼 뿐 단서는 잡히지 않았다. 그렇게 또 하루가 지나갔다. 그녀들은 영원히 풀리지 않는 문제를 풀고 있는 듯했다.

다음 날 마늘을 한참 들여다보던 호녀가 마늘 한 조각을 입에 넣고는 우걱우걱 씹어 삼켰다. 입안이 아리고 쏘는 맛에 깜짝 놀랐지만, 참고 한 조각을 더 씹어 삼켰다. 옆에서 보던 웅녀가 깜짝 놀라 말리려 했지만, 호녀는 이미 두 알의 마늘을 씹어 삼킨 후였다.

급하게 웅녀는 호녀 손의 마늘을 쳐내며 말했다.

"무슨 짓이에요! 독으로 죽고 싶어요?"

호녀는 놀란 표정으로 말했다.

"무엇이라도 해 봐야지요. 죽기밖에 더 하겠어요?"

호녀에 대답에 웅녀는 실소가 나왔다.

잠시 후 호녀는 쑥의 잎을 한 움큼 따서 웅녀가 어떻게 하기도 전에 입에 넣고 씹기 시작했다. 처음 먹어 보는 쓴맛이었다. 그 진한 향기도 콧속을 가득 채웠다.

이번에는 웅녀가 말릴 필요도 없었다. 잠시 후 호녀는 헛구역질과 함께 먹었던 마늘과 쑥을 모두 토해 내었다. 그러고는 한참을 헛구역질했다. 얼마나 고통스러운지 눈물까지 그렁그렁했다.

웅녀는 호녀의 등을 연신 두드리고 쓰다듬었다. 그렇게 호녀의 고통은 적어져 갔다.

걱정스러운 눈빛으로 웅녀가 말했다.

"어찌 이렇게 무모하게 굴어요?"

좀 진정이 된 호녀가 대답했다.

"우리에게는 시간이 없잖아요. 방법을 찾아야지요."

웅녀는 측은한 목소리로 말을 이어 나갔다.

"사실 나도 먹어 볼까, 한참을 고민했어요."

그러고 나서 묘한 미소를 지었다. 그러자 둘은 누가 먼저라 할 것 없이 한참을 배꼽이 빠져라 웃었다.

"하하하."

동굴 안이 그녀들의 웃음소리에 메아리까지 어우러져 한참을 울렸다.

환웅은 운사(雲師), 우사(雨師), 풍백(風伯)과 더불어 작금의 상황에 관해 토론하고 있었다.

환웅이 말했다.

"두 부족의 엄마들이 비밀을 찾을 거라고 봅니까?"

운사가 말을 받는다.

"저희가 수많은 약재 중에 이 특별한 쑥과 마늘을 찾아내는 데만 삼 년이 걸렸습니다. 그런 뒤에도 복용할 수 있는 환으로 만드는 데 백 일이 걸렸지요. 저희 셋의 재주가 미천하오나 혼자의 힘으로 백 일 만에 만들어 낸다면 그는 누가 되었든 하늘이 내리신 분입니다."

우사가 말을 더했다.

"하늘이 내렸을 뿐 아니라, 그 지혜는 천족에게 많은 보탬을 줄 것입니다."

풍백도 한마디 건넸다.

"그렇게 지혜로운 분이면 반드시 혼인하셔야 합니다. 그들과의 연합으로 인한 방대한 자원과 힘은 천족의 힘이 될 것입니다. 덤 치고는 너무나 큰 덤입니다."

우사가 한마디를 이어 말했다.

"환웅의 배필로 그동안 찾던 분이 분명합니다. 가장 큰 두 부족 중 한 부족과 연합하게 된다면 힘의 균형은 우리 천족에게로 향할 것입니다."

이 말에 환웅은 약간의 책망을 더해 말했다.

"우사는 어찌 평화로운 부족 간의 관계를 가벼이 이야기하시는 거요. 내 못 들은 것으로 하겠어요."

사실 틀린 말은 아니지만, 환웅은 두 부족의 엄마들에게 호감을 가지고 있었다. 외모, 지혜 무엇 하나 빠지는 것이 없어, 속으로 응원에 마지않았다. 객관적으로 우사의 말이 잘못된 것은 아니지만, 환웅에게는 그것과 다른 앞서는 마음이 있었다. 다만 백 일이 짧아 누구도 해결하지 못한다면 너무나 아쉬울 것 같았다.

벌써 사흘이 지나 버렸다. 호녀와 웅녀는 아무 길도 찾지 못하고 있었다.

호녀를 바라보며 웅녀가 말했다.

"우리가 다른 음식을 먹을 때 굽거나 끓이잖아요. 그러니… 쑥과 마늘을 굽거나 끓여 보면 어떨까요?"

호녀가 눈을 반짝이며 답했다.

"좋은 생각인 것 같아요."

둘은 마늘과 쑥을 불에 던져 넣었다. 연기가 자욱하게 동굴 안을 덮었다. 하지만 먹기 어려울 만큼 타 버려서 어쩔 수 없이 물에 넣어 끓였다. 물 색깔이 탁하게 변했다. 둘은 끓여 놓은 쑥과 마늘을 내려다보았다. 끓이기는 했는데 막상 먹어야 하나 망설여졌다.

호녀가 침묵을 깨고 말했다.

"저번에 먹어 본 사람은 나뿐이니, 내가 먹어야 구별을 할 수 있겠지요?"

"호녀님 잠깐만요. 저번에는 호녀님이 먹었으니, 이번에는 내 차례예요."

웅녀는 그렇게 말하고 우려낸 국물을 벌컥벌컥 마셨다. 쓴맛이 강하기는 했지만, 호녀가 이야기한 알싸함이나 거북한 향은 나지 않았다.

"괜찮은 것 같아요."

웅녀는 신이 나서 이야기했다.

"정말 괜찮아요?"

호녀가 다시 한번 물었다.

"정말 괜찮아요. 먹을 만한걸요."

웅녀가 흥분해서 말했다.

하지만 반 시진이 지나자, 웅녀는 식은땀을 흘리기 시작했다. 속은 메스껍고 배도 아팠다. 심상치 않은 웅녀의 상태를 보고 호녀는 사색이 되었다. 웅녀는 눈앞이 흐려졌다. 호녀는 쓰러지는 웅녀를 가까스로 부축하고는 그 상태를 살폈다.

"웅녀님, 웅녀님…."

호녀가 여러 번 불렀음에도 웅녀는 대답이 없었다.

그렇게 웅녀는 이틀을 누워 있었다. 그렇게 이틀이 지났을 때 웅녀가 힘없이 눈을 떴다.

"괜찮아요?"

호녀가 놀란 얼굴로 울고 있었다.

"죽는 줄 알았단 말이에요… 흑흑… 죽는 줄…."

일어나 앉은 웅녀는 호녀를 안았다. 한참을 서럽게 울던 호녀가 진정하고는 말했다.

"정말 괜찮아요."

"호녀님 덕분에 살았어요. 감사해요."

"웅녀님, 난 더 이상 여기에 못 있겠어요."

웅녀가 놀란 표정을 지었고, 호녀는 다짐한 듯 말했다.

"내가 알고 있는 지식으로는 백 일이 아니라 며칠을 버티지 못할 것 같아요. 이런 방법으로는 답을 얻지 못해요. 부족으로 돌아가서 어른께 여쭤야 해요. 그게 더 빠른 방법이에요."

호녀의 말을 들은 웅녀는 안타까웠다. 호녀처럼 총명한 여자는 본 적이 없었다. 같이 방법을 찾을 수 있을 것 같았다. 하지만 호녀는 떠나기로 마음을 먹은 듯했다.

호녀는 말했다.

"웅녀님 방법을 꼭 찾으셔서 부족을 구하세요. 웅녀님 덕에 치료 환을 찾는 길과 방법을 일부 알 수 있었습니다. 나는 이곳을 나가 부족의 도움을 받아 이 역병의 치료 약을 찾고야 말 거예요."

웅녀가 답했다.

"혹시 치료 약을 찾거든 우리 부족에게도 방법을 알려 주세요. 내가 생각이 짧아 부족에 도움을 줄 수 없다면, 우리 부족은 끝입니다."

호녀는 웅녀 말에 부족에 대한 생각이 절실함을 느낄 수 있었다.

호녀는 답했다.

"알겠어요. 만약 치료 약을 찾는다면 웅족과 나누도록 할게요."

웅녀는 무척 감격하며 대답했다.

"고마워요."

그렇게 호녀는 며칠 만에 동굴을 나섰다. 웅녀는 아쉬운 마음으로 호녀의 뒷모습을 바라볼 뿐이었다.

호녀가 동굴을 나선 건 정오를 조금 지난 시각이었다. 동굴 입구에 호녀가 보이고 쑥과 마늘 무덤을 지나 내려오는 모습을 보자 밖에서 지키고 있던 수행 호족의 실망감은 말로 표현할 수 없었다. 자신들의 대표인 엄마가 포기를 할 줄은 아무도 몰랐던 일이었다. 그녀의 성정으로 보건대 이런 일이 일어나리라고는 호족 수행원 누구도 상상하지 못했다.

호녀는 환웅에게 나아갔다. 환웅은 호녀의 모습을 보고 깜짝 놀랐다. 환웅 또한 호녀가 이렇게 빨리 포기하리라고는 생각하지 못했다. 아니 믿고 싶지 않았다. 환웅은 두 여인이 모두 성공하기를 내심 바라고 있었다. 하지만 호녀의 포기가 이토록 빠를 줄은 알지 못했다.

호녀가 말했다.

"환웅께서 호족에게 베풀어 주신 은혜에 감사합니다. 웅녀와의 경쟁에서 깨끗이 패배했음을 인정하고 부족으로 돌아가려 합니다. 길을 열어 주시고 기회를 주신 점 다시 한번 감사드립니다."

환웅은 아쉬운 마음에 물었다.

"부족의 역병은 어떻게 하려고 하오?"

호녀가 대답했다.

"역병을 치료할 다른 방법을 찾으려 합니다. 천족에게 폐를 끼치는 것은 여기까지 하려 합니다."

환웅은 아쉽지만, 모두에게 공표한 것이 있으니 마무리하듯 말했다.

"며칠간 고생 많았습니다. 부족의 안녕을 기원합니다."

호녀는 답했다.

"네! 그럼…."

짧은 인사를 마친 호녀는 수행원들을 이끌고 부족이 있는 동쪽을 향해 떠났다. 떠나는 모습을 보는 천족의 백성들은 호녀의 끈기가 부족하다거나, 참을성이 없다거나, 호족은 천족이 될 수 없다는 말을 만들어 내어 소문을 보태기 급급했다.

호녀가 떠나고 웅녀는 자신도 호녀처럼 해야 하는 것 아닌지에 많이 고민했다. 하지만 나가서 답을 못 찾는다면, 환웅은 그들을 돕지 않을 것이었다. 만약 그녀가 백 일을 채우면 정성에 감동하여 비법을 알려 줄지도 몰랐다. 그렇지 않다면 울며 빌어서라도 알아내리라고 마음먹었다.

웅녀는 호녀가 떠난 다음 날 쑥과 마늘을 가지러 밖으로 나왔다. 자신이 누워 있던 시간 동안 햇볕이 좋았는지 마늘과 쑥이 말라 있었다. 어쩔 수 없이 웅녀는 마른 쑥과 마늘을 한 아름 안고서 동굴로 돌아왔다.

웅녀는 쑥과 마늘을 끓이면 독성이 떨어진다는 것을 알아냈으니, 다시 가져온 마른 쑥과 마늘을 다시 끓는 물에 넣었다. 이제 호녀가 없으니 자신이 잘못되면 구원해 줄 이가 없었다. 그러니 신중해야 했다. 그렇게 웅녀는 며칠간 조금씩 양을 늘려 가며 시음에 들어갔다.

그렇게 이십 일이 흘렀다. 마른 쑥과 마늘을 이 대 일의 비율로 넣은 뒤 반나절을 꼬박 졸였더니, 검은빛을 띠는 탕약이 만들어졌다. 웅녀는 점차 양을 늘리며, 그 끝이 보임을 직감했다. 그녀는 마지막이라 생각하고 두 눈을 감고 탕약을 바닥이 보이도록 마셨다. 쓴맛은 있었지만 역한 기운은 없었다. 다 마신 후 웅녀는 자리에 누웠다. 이유는 알 수 없지만, 햇빛에 바짝 마른 쑥과 마늘을 끓여 졸여 내면, 독성이 없어짐을 웅녀는 느끼고 있었다.

지금까지 모든 사람은 약을 환으로 만들어 먹었다. 탕약으로 만드는 경우는 없었다. 웅녀는 자신의 목숨을 이 마지막에 걸었다. 부족의 목숨도 자신에게 걸려 있었다. 그리고 이 이십 일이 그녀에게는 한계로 여겨졌다. 백 일이 주어졌지만, 역병으로 백 일간 얼마나 많은 사람이 죽을지는 뻔했다. 하루가 아쉬운 상황이었다. 똑바로 누운 웅녀는 조심스럽게 두 눈을 감았다. 곰의 정령에게 마지막 기도를 올리고 그녀는 잠에 빠져 들었다.

이십 일 하고도 하루가 지났다. 웅녀는 살아 있었다. 몸에 아무런 문제가 없었다. 웅녀는 뛸 듯이 기뻤다. 동굴 밖에서 쑥과 마늘을 한 아름 안고 다시 들어와 어제의 비율대로 끓여 졸이기 시작했다. 다 졸여진 탕약을 들고 웅녀는 동굴 밖으로 향했다. 해가 지기까지 얼마 남지 않았다. 그녀의 모습이 동굴 밖에서 보이자, 웅족의 수행원들과 천족들은 안타까움에 혀를 찼다. 웅녀는 환웅에게 나아갔다.

환웅은 웅녀의 모습을 보며, 호녀 때 이상으로 실망감에 사로잡혔다. 딱 이십일 일 만에 동굴에서 나온 것이다. 약속한 백 일에는 한참 모자란 것에 실망감이 가득한 환웅이 말했다.

"고생하셨습니다…."

덤덤하게 웅녀는 대답했다.

"웅족에게 베풀어 주신 은혜와 기회에 감사드립니다."

환웅은 아쉬운 듯 말했다.

"부족에 돌아가시거든 좋은 치료법을 찾기 바랍니다."

웅녀는 미소를 띠며 답했다.

"치료법을 찾았는데, 어찌 또 찾으라 하십니까?"

놀란 환웅이 말했다.

"찾았다고요? 이십일 일 만에 말인가요?"

웅녀는 활짝 웃으며 탕약을 앞으로 내밀었다.

"이것이 제가 만든 역병 치료제입니다."

환웅은 다시 한번 놀랐다. 천족의 역병 치료제는 환이었다. 탕약을 가져올 것이라고는 상상하지 못했다.

환웅이 말했다.

"천족의 치료제는 환입니다. 탕약이 아닙니다. 틀린 답을 가져온 듯한데…."

웅녀는 당황하지 않고 되물었다.

"환에는 어떤 부작용이 있는지요?"

환웅은 대답했다.

"약한 자들은 구토나 배앓이를 합니다."

웅녀가 자신 있게 말했다.

"이 탕약은 구토나 배앓이가 없을 것으로 생각합니다."

환웅과 운사, 우사, 풍백은 모두 웅녀의 말에 놀랐다. 이 여인이 운사, 우사, 풍백이 힘을 합쳐 만든 환보다 뛰어난 약을 이십일 일 만에 만들었다는 뜻이었다.

소문은 삽시간에 퍼져 나갔다. 게다가 웅족과 천족 백성들은 이 탕약으로 역병을 조기에 잡을 수 있었다.

호녀는 급히 호족에게 돌아왔다. 원로들에게 그동안의 일을 설명하고 치료제를 만드는 데 전념했다. 호녀는 호족 원로들의 도움으로 약간의 부작용이 있는 환을 만드는 데 성공했다. 부작용은 있었지만, 역병의 큰 줄기를 잡는 데는 문제가 없었다.

1부 · 호녀전기

1장

여정의 시작

　설원과 구별되지 않는 새하얀 털을 가지고 있는 놈이었다. 같은 무리의 회색빛 털과는 확연한 차이를 보였다. 게다가 두 눈 사이에 있는 선명한 상처가 놈을 더욱더 특별한 존재로 보이게 했다.

　이놈을 중심으로 오십 마리의 승냥이는 무언가를 쫓아 설원을 달리고 있었다. 하얀 털을 가진 놈이 눈밭의 검붉은 핏자국 앞에서 잠시 냄새를 맡는 동안을 제외하고 그 무리는 핏자국을 따라 십 리를 달렸다.

　하얀 털의 승냥이는 조금도 주저하지 않고 앞으로 달려 나갔다. 뒤이어 반 시진의 차이를 두고 호랑이 털로 멋을 부린 무리 이십 명이 승냥이의 발자취를 쫓아 숨을 헐떡이며 눈밭을 내달렸다. 사실 마음은 열심히 달린다고 하지만 깊은 산 중에 하늘까지 솟은 나무들 사이로 이리 뛰고 저리 뛰고 하는 통에 좀처럼 속도가 나지는 않았다.

　눈밭에서 뛰고 있는 이들은 사실 사냥감의 피 맛이 아니라 자신의 피

맛을 보는 중이었다. 그들 중 평생 이렇게 사냥감을 오래도록 전력을 다해 추격해 본 이는 아무도 없었다. 그러나 가장 뒤에서 쫓는 자까지도 이번 사냥감에 대해 흥분하지 않을 수 없었다. 포기한다면 한참을 후회할 일이라 생각했다. 평생을 두고 최고의 사냥감을 잡았다고 승냥이인들에게 영웅 취급을 받을 터였다.

하얀 털의 승냥이 무리의 반 시진 앞에는 한 마리의 엄청난 크기의 호랑이가 절뚝거리며 뛰고 있었다. 이놈의 머리통 크기는 보통 호랑이 머리 크기의 두 배는 족히 되어 보였다. 검은 무늬도 다른 놈보다 눈에 띄게 선명했고, 기품이 있었다.

다만 뒷다리에 맞은 화살 때문인지, 어깨에 비스듬히 박힌 화살 때문인지, 절뚝거리며 뛰는 모습이 약간의 기품을 떨어뜨릴 뿐이었다. 덩치와 풍기는 외모는 전쟁에 임하는 용사의 풍모와 아우라를 뿜기에 충분했다. 한 마리였지만 화살만 맞지 않았다면 넉넉히 오십 마리의 승냥이와 대적하고도 남을 놈이 분명했다.

호랑이는 북쪽으로 계속 달려 나갔다. 승냥이들이 호랑이의 영역으로 들어온 것은 처음 있는 일이었다. 더하여 인간과 함께 호랑이 영역에 들어온 것은 단 한 번도 없던 일이다. 호랑이가 성체로 독립하여 이 영역에 발을 디딘 것은 두 달이 채 되지 않았다. 독립하는 호랑이 중 가장 먼 곳으로 온 것은 사실이지만 모험심과 호기심이 많은 녀석은 남으로 한계까지 내려와 넓은 영역을 차지하고 만족스럽게 생활하고 있었다.

이날도 어제 잡은 사슴의 뒷다리를 물어뜯고 한입에 삼키려는 중에 승냥이들의 낌새를 알아차렸다. 방해받고 싶지 않았으나 승냥이 무리가 꽤 된다는 게 느껴졌다. 자기 영역을 이렇게 대범하게 침범하는 녀석들은 처음이었다. 하얀색의 털을 가진 승냥이를 중심으로 오십 마리의 승냥이가 그르렁거리며, 호랑이 앞에 첩첩이 겹쳐 모여들었다.

이때 하얀색 털의 승냥이가 앞으로 조금씩 나오며 이빨을 드러냈다. 호랑이는 어떠한 미동도 없이 녀석을 바라보고 있었다. 순간 흰 승냥이가 호랑이를 향해 날아들었고, 다른 승냥이들도 덤벼들었다. 호랑이가 앞발을 들어 휘저었을 때 세 마리의 승냥이가 '깽깽' 소리를 지르며 땅바닥에 굴렀다. 하얀 털의 승냥이는 미간에 호랑이의 발톱이 깊이 스쳤지만 겨우 몸을 틀어 피하며 땅 위에 서서 싸울 태세를 갖추었다.

미간의 상처는 스쳤지만 깊었고, 어느 틈에 붉은 피가 눈밭에 떨어지고 있었다. 승냥이들은 하얀 승냥이의 주위로 모여들어 다시 그르렁거렸다. 이때 바람을 가르는 소리와 함께 화살 몇 대가 호랑이에게 날아들었다. 승냥이에게 신경을 쓰고 있던 호랑이는 화들짝 놀라며 급히 피했지만, 다리와 어깨에 각각 한 발씩 화살을 맞았다. 스무 명의 인간이 숨어 있던 것이었다.

호랑이는 재빨리 북쪽을 향에 뛰기 시작했다. 스무 명의 인간은 넘어진 승냥이 무리와 하얀 승냥이에게 모여들어 다친 곳을 살폈다. 잠깐의 지혈을 마치고 인간들은 하얀 승냥이에게 호랑이가 사라진 방향을 가리켰다. 승냥이는 하늘로 외마디 포효를 한 후 호랑이가 사라진 방향을 향해 달리기 시작했다.

호백삼(虎白森)은 아침부터 분주했다. 오늘이 기다리던 열여섯 살, 성인이 되는 날이었다. 어릴 때부터 어머니를 졸라 성인이 되는 날 호랑이인들의 남쪽 신성한 경계선까지 갈 수 있다는 허락을 받아 놓은 터라 이 날만을 손꼽아 기다려 왔다. 남쪽 경계선은 승냥이인들과 경계로 사용하는 골짜기에 있었다. 지형이 험하고 절벽이 많아 남쪽과 북쪽의 교류를 막는 자연의 성벽과 같은 곳이었다.

이곳은 백삼이 태어난 곳이기도 했다. 현재는 호랑이인들이 살고 있지 않았다. 온통 새하얀 자작나무로 가득한 숲이다. 백삼도 이곳에 태어난 인연으로 호랑이인들에게 '백삼'이라 불리게 되었다. 눈이 내리는 겨울 이곳은 온통 다양한 흰색의 빛만이 존재하는 무채색의 공간으로 변모했다.

백삼은 이런 한겨울 하얀색만이 존재하는 자작나무숲에서 태어났다. 예전에 부모님이 승냥이인들의 침입을 막는 일을 할 때 이곳에서 삼 년을 지냈고, 그때 백삼이 태어났다. 승냥이인들과의 평화협정으로 가족은 모두 현재 살고 있는 호랑이인들의 땅 평토(平土)에 이주했다.

부모님께 어릴 때부터 신성한 자작나무숲에 대한 이야기를 듣고 자란 백삼은 어릴 적부터 자작나무숲에 동경을 가지고 있었다. 북쪽 자작나무숲은 일 년 내내 하얀빛이다. 남쪽은 여러 수종의 나무가 사계절의 변화를 보여, 절벽을 사이에 두고 극명하게 경치가 달라지는 특별한 곳이었다.

들뜬 목소리로 백삼이 말했다.

"어머니, 아버지 여름까지는 뵙지 못하겠네요."

어머니가 고개를 가로저어, 걱정스러운 눈빛을 보냈다.

"가면서 제발 말썽은 부리지 말거라."

"어머니는 제가 언제 말썽을 부렸다 하세요."

그렇게 콧잔등을 찡그리며 어머니를 바라보는 백삼의 모습은 애교가 가득해 사랑스러웠다.

백삼은 태어날 때부터 이목구비가 뚜렷한 것이 미인이 될 거라 모두 한마디씩 했었다. 모두의 예상대로 들어맞았는지, 백삼의 미모는 호랑이인들 중에 소문이 날 정도로 유명했다. 그런데 어릴 때부터 사건 사고를 일으키며 개구쟁이의 면모를 보였다. 자신보다 머리 하나는 큰 사내 녀석의 코피를 내기 일쑤였고, 친구들을 몰고 나가서 하루 종일 사라져, 어른들이 반나절을 찾게 만든 적도 있었다.

어릴 때부터 주변에 아이들이 모였다. 백삼의 행동을 쫓는 아이들이 많았다. 처음에는 외모로 호감을 주었지만 백삼의 몇 마디를 듣고 아이들은 거의 추종자가 되었다. 총명한 데다 말까지 참 잘했다. 몇 살 많은 아이조차 백삼을 말로 이기는 것은 불가능했다.

게다가 백삼은 호기심이 참 많았다. 바로 그 점 때문에 부모는 항상 백삼을 걱정했다. 위험한 놀이, 장소, 동물 등 가리지 않고 움직였다. 때로는 팔이 부러지거나, 뱀에게 물리기도 했다. 덕분에 뱀을 많이 싫어하게 되기는 했다. 부모로서 백삼을 키우는 일은 쉽지 않았다. 걱정이 그칠 날이 없었다.

그렇다고 백삼이 문제만을 가진 건 아니었다. 주변 사람들을 살뜰하게 보살피고, 어린아이 같지 않게 배려심도 넘쳤다. 그리고 의협심도 넘쳤다. 코피를 내 버리는 녀석들은 대부분 못된 짓을 하는 녀석들이었다. 총명하기는 한번 들은 것과 본 것은 잊는 법이 없었다. 주변 모두는 백삼의 미소와 애교에 당할 재주가 없었다.

특히 사내 녀석들은 더욱 심각하게 빠져들었다. 여자아이들조차도 백삼이 웃으면 절로 기분이 좋아지고는 했다. 백삼이 열세 살이 넘을 무렵부터 주변 사내 녀석들 모두가 백삼에게 장가가겠다는 마음을 품고는 했다.

하지만 백삼의 관심은 다른 데 있었다. 항상 가 보지 못한 북쪽 끝, 남쪽 끝, 서쪽 끝, 동쪽 끝. 그중 특히나 자신이 태어난 남쪽 끝 자작나무 숲은 최고로 궁금한 공간이었다. 너무 어릴 때 기억이라 부모님의 설명을 듣고 나무 하나, 바위 하나, 꽃 하나, 동물 하나까지 모두 상상에 상상을 더해 백삼의 머릿속에 멋진 공간으로 자리 잡았다.

지금 그런 곳에 첫발을 내딛는 것이다. 걱정 가득한 모습으로 억지웃음을 지어 보이는 부모님을 뒤로하고, 백삼은 경쾌한 발걸음으로 앞으로 나아갔다. 백삼은 가죽으로 만든 자루 하나를 대각으로 동여맸다. 어깨에는 활과 화살통을 걸고, 품에는 짧은 단검 하나와 투석구를 품은 채 잎이 떨어진 오솔길로 접어들었다. 백삼이 목적지에 도착하면 완연한 겨울이 시작될 터였다.

백삼이 집을 떠난 지 벌써 한 달은 되어 가고 있었다. 처음으로 집을 나와서, 먹을 것을 찾고, 잠잘 곳을 찾는 일은 생각보다 쉽지 않았다. 먹을 것을 구하지 못해서 이틀을 굶은 적도 있었고, 잠잘 곳을 찾지 못해서 나무에 기대어 쪼그려 자기도 여러 번 했다. 길을 잃고 헤매는 건 일상이었다.

하지만 이번 여정에서 가장 힘든 점은 추위와의 싸움이었다. 불을 피워서 근처에서 잠을 청했지만, 북쪽 지역의 추위는 백삼도 견디기가 어려웠다. 출발할 때 입은 겨울옷도 밤의 온도를 버텨 내기에는 많이 부족했다. 사냥한 짐승으로부터 가죽을 얻어 뒤집어쓰고 잠을 청했지만, 뼛속부터 전해 오는 듯한 추위에 집이 그리워졌다.

그래서 당연하게도 일정은 계획대로 되지 않았다. 자작나무 숲에 도착하기까지 나흘이나 지체했다. 집을 떠나 온 지 한 달 만에 백삼의 얼굴에는 고생한 티가 역력했다. 변변히 씻지도 못했고, 옷을 갈아입지도 못해서, 백삼은 몰골이 엉망임을 잘 알고 있었다. 백삼은 일행이 없다는 것에 안도의 숨을 쉬었다. 친구들이 옆에 있었다면, 모두 백삼의 모습에 실망할 것이 틀림없었다. 이런 생각을 하며 숲을 돌아 빠져나왔을 때, 백삼은 깜짝 놀라 경탄의 소리를 내었다.

"와우. 진짜 멋져."

백삼은 눈이 평소의 두 배는 될 만큼 커져서는 연신 고개를 좌우로 돌려 풍경을 보았다. 부모님께 귀에 딱지가 생기도록 들었던 바로 그 모습이 눈앞에 펼쳐졌다. 전에도 자작나무를 본 적이 있었기 때문에 수많은 상상을 했었다. 단 하나 다른 점은 나무 하나의 키가 십여 장은 족히 되어 보인다는 것이었다. 나무 하나의 둘레도 한 아름을 넘는 것이 허다했다.

끝이 보이지 않을 정도로 먼 곳까지, 자작나무로만 이루어져 있었다. 눈이 내린 자작나무 숲은 온통 새하얬다. 마치 순백의 세상을 연출한 듯한 풍경이었다. 백삼은 태어나서 이렇게 멋진 풍경은 본 적이 없었다. 한 달여 힘들게 헤쳐온 여정이 이 한 장면으로 보상을 받는 듯 느껴졌다.

백삼은 도착한 자작나무 숲으로 들어갔다. 부모님과 살았던 집을 기억하지는 못했지만, 숲속의 집은 부모님의 설명과 똑같았다. 숲속에는 여러 개의 집이 있었지만, 규모나 상태를 보았을 때 분명 백삼의 집이라 추측되는 곳을 발견할 수 있었다. 오랜 시간을 사용하지 않았지만, 집 안은 깨끗하게 정리되어 있었다. 백삼의 아버지가 마지막으로 이곳에 다녀가신 것이 삼 년 전이라고 들었는데, 아버지의 말에서 한 치의 오차도 없이 그 상태로 있었다.

백삼은 신나기도 했지만, 여정의 여독이 쌓여서인지 목욕에 대한 욕구가 넘쳐났다. 그래서 아버지가 만들어 놓은 돌로 된 욕조 아궁이에 불을 붙였다. 그러고는 개울가로 가서 얼음을 깨고 물을 받아 욕조에 부었다. 그런 뒤 어제 잡았던 토끼고기를 나무에 끼워서, 아궁이에 밀어 넣었다. 그렇게 고기를 구워 간단히 식사를 마쳤다. 식사가 끝나자, 물이 적당히 뜨거워져 있었다. 백삼은 한 달 만에 욕조에 몸을 담갔다. 여독이 모두 풀리는 것을 느꼈다.

얼마 만에 느껴보는 따뜻함과 나른함인가? 백삼은 오랜만에 호사를 부리고 어머니의 옷을 골라 입었다. 배도 부르고 몸을 깨끗이 씻고 나니, 백삼은 자작나무숲 남쪽 끝으로 가 보고 싶어졌다. 호랑이인들이 가진 제일 끝자락에 위치한 땅. 백삼은 남쪽 끝으로 걸었다. 한 식경을 걸었을까? 눈앞에는 새로운 풍경이 펼쳐져 있었다. 절벽을 경계로 하여 반대편 절벽에는 온갖 종류의 나무들이 보였다. 자작나무는 보이지 않아, 완전히 다른 세계 같았다.

한참을 이곳 저곳 신기하게 풍경을 구경하던 백삼은 어떤 소리를 들었다. 멀지 않은 곳에서 짐승들의 울부짖음이 들려왔다. 하나는 호랑이의 소리였고, 또 하나는 승냥이의 소리였다. 백삼은 급히 소리가 나는 곳으로 달렸다. 소리가 나는 곳에 도착하자 건너편 일리쯤 떨어진 절벽 앞에 커다란 호랑이 한 마리가 절벽을 등지고 서 있고, 오십 마리쯤 되어 보이는 많은 승냥이가 호랑이를 포위하듯 둘러싸고 있었다.

그 승냥이 중에는 눈에 띄게 하얀 털을 가진 승냥이 하나가 보였다. 이 녀석도 다른 승냥이보다 덩치가 매우 컸다. 백삼은 바위 뒤에 조용히 앉아서 상황을 지켜보았다. 자세히 보니, 커다란 호랑이는 화살이 두 대나 박혀 있었다. 백삼은 깜짝 놀랐다. 호랑이인들은 누구도 호랑이를 공격하지 않았다. 하물며 화살을 쏜다는 것은 상상도 할 수 없는 일이었다.

백삼은 바위 뒤로 더욱 깊이 숨어서 주위를 살폈다. 백삼에게는 호랑이가 특별한 존재였다. 호랑이 사람들에게는 신이고, 영물이었다. 호랑이인들은 호랑이를 해치거나 위협을 가하지 않았다. 호랑이도 호랑이인들을 해치지 않았다. 물론 호랑이의 영역 깊숙한 곳으로 들어간 자들이 돌아오지 못한 경우는 있었다.

하지만 그것은 그들의 잘못이었다. 호랑이인들은 호랑이와 수백 년 아니, 그 이전부터 서로를 존중하며 잘 지내고 있었다. 호랑이인 누구도 호랑이를 무섭게 여기지 않았다. 호랑이의 힘과 그 영민함을 숭배할 뿐이다. 호랑이들도 그랬다. 그들은 서로의 영역을 인정하고 침범하지 않았다.

앙칼진 승냥이의 울부짖음과 함께, 하얗게 드러난 이빨이 호랑이의 살점을 노리고 파고들었다. 하지만 어느새 호랑이의 발톱이 승냥이의 아래턱을 때리고 있었다. 승냥이는 '깽' 하는 외마디 비명을 지르고 날아가 떨어져서 몸을 바르르 떨고 움직이지 못했다. 지켜보는 승냥이들은 이 모습에 겁을 먹고 물러서야 했다. 하지만 옆쪽 승냥이 두 마리가 동시에 호랑이에게 덮쳐들었다. 호랑이 앞쪽에 있던 승냥이 두 마리도 동시에 호랑이에게 달려들었다. 어찌나 날랜지 백삼은 그들이 어떻게 뛰어올랐는지도 보지 못했다.

호랑이는 순식간에 두발을 허공에 빠르게 저었다. 다음 순간 두 마리의 승냥이가 바닥으로 굴렀다. 구르는 승냥이를 제대로 보지도 못했는데, 호랑이는 한 마리의 승냥이의 목을 물어서 공중으로 날려 버린다. 하지만 한 마리의 승냥이가 화살이 박혀 있는 호랑이의 뒷다리를 강하게 물었다. 호랑이는 움찔하는가 싶더니, 이내 몸을 힘껏 돌려 떨쳐내고 다시 호랑이 특유의 싸울 자세를 취하고 있었다.

호랑이를 공격했던 승냥이들은 약간의 충격을 받았는지, 승냥이 무리의 이선으로 물러서 호랑이를 노려보았다. 백삼은 어른들에게 호랑이의 싸움에 대한 수많은 이야기를 들었다. 그 이야기는 어릴 때부터 백삼의 상상력을 끝없이 확장했다.

지금 백삼의 눈앞에 펼쳐지는 호랑이의 싸움은 그 상상 이상이었다. 어른들의 설명도 그 수준에 닿지 못했다. 일 대 오십의 싸움에 호랑이는 화살까지 맞았지만, 싸움의 위용은 어떤 용사의 모습도 따르지 못할 정도로 위풍당당했다. 만약 화살을 맞지 않았다면, 승냥이들은 지금보다 수세에 몰렸을 것으로 백삼은 생각했다.

하지만 안타깝게도 호랑이는 화살에 두 대나 맞았으므로 절대로 좋은 상황은 아니었다. 호랑이는 뒷다리가 아픈지, 가끔 불편한 자세를 취했다. 지켜보는 백삼은 안타까웠다. 뭔가 호랑이가 이기도록 돕고 싶었지만, 맹수들의 싸움에 끼어드는 행위는 죽음이라는 것을 백삼은 잘 알고 있었다. 맹수 한 마리도 상대가 되지 않을 텐데, 지금은 오십여 마리가 어우러져 싸우고 있으니, 숨어서 숨죽여 지켜보는 방법 외에는 뾰족한 것이 없었다.

눈에 띄게 하얀 털을 가진 승냥이가 호랑이의 정면으로 나왔다. 자세히 보니, 이마에 상처가 나 있었다. 호랑이와 싸우다가 생긴 상처로 보였다. 하얀 승냥이 뒤로 다섯 마리의 승냥이가 그를 따랐다. 하얀색의 승냥이가 우두머리임이 틀림없었다. 이 승냥이에게서도 백삼은 기품 같은 것을 느꼈다.

사방에 쌓인 하얀 눈과 구별이 쉽지 않은 부드러운 백색의 털은 승냥이를 아름답게 보이게도 했다. 그를 따르는 다섯 마리의 승냥이들도 다른 놈들과는 비교가 될 정도로 덩치가 컸다. 흡사 족장을 보좌하는 용사들의 모습 같았다. 백삼은 태어나서 이렇게 멋진 장면은 처음 보았다. 호랑이의 풍모도 승냥이의 모습도 백삼은 잊을 수 없을 듯했다.

백삼이 이런 생각에 빠져 있을 때, 하얀색의 승냥이가 빠르게 호랑이에게 덤벼들었다. 호랑이는 재빨리 앞발을 휘둘렀지만, 하얀색의 승냥이도 호랑이의 앞발을 피하고 다시 달려들었다. 하얀색의 승냥이 뒤에 도열했던 다섯 마리의 승냥이들은 마치 한 마리가 움직이는 듯 일사불란하게 호랑이에게 덮쳐들었다.

호랑이도 머뭇거림 없이 두 다리를 순식간에 몇 차례나 휘저었지만, 화살에 맞은 다리가 속도감이 떨어지는 것은 어쩔 수가 없었다. 이 몇 초간의 공방이 너무나 빨라서 백삼은 숨을 쉴 겨를도 없었다. 또다시 빠른 승냥이들의 공격이 이어지자, 호랑이의 다친 다리가 더욱 느려졌다.

하얀 털의 승냥이는 이 순간을 놓치지 않았다. 달려든 승냥이는 호랑이의 다친 어깨를 깊숙이 물었다. 호랑이는 섬뜩한 포효를 날렸다. 하얀 승냥이가 호랑이를 물고 매달리자, 약속이나 한 듯 다섯 마리의 승냥이들이 호랑이의 등 위로 날아올랐다. 호랑이에 등과 목을 세 마리가 물고 있었다. 이런 불리한 상황에서도 호랑이는 두 마리의 승냥이를 하나는 앞발로 쳐내고 하나는 물어서 던져 버렸다.

호랑이는 자신에게 매달린 네 마리의 승냥이를 떼어내려고 안간힘을 쓰고 있었다. 몸을 이리저리 흔들기도 하고, 앞발과 뒷발을 등에 붙은 승냥이를 향해 휘두르기도 했다. 하지만 승냥이들도 지독하게 매달려 있었다. 나머지 승냥이들도 승기를 잡아 가는 것을 느꼈는지 서서히 호랑이를 향해 거리를 좁혀 오고 있었다. 사방에 피비린내가 날리고, 새하얀 눈 위에는 붉은색 핏방울이 떨어졌다.

호랑이는 서서히 뒷걸음을 치고 있었다. 한 걸음만 뒤로 물러나면 절벽 밑으로 떨어질 것이 분명했다. 발버둥을 치는 호랑이의 발톱에, 매달려 물고 있는 승냥이들도 엄청나게 상처를 입고 있었다. 하얀색의 털을 가진 승냥이는 자신의 것인지 호랑이의 것인지 알 수 없는 피에 털 이곳 저곳이 물들어 갔다.

 백삼은 자신도 모르게 등에 메고 있던 활을 꺼내 들고 승냥이를 향해 화살을 겨누고 있었다. 그런데 그 순간 사람들의 시끄러운 소리가 들려왔다.

 "여기다. 여기에 있다!"

 누군가 큰 소리로 외쳤다.

 잠시 후 이십여 명의 사람들이 승냥이의 뒤쪽에 멈추고 숨을 헐떡였다. 일부는 얼마나 힘들었는지, 자리에 털썩 주저앉는 자도 있었다. 백삼은 승냥이를 겨눴던 화살을 거두어들이며, 다시 바위 뒤로 숨었다. 누군가 다시 다급히 소리를 질렀다.

 "그만. 거기 멈춰. 아…."

 안타까운 외마디 비명이 흘렀다.

 소리 지른 사람을 바라보던 백삼은 그 사람이 가리키는 호랑이 쪽으로 눈을 돌렸다. 호랑이와 호랑이를 물고 있던 승냥이가 절벽으로 떨어지려 하고 있었다. 호랑이는 떨어지지 않으려 안간힘을 쓰고 있었지만, 힘에 많이 부치는 모양새였다. 잠시 후 호랑이 등에 매달려 물고 있던 두 마리의 승냥이가 절벽 위로 뛰어올랐다.

 하얀 털의 승냥이와 다른 한 마리는 여전히 호랑이를 물고 놓아주지 않았다. 호랑이는 이제 절벽에 매달릴 힘이 없는지 서서히 미끄러지고 있었다. 하얀색의 승냥이는 호랑이가 절벽으로 떨어지자, 호랑이 등을 밟고 뛰어올라 절벽에 겨우 올라섰다. 호랑이 등을 물고 있는 녀석은 광기에 사로잡힌 듯 호랑이를 문 곳을 놓지 않고 절벽 밑으로 굴러떨어졌다.

 백삼은 안타까운 마음에 외마디 신음을 내었다.

"아⋯."

승냥이 무리를 쫓아온 이십여 명의 사람들과 승냥이 무리는 호랑이가 떨어진 곳으로 몰려들었다.

"아. 젠장. 아깝게 되었어. 아깝게⋯."

누군가 아쉬운 한숨과 함께 말했다.

"우리 저 아래로 내려가 봅시다. 찾을 수 있지 않을까?"

아래를 내려다보는 자가 말했다.

"아깝지만, 여기까지만 가야 해. 여기가 어딘지 둘러보라고."

옆에 있던 이가 대답했다.

"여기가 어딘데?"

아래를 보던 자가 다시 물었다.

"저 반대쪽 절벽부터 호랑이인들의 땅인 걸 몰라?"

옆에 있던 자가 다시 말했다.

호랑이 가죽으로 옷을 해 입은 자가 입을 열었다.

"아쉽지만, 모두 돌아간다. 여기에 더 있다가 호랑이인의 눈에 띄면 오해를 사고 말 거야. 호랑이를 사냥하고 있었다는 것을 알게 되어도 큰 문제가 일어날 수 있어. 다친 승냥이들의 상태를 살피고, 우리는 돌아간다."

"네, 알겠습니다. 어르신."

모두는 대답하고 승냥이를 몰고 남쪽으로 향했다.

바위 뒤에서 이 모습을 살피고 있던 백삼은 그들이 돌아서서 가 버리자. 절벽 아래를 살폈다. 호랑이가 떨어진 절벽은 꽤나 경사가 심하여 사람이 내려가기 어려웠지만, 백삼이 있는 곳은 조심하면 내려갈 수도 있을 듯 보였다. 백삼은 절벽 아래로 조심스럽게 내려갔다.

한 식경은 걸려서야 호랑이가 떨어졌던 곳에 도착한 백삼은 절벽을 올려다보았다. 높이가 까마득한 것이 살아 있는 것이 떨어진다면 살지 못할 것 같았다. 백삼은 기대를 버리고 호랑이를 잘 파묻어 주리라 생각하고 호랑이를 찾았다. 호랑이가 떨어졌을 것이라 생각하는 곳에 도착하니, 계곡물로 된 커다란 웅덩이가 있었다.

깊이가 얼마나 깊은지 맑은 물이 시커먼 색을 띠고 있었다. 웅덩이 한쪽 끝 바위에는 호랑이와 같이 떨어진 승냥이가 널브러져 있었는데, 머리가 다 깨져 흉하기 짝이 없었다. 백삼은 승냥이의 주위를 자세히 살폈지만, 호랑이의 모습이 보이지 않았다.

백삼은 흐르는 계곡의 아래 방향을 찾았다. 급하게 흐르던 물이 약해지는 끝에 호랑이의 무늬가 보였다. 백삼은 급히 호랑이 무늬가 보이는 곳으로 갔다. 그곳에는 백삼이 아까 보았던 호랑이가 옆으로 힘없이 누워 있었다.

가까이서 보니 호랑이의 크기는 훨씬 컸다. 백삼은 이렇게 큰 호랑이는 본 적도 들은 적도 없었다. 호랑이에게 다가섰던 백삼은 화들짝 놀라서, 뒤로 넘어져 엉덩이를 밀며 뒤로 물러났다. 백삼은 깜짝 놀라 말했다.

"살아 있어…."

정신을 가다듬고 백삼은 조심해서 일어나, 호랑이에게 한 발 또 한 발 접근해 갔다. 호랑이가 만져질 거리에 서서 천천히 호랑이에게 손을 내밀었다. 호랑이는 물에 젖어 있었지만 따뜻했다. 백삼은 호랑이의 얼굴을 살폈지만, 호랑이는 입을 열고 혀까지 늘어뜨리고 눈을 감고 있었다. 가슴이 조금씩 움직이는 걸로 보아 분명 살아 있는 듯했다.

백삼은 자신이 매고 있는 자루를 열었다. 그리고 어머니가 챙겨 주신 약초 환 중 하나를 집어 들었다. 백삼은 망설임 없이 집어 든 환을 호랑이의 목구멍으로 깊숙이 밀어 넣었다. 목구멍이 얼마나 깊은지 백삼의 어깨가 걸릴 때까지 넣었다가는 뺐다. 백삼은 품에서 청동으로 된 작은 칼을 꺼냈다. 아버지가 백삼이 성인이 된 것을 축하하기 위해 준 칼이었다. 워낙 귀한 것이라 백삼도 처음으로 사용해 보는 것이었다.

백삼은 칼로 앞다리의 화살이 박힌 곳을 약간 째고 활을 뽑았다. 피가 뿜어져 나오는 곳을 약초잎으로 눌러 막았다. 얼마의 시간이 흐르고 조심스럽게 잎을 들어 피가 멈췄는지 확인했다. 멈춘 피를 확인한 백삼은 뒷다리의 화살을 똑같은 방법으로 제거했다. 그리고 백삼은 호랑이 몸을 구석구석 살피기 시작했다. 승냥이에게 물려 뜯긴 곳에도 약초잎을 빻아서 골고루 펴 발랐다. 호랑이의 온몸에는 상처가 나지 않은 곳이 없었다. 백삼은 나뭇잎으로 계곡물을 받아서 호랑이의 입에 부었다.

잠깐 생각에 잠긴 백삼은 급히 일어서서 숲의 이곳저곳을 뛰어다니며 거의 한 시진 동안 사냥을 했다. 운이 좋게도 두 마리의 토끼를 잡은 백삼은 호랑이가 누워 있는 곳으로 돌아왔다. 그런데 무슨 일인가. 금방까지 누워 있던 호랑이의 모습이 온데간데없었다. 백삼은 깜짝 놀라 주위를 살폈다. 하지만 어느 곳에도 호랑이의 모습은 보이지 않았다.

백삼이 주위가 어두워지는 것을 느끼고 조심해서 고개를 돌리는 순간, 호랑이가 백삼의 뒤쪽에 서 있었다. 놀란 백삼은 그 자리에 주저앉았다. 백삼은 심호흡을 한번 하고 손에 들고 있는 토끼를 호랑이 얼굴 쪽으로 내밀었다. 호랑이는 백삼이 있는 몇 발짝까지 절뚝이면서 천천히 걸어왔다.

호랑이와 백삼은 서로의 눈에서 눈을 떼지 않았다. 호랑이가 점점 더 가까이 오자 백삼은 마른침을 삼켰다. 온몸의 털이 곤두서는 느낌과 함께 백삼의 몸이 가늘게 떨려 왔다. 서서히 접근한 호랑이는 백삼이 내민 토끼 한 마리를 입으로 가져가서 단번에 삼켜 버렸다. 백삼은 그제야 안도의 한숨이 나왔다.

백삼은 남은 한 마리를 다시 호랑이 얼굴에 내밀었다. 호랑이는 기다렸다는 듯 토끼를 한입에 삼켰다. 그리고 백삼의 곁을 지나쳐 마른 땅에 엎드려 누웠다. 백삼은 숨죽여 이 상황을 파악하고 있었다. 백삼의 생각에 호랑이가 자신을 해칠 것 같지는 않았다. 서서히 자리에서 일어난 백삼은 호랑이를 보았다. 호랑이는 눈을 감고 있었다. 자고 있는지는 알 수 없었지만, 자신을 경계하고 있지 않은 것은 충분히 느낄 수 있었다. 백삼은 조심스럽게 말했다.

"날이 어두워지고 있어서요. 저는 집으로 돌아가야 해요. 제가 내일도 토끼를 잡아 올 거예요. 알겠지요."

호랑이는 알아들었다는 듯 눈을 떠 백삼을 한 번 보고 다시 눈을 감았다.

다음 날이 밝아오자, 백삼은 온 숲을 헤매고 다녔다. 호랑이의 덩치가 너무 컸기에 토끼 한두 마리로 배를 채울 수는 없었다. 두 시진이나 숲을 돌며 사냥해서 세 마리의 토끼를 잡을 수 있었다. 간단하게 끼니를 해결하고 백삼은 호랑이에게 갔다.

호랑이는 전날 있던 곳에서 미동도 없이 누워 있었다. 백삼이 가까이 오자 눈을 뜨고 자리에서 일어나 다가왔다. 백삼은 여전히 심장이 심하게 요동치고, 미묘한 떨림을 느끼며, 호랑이에게 나아갔다. 백삼이 말했다.

"토끼를 많이 잡으려고 했는데, 세 마리뿐이에요. 미안해요. 그래도 맛있게 먹고 빨리 나아야 해요."

호랑이는 알아들었는지 못 알아들었는지 절뚝거리며, 백삼에게 다가왔다. 백삼은 토끼를 내밀었다. 호랑이는 토끼 세 마리를 순식간에 먹어치우고 다시 누웠던 곳으로 향했다. 백삼은 호랑이를 향해 다시 이야기를 꺼냈다.

"제가 지금 당신에게 가서 약초를 바를 거예요. 가도 되겠죠?"

돌아오는 말은 없었지만, 백삼은 조심스럽게 한 걸음씩 호랑이에게 나아갔다.

호랑이는 백삼이 자기 옆에 와서 앉을 때까지 아무런 미동도 없었다. 백삼은 뽑아 온 약초를 품속에서 꺼내서 조심스럽게 화살로 생긴 상처 위에 발랐다. 호랑이는 아픈지 잠깐 놀라는 듯하더니, 이내 평온하게 눈을 감았다. 약초를 구석구석 바를 때까지 호랑이는 맹수라는 사실을 잊은 듯 온순하기 그지없었다.

며칠을 백삼은 호랑이를 돌보는 데 모든 신경을 쓰고 있었다. 호랑이가 백삼을 신뢰한다는 것을 백삼은 느끼고 있었다. 백삼의 정성 때문인지, 호랑이는 이제 절뚝거리는 것도 많이 없어지고, 대부분의 상처도 아물었다. 그리고 큰 변화 중의 하나는 백삼이 호랑이를 만지는 데 전혀 거리낌이 없어졌다는 것이다.

호랑이도 백삼에게 신뢰의 행동을 보이는 것에 주저함이 없었다. 이렇게 서로에게 신뢰한 어느 날 백삼이 호랑이에게 말했다.

"제 이름은 백삼이라고 해요. 호백삼. 하얀 숲의 호랑이라는 뜻입니다. 당신에게도 이름이 필요할 것 같아요. 그래서 생각해 봤는데… 단(椴)이라고 부르면 어떨까요? 자작나무라는 뜻입니다. 난 자작나무를 제일 좋아해요. 어때요? 이름 맘에 들어요? 단 님."

호랑이 단은 이름이 마음에 들었는지. 크게 울부짖었다. 호랑이 단은 백삼에게 다가와서 백삼의 몸에 얼굴을 비볐다. 백삼은 신나서 단을 끌어안았다. 백삼은 자신도 모르게 단을 끌어안고 있는 것에 속으로 많이 놀라고 있었다. 백삼은 호랑이인들이 받들어 모시는 신을 이렇게 안아도 되는지 머릿속으로는 혼란함을 느끼고 있었다.

호랑이인 누구도 호랑이를 안거나, 만졌다는 이야기를 한 번도 들어본 적이 없었다. 호랑이인들 숭배의 대상에게 불경을 저지르는 것 같아, 백삼은 안았던 손을 풀었다. 하지만 호랑이 단은 백삼에게 자기 머리를 비벼대는 행동을 한동안 멈추지 않았다. 백삼은 호랑이 단의 상처를 살피며 말했다.

"단 님, 같이 우리 집으로 가야겠어요. 이제 단 님이 어느 정도 기력을 찾았으니, 우리 집에서 며칠만 더 치료하면 말끔히 나을 거예요."

단은 알아들었는지 백삼을 따라 움직였다. 집으로 돌아온 백삼은 단을 치료하기가 훨씬 쉬워졌다. 단도 꽤 안정을 찾은 것 같았다. 다만, 단이 점점 건강이 좋아질수록 먹성이 좋아지는데, 백삼은 커다란 사냥감을 잡지 못했다. 백삼은 작은 사냥감을 여러 마리 잡으려고, 사냥에 많은 시간을 빼앗길 수밖에 없었다.

며칠이 더 흐르자, 호랑이 단은 곧 사냥을 할 수 있을 정도로 건강이 좋아져 있었다. 이제는 다리를 절지도 않았다. 다만 많이 먹지 못해서 백삼이 처음 보았을 때의 덩치보다는 말라 있었다. 백삼은 다짐하며 집을 나섰다. 커다란 짐승을 사냥해서 돌아오겠다고 생각했다. 백삼은 자작나무숲 깊은 곳으로 발길을 옮겼다. 그렇게 사슴이라도 한 마리 잡는다면 참 좋겠다는 생각으로 눈 쌓인 숲으로 발걸음을 옮길 때였다.

눈으로 보이는 거리에 사슴이 보였다. 백삼은 기쁜 마음으로 천천히 사슴이 보이는 곳으로 조심스럽게 움직였다. 열 보만 더 가면 활을 쏠 수 있었다. 그렇게 한 발을 떼려는 데, 열 보쯤 떨어진 수풀 속에서 검고 커다란 것이 모습을 보였다. 멧돼지였다.

백삼은 이렇게 커다란 멧돼지는 본 적이 없었다. 그리고 이렇게 가까운 곳에서도 본 적이 없었다. 멧돼지는 이빨 크기도 너무나 컸다. 백삼은 순간 몸이 굳어 버렸다. 멧돼지의 눈이 날카롭게 백삼을 향하고 있었다. 백삼은 자신도 모르게 활을 멧돼지에게 향했다. 그 순간 멧돼지가 전속력을 내며, 백삼을 향해 튕겨 나왔다. 동시에 백삼의 화살이 바람을 가르며, 앞으로 쏘아져 나왔다.

화살은 달려오는 멧돼지의 앞다리 어깨를 관통해 들어갔다. 멧돼지는 달려오는 속도를 이기지 못하고 앞으로 굴러 넘어졌다. 멧돼지는 눈 위를 미끄러져 얼굴을 눈 속에 처박고서 멈추었다. 백삼이 안도의 숨을 쉬려는 찰나, 멧돼지가 고개를 털며 일어섰다. 백삼이 활에 화살을 다시 걸어 보려 했지만, 멧돼지의 속도가 너무 빨랐다. 백삼은 멧돼지가 코앞에 다다르자, 본능적으로 눈을 감고 소리쳤다.

"아…."

다음 순간 '쿵' 소리가 났다. 그 소리에 백삼은 눈을 떴다. 눈앞에는 멧돼지가 옆으로 널브러져 있고, 그 옆으로 호랑이 단이 멧돼지를 바라보고 있었다. 쓰러진 멧돼지는 바로 일어서서 호랑이 단을 쏘아보고 서 있었다. 일격을 맞은 멧돼지이지만, 호랑이에게 전혀 겁을 먹지 않고 덤벼들 자세를 취했다. 단은 백삼을 한 번 돌아보고 멧돼지에게 고개를 돌렸다. 그 순간 멧돼지가 단을 향해 덤벼들었다.

단의 오른쪽 앞발을 물려고 멧돼지가 입을 벌리는 순간, 단의 왼쪽 앞발이 벌써 멧돼지의 얼굴을 가격하고 있었다. 멧돼지는 머리부터 땅으로 떨어졌다. 호랑이 단은 순식간에 떨어지는 멧돼지의 목을 물고서 서 있었다. 멧돼지는 배를 하늘로 향한 채 단의 이빨에 목을 잡혀서 발버둥을 쳤지만, 발버둥 칠수록 단의 이빨은 더욱더 멧돼지의 목으로 파고들 뿐이었다.

단이 발버둥 치는 뒷발을 앞발로 잡고 엎드리자, 멧돼지는 꿈쩍도 하지 못했다. 잠시 후 하얀 눈 위로 멧돼지의 피가 흥건하게 흘러나왔다. 백삼은 안도의 숨을 쉬고 단에게 조심스럽게 다가갔다. 단도 물었던 멧돼지의 목을 풀어냈다. 멧돼지는 축 늘어진 채 죽어 있었다. 단은 일어서서 백삼에게 걸어와서 머리를 백삼에게 비볐다. 백삼은 단의 머리를 안고 말했다.

"고마워요, 단 님. 죽는 줄 알았어요."

백삼은 단을 안고 한참을 있었다. 백삼이 안았던 팔을 풀자, 단은 다시 멧돼지의 목을 물고 일어섰다. 멧돼지가 얼마나 큰지 단도 땅 위 눈 바닥에 질질 끌면서 집으로 걸었다. 백삼은 미소를 지으며 단의 뒤를 따랐다. 두 식경가량 멧돼지를 끌고서 돌아온 단이, 배고픔에 멧돼지를 마구 먹어 치울 것으로 생각했던 백삼은 고개를 갸웃거릴 수밖에 없었다. 집 마당에 멧돼지를 던져 놓고 그 옆에서 미동도 없이 앉아 있었다. 궁금한 백삼이 물었다.

"단 님, 배고프지 않아요? 어서 멧돼지로 식사하세요. 많이 먹어야 살도 붙고, 건강을 찾지요."

백삼의 말에 단이 일어서서 백삼을 멧돼지에게 밀었다. 백삼은 알 수 없는 단의 행동에 단을 빤히 바라보았다. 그때 또다시 단이 백삼을 멧돼지에게 밀었다. 그제야 백삼은 느끼는 것이 있어 말했다.

"혹시, 저한테 멧돼지를 주려는 거예요? 저 먹으라고요?"

백삼은 먹는 시늉도 해 본다. 그리고 단의 얼굴을 바라본다. 백삼은 호랑이 단이 멧돼지를 자신에게 주려는 것을 알았다. 백삼은 한편으로는 기쁘기도 했고, 한편으로는 고맙기도 했다. 백삼은 집 안으로 들어가서 돌칼을 들고 다시 나와서 멧돼지의 화살을 빼고 한쪽 다리를 큼직하게 여러 조각으로 잘라내었다. 그중 한 덩어리를 몇 조각으로 분리해서 나무에 꽂아서 아궁이에 익혔다.

고기를 다 익혀서 마당으로 나온 백삼은 단에게 갔다. 백삼은 잘라 놓은 고깃덩어리 중 가장 큰 덩어리를 끌고 와서 단의 머리 앞에 놓았다. 그리고 자신은 구워 온 고기를 들고 말했다.

"단 님, 우리 같이 밥 먹어요. 단 님이 잡은 고기라 더 맛있을 것 같아요. 제 목숨을 살려 준 것도 고맙고요. 이 멧돼지 고기도 맛있게 먹을게요. 단 님도 맛있게 드세요."

단은 처음에는 멧돼지 고기를 먹으려 하지 않았지만, 백삼이 몇 번을 권하자 알아듣고 먹기 시작했다. 둘은 하루 종일 아무것도 먹지 않았기 때문에 게걸스럽게 고기를 먹어 치웠다. 백삼은 오래간만에 행복한 미소가 떠올랐다.

또 며칠의 시간이 지나갔다. 단은 이제 덩치도 예전처럼 커졌고, 상처도 모두 말끔히 치료가 되었다. 그동안 단은 하루가 멀다 하고, 사냥을 해 왔다. 사슴과 멧돼지를 주로 잡아 왔는데, 둘이 먹고도 남을 정도로 많은 양이었다. 백삼은 남는 고기를 손질하여 잘 말렸다. 겨울이지만 볕이 좋아 잘 말랐다. 백삼은 한겨울에 이렇게 신선한 고기를 배부르게 먹어 본 적이 별로 없었다. 가죽도 넉넉하여, 정말 편안한 겨울을 보내고 있었다.

2장

승냥이와의 만남

　남쪽 땅끝에는 봄의 소식이 들려올 시기였다. 하지만 백삼이 있는 자작나무숲은 여전히 눈에 덮여 있었다. 백삼은 무료함을 달래며 자작나무숲을 바라보았다. 호랑이 단은 사냥을 나갔는지 아니면 자신의 영역을 둘러보러 나갔는지 보이지 않았다. 단이 이렇게 자리를 비우면 두 시진은 그의 모습을 볼 수 없었다.

　백삼은 사람을 못 본 지 한 달은 되었다. 마지막으로 사람을 본 것이 한 달 전에 북쪽 자작나무숲 끝에 살고 있는 호랑이인 가족을 만나서, 필요한 것들을 구해 왔을 때였다. 백삼은 매우 활동적인 사람이었다. 평생 꿈꿔 왔던 자작나무숲에서의 삶이지만, 겨울을 다 보내지도 않았는데 무료함을 참기가 힘들었다.

　그동안 단이 없었다면, 백삼은 벌써 이곳 생활을 끝내고 돌아갔을 것이다. 부모님과 약속한 시각은 일 년이었다. 일 년간 자유롭게 경험을 쌓는 것에 백삼의 부모님도 동의했다. 백삼이 경험을 쌓으려고 떠나는 곳이 집과는 너무 멀리 떨어진 곳이라 걱정했을 뿐이었다. 하지만 백삼은 집으로는 돌아가고 싶지 않았다. 남쪽으로 내려가고 싶었지만, 승냥이인들과 호랑이인들은 사이가 좋지 않았다.

호랑이인들의 땅은 매우 넓었다. 하지만 승냥이인들의 땅은 그렇지 못했다. 그 때문에 승냥이인들은 호랑이인들의 땅에 넘어오는 경우가 많았다. 백삼이 태어나기 훨씬 전에 일이다. 백삼의 어머니가 백삼의 나이일 때, 전쟁이 있었다. 수백 명의 승냥이인들이 창과 활을 가지고 북쪽 자작나무숲을 넘어왔다. 이때 호랑이인 천 명이 이들을 막았고, 그중 이백 명이 죽었다고 했다.

물론 승냥이인 대부분도 죽었다. 이후로 호랑이인들이 자작나무숲 밖으로 이들을 몰아내어 버렸다. 자작나무숲 끝에 절벽은 자연스럽게 승냥이인들이 넘을 수 없는 암묵적인 경계가 되었다. 자작나무숲 동쪽 이십 리쯤 떨어진 곳에는 절벽이 없이 승냥이인들의 땅과 연결된 곳이 있다. 이곳은 아직도 수시로 승냥이인들이 호랑이인의 땅을 가장 많이 넘어오는 곳이었다. 승냥이인들도 호랑이인과의 싸움을 원치 않았으므로 지나친 침범은 피하려 했다.

백삼은 무료한 끝에 자작나무숲 동쪽 끝으로 가 보겠다는 마음을 먹고 자리에서 일어났다. 활과 투석구를 챙겨 들고 집을 나섰다. 백삼은 동쪽 끝으로는 처음 와 보는 곳이라 이곳저곳을 구경하며 걸었다. 덕분에 자작나무숲 동쪽 끝에 왔을 때는 한 시진 가까이 흘러 있었다.

백삼이 오면서 보니 사람의 접근이 없는 곳이라 그런지, 사냥감이 될 만한 동물들이 무척 많이 눈에 띄었다. 백삼은 승냥이인들이 이곳을 찾는 이유를 알 것 같았다. 그렇게 오랜만에 자작나무숲을 벗어나 여러 가지 수목이 섞인 숲으로 들어섰다. 그렇게 일각 정도의 시간을 걸었을 때, 승냥이들의 짖는 소리와 '그르렁'거리는 시끄러운 소리가 들렸다.

백삼은 활과 화살을 뽑아 들고 조심해서 소리가 나는 쪽으로 향했다. 몇 발짝을 걷자, 승냥이 하나가 쓰러져 죽어 있었다. 승냥이 주위 눈밭에는 사방에 피가 튀어 있었다. 어지러운 승냥이 발짝 속으로 호랑이의 발짝이 보였다. 백삼은 깜짝 놀라서 소리가 나는 쪽으로 뛰었다.

수백 보 앞으로 달려 넓은 공간이 나왔는데, 승냥이 네 마리와 사람 하나가 호랑이와 대치하고 있었다. 백삼은 안도의 한숨을 쉬었다. 승냥이와 대치하고 있는 호랑이가 단이 아니었기 때문이다. 성체가 된 지 얼마 안 된 덩치가 작은 호랑이였다. 주변이 피투성이인 것을 보아, 승냥이들은 이곳저곳 상처가 많아 보였다. 승냥이인으로 보이는 젊은 남자도 창을 든 팔꿈치에서 피가 한 방울씩 떨어지고 있었다.

백삼은 호랑이 쪽으로 천천히 걸었다. 호랑이에게 신경을 쓰고 있던 남자는 백삼을 잠시 보고 다시 호랑이를 바라보며, 긴장한 표정을 했다. 백삼은 목에 걸고 있는 호각을 입에 물었다. 천천히 호랑이의 정면에 선 백삼은 호각을 불었다. 약간 들릴 듯 말 듯한 소리가 호각에서 울려 퍼졌다.

호랑이는 백삼을 한 번 보고 몸을 돌려 숲으로 사라졌다. 승냥이와 남자는 호랑이가 사라졌는데도, 사라진 방향으로 시선을 고정한 채 여전히 긴장해 있었다. 백삼은 그렇게 서 있는 남자를 보며 말했다.

"호랑이는 갔어요. 걱정하지 말고, 날 보세요."

백삼의 말에 그 남자는 대꾸를 하는 대신 백삼 쪽을 바라보고 자리에 주저앉았다. 넋이 빠진 얼굴을 얼마간 보이던 남자는 잠시 후 정신을 차린 듯 말했다.

"감사합니다. 우리 모두 죽는 줄 알았어요. 정말 감사합니다."

백삼은 남자의 이곳저곳을 살피고 말했다.

"다쳤네요. 괜찮아요?"

"네. 호랑이 발톱이 제 팔을… 아….""

남자는 대답을 하며, 자기 팔을 보여 주다가 신음을 내었다. 남자의 팔에서 아직도 피가 멈추지 않고 흐르고 있었다. 백삼은 품에서 약초를 꺼내어 씹었다. 잠시 후 다 씹은 약초를 꺼내어 피가 나는 남자의 팔에 붙이고 나뭇잎으로 감싸고 묶어 주었다. 남자는 아무런 말 없이 백삼이 치료하는 것을 보고 있었다.

백삼이 남자의 치료가 끝나고, 승냥이에게 향하자, 승냥이들은 백삼을 향해 '그르렁' 소리를 내었다. 승냥이가 덤벼들 자세를 취하자, 남자가 승냥이를 향해 휘파람을 불었다. 소리를 들은 승냥이는 이내 얌전하게 굴었다. 백삼은 남자를 치료한 것처럼 승냥이들에게 약초를 발라 주고 남자에게 돌아왔다.

돌아온 백삼은 그제야 남자의 얼굴을 꼼꼼히 보았다. 남자는 백삼의 나이 또래로 보였고, 상당히 잘생긴 호남형의 얼굴이었다. 키는 백삼보다 머리 하나가 더 컸으며, 얼굴은 햇볕에 그을려 백삼과 서 있으면 낯빛이 완전히 달랐다.

"내 이름은 호백삼이에요. 당신의 이름은 뭐예요?"

백삼이 남자에게 물었다.

"내 이름은 시무산(豺武山)입니다."

남자가 대답했다.

"승냥이인인가요?"

백삼이 남자를 똑바로 바라보며 물었다.

"네. 나는 승냥이인입니다. 당신은 호랑이인인가요?"

무산이 쑥스러운 듯 자신의 승냥이 쪽으로 고개를 돌리며, 물었다.

"네. 호랑이인입니다. 여기가 호랑이의 땅인 건 알고 있겠죠?"

백삼은 약간 책망하는 목소리로 말했다.

"알고 있습니다. 죄송합니다. 사냥감을 쫓다 보니, 너무 깊숙하게 들어와 버렸습니다. 사죄드리겠습니다."

무산이 고개를 숙이며, 진심으로 사과의 말을 했다.

"아까 호랑이와는 어떻게 만나게 되었죠? 혹시 호랑이를 사냥하고 있었던 것은 아니겠죠?"

백삼의 이번 질문은 냉랭함을 가지고 있었다.

"아닙니다. 멧돼지를 쫓고 있었는데, 승냥이 하나가 단독 행동을 하다가 그만… 호랑이인 줄 모르고 풀숲으로 뛰어들었습니다. 호랑이를 대면했을 때는 도망갈 수가 없어서, 승냥이들과 같이 싸움을 벌일 수밖에 방법이 없었습니다. 도와주시지 않았다면, 저는 지금 호랑이의 밥이 되었을 것입니다. 다시 한번 감사드립니다."

무산은 대답하며 다시 한번 고개를 숙였다.

"알겠어요. 호랑이를 사냥하고 있지 않았다니, 정말 다행이네요."

백삼은 냉랭함이 한결 풀어진 목소리로 말했다.

"괜찮으시다면, 한 가지 여쭈어도 될까요?"

무산이 물었다.

"네. 물어보세요. 무엇이 궁금하지요?"

백삼이 말했다.

"어떻게 호랑이를 한 번에 물러가도록 했는지 궁금합니다."

무산이 묻자, 백삼은 목에 걸린 호각을 꺼내 보이며 말했다.

"이 호각을 불어서 돌려보낸 것입니다. 이 호각은 인간들은 잘 들리지 않지만, 호랑이는 이 소리를 싫어해요. 호각을 불면, 대부분의 호랑이는 호각 소리를 피합니다. 물론 예외는 있다고 들었어요. 저도 사용해 본 것은 이번이 처음이에요. 효과가 있어서 천만다행입니다."

"그것참. 신기한 호각이군요."

무산이 말했다.

"나도 궁금한 것이 있는데요?"

백삼이 무산에게 말했다.

"네. 말씀하세요. 성심성의껏 말씀드리겠습니다."

무산이 대답했다.

"승냥이인들 마을에 가 본 호랑이인이 있나요?"

백삼의 질문에 무산은 잠시 당황한 표정을 짓고 대답했다.

"오래전에는 서로 오고 가기도 했다고 들었습니다. 하지만 저는 한 번도 호랑이인을 본 적이 없습니다. 마을에서는 더더욱 그렇고요."

"왜 본 적이 없어요? 있잖아요?"

백삼이 반문하듯 물었다.

무산은 눈이 휘둥그레져서 백삼을 보며 말했다.

"저는 한 번도 호랑이인을 본 적이 없습니다. 진짜예요."

"지금 눈앞에서 보고 있잖아요. 내가 호랑이인이 아니면 누구인가요? 하하하."

백삼은 무산을 놀리고 신나서, 크게 박장대소를 했다.

무산은 백삼의 말을 이해하고 쑥스러운 듯 따라 웃었다.

"하하하."

신나게 웃고 난 백삼이 다시 말했다.

"내가 무산 당신의 목숨을 구한 것은 잊지 않았죠?"

무산이 대답했다.

"물론입니다."

백삼이 말했다.

"그럼. 은혜를 갚아요!"

무산은 어려운 것을 요구할지 걱정하며 말했다.

"어떻게 갚아야 할까요?"

백삼이 미소를 지으며 말했다.

"당신의 마을을 보고 싶어요."

무산은 놀라며, 다시 물었다.

"우리 마을을 보고 싶다고 했나요?"

백삼이 답했다.

"맞아요. 당신 마을."

무산은 승냥이의 시신을 어깨에 둘러메고 백삼의 앞으로 걸었다. 승냥이 네 마리는 마을로 돌아가는 선두를 차지하고, 백삼은 맨 뒤쪽에 자리를 잡고 신이 난 얼굴로 이곳저곳을 신기한 듯 구경을 하며 따랐다. 그렇게 두 시진을 걸어 그들은 상평(上平)이라 불리는 곳에 도착했다.

백삼이 살던 평토 크기의 반도 되지 않았지만, 승냥이인의 땅에 처음 와 보는 백삼에게는 온통 구경할 것으로 넘쳐났다. 평토와 특히 다른 점

하나는 길에는 사람 수만큼이나 승냥이들이 많다는 것이었다. 어떻게 이들은 승냥이와 같은 공간을 사용할 수 있는지, 백삼은 신기할 뿐이었다. 사냥으로 먹고사는 승냥이인들은 집마다 고기를 말리고, 가죽을 말리는 것이 일상적으로 보였다. 어느 한 집도 예외가 없었다.

평토와 크게 다른 점은 집들이 규모가 작고, 간단하게 만들어져 있다는 것이었다. 그리고 집마다 승냥이의 집이 같은 공간에 있었다. 특이하게도 승냥이의 수가 사람의 몇 배는 되어 승냥이 집이 집안 대부분을 차지하는 곳도 있었다. 백삼이 무산의 집에 도착한 것은 해가 거의 떨어져 가는 시간이었다. 무산의 집에는 승냥이 다섯 마리가 더 있었다.

무산이 죽은 승냥이를 승냥이들 앞에 내려놓자, 아홉 마리의 승냥이는 약속이나 한 듯 하늘을 바라보며 구슬프게 울었다. 승냥이들의 울음소리가 멈추자, 무산은 다시 승냥이를 둘러메고 집을 나섰다. 백삼은 말없이 무산을 따랐다.

일각 정도 걸었을까? 백삼의 눈앞에는 믿을 수 없는 풍경이 펼쳐져 있었다. 깊이를 알기 어려울 정도로 깊은 구멍이 땅 위에 있었다. 그 넓이가 백 보는 족히 되어 보이는 커다란 구멍이었다. 무산은 천천히 죽은 승냥이를 그 앞에 내려놓고 승냥이에게 엎드려 기도하는 듯하더니, 아까 승냥이가 하듯 하늘로 몇 번의 승냥이 울음소리를 내었다. 그러고는 죽은 승냥이를 커다란 구멍 속으로 던져 넣었다. 구멍이 얼마나 깊은지 아무런 소리가 나지 않았다.

집으로 돌아오자, 날은 완전히 어두워져 있었다. 무산은 자작나무 껍질을 벗겨 놓은 곳에 불을 피웠다. 마당은 환하게 밝아졌다. 무산은 걸어 말려 놓은 고깃덩어리를 가져와서 승냥이들에게 하나씩 주었다. 그런 뒤

백삼에게 와서 고기 한 덩어리를 내밀며 말했다.

"죄송합니다. 대접할 것이 이것뿐입니다."

백삼이 미소 짓고 말했다.

"괜찮아요. 이거면 충분해요."

무산이 건넨 고기는 멧돼지 고기였는데, 짠맛이 나는 것이 무척 맛있었다. 호랑이인들이 먹는 말린 고기와는 달랐다. 호랑이인들이 말린 고기는 짠맛이 없었다.

백삼이 혼잣말했다.

"어! 이거 맛있는데!"

무산이 고기를 찢어 입에 넣으며, 말했다.

"맛이 괜찮으셔요?"

백삼이 활짝 미소를 짓고 말했다.

"맛있어요!"

백삼이 물었다.

"여기서 혼자 살아요?"

무산이 고기를 씹으며 대답했다.

"승냥이인들은 열여섯이 되면, 혼자 나와서 살아야 합니다."

백삼도 고기를 씹으며 말했다.

"그렇구나! 우리 호랑이인들 하고 다르네. 우리는 결혼했을 때 집에서 떠나는데…."

식사를 마치자, 무산이 말했다.

"여기 이 방을 쓰세요. 저는 승냥이의 집에서 자겠습니다."

백삼이 말했다.

"나 때문에 불편하겠어요."

무산이 설명했다.

"아니요. 우리 승냥이인들은 손님이 오면 자신의 방을 내어주고 승냥이의 집에서 자는 것이 당연합니다. 미안해하지 마세요."

무산은 뭔가가 생각난 듯 말을 이었다.

"내일이 우리 승냥이인들에게 일 년 중 가장 중요한 날입니다. 축제기도 하고요."

백삼이 물었다.

"무슨 날인데요?"

무산이 대답했다.

"제일 중요한 것은… 신들의 싸움이 있습니다."

백삼이 다시 물었다.

"신들의 싸움?"

"네. 승냥이들의 우두머리를 가리는 싸움입니다. 우리 승냥이인들의 먹고사는 문제가 달린 제일 중요한 행사로 생각하시면 됩니다. 오늘은 늦었으니, 쉬시고 내일 자세히 말씀드리겠습니다."

무산은 대답하고 방을 나섰다.

백삼은 궁금했지만, 내일을 기약하고 잠을 청했다.

아침이 밝아오고, 백삼과 무산은 신들의 싸움이 벌어지는 곳으로 바쁘게 몸을 움직였다. 벌써 수많은 사람과 승냥이가 신들의 싸움을 보기 위해 모여들고 있었다.

풍산이 들어서자, 사람들은 허리를 굽혀 인사를 하며, 손을 비벼 빌었다. 풍산이 울타리 안으로 걸어 들어와서 울타리를 한 바퀴를 도는 동안 사람들의 이 행동은 멈추지 않았다. 겨울이 끝나고 봄이 찾아오는 이 시기에 승냥이들을 이끌 새로운 우두머리를 찾는 것은 승냥이인들의 최고 행사이자 축제였다.

강한 우두머리를 찾는 것은 승냥이들에게는 사냥의 성패를 결정짓는 벅고사는 것이 달린 가장 중요한 일이었다. 올해 풍산에게 도전하는 승냥이는 붉은 털을 가진 흡사 여우의 생김새를 가진 듯 보였다. 이 몇 년 동안 풍산은 승냥이의 우두머리 자리를 놓친 적이 없었다. 특히 최근에 있었던 신들의 싸움에서, 어떤 적수도 풍산의 싸움 실력에 근접한 승냥이는 없었다. 하지만 이번 풍산의 적수는 풍모가 달랐다.

풍산의 덩치가 무척이나 큰 편이었는데, 덩치로는 우열을 가릴 수 없을 정도로 컸다. 지켜보는 승냥이인들은 이번 대결의 기대감 속에서, 처음 풍산이 승냥이의 우두머리가 되던 그때의 기억을 되살려내고 있었다. 무산은 백삼에게 풍산이 처음 신들의 싸움에 나가서 우두머리가 된 것에 대해 이야기를 풀기 시작했다.

오 년 전 승냥이들의 우두머리 이름은 이리였다. 이리는 칠 년 동안이나 승냥이들의 우두머리 자리를 차지했다. 회색빛 털을 가지고 있는 이 승냥이는 긴 송곳니와 긴 주둥이를 가지고 있었다. 이리는 신체 조건이 훌륭하기도 했지만, 실전 경험도 많아서 어떤 상대의 도전도 통하지 않았다.

게다가 괴팍한 성격을 가지고 있어서, 이리에게 도전했던 일곱 마리의 승냥이 중 다섯이 이리와의 대결 후에 죽었고, 둘은 다리를 절어야 했다. 이리는 상대에게 자비를 베풀지 않았다. 이 시절의 승냥이인들은 이리의 사냥 실력으로 인해 굶는 자가 없었다. 모두 이리를 받들고 좋아했다.

이리에게 내려오는 전설적인 싸움이 하나 있다면, 이리가 두 번째 우두머리가 되었을 때였다. 사냥감들이 모자라 북으로 향했다가 호랑이인들의 땅을 넘었던 적이 있었다. 선발대로 맨 앞쪽에 있던 승냥이 한 마리가 호랑이에게 물려 죽었다. 승냥이인들과 승냥이들은 모두 겁에 질리지 않을 수 없었다. 하지만 이리는 달랐다.

승냥이의 목을 물고 서 있던 호랑이를 향해 이리는 달려들었다. 이리가 달려드는 모습에 호랑이는 물었던 승냥이를 놓고 이리에게 덤벼들었다. 호랑이는 앞발을 휘둘렀지만, 승냥이 이리를 맞추지 못했다. 이리는 호랑이의 앞발을 피하고 재빠르게 옆으로 돌아서 호랑이의 뒷다리를 물고 좌우로 흔들었다. 그리고 껑충 뛰어올라 호랑이의 뒤쪽에 서 있었다. 이리의 입에는 호랑이의 살점과 피가 범벅이 되어 있었다.

이 한 번의 공격에 놀랐는지 호랑이는 두 보를 뒤로 물러서 '으르렁' 소리를 냈다. 이리의 눈에는 살기가 일었다. 승냥이인들은 아무런 소리도 내지 못하고 싸움을 지켜보고 있었다. 겁이 나서인지 어떤 승냥이도 이리를 도우려 앞으로 나서지 못했다. 이리와 호랑이는 서로에게서 눈을 떼지 못하며, 주위를 한 바퀴 돌았다.

대치를 끝낸 것은 호랑이였다. 순식간에 이리에게 돌진하듯 나아갔다. 호랑이의 앞발이 순식간에 여러 번 공중을 휘저었다. 휘젓는 발에 이리의 옆구리 쪽으로 호랑이의 발톱이 스쳐 지나갔다. 붉은 피가 사방으로 튀었다. 그렇지만 이리는 당황하지 않았다. 호랑이의 뒤쪽으로 돌아서 처음 호랑이를 물었던 다리를 다시 물고 놓지 않았다.

호랑이는 이리 쪽으로 몸을 돌리려 했다. 하지만 이리가 물고 있는 다리를 놓지 않고 매달리자, 허리를 옆쪽으로 하고 앞발을 휘둘렀다. 그러나 발은 이리에게 닿지 못했다. 이리는 호랑이 다리를 물고 뒤쪽에서 빙

글빙글 돌았다. 호랑이는 물린 다리가 아픈지 연신 큰 소리를 내며 이리에게 앞발을 휘저었다.

한 식경 동안의 대치로 호랑이는 힘이 빠지고 있었다. 이리도 힘이 빠지기는 매한가지였다. 겁에 질려 눈치만 보던 승냥이들은 이리가 승기를 잡자 서서히 호랑이를 에워싸기 시작했다. 호랑이는 불리한 상황에 승냥이들이 자신을 둘러싸자 길게 포효했다. 그 순간 수십 마리의 승냥이들이 달려들어 호랑이를 물어뜯었다.

호랑이의 비명 같은 포효가 골짜기에 울려 퍼져 나갔다. 이날 이리의 승리는 호랑이를 잡는 승냥이라는 전설을 만들어 냈다. 승냥이인들은 이날의 승리로 자긍심을 얻었다. 또한 이로써 호랑이인들의 땅을 더욱 침범하게 되었다. 이리는 승냥이인들과 승냥이의 영원한 우두머리로 각인되었다. 그렇게 칠 년간 계속되었던 이리의 세상에, 풍산이 도전장을 내민 것이다.

풍산은 태어날 때부터 남다른 모습이었다. 승냥이인들은 풍산처럼 새하얀 털을 가지고 태어난 녀석을 본 적이 없었다. 눈보다 더 하얬다. 그래서 풍산을 신성한 자태로 태어났다고 생각했다. 태어날 때부터 다른 형제들보다 크기가 두 배는 더 컸다. 어미의 젖을 독차지하듯 했던 풍산은 자신의 형제들과 덩치 차이가 점점 더 벌어져 갔다.

풍산이 다 자라자 다른 형제들보다 두 배는 컸다. 풍산의 덩치와 하얀색 털은 승냥이는 물론이고, 승냥이인들조차 특별하게 생각하고 있었다. 전설과도 같은 이리가 있으므로 당장은 아니지만, 이리의 뒤를 이을 다음 후계자로 풍산을 꼽지 않는 자가 없었다. 승냥이인들의 상상으로만 있었던, 신들의 싸움. 전설의 이리와 신성한 하얀색 털을 가진 풍산의 대결은 승냥이인들의 관심을 넘어 승냥이인들의 앞날이 달린 일이었다.

승냥이인들과 승냥이들은 신들의 싸움을 지켜보기 위해 모여들었다. 이리는 여유가 넘쳐 보였다. 백전노장의 풍모가 느껴졌다. 풍산에게서는 젊은 도전자의 패기가 보였다. 신들의 싸움을 지켜보는 자들은 이리가 승리할 것으로 생각했다. 풍산에게 실제 싸움 경험이 부족하다는 이유에서였다.

목숨을 내어놓고 누군가와 싸우는 모습을 어떤 누구도 보지 못했으므로, 그렇게 생각하는 것은 어쩌면 당연한 일이었다. 긴장감 속에 이리와 풍산의 싸움은 시작되었다. 풍산을 가운데 두고 이리가 서서히 돌고 있었다. 풍산은 그 모습을 놓칠세라 두 눈을 이리에게 향하여, 제자리에서 서서히 빙빙 돌았다. 이리는 수많은 싸움의 경험에서 얻은 여유로운 모습을 보이고 있지만, 풍산의 약점을 찾으려 온 시선을 풍산을 살피는 데만 썼다.

모두가 숨죽여 지켜보는 가운데, 이리가 앞으로 갑자기 뛰어나왔다. 보통의 승냥이라면 상대의 이런 움직임에 깜짝 놀라서 뒤로 물러나거나 앞으로 덤벼들게 마련이었다. 하지만 풍산은 미동도 하지 않았다. 풍산의 대범함에 모두 깜짝 놀랐다. 덤벼들던 이리는 멈춰 섰다. 그러고는 다시 풍산의 외곽으로 돌기 시작했다.

빈틈을 찾지 못했는지, 이리는 풍산의 반대쪽으로 몸을 돌려 움직였다. 긴장된 시간이 흐르고, 풍산이 이리 쪽으로 서서히 거리를 좁히기 시작했다. 풍산의 움직임이 바뀌자, 이리는 돌던 발걸음을 멈추고 풍산을 향해 섰다. 두 승냥이는 잠시 멈춘 듯하더니, 순간적으로 앞으로 튀어나왔다. 하얀 이빨을 몇 번이나 열었다 닫기를 반복했다. 너무나 민첩한 움직임에 승냥이인들은 깜짝 놀랐다.

　이리의 모습은 여러 번 보아 왔던 승냥이인들 이기에 이리의 모습은 익숙했다. 하지만 풍산이 이리와 같은 민첩함으로 맞상대가 된다는 것이 너무나 놀라웠다. 모두가 놀라움을 채 거두지도 못했는데, 다시 이리의 공격이 시작되었다. 이번에는 풍산의 앞다리를 향해 이빨을 드러냈다.

　간발의 차이로 풍산은 공격을 피했다. 그런 뒤 이리의 오른쪽으로 급히 돌아서 이리의 목을 노렸다. 하지만 이리는 만만한 상대가 아니었다. 목을 피함과 동시에 한 바퀴를 돌아서 풍산의 엉덩이 쪽을 물려고 덤벼들었다. 풍산은 엉덩이를 급히 돌리며, 오히려 이리의 엉덩이를 물려고 했다.

　일진일퇴의 공방은 승냥이 누구에게도 피해를 주지 못하고 끝났다. 둘은 다시 서로를 보며 대치하는 상황에 들어갔다. 사람들은 손에 땀을 쥐고 있었다. 모두는 이 긴박한 상황이 끝나자 참았던 숨을 쉬었다. 구경하는 모두가 마치 함께 싸움에 참여하기라도 한 듯 지쳐 가고 있었다. 잠시 바라보던 승냥이들은 다시 한 몸처럼 뭉쳐 들어갔다. 몇 번인가를 엎치락뒤치락하던 이리가 풍산의 뒷다리를 물었다.

　같은 순간 풍산도 이리의 뒷다리를 물었다. 그렇게 서로 뒷다리를 물고 옆으로 쓰러졌다. 물고 있는 누구도 입을 놓지 않았다. 풍산의 하얀 털에 피가 배어 나오고 있었다. 풍산의 입 주위 하얀 털이 이리의 피로 물들고 있었다. 두 승냥이는 죽은 듯 얼마간을 그렇게 있었다. 잠시의 시간이 흐르고 두 승냥이는 약속이나 한 듯 일어서서 서로에게서 입을 떼어 냈다. 그러고는 두 발짝씩 뒤로 물러서서 상대를 노려보았다.

　지켜보는 승냥이인들은 온몸에 힘을 얼마나 주고 있었는지, 다리에 힘이 풀려 주저앉는 자가 여럿이었다. 벌써 이들의 싸움이 한 식경을 넘었다. 싸움은 대부분 일각을 넘지 않았다. 하지만 이리와 풍산은 지쳐 보이지 않았다. 대치중의 고요함을 깨뜨린 것은 이리였다. 갑작스럽게 좌우로 번갈아 뛰며 풍산을 몰아붙이더니, 풍산의 오른쪽 어깨를 물고 하늘로 던져 버렸다.

풍산 같은 큰 덩치를 던지다니, 구경하는 자들은 경탄하는 탄성을 질렀다. 이리는 이 순간을 놓치지 않았다. 머리부터 떨어지는 풍산을 향에 달려들어 풍산의 배 쪽을 물려고 뛰어들었다. 모두는 이제 승패가 갈렸다고 생각하고 있었다. 이리의 이빨이 풍산의 배를 물려는 찰나, 풍산이 몸을 안쪽으로 말아서 달려오는 이리의 목에 이빨을 넣었다.

공중에서 엉킨 이리와 풍산은 아래로 떨어져 '쿵' 하는 커다란 소리를 내었다. 떨어진 승냥이들이 서로 엉켜서 죽은 듯이 미동도 없이 있었다. 자세히 보니, 풍산이 아래쪽에 깔려 배를 하늘 방향으로 하고 있고, 이리는 다리로 서서 위에서 누르고 있는 형국이었다.

바라보는 모두는 이리가 풍산을 이겼다고 생각하고 있었다. 그런데 다시 본 승냥이들의 모습은 모두의 예상을 깨어 버렸다. 이리는 풍산의 어느 곳도 물고 있지 못했다. 반대로 풍산은 거꾸로 있는 상태이지만, 이리의 목을 물고 있었다. 모두는 이 모습에 경악할 수밖에 없었다. 싸움에서 목을 물린다는 것은 죽음을 뜻하기 때문이었다. 구경하는 이들 모두 풍산이 이리의 목을 무는 것을 보지 못했다.

그렇게 미동도 없는 일각의 시간이 흘렀다. 이리의 다리와 몸이 떠는가 싶더니, 옆으로 쓰러져 넘어졌다. 신들의 싸움이 끝나면 보통은 환호성과 박수가 쏟아졌다. 그러나 아무도 박수를 치지도, 환호성을 내지르지도 못했다. 풍산을 미워해서가 아니었다. 예상을 벗어난 충격적인 결과에 당황했기 때문이었다. 승냥이인들이 보아 왔던 신들의 싸움 중 가장 충격적인 결과였다.

이리가 죽었다. 승냥이들을 배고픔에서 건져 주었던 최고의 사냥꾼, 이리가 죽었다. 사람들은 새로운 우두머리 풍산을 걱정스레 바라보았다. 그러나 이들의 걱정은 기우에 불과했다. 풍산이 우두머리가 되자 사냥은 더욱 활기를 띠었다. 이리와는 다른 우두머리로서 풍산의 역량은 다른 승냥이들의 행동이 달라졌다는 데 있었다. 대부분 겁이 많았던 승냥이들이 풍산 밑에서는 겁 없는 용사들이 되었다.

무산의 이야기를 다 듣고 난 백삼은 더욱 흥미로운 눈으로 풍산을 바라보았다. 백삼은 호랑이 단과도 겁 없이 맞서던 풍산의 모습이 생각났다. 대단한 승냥이임은 말할 필요도 없었다. 백삼은 기대하고 관전을 시작했다.

승냥이 신들의 싸움이 시작되었다. 풍산과 붉은 털의 승냥이는 서로를 향해 서서히 다가섰다. 서로에 대한 탐색전도 없이, 붉은 털의 승냥이가 풍산에게 달려들었다. 앞다리를 물려는 두 번의 빠른 시도를 풍산은 뒤로 물러나며 피했다. 공격이 무력화되었지만, 붉은 털 승냥이의 공격은 멈추지 않았다. 왼쪽으로 한 번 물고 다시 오른쪽을 물고 몸을 날려 뒤쪽을 공격했다. 풍산은 이 빠른 공격을 빠짐없이 무력화시켰다. 사람들 틈에서 '와' 하는 탄성이 들려왔다.

백삼도 같이 탄성을 질렀다. 백삼이 그동안 많은 싸움을 본 것은 아니지만, 이렇게 가까운 거리에서 목숨을 걸고 싸우는 모습에는 압도당하지 않을 수가 없었다. 붉은 털 승냥이의 계속된 공격을 피하기만 하던 풍산이 울타리 근처까지 몰렸다. 더 이상 피할 곳이 없었다. 붉은 털 승냥이는 더욱더 공격에 박차를 가했다.

드러난 하얀 이빨이 섬뜩하게 번쩍였다. 그르렁거리는 소리에 듣는 이들은 소름이 돋았다. 백삼은 숲에서 승냥이를 만나는 상상을 해 보고 몸서리를 치면서도 다시 승냥이들의 싸움에 빠져들었다. 풍산은 울타리가 몸에 닿자, 공중으로 튀어 올랐다. 제자리에서 도움닫기도 없이 뛰었는데도 붉은 털 승냥이가 있는 위치에서 한참 뒤에 떨어져 내렸다.

붉은 털 승냥이는 승기를 잡은 줄 알고 달려들다가 풍산이 가볍게 빠져나가 버리자, 제자리에 동상처럼 굳었다. 그 모습에 사람들이 풍산에게 손뼉을 쳤다. 풍산은 몸을 돌려서 붉은 털 승냥이에게 한 걸음씩 다가섰다. 붉은 털 승냥이는 자세를 낮추고 이빨을 드러내며, 위협적인 소리를 냈다. 반면에 풍산은 조용히 발걸음을 옮겨서 빠르게 붉은 털 승냥이의 어깨를 물고 고개를 좌우로 흔들었다. 풍산의 입가에 빨간색 피가 스미기 시작했다.

붉은 털 승냥이가 빠져나오려 안간힘을 쓰지만, 풍산의 턱에는 자비가 없었다. 한 번 물었던 곳을 더욱 강하게 물자, 붉은 털 승냥이가 물린 쪽 다리를 접으며 엎드렸다. 그러자 풍산이 그 다리를 놓아 주었다. 풍산이 입을 놓자 기다렸다는 듯 붉은 털 승냥이가 입을 크게 벌리고 풍산을 물려고 덤벼들었다.

풍산은 앞발을 사용해 가볍게 붉은 털 승냥이의 머리를 밀어내고 옆으로 돌아 뒷다리를 물어서 또 한 번 좌우로 흔들었다. 얼마나 심하게 흔들었는지, 붉은 털 승냥이는 좌우로 흔들리며 비명을 질렀다. 풍산이 소리를 듣고 다시 턱에 힘을 빼고 놓아주었다. 붉은 털 승냥이는 겁에 질린 듯 꼬리를 뒷다리 사이에 넣고 주저앉아 움직이지 않았다.

사람들은 풍산에게 박수와 환호를 보냈다. 어떤 사람들은 붉은 털 승냥이가 전혀 힘을 못 쓴다고, 덩칫값을 못 한다며 쑤군거리기도 했다.

백삼은 놀라고 있었다. 덩치도 비슷한데 전혀 상대가 안 될 정도로 풍산은 민첩하고 싸움의 기술이 좋았다. 처음부터 상대가 되지 못했다. 일 년을 기다린 것 치고 싱거운 신들의 싸움이 되었지만, 모든 사람은 즐거워했고 다행으로 생각하는 듯했다. 풍산이 다시 우두머리가 되었으니, 앞으로도 승냥이들과 승냥이인들은 배불리 먹을 수 있을 것이다.

승냥이인들은 북과 나무통을 치며 소리를 질렀다. 승냥이들은 사람들 틈에서 신이 나는지 이곳저곳을 뛰어다녔다. 곧 준비되어 있던 고기들을 가지고 나와서 먹고 마시는 축제가 시작되었다. 사람들과 승냥이는 날이 저물도록 춤을 추고 노래를 불렀다. 백삼은 신기한 광경을 보고 맛있는 고기를 먹으며, 무산과 승냥이인들과의 축제를 즐겼다.

3장

승냥이와 고라니

　　호랑이 단은 커다란 멧돼지 한 마리를 물고 자작나무숲 백삼의 집으로 돌아왔다. 마당 한쪽에 잡아 온 멧돼지를 던져 놓고 단은 집안으로 향했다. 그런데 집안 어디에도 백삼의 모습이 보이지 않았다. 사냥을 다녀오면, 항상 누구보다 더 반겨 주던 백삼이었다. 단은 문 앞에 엎드렸다. 그렇게 무료한 듯 몇 시진을 엎드려 있던 단은 몸을 일으켜 앉아 좌우를 살폈지만, 백삼은 돌아오지 않았다. 날이 어두워지기 시작했다.

　　단은 다시 몸을 일으켜 서서 집 주위를 돌아 백삼을 찾았다. 다시 몇 시진이 지나, 새벽이 가까워졌다. 백삼을 찾아 이곳저곳을 찾아 헤매던 단은, 승냥이의 피 냄새와 호랑이의 냄새 그리고 백삼의 흔적을 찾았다. 몇 마리 승냥이들의 뒤섞인 냄새에 단은 불안해졌다. 그래서 승냥이들이 사라진 방향으로 급히 발길을 움직였다.

　　상평에 도착한 단은 발길을 멈췄다. 인간의 마을에 들어간 적이 없었기에 마을 주위를 돌았다. 단이 만난 인간은 백삼, 그리고 자신에게 활을 쏜 자들뿐이었다. 인간의 마을에 들어가 본 적은 단 한 번도 없었다. 또한 자신의 영역도 아닐뿐더러, 상평의 공기에는 수많은 승냥이의 냄새가 진동하고 있었다. 날이 밝아오자 수많은 사람과 승냥이가 모여들고, 소리치고 노래를 부르고 시끄럽게 북을 치고, 나무통을 치고 하는 통에 단은 더욱더 마을로 들어갈 수가 없었다.

날이 어두워지고 단은 조용히 마을로 접어들었다. 모두가 잠에 빠져 있어, 마을은 아무도 없는 듯 고요했다. 단은 혼란스러웠다. 마을에 분명 백삼이 있다는 걸 알고 있었지만, 수많은 승냥이와 사람 냄새가 뒤섞여 백삼을 찾기가 쉽지가 않았다. 시간은 자정으로 접어들고 있었다. 도처에서 승냥이가 울부짖는 소리와 사람들이 북과 나무통을 치는 소리, 고함 등이 시끄럽게 울려 퍼졌다.

자고 있던 백삼은 소리에 놀라 급히 일어나 밖으로 나왔다. 마당에는 언제 나왔는지, 무산이 소리가 나는 쪽을 바라보고 있었다.

백삼이 물었다.

"무슨 일이야?"

"마을에 침입자가 있어요." 무산은 대답을 마치고 창을 들었다.

무산은 다른 설명 없이 소리가 나는 쪽으로 뛰어갔다. 백삼은 무산의 뒤를 급히 쫓으며 말했다.

"같이 가. 무산."

일각이 채 되기도 전에 무산과 백삼은 넓은 공터에 도착했다. 그곳에는 족히 백 마리는 넘는 승냥이와 수십 명의 사람들이 저마다 활과 창을 들고 호랑이 한 마리를 에워싸고 있었다. 백 마리의 승냥이는 언제라도 덤벼들 기세로 '그르렁'거렸다.

　승냥이 중에는 풍산도 보였다. 호랑이는 수많은 승냥이와 사람들에게 둘러싸여서도 전혀 위축됨 없이 주위를 살피고 있었다. 호랑이가 뒤로 돌자, 백삼은 호랑이를 알아볼 수 있었다.

　백삼이 놀라 소리쳤다.

　"단!"

　긴장감에 호랑이를 뚫어져라 보고 있던 사람들은 일제히 소리가 나는 쪽으로 고개를 돌렸다. 그곳에는 백삼과 무산이 서 있었다. 단도 백삼의 목소리를 듣고 백삼을 바라보았다.

　백삼이 다시 한번 크게 소리 질렀다.

　"단!"

　단은 백삼이 소리친 곳으로 몸을 돌려서 서서히 걸었다. 단을 에워싸고 있던 승냥이들은 단이 움직이는 방향에서 조금씩 뒷걸음질 쳤다. 승냥이들은 단의 덩치에 압도당해서인지 서서히 백삼에게로 가는 길을 터 주었다. 백삼과 삼십 보쯤 떨어진 곳까지 다가서자, 흰색의 그림자가 백삼과 단의 사이를 막아섰다.

　몇몇이 든 흔들리는 횃불과 달빛 덕택에 흰색 그림자가 풍산이라는 것을 또렷하게 알 수 있었다. 풍산은 다른 승냥이처럼 그르렁거리지도 이빨을 보이지도 않았다. 단도 걸음을 멈추었다. 찾아온 정적에 모두 숨을 쉴 수 없었다. 이곳에 있는 모두는 폭풍 전의 고요함 같은 것을 느꼈다.

　풍산이 막아서자, 다른 승냥이는 언제 뒷걸음을 쳤냐는 듯 다시 단 주위를 둘러싸기 시작했다. 이때 풍산이 하늘로 한 번 울부짖었다. 승냥이들은 이 소리를 듣고 모두 몇 발짝씩 뒤로 물러섰다. 승냥이들이 뒤로 물러서자 단과 풍산이 서 있는 곳에, 어제 있었던 '신들의 싸움'과도 비슷한 공간이 만들어졌다. 단과 풍산은 마치 주변에 둘만이 존재하는 듯 서로를 응시했다. 숨 막히는 순간도 찰나에 끝났다. 풍산이 어느 순간 단의 코앞까지 달려서 하얀 이빨을 크게 벌리고 덤벼들었다. 단은 어느 사이에 풍산에게 앞발을 날렸다. 단이 앞발을 날리는 속도가 너무 빨라서 풍산은 단을 물지 못했다. 오히려 어깨 쪽을 맞아 옆으로 굴러서 제자리에 섰다.

다행히 발톱에 상처를 입지는 않았다. 풍산은 좀처럼 보이지 않던 하얀 이빨을 드러내고 자세를 낮추어 공격 자세를 취했다. 단은 뒷다리로 앉아서 앞다리를 모두 들었다. 단은 안 그래도 덩치가 큰데, 이렇게 몸을 세우자 두 배는 커진 것 같았다. 승냥이 세 마리가 이 순간 단의 옆으로 튀어나와서 송곳니를 드러내고 단을 쏘아보았다. 그 순간 풍산이 '그르렁' 소리를 내자 나왔던 세 마리의 승냥이는 자신의 자리로 되돌아갔다. 풍산을 믿어서인지, 그곳의 누구도 창이나 활을 단에게 사용하려 하지 않았다.

다시 긴장된 시간이 계속되었다. 풍산이 이번에는 좌측으로 돌아 뛰었다. 단이 오른발을 휘갈겼으나, 풍산이 피하고 어느새 단의 옆구리를 물었다. 단은 놀라서 고개를 돌려 풍산을 물었다. 단의 속도도 너무 빨라서, 풍산도 어깨를 물려 던져졌다. 서로가 가볍지만, 한차례의 공격에 성공하고 또다시 대치에 들어갔다. 또다시 풍산이 단의 좌측으로 덤벼들었다. 단은 풍산을 향해 순식간에 네 번 앞발을 휘저었다. 그리고 네 번째 휘둘렀을 때, 단의 왼쪽 발톱이 풍산의 오른쪽 어깨 깊숙이 박히고는 지나갔다.

풍산의 어깨에서 순식간에 피가 흘러 오른쪽 다리가 붉게 물들었다.

심한 공격을 당했으나 풍산은 울부짖지도 겁을 먹지도 않았다. 상처가 깊은지 움직일 때 약간씩 다리를 절었다. 단은 상대가 다쳐서 빈틈을 보이는데도 공격하지 않고 지켜보았다. 이때 누군가가 크게 소리를 질렀다.

"활을 준비해라!"

활을 가진 자들이 모두 화살을 활에 걸고 단을 향해 조준했다. 그런데 다음 순간 백삼이 앞으로 나서며 단을 가로막고 말했다.

"모두 멈추세요!"

활을 쏘려던 모두는 깜짝 놀라서, 조준하던 활을 내렸다.

표범의 가죽을 머리에 쓴 자가 말했다.

"넌 뭐냐? 누구기에 막아서는 것이냐?"

백삼이 큰 소리로 말했다.

"난 호백삼이라 합니다. 호랑이인입니다."

표범 가죽을 머리에 쓴 자가 놀라 말했다.

"호랑이인…! 어떻게 호랑이인이 우리 마을에 있는 것이지?"

무산이 대답하며, 백삼의 근처로 와서 섰다.

"소 조장님, 제 친구입니다. 제가 마을에 데려왔습니다."

표범 가죽을 쓴 소 조장이 다시 물었다.

"무산, 너의 친구라고?"

무산이 대답했다.

"네, 제 친구입니다. 그리고 제 생명의 은인이기도 합니다."

소 조장이 되물었다.

"생명의 은인?"

무산이 말했다.

"제가 호랑이에게 죽을 뻔했을 때, 백삼이 저를 구했습니다."

승냥이인들은 사냥하며 살아가기 때문에 항상 목숨을 걸어야 했다. 맹수를 사냥하는 일은 목숨을 담보로 하는 일이다. 따라서 승냥이인들은 자신의 생명을 구한 자에게 특별한 예우를 하는 것을 당연하게 생각했다.

소 조장이 설명해 말했다.

"무슨 말인지 알겠다, 무산. 저 호랑이 여인을 데리고 비켜서거라. 저 호랑이는 우리 마을에 들어와 있다. 누구를 해칠지 알 수 없으니, 호랑이를 죽여야 한다."

무산은 백삼을 데리고 자리를 피하려 했다. 하지만 백삼은 자리에서 움직이지 않으며 말했다.

"저는 호랑이인으로 누구든 호랑이를 죽이는 것을 묵도할 수 없습니다. 그리고 단은 제가 같이 살며 모시는 신이니, 더더욱 죽게 할 수 없습니다. 저는 이 자리에서 한 발짝도 움직이지 않겠습니다."

표범 가죽을 쓴 소 조장이 놀란 얼굴로 말했다.

"나도 호랑이인들에 대해서 많이 들어 알고 있다. 호랑이인들이 호랑이를 신으로 모시지만, 호랑이와 산다는 이야기는 지금까지 들어 본 적이 없다. 너는 지금 내게 거짓을 말하는 것이냐?"

백삼은 모두가 들리도록 큰 소리로 말했다.

"아니요. 거짓이 아닙니다. 단은 저와 같이 살고 있는 제 호랑이 신입니다."

승냥이인들은 백삼의 말을 듣고 모두 웅성거리며 이야기를 주고받았다.

소 조장은 반신반의하는 듯한 목소리로 말했다.

"너의 말이 맞다면, 증명을 해 보거라. 어찌 사람이 맹수인 호랑이와 같이 살 수가 있느냐? 몇 시진도 지나지 않아 호랑이의 밥이 될 것을 말이다. 너는 목숨이 몇 개는 된다는 말이냐?"

백삼이 대답했다.

"그럼, 제가 증명하겠습니다."

백삼은 돌아서서 단에게 똑바로 걸어갔다. 그곳에 모여 있는 이들은 모두 백삼의 행동에 놀라 숨을 죽이고 바라보았다. 백삼이 단에게서 십 보 떨어진 곳까지 걸어가자, 단도 백삼에게 걸어오기 시작했다. 보는 이들은 모두 침을 꿀꺽 삼켰다. 사방은 쥐 죽은 듯 조용했다. 승냥이도 그르렁 소리를 내지 못하고 백삼과 호랑이를 바라보았다.

무산은 백삼이 호랑이를 쫓아내는 것은 보았지만, 지금의 행동을 말리고 싶었다. 하지만 두 다리가 고정된 것처럼 움직이지 않았다. 백삼과 호랑이는 점점 가까워져 다섯 보 거리에 있었다. 호랑이가 마음만 먹는다면 한 번에 뛰어서 백삼을 덮치고도 남을 거리에 있었다. 하지만 백삼의 걸음걸이에서 공포감을 찾아볼 수 없었다.

잠시 후 백삼과 호랑이가 더욱 가까워지자, 호랑이가 앞발을 쳐들고 일어섰다. 모두는 깜짝 놀랐다. 어떤 자는 눈을 감았고, 어떤 자는 입을 떡하니 벌렸다. 모두 이제 백삼은 죽은 목숨이라 생각하고 있었다. 그런데 모두의 예상과 달리 호랑이는 쳐들었던 앞발로 백삼을 안았다. 백삼도 호랑이를 마주 안았다.

이 광경을 지켜보던 누구 하나 자신의 얼굴을 꼬집거나, 볼을 때려보지 않는 자가 없었다. 마치 꿈꾸는 것 같았다. 누군가에게 지금의 상황을 설명한다면, 아무도 믿지 않을 것이었다.

백삼은 기뻤다. 그렇지 않아도 단이 신경이 쓰이던 차에 이렇게 만나게 되니, 저절로 미소가 떠올랐다. 구경하는 사람들은 아직도 현실감이 없었다. 호랑이와 사람이 부둥켜안는 것을 처음 보았다. 게다가 호랑이를 안고 있는 여자를 자세히 보니, 자기들이 이제껏 한 번도 보지 못한 미인이었기 때문이다. 아름다운 여인의 미소를 보자, 방금까지 있었던 숨 막히는 긴장감과 맹수들의 싸움은 모두가 잊혔다.

무산도 정신을 차리지 못하고 혼란스러웠다. 백삼이 비범함을 갖춘 사람이라는 것은 짐작하고 있었지만, 맹수 중 가장 무서운 호랑이가 저렇듯 대하다니. 상상도 못 했다. 소 조장도 이 상황을 어떻게 받아들여야 할지 어안이 벙벙하기는 마찬가지였다.

그렇게 얼마간 그 광경을 바라보던 사람들 틈에서 호랑이 털을 입은 사람이 걸어 나왔다. 승냥이인들은 그제야 걸어 나오는 사람을 향해 고개를 숙이고 한 발짝씩 뒤로 물러났다.

고개를 숙여 예를 취한, 소 조장이 물었다.

"언제 오셨습니까? 조장님."

조장이라 불린 이가 대답했다.

"조금 되었네…."

조장이 들어서고, 사람들이 모두 인사를 하는 통에 백삼도 사람들이 보는 방향을 바라보았다. 낯이 익은 얼굴이었다. 백삼은 갑자기 '으르렁' 거리는 단을 보고 깜짝 놀랐다. 단이 으르렁거리는 모습을 백삼은 처음 보았다. 순간 백삼은 조장이라는 사람이 단을 쫓고 있었던 사람이라는 것을 알아차렸다.

조장이 단을 바라보며 말했다.

"절벽 밑으로 떨어졌던 것이 분명한데, 이렇듯 멀쩡하게 내 눈앞에 있다니, 영물은 영물이야. 내 너를 놓쳐 두고두고 후회했는데, 이렇게 다시 만나는구나."

소 조장이 놀란 목소리로 물었다.

"조장님께서 늘 말씀하시던 호랑이가 저 호랑이입니까?"

"그래. 내가 항상 이야기하던 그놈이야. 영물인 줄은 알았지만, 사람과 어울려 사는지는 몰랐는데…. 놀라운 일이야. 저 여자는 누군가?"

조장의 물음에 소 조장이 대답했다.

"호랑이인입니다."

조장이 놀라 반문했다.

"호랑이인…?"

소 조장이 무산을 가리키며 말했다.

"네. 무산이 우리 마을로 데리고 왔습니다."

조장이 물었다.

"무산. 네가 데려왔느냐?"

무산이 답했다.

"네. 제가 데려왔습니다."

무산을 바라보며, 조장이 물었다.

"외지인을 마을에 데려온 이유가 무엇이냐?"

무산이 대답했다.

"제 생명을 구해 주었습니다. 호랑이에게 목숨을 잃을 뻔했습니다."

조장이 다시 물었다.

"저 호랑이를 말하는 것이냐?"

무산이 말했다.

"아닙니다. 더 작은 호랑이였습니다."

조장이 혼잣말처럼 말했다.

"이것 참 곤란하게 되었군…. 생명의 은인이라…."

조장은 잠시 생각에 빠져 고민하는 듯싶더니 말했다.

"호랑이와 호랑이인을 생포해 가두거라."

백삼과 무산의 놀람도 잠시, 이곳저곳에서 백삼과 단에게 그물이 던져졌다. 단은 발버둥 쳤지만 빠져나갈 수 없었다. 백삼은 놀라서 말했다.

"왜 이러세요? 절 놓아주세요. 호랑이인을 괴롭히면 승냥이인들에게도 좋지 않아요. 승냥이들이 호랑이를 사냥하는 것을 알게 되면 전처럼 전쟁이 일어날걸요."

조장이 말했다.

"맞는 말이다. 그래서 널 잡아 놓고, 생각을 좀 해야 하겠어."

무산이 다급히 말했다.

"조장님. 백삼은 제 생명의 은인입니다. 승냥이는 은혜를 저버리지 않습니다. 잊으셨습니까?"

조장은 무산에 대답하는 듯 혼잣말하는 듯 혼란스럽게 답했다.

"그래서, 내가 지금 바로 저들을 죽이지 않는 것이다. 생명의 은인에 대한 보답으로… 무산. 우리 승냥이인들은 호랑이, 표범, 고라니, 무엇이든 마음대로 사냥했다. 그것이 우리 승냥이인이다. 호랑이인들의 세력이 커지고, 우리가 전쟁에서 패한 후 호랑이인들의 눈치를 살펴야 한다니… 마음에 들지 않아…. 너는 하필 호랑이인에게 은혜를 입었느냐…."

백삼과 단은 달빛이 약간 새어 들어오는 곳에 갇혔다. 한 시진만 더 지나면 날이 밝아올 것이었다. 백삼은 깊은 생각에 빠졌다. 실수로 전쟁 이야기를 꺼내서 승냥이 조장의 화를 돋운 것 같아 후회가 되었다. 목숨이 경각에 달렸는데 탈출할 길이 막막했다.

갇힌 곳을 빙글빙글 돌던 단도 지쳤는지 몸을 누이고 있었다. 백삼이 승냥이 조장의 입장에서 생각해 보면, 바로 자신과 단을 죽여야 후환이 없을 터. 백삼이 승냥이 마을에 있는지 아는 호랑이인도 없으니 도움을 받을 수 있을 리가 없었다. 생각이 여기에 미치자, 백삼은 한숨이 나왔다. 이제 겨우 성인이 되어 세상에 나왔는데 곧 죽을 수 있다는 것이 실감이 나지 않았다.

이런 생각 저런 생각을 하고 있는데 갑자기 문이 조심스럽게 열렸다. 문 뒤에는 무산이 서 있었다. 무산은 손가락으로 입을 막고 조용히 하라는 행동을 보였다. 백삼은 반가워 뭐라고 말하려다. 손으로 입을 막았다. 무산이 따라오라는 듯 표현하자, 백삼과 단은 조용히 그를 따라갔다. 마을은 깊은 잠에 빠진 듯 조용했다. 그들이 조용히 마을을 빠져나오자, 무산이 말했다.

"미안해, 백삼. 너를 위험에 빠뜨리려 했던 것은 아닌데, 일이 이상하게 되어 버렸어."

백삼이 대답했다.

"아니야, 무산. 네 잘못이 아닌데, 사과할 필요 없어."

무산이 말했다.

"곧 날이 밝을 거야. 날이 밝으면 우리가 없어진 것을 모두가 알게 될 거야. 그럼, 누군가가 우리를 쫓을 거야. 우리는 되도록 멀리 도망가야 해."

백삼이 물었다.

"어디로 도망가려고?"

무산이 대답했다.

"호랑이인들이 있는 곳으로 가야 하니, 북쪽 자작나무숲이 있는 경계선으로 도망가야 잡히지 않겠지."

백삼이 말했다.

"이제 반 시진이면 날이 밝아올 거야. 모두 무산처럼 생각하고, 우리를 쫓겠지. 그럼 우리는 쉽게 잡힐 거야."

무산이 물었다.

"그럼, 어디로 가야 해?"

백삼이 대답했다.

"완전히 반대로 가야지. 승냥이인들이 더 많이 살고 있는 남쪽으로 말이야."

무산은 따라 말하고 말을 잊지 못했다.

"남쪽…?"

백삼과 무산 그리고 단은 남쪽으로 반 시진을 쉬지도 않고 달렸다. 숨이 턱까지 찬 백삼이 숨을 고르며 겨우 말했다.

"무산, 너는 이제 집으로 돌아가."

무산이 반문했다.

"무슨 소리야? 집으로 돌아가라니?"

백삼이 걱정스레 말했다.

"나는 잡히면 큰 문제지만, 넌 아마도 돌아가면 용서를 받을 수 있을 거야."

무산이 대답했다.

"우리 승냥이인들은 생명의 은인에 대한 은혜를 잊지 않아. 백삼의 덕에 나는 새로운 생명을 얻은 거야. 그런데 내가 어디를 가겠어?"

백삼이 제안했다.

"그럼 이렇게 하자. 내가 안전해지면 너는 다시 승냥이인들이 있는 네 집으로 돌아가는 거야. 알겠지?"

무산은 마지못해 대답했다.

"어… 알겠어…. 그렇게 할게."

날이 밝은 상평에서 반 시진이 지나고서야 백삼과 단이 없어진 것을 알았다. 소 조장은 추격대를 만들어 북쪽 경계로 향했다. 두 시진을 경계까지 쫓았으나, 어디에도 백삼과 단의 흔적은 찾을 길이 없었다. 소 조장은 급히 상평으로 돌아와 무산을 찾았지만, 어찌 된 일인지 무산도 보이지 않았다.

소 조장은 급히 조장을 찾아 말했다.

"호랑이와 호랑이 여인, 무산이 보이지 않습니다. 북쪽 경계까지 찾아보았으나, 흔적을 찾지 못했습니다. 시간으로 보아서 북쪽으로 향하지는 않은 것 같습니다."

곰곰이 듣고 있던 조장이 말했다.

"그럼, 남쪽으로 내려갔다는 것인가? 영악한 것. 그것참."

소 조장이 물었다.

"어떻게 할까요?"

조장이 흥분해서 말했다.

"걸어서 쫓기에는 시간이 너무 벌어졌다. 잡기 힘들 것이다. 남쪽으로 가서 경계를 넘으려면 함야(咸野)를 지나야 한다. 바다에 배를 띄워 쫓아라. 함야에 가서 도움을 청해."

 백삼과 무산이 승냥이인들을 피해 도망친 것이 벌써 보름이나 되었다. 단이 필요할 때마다 사냥을 해 왔기에 식량을 구하는 데 시간을 허비할 필요가 없었다. 그래서 추격대와의 격차를 삼 일은 더 벌였을 것으로 생각했다. 아직은 날씨가 쌀쌀해서 불을 피우지 못할 때는 추위에 떨어야 했지만, 단의 몸에 바싹 붙으면 몸을 녹일 수 있었다. 처음 무산은 단의 근처에 무서워 접근도 못 했다. 하지만 점차 친해지더니 이제는 추우면 누가 시키지 않아도 단에게 와 붙었다. 언제부터인지는 알 수 없지만, 백삼과 무산도 오래된 친구처럼 서로를 대하고 있었다.

 같이 위험을 넘고 있어서인지 서로에 대한 신뢰가 생기고 있었다. 백삼과 무산은 추적대를 만나지 않은 것을 다행으로 생각했다. 멀리 함야가 내려다보이는 곳에 도착한 백삼과 무산은 고민했다.

 무산이 걱정하며 말했다.

 "함야로 지나가면 바로 고라니인들의 땅으로 넘어갈 수 있는데, 산으로 가면 삼 일은 더 걸릴 것 같아. 단을 데리고 함야를 통과할 수도 없고, 어떻게 해야 좋을까?"

 백삼이 물었다.

 "뒤쪽의 추적자들에게 따라잡힐 수도 있겠네?"

 무산이 근심 어린 목소리로 말했다.

 "응. 추적자들이 함야를 통과해서 고라니인의 경계선에서 우리를 기다리면 우리는 꼼짝 없이 잡힐 수밖에…."

 백삼이 고개를 갸웃하며 말했다.

 "날이 저물었을 때 몰래 함야를 지나갈 수 없을까?"

무산이 말했다.

"지금 상황에서 그것이 가장 좋은 방법인데, 발각될 위험이 너무 많아, 아니면 단을 돌려보내는 방법이 있겠지."

백삼이 놀라 물었다.

"단을 돌려보내자고?"

무산이 설득하듯 말했다.

"사람이 사는 곳에 호랑이를 데리고 다닐 수 있는 곳은 없어…. 고라니인들도 무서워하겠지."

백삼이 생각해 보아도 맞는 말이기는 했다. 고라니인들은 고기도 먹지 않고 싸우지도 않고, 평화롭게 사는 것을 좋아하는 사람들이라고 했다. 단을 본다면 고라니인들은 놀라는 것 이상으로 반응할 것이다. 백삼은 단을 돌아보았다. 단을 만난 이후로 단과 떨어져서 살아야 한다는 생각을 해 본 적이 없었다. 지금 헤어진다면 영원히 단을 만나지 못할 것이 분명했다. 백삼은 아쉬움에 눈물이 터질 것 같았다.

백삼이 무산에게 물었다.

"여기서 단과 헤어지면, 추격자들이 단을 잡으려고 하지 않을까?"

무산이 대답했다.

"단은 용맹하고 똑똑하니, 아마도 잡히지는 않을 거야."

"하지만…."

백삼은 말을 잇지 못하고, 깊은 생각에 잠겼다.

무산이 백삼의 표정을 살피며 말했다.

"내가 먼저 함야로 가서 단과 함께 지나갈 수 있는지, 상황을 살펴보고 돌아올게."

슬픈 표정을 하고 백삼이 짧게 대답했다.
"응…."
무산은 급한 걸음으로 함야로 향했다. 무산도 이야기만 들었을 뿐 함야에 온 것은 처음이었다. 함야 입구에는 무산이 살던 상평 입구의 승냥이 기둥보다 두 배나 큰 승냥이 기둥이 서 있었다. 상평의 면적과 비교해도 함야가 몇 배는 큰 것 같았다. 무산은 눈이 휘둥그레졌다.

상평에서는 축제 때나 되어야 이렇게 많은 사람을 볼 수 있었다. 그런데 축제도 아닌 날에 이렇듯 사람이 많다니. 무산은 놀란 얼굴로 이곳저곳 바삐 둘러보았다. 또 상평에는 승냥이가 사람보다 많았는데, 이곳에는 승냥이들이 잘 보이지 않아 신기했다.

함야의 정중앙에는 넓은 광장이 있었다. 거기에는 수많은 사람이 모여 있었고, 특이한 복장을 한 이들이 밧줄에 주렁주렁 묶인 채 일렬로 늘어서 있었다. 밧줄에 엮인 자들은 풀을 정교하게 엮어 만든 옷을 입고 있었다. 그건 승냥이인들이 가죽으로 만든 옷과는 아주 달라 보였다. 무산이 상상하던 것과는 아주 달랐다. 색깔도 풀색이 아니라 연한 가죽 색과 유사했다.

광장에 모인 수백 명은 엮인 고라니인 열 명을 바라보고 있었다. 승냥이인 백여 명은 활과 창 등 전쟁에 나갈 때 하는 복장을 갖춘 상태였다. 이들은 전쟁을 치를 때 승냥이인들의 선봉에 서는 용사였다. 승냥이 용사 몇이 나무로 단상을 만들어 놓은 곳으로 잡혀 온 고라니인들을 끌어올렸다. 단상에 오르자 고라니인들의 모습은 더욱 잘 보였다.

고라니인들은 전부 여자였다. 노예로 잡혀 온 이들인 듯했다. 수백의 군중 사이를 가르며 십여 명이 단상 근처로 향했다. 대부분 호랑이 털과 표범 털로 멋을 부린 조장들이었다. 무산은 그 모습에 놀라 앞사람의 등 뒤로 숨었다. 조장들 십여 명 사이에 상평의 소 조장이 끼어 있었기 때문이었다. 무산은 소 조장이 어떻게 이렇듯 빠르게 함야에 있는지 알 수가 없었다. 잘못 보았나 다시 살폈지만, 소 조장이 분명했다.

단상 위에 있는 한 사람이 소리를 질렀다.

"모든 조장님이 오셨으니, 지금부터 고라니인의 경매를 시작하겠습니다. 여러분이 보시는 것처럼, 최근에 우리가 잡아 온 고라니인 중에 가장 상위 등급입니다. 보세요. 젊은 여자들로 모두 출중한 외모를 가지고 있습니다. 오늘은 특히 호랑이 가죽 하나부터 시작하는 물건도 있으니, 모두 기대를 바랍니다."

"와!"

좌중은 경탄의 소리를 내었다. 그들은 호랑이 가죽 이야기를 듣고 단상 위의 고라니인을 하나하나 살피기에 바빴다. 모두 다섯 번째 고라니인에게서 눈을 떼지 못했다. 미모가 어찌나 출중한지 고라니인 열 명 중 제일 눈에 띄었다. 그들은 너나 할 것 없이 함야에도 이런 미인은 몇 없을 것이라 생각했다.

무산의 눈도 다르지 않았다. 무산은 다섯 번째 고라니인을 보고 백삼을 떠올렸다. 무산이 태어나 지금까지 본 여자 중에 백삼이 가장 아름다웠다. 고라니인도 아름답기는 했지만, 백삼의 꾸미지 않은 모습과 비교해도 백삼이 예쁘다고 무산은 생각했다.

백삼을 떠올린 무산은 급히 광장을 빠져나왔다. 무산은 백삼에게 돌아오며 생각이 많아졌다. 함야에서 소 조장을 볼 것이라고 생각하지 못했으므로 빨리 총명한 백삼과 이야기를 나눠야겠다고 생각했다.

4장

―

고라니의 눈물

　무산은 백삼에게 함야에서 본 것들을 설명했다. 백삼은 근심 어린 표정으로 생각에 빠졌다. 백삼의 모습을 보던 무산은 생각했다.
　'총명한 백삼도 뾰족한 방법이 없구나.'
　일각쯤 지났을까. 갑자기 백삼이 무산에게 물었다.
　"승냥이인들은 어째서 조용히 살고 있는 고라니인들을 괴롭히고 약탈해 노예로 만드는 거지? 너무 나빠. 무산, 너도 승냥이인이니 똑같이 그래?"
　백삼의 갑작스러운 질문에 무산은 대답하지 못하고 당황했다. 무산은 승냥이인들이 나쁘다는 생각을 한 번도 해 본 적이 없었다. 무산이 사는 상평의 승냥이인은 수년 동안 타종족을 침략해서 약탈한 적이 없었기 때문이었다. 무산은 자라면서 그런 일들을 해 본 적이 없었고, 누군가 그랬다는 이야기도 듣지 못했다.
　호랑이의 경계를 넘는 것은 사냥감을 잡기 위한 것이지, 호랑이인을 공격하거나 잡는 일은 없었다. 물론 호랑이인과 전쟁을 한 후로 힘에 차이를 느끼고 있었기 때문이기도 했을 것이다. 무산은 같은 승냥이인이지만 백삼처럼 이해하지는 못했다. 무산이 아무런 대답을 하지 못하자 백삼이 다시 말했다.

"우리 호랑이의 땅에 사는 사람들은 누구를 괴롭히거나 약탈하거나 죽이거나 노예로 삼지 않아. 서로가 필요한 것을 바꾸고, 배우고…. 난 오늘 승냥이인에게 충격을 받았어…."

백삼의 말에 무산은 꿀 먹은 벙어리처럼 서 있었다. 무산 자신도 이런 행동이 잘못되었다는 것을 알았다. 하지만 백삼에게 동조해 같은 승냥이인을 욕할 수는 없었다. 얼마간 둘 사이에 어색한 기류가 흘렀다.

백삼이 짧게 말했다.

"함야로 가겠어."

무산은 놀라서 물었다.

"함야로?"

마음을 굳게 먹은 듯한 표정으로 백삼이 말했다.

"정황을 보니, 고라니 땅으로 도망친다고 안전한 것은 아닌 것 같아. 승냥이인은 고라니인의 땅까지도 우리를 쫓아올 거야. 눈에 띄지 않고 단을 데리고 고라니인의 땅으로 가는 것은 사실 불가능해. 게다가, 무엇보다 나는 단과 헤어질 수 없어. 추격자들이 원하는 것은 단이야…. 단은 이곳에 머물도록 하고, 함야로 가서 상황을 파악해야겠어. 그리고 다시 북쪽 호랑이 땅으로 단을 데려갈 거야."

무산은 백삼의 생각을 듣고 놀랐다. 백삼은 자신이 말해 준 몇 가지 정보만으로도 상황을 잘 파악해 냈다. 함야에서 추격자들에게 잡힌다고 한들 단이 없으면 그들도 이 먼 길을 쫓은 보람이 없으리라. 그러나 백삼도 무산도 생각하지 못한 것이 있었다. 상평의 조장과 추격해 온 소 조장 모두 아름다운 백삼을 욕심내고 있었다.

백삼은 단에게 이곳에 있어야 한다고 설명했다. 단은 백삼의 말을 잘 알아들은 듯했다. 백삼과 무산이 산에서 내려가는데 따라나서지 않았다. 백삼은 산에서 내려와서 단을 두고 온 쪽을 한 번 돌아보고 함야로 들어섰다.

백삼은 함야의 모습에 깜짝 놀랐다. 평토의 크기보다 크면 크지, 결코 작지 않았다. 초입에 있는 승냥이 기둥도 상상 이상이었다. 호랑이 땅 평토를 떠난 후 이렇게 많은 사람을 본 것은 오랜만이었다. 백삼은 함야에서 알 수 없는 힘을 느꼈다. 활력이 넘친다는 표현이 꼭 맞을 것 같았.

이곳저곳을 둘러보며 무산이 말한 광장에 도착했을 때는 노예들의 모습은 보이지 않았다. 단상에는 아무도 없었다. 하지만 사람으로 넘쳐 떠들썩했다. 그리고 무산이 이야기했던 무장한 용사 몇몇도 볼 수 있었다.

주위를 이곳저곳 보던 백삼이 말했다.

"상평 소 조장이 보이지 않아. 무산, 소 조장을 찾아보자"

무산이 놀란 표정으로 말했다.

"안 돼, 백삼. 소 조장을 찾는다니, 스스로 잡아가라고 하는 것이나 다름없어."

백삼이 말했다.

"아니야. 그들을 파악하는 것이 가장 중요해. 그들이 우리를 찾기 전에 우리가 먼저 찾아내자."

백삼과 무산은 조장들이 있을 법한 집을 찾아다녔다. 함야가 넓기는 했지만, 조장들의 집은 눈에 잘 띌 만큼 커 찾기 어렵지 않았다. 무산과 백삼은 가까운 곳 하나를 찾아냈다. 상평에서는 승냥이인들이 승냥이와 같은 공간을 사용했지만, 함야에서는 다른 공간을 사용했다. 또 상평에는 집에 울타리가 없었지만, 함야에는 대부분의 집에 낮은 울타리가 있었다. 울타리 높이도 모두 달랐다. 조장들 집 울타리는 사람의 가슴 높이 정도였다.

무산과 백삼은 울타리를 넘었다. 조심해서 벽에 기대선 그들은 조심스럽게 나무 창살 사이로 안을 들여다보았다. 방 한가운데 불이 피워져 있었고, 여덟 명의 사람이 불 주위에 빙 둘러앉아 있었다. 거기에 백삼과 무산이 찾는 소 조장의 모습은 보이지 않았다.

그중에 한 남자가 상석에 앉은 남자를 향해 말했다.

"조장님, 축하합니다. 하하하."

"뭐가 축하할 일인가? 이 정도로 값을 치를지는 나도 몰랐어."

조장이라는 자는 불만스러운 듯 말했지만, 표정에는 만족한 빛이 역력했다.

조장의 가장 가까운 곳에 있는 자가 말했다.

"값을 좀 비싸게 치렀습니다. 노예 경매 중 역대 가장 비싼 값입니다, 조장님."

반대쪽 남자가 덧붙여 말했다.

"호랑이 가죽 하나와 표범 가죽 하나, 멧돼지 다섯 마리… 이 정도면 아까 있던 노예 전부를 살 수 있는 가격입니다."

조용히 듣고 있던 나이가 많은 사람이 말했다.

"허허, 참, 조장님의 흥을 깨려는 것인가? 경매 때를 생각해 보게. 모든 조장님이 경쟁하듯 달려들었던 물건이야. 그걸 우리 조장님이 잡으셨는데, 어찌 이리도 불경스러운 말을 하는가?"

처음 축하를 전했던 남자가 분위기를 바꾸며 신나서 말했다.

"맞아. 호랑이와 표범은 또 잡으면 그만이고. 하지만 조장님이 잡은 물건은 다시 구하기 힘들지. 하하하."

모여 있던 모두가 신나서 웃었다.

"하하하."

밖에서 조용히 이 말을 듣고 있던 무산은 백삼의 얼굴을 살폈다. 백삼은 화가 머리끝까지 난 듯했다. 금방이라도 폭발할 것 같은 그 모습에 무산은 마음이 조마조마했다.

잠시 후 방에서 누군가 말했다.

"준비가 거의 되었을 텐데, 우리는 이제 집으로 돌아가시지요. 조장님의 재미를 방해하면 되겠습니까?"

말이 끝나기 무섭게 모두 자리에서 일어서서 집으로 돌아갔다. 무산과 백삼도 돌아 나오려는데, 안에서 여자의 목소리가 들렸다.

"조장님, 준비가 되었습니다. 안으로 데려오겠습니다."

모두 네 명의 여자가 들어왔다. 하나는 조금 전에 말했던 여자였고, 두 명의 여자가 가운데 있는 여자의 팔 한 쪽씩 잡고 있었다. 무산이 보니 낮에 보았던 고라니인 중 다섯 번째에 서 있던 아름다운 여자였다. 무산은 아는 사람을 만난 것처럼 깜짝 놀랐다. 잠시 후 고라니인을 남기고 모두가 물러갔다.

방 안에 둘만 남겨지자, 조장이라는 남자가 음흉한 표정을 짓고 고라니인을 위아래로 바라보았다. 고라니인은 낮에 입고 있던 고라니들의 옷이 아닌 승냥이인처럼 가죽으로 된 옷을 입고 있었다. 씻기고 꾸며 놓아서인지 더욱더 아름다운 자태였다.

무산은 저 아름다운 여인의 끝이 보이는 것 같아 안타까워 고개를 숙였다. 백삼을 보려 고개를 돌렸더니, 백삼이 없었다. 주변을 살폈지만, 어디에서도 백삼의 모습을 찾을 수 없었다. 그 순간 방 안에서 조장의 목소리가 들렸다.

"누구냐?"

무산은 재빨리 방 안을 들여다보았다. 백삼이 활을 꺼내어 들고 조장을 쏠 것처럼 서 있었다. 무산은 너무 놀라서 몸이 굳었다.

그 순간 백삼의 목소리가 들려왔다.

"내가 더는 참을 수가 없어서 나왔다."

조장이 다급히 말했다.

"무엇을 말이냐?"

백삼이 말했다.

"승냥이인 아니, 당신이 내 참을성을 시험하는군."

조장이 당황한 듯 말했다.

"도대체 무슨 말이냐? 원하는 게 무엇이냐?"

백삼이 조장을 노려보며 말했다.

"당신이 무슨 잘못을 하고 있는지 모른다는 것인가?"

조장이 말했다.

"내가 무슨 잘못을 저질렀다고 이러느냐?"

백삼이 말했다.

"모른다니, 내가 알려 드리지. 첫째, 호랑이와 표범을 사냥하고 있는 점. 둘째, 고라니인을 죽이고, 노예로 삼아 괴롭히는 점. 이 정도면 충분한 이유가 될까?"

조장이 겁에 질려 말했다.

"너는 누구냐? 누구이기에 나에게 이러느냐? 고라니인이냐?"

백삼이 대답했다.

"아니, 나는 호랑이인이다. 답이 되었느냐?"

조장이 순간 생각나는 것이 있어 되물었다.

"호랑이인? 호랑이인이 어떻게… 그 상평에서 도망친 것이 너냐?"

백삼이 대답했다.

"나를 말하는 것 같군."

조장이 물었다.

"나를 죽이려는 것이냐?"

질문에는 대답하지 않고 백삼이 고라니 여인에게 말했다.

"이봐요, 고라니 여인. 내 뒤로 와요."

눈치를 살피던 고라니인이 조심스럽게 백삼의 뒤로 와서 섰다.

밖에서 이 모습을 보고 있던 무산은 많은 생각이 들었다. 백삼을 탈출시켜 여기까지 온 것은 생명의 은인에 대한 보답이라는 명목으로 승냥이인들에게 용서를 구하면 가벼운 처벌로 끝날 것으로 생각했다. 하지만 백삼을 도와 조장을 죽이기라도 한다면 무산은 영원히 승냥이인들에게 쫓기게 될 것이었다. 그렇다면 다시는 승냥이 땅에 돌아갈 수 없으리라.

무산은 아무리 생각해도 좋은 방법이 떠오르지 않았다. 지금 무산이 할 수 있는 일은 조용히 상황을 지켜보는 것뿐이었다. 백삼의 단점을 하나 뽑자면, 생각과 동시에 행동한다는 것이었다. 무모하고 위험한 일을 누군가 말리기도 전에 행동한다. 지금 상황도 그랬다.

사실 백삼도 뾰족한 수를 생각하고 뛰어든 것은 아니었다. 승냥이 조장을 향해 활을 겨누고는 있었지만, 백삼은 사람을 향해 활을 쏘아 본 적이 한 번도 없었다. 당연하게 사람을 죽여 본 적도 없었다. 백삼도 속으로는 난감하기 짝이 없었다. 여러 가지 생각을 해 보았지만, 좋은 생각이 떠오르지 않았다. 슬쩍 무산을 바라보았지만, 무산은 백삼의 눈을 피했다. 순간 무산이 야속하게 느껴졌지만, 그 행동을 이해할 수는 있었다.

백삼은 얕은 한숨을 쉬고 고라니 여인에게 말했다.

"저 승냥이인의 입에 재갈을 물리고 꽁꽁 묶으세요."

고라니 여인은 백삼의 얼굴을 한 번 보고 백삼의 지시를 따랐다. 백삼은 승냥이 여인을 데리고 조장의 집을 빠져나왔다. 무산은 조용히 그들의 뒤를 따랐다. 외진 곳으로 온 그들은 한숨을 돌렸다.

고라니 여인이 말했다.

"감사합니다. 저를 구해 주셨네요."

주위를 살피며 백삼이 말했다.

"감사를 받기는 이른 것 같아요. 함야를 빠져나간 후에 듣도록 하죠. 저는 호백삼이라고 합니다."

고라니 여인이 말했다.

"네. 저는 포석하(麅夕河)라고 합니다."

둘의 눈치를 살피던 무산도 말했다.

"저는 시무산(豺武山)입니다."

부드러운 목소리로 자신을 소개하던 포석하는 무산의 소개를 듣고 정색하는 목소리로 말했다.

"호백삼께서는 어째서 승냥이인과 어울리시는 것입니까?"

백삼은 석하의 냉랭한 목소리에 놀라 잠시 대답할 바를 찾지 못하고,

무산의 얼굴을 바라보았다.

무산도 석하의 뼈 있는 질문에 당황하며 조심히 답했다.

"백삼은 내 생명의 은인입니다…. 승냥이인에게서 도망치는 것을 돕고 있습니다…."

백삼이 거들어 말했다.

"무산은 좋은 사람이니, 노여움을 거두세요."

석하는 더욱 화를 내며 말했다.

"저를 구해 주신 호백삼께는 죄송합니다. 승냥이인은 저에게는 철천지원수입니다. 제 부모와 수많은 고라니인을 죽였습니다."

백삼이 무산을 편들어 말했다.

"무슨 말을 하는지 잘 알겠어요. 하지만 맹세코 무산은 그 일과는 상관이 없습니다. 저와 함께 상평에서 이곳에 온 지 이틀도 안 되었습니다."

무산을 향해 눈을 흘기고 포석하가 말했다.

"승냥이는 모두 똑같아요…. 좋은 승냥이는 본 적이 없어요…."

한참의 실랑이 중, 그들이 도망쳐 온 조장의 집 쪽에서 시끄러운 소리가 나면서 불이 밝혀졌다. 묶어 놓은 조장이 발견되어 난리가 난 것 같았다.

다급히 백삼이 말했다.

"우리 지금 여기서 이야기할 여유가 없네요. 함야를 빨리 빠져나가야 해요."

포석하가 말하고 앞으로 나섰다.

"절 따라오세요. 고라니 땅으로 가는 길을 제가 알고 있어요."

백삼과 무산은 계획한 상황대로 일이 진행되지 않아, 서로의 얼굴을 바라보았다. 석하는 벌써 열 보 앞에서 뛰고 있었다. 백삼은 단이 있는 산을 잠깐 바라보고 두 눈을 질끈 감았다. 그리고 포석하를 따라 뛰었다. 그들이 떠나온 곳에서 승냥이의 울음소리와 짖는 소리에 사방이 시끄러웠다. 포석하는 가냘파 보였는데 뛰는 속도가 사내 못지않았다.

백삼은 가쁜 숨을 몰아쉬며, 포석하를 불러 세웠다.

"같이 가요. 제가 당신 속도를 따라갈 수가 없네요…."

무산도 사냥 때문에 달리기라면 누구에게 지지 않았다. 하지만 포석하가 뛰는 것을 겨우 따라갈 수 있을 뿐이었다. 포석하는 무산이 이제껏 본 여자 중에 가장 빨리 달리는 사람이었다.

백삼의 말에 포석하가 말했다.

"조금만 더 가면 고라니의 땅 초입입니다. 일각이면 도착할 거리에 있어요. 힘들어도 조금만 힘을 내세요."

백삼은 입을 삐죽 내밀고 짧게 대답했다.

"네…."

말을 마치고 호백삼 일행이 오백 보쯤 달렸을 때, 앞에서 달리던 포석하가 급하게 나무 뒤로 몸을 숨겼다. 무산과 백삼도 조용히 포석하의 뒤로 숨었다. 석하의 손가락 끝을 따라가자, 승냥이인 둘의 모습이 보였다.

승냥이인 하나가 넋두리하듯 말했다.

"이거 벌써 며칠째 무슨 고생인지… 참."

옆에 있던 승냥이인이 맞장구를 쳤다.

"맞아. 아직 날도 추운데, 호랑이 하나 잡자고 무슨 고생인가 싶어."

넋두리하던 승냥이인의 말이다.

"자네 잘못 알고 있군."

다른 승냥이인이 물었다.

"뭘 잘못 알고 있는데?"

넋두리하던 승냥이인이 물었다.

"자네 그날 상평에서 못 보았나? 호랑이와 같이 생포했던 호랑이 여자 말이야?"

백삼은 앞에 있는 자들이 자신의 이야기를 하고 있어서 깜짝 놀랐다. 무산도 백삼의 얼굴을 슬쩍 돌아보았다.

승냥이인이 다시 물었다.

"나는 못 보았지. 그 호랑이 여자가 왜?"

승냥이인이 입맛을 다시며 말했다.

"그 호랑이 여자가 얼마나 예쁜지 아나, 난 그렇게 예쁜 여자는 처음 봤어. 조장과 소 조장이 그 호랑이 여자를 탐내는 거야. 나도 탐이 나는데, 왜 안 그렇겠나?"

승냥이인이 또 물었다.

"그럼, 호랑이가 아니라 호랑이 여자를 잡으려 한다는 거야?"

넋두리하던 승냥이인이 말했다.

"물론 호랑이도 엄청난 놈이니 탐이 나겠지만 그 여자만 못하다는 것이지. 게다가 여자를 잡으면 호랑이는 덤으로 가질 수 있을 텐데 안 그런가?"

백삼은 이들의 대화를 듣고 점점 화가 치밀기 시작했다. 호랑이인은 모계사회라 백삼은 한 번도 남자들에게 모욕적인 언사를 들어 본 적이 없었다. 백삼이 그들 앞으로 나서려 하자 무산이 백삼의 팔을 잡았다. 그 모습을 본 석하는 이들이 이야기하는 호랑이 여자가 백삼이라는 것을 알았다. 석하가 보기에도 백삼은 매우 아름다웠다.

승냥이인이 말하고 크게 웃었다.

"아. 참으로 궁금하군. 그리 예쁜 여자라면 죽기 전에 꼭 한 번 보아야 할 텐데…. 자네는 그 호랑이 여자가 누구 것이 될 거라 생각하나? 소 조장? 아니면 조장? 하하하!"

다음 순간 공기를 가르며 '휙' 하고 화살이 날았다. 화살은 웃고 있던 승냥이인의 허벅지에 가서 꽂혔다. 승냥이인은 다리를 잡고 옆으로 넘어졌다. 무산과 석하가 돌아보니, 백삼이 또다시 화살을 활에 메고 있었다. 다음 순간 다시 한번 화살이 날았다. 당황하면서 서 있던 승냥이의 왼쪽 허벅지에 다시 화살이 박혀 들어갔다. 두 명의 승냥이인은 나란히 누워 고통에 소리를 지르고 있었다.

무산과 석하는 너무 놀라서 멍하니 있었다. 가만히 서 있는 둘 사이를 백삼이 빠른 걸음으로 지나쳐 갔다. 백삼은 쓰러진 승냥이들에게 다가가며, 품속의 단검을 뽑아 들었다. 쓰러진 승냥이인들은 백삼의 칼을 보고 화들짝 놀라며, 등으로 땅을 밀며 물러섰다.

백삼이 싸늘하게 말했다.

"죽기 전에 한 번 보고 싶다 했느냐? 자 여기 있으니, 똑바로 보거라. 내 곧 저승으로 보내 줄 테니."

승냥이인 둘은 아름다운 여인을 보는 것이 아니라, 저승사자라도 본 듯 온몸을 떨고 있었다. 백삼이 단검을 치켜들자, 승냥이인들은 모든 것을 포기한 듯 두 눈을 감았다. 잠깐의 정적이 흘렀다. 하지만 아무 일도 없자 승냥이인들은 조심히 눈을 떴다. 한 사내가 여자의 팔을 잡고 있었다.

백삼이 소리쳤다.

"무산! 이 손 당장 치우지 못해?"

무산이 말했다.

"그만해, 백삼. 그들을 죽인다고 뭐가 달라지는데…."

백삼은 다시 소리쳤다.

"저들이 날 욕보였어. 죽어 마땅해."

무산이 단호한 어조로 이야기했다.

"알아, 백삼. 하지만 저들은 나와 같은 승냥이인이야. 승냥이는 다른 승냥이의 죽음을 두고 볼 수 없어."

백삼이 말했다.

"넌 바보야…."

무산이 물었다.

"갑자기 무슨 말이야."

백삼이 싸늘한 어조로 말했다.

"너는 언젠가…. 오늘 네 행동을 후회하게 될 거야. 승냥이들의 잘못된 점을 직시해. 그리고 너와의 인연은 여기까지인 것 같다."

백삼은 잡힌 손을 뿌리쳤다. 그러자 단검이 바닥에 떨어졌다. 백삼은 단검을 집어 들지 않고 뒤돌아서 포석하에게 걸어갔다. 포석하와 백삼이 멀어져 가는 것을 무산은 멍하니 바라볼 수밖에 없었다. 무산은 백삼이 흘리고 간 청동검을 주워들었다. 검에는 백삼의 온기가 남아 있지 않았다.

백삼과 석하는 한 식경을 말없이 걸었다. 백삼은 눈물이 날 것 같아서, 눈물을 참는 데 모든 신경을 쓰고 있었다. 석하는 그런 백삼을 측은한 눈으로 바라보며 조용히 걸었다. 다행히 두 사람을 쫓는 자는 없었다. 조금 진정이 되었는지 백삼이 혼잣말처럼 말했다.

"집을 떠난 후로 무산은 좋은 친구였고, 내가 많이 의지했던 사람이에요. 하지만 무산은 승냥이일 뿐이야… 승냥이일 뿐…."

석하가 미소를 지으며 말했다.

"백삼, 오늘부터 내가 너의 친구가 되어 줄까?"

백삼이 석하보다 밝게 대답했다.

"고마워… 석하… 친구 하자."

백삼은 석하가 안내하는 산속으로 두 시진을 더 걸었다. 걷는 동안 백삼은 석하에게 집을 나와 단을 만난 일, 승냥이 마을과 무산에 관해 이야기해 주었다. 이야기를 다 들은 석하는 백삼에게 위로의 말을 전하지 못했지만, 백삼의 지금 심정에 충분히 공감할 수 있었다. 백삼은 지금 단과 무산을 동시에 잃어버린 상황인 것이었다.

백삼은 그동안 많은 아름다운 산을 보아 왔다. 하지만 수많은 기암괴석과 이름 모를 나무와 풀들이 끝도 없이 펼쳐진 고라니의 땅은 너무나 아름다웠다. 이런 풍경을 보고 살아서인지, 고라니인들은 착하고 평화를 좋아했다. 고라니인 누구도 서로를 헤치거나 괴롭히지 않았다. 육식하지 않아서인지 고라니 마을에는 힘없는 작은 동물들이 사람들과 어우러져 살아가고 있었다.

석하의 설명에 따르면, 남쪽으로는 표범인들과 까마귀인들이 살고 있었다. 서쪽으로는 고라니의 형제인 사슴인들이 산다고 했다. 생활 풍습과 여러 가지가 고라니인들과 비슷하다고 했다. 고라니인들의 마을은 호랑이인들과 승냥이인들이 사는 곳처럼 많은 사람이 모여 살지도 않았다. 대부분 자연에서 얻은 것들을 크게 변형하지 않고 집을 지어 살았다.

고라니인들은 나무의 열매, 풀, 뿌리 등을 주로 먹었다. 그들은 자연과 함께 살아갔다. 거기에서 벗어남이 없었다. 백삼은 이곳에 있는 모든 사람이 밝고 행복해 보여서 정말 마음에 들었다. 이 사람들은 호랑이인을 본 적이 없을 텐데, 백삼을 가족처럼 맞아 주었다.

　백삼은 이렇게 좋은 사람들을 본 적이 없었다. 마을의 중앙에 커다란 나무로 안내를 받아 가자, 그곳에는 머리가 백발이고 지팡이에 의지한 여성 노인이 서 있었다. 나이를 가늠할 수 없을 정도로 주름살이 많았는데, 백삼이 본 사람 중에 제일 나이가 많아 보였다.

　주름이 많은 노인이 말했다.

　"환영합니다. 포석하에게 이야기를 들었습니다. 구해 주셔서 감사합니다."

　백삼은 대답하며, 고라니인들의 예법을 흉내 내어 허리를 숙였다.

　"아닙니다. 당연히 해야 할 일을 했을 뿐입니다."

　흰 고라니가 말했다.

　"이리로 모신 것은 다름이 아니라, 포석하의 이야기를 듣고 상황을 판단하는 데 도움을 주시면 해서입니다. 참, 소개가 늦었군요. 저는 흰 고라니라 부르시면 됩니다."

　옆에 있는 포석하가 설명을 더했다.

　"흰 고라니는 우리 마을을 대표하는 최고 어른을 말하는 거야."

　백삼은 알아들었다고 고개를 끄덕거렸다.

　흰 고라니가 말했다.

　"포석하가 승냥이 마을에 잡혀 있을 때, 승냥이들이 용사들을 앞세워 전쟁하려고 한다고 합니다. 최근에 승냥이들이 사냥을 핑계로 우리 고라니의 땅에 침범해서, 남자들을 죽이고, 여자들을 노예로 잡아가는 일은 있었지만, 전쟁을 한 적은 없었습니다. 생각을 듣고 싶습니다."

　백삼이 대답했다.

"저는 호랑이인으로 승냥이와 경계를 이루는 곳에서 태어났습니다. 제가 태어나기 전에 승냥이가 사냥을 핑계로 전쟁을 일으켜 호랑이인들과 전쟁을 치른 적이 있습니다. 제가 만났던 대부분의 승냥이는 좋은 사람들이 아니었습니다. 물론 모두가 나쁘다는 뜻은 아닙니다."

흰 고라니가 물었다.

"그럼, 전쟁의 가능성이 있다고 생각하시나요?"

백삼이 진지하게 답했다.

"네, 승냥이는 언제든지 전쟁을 일으킬 수 있습니다. 제 생각은 그렇습니다."

백삼의 대답을 들은 고라니인들의 표정은 어두워졌다. 주변에 있는 사람들 모두 입을 꾹 닫고 정적이 흘렀다.

백삼이 정적을 깨고 말했다.

"과거에 호랑이 땅을 침범한 승냥이와의 전쟁에서 호랑이가 승리했습니다. 고라니도 이길 수 있습니다."

한숨을 쉬며, 석하가 말했다.

"백삼, 우리는 이길 수 없어."

백삼이 자신 있는 목소리로 말했다.

"무슨 소리야. 싸워 보지도 않고. 모두가 힘을 합하면 이길 수 있어."

석하가 차분히 말했다.

"우리는 용사들이 한 명도 없어."

백삼이 물었다.

"용사가 없다니, 무슨 말이야?"

석하는 말하고 다시 한숨을 내었다.

"우리 고라니는 창도, 칼도, 활도 가지고 있지 않아. 우리는 누구와도 싸움하지 않아."

백삼이 놀라서 물었다.

"무기가 전혀 없다는 말이야?"

석하가 대답했다.

"맞아. 우리는 어떠한 무기도 가지고 있지 않아."

백삼은 황당한 마음에 어떤 말을 해야 할지 알 수 없었다. 평화를 사랑하는 마음과 착한 마음을 가지고 있는 이들이라고 해도, 누군가가 그들을 그냥 놔두지 않는다는 것을 백삼은 잘 알았다. 스스로를 보호할 힘을 가지지 못하면 평화를 유지할 수 없다는 것을 백삼은 어릴 때부터 경험으로 알았다. 수백 년의 세월을 스스로 보호할 힘을 키우지 않고 유지해 왔다는 것이 백삼은 신기할 따름이었다.

백삼이 흰 고라니에게 물었다.

"승냥이가 전쟁을 일으키면 어떻게 하실 생각인가요?"

흰 고라니가 조용히 대답했다.

"우리는 고라니 땅을 버려야지. 일부는 표범과 까마귀의 땅으로, 일부는 사슴의 땅으로 가야 해."

대답이 끝나자, 고라니인 모두가 울기 시작했다. 통곡하거나 심한 소리를 내는 자는 없었다. 조용한 고라니의 눈물이 백삼에게는 더욱 슬프게 가슴에 남았다.

며칠이 지나지 않아 우려하던 승냥이인의 공격이 시작되었다. 전쟁이라고 할 것도 없었다. 일방적인 공격을 피해 고라니인은 뿔뿔이 흩어졌다. 백삼은 석하와 함께 표범의 땅으로 방향을 잡고 도망쳤다.

5장

표범과 까마귀

 승냥이의 추적은 계속되었다. 잡히는 여자들은 모두 승냥이들의 노예가 되었다. 고라니의 아름다운 땅은 철저히 유린당했다. 승냥이들은 고라니를 비롯해 약한 동물들을 닥치는 대로 사냥했다. 고라니 땅에 같이 살던 모든 약한 동물들은 더 깊은 산으로 흩어져 사라졌다. 고라니인은 뿔뿔이 흩어져 서로의 생사를 알기 힘들었다. 대부분의 어리거나, 늙은 고라니인은 흰 고라니를 따라 서쪽 사슴의 땅으로 향했다.

 남자들은 승냥이의 눈에 띄게 되면 죽임을 당했으므로 고라니 땅에서 가장 가까운 사슴의 땅으로 도망쳐야 했다. 승냥이인이 탐내는 젊은 여자들은 대부분 표범의 땅으로 향했다. 호백삼과 포석하는 이 젊은 고라니 여자들과 빠르게 남쪽 표범의 땅으로 움직이고 있었다. 젊은 고라니 여성은 포석하처럼 발이 매우 빨라서 승냥이의 빠른 추격에도 어느 정도 거리를 유지하며 도망가고 있었다.

백삼이 보니, 도망치는 고라니 여자들의 얼굴은 누구 하나 슬픈 얼굴을 하지 않은 사람이 없었다. 가족과 떨어지고 삶의 터전을 잃어버린 외톨이의 모습이었다. 포석하의 모습도 다르지 않았다. 잠시 숨을 고르고 쉬는 석하를 향해 백삼이 말했다.

"석하. 걱정하지 마. 살아 있으면, 언젠가는 모두 만나게 될 거야."

백삼을 돌아보며 석하가 대답했다.

"고마워, 백삼. 나도 그렇게 생각해."

백삼이 물었다.

"표범의 땅까지 얼마나 남았어?"

석하가 답했다.

"지금 속도로 가면, 이틀이면 도착할 수 있을 거야."

백삼이 혼잣말했다.

"이틀만 잘 버티면 되겠구나."

근심 어린 표정으로 석하가 말했다.

"표범인들이 우리를 받아 줄지는 나도 의문이야."

백삼이 궁금한 듯 물었다.

"표범인과는 친한 사이가 아닌가?"

"서로 오고 가고 하지만 우리를 위해서 목숨을 내어놓고 전쟁하지는 않은 거야."

더욱 근심에 빠져드는 석하의 말이었다.

백삼이 약간 놀라 물었다.

"만약에 표범인들이 우리를 받아 주지 않으면 어떻게 되는 거야?"

기운 없는 석하의 대답이 돌아왔다.

"받아 주지 않으면, 우리는 방법이 없어. 어떻게 해서든 받아 주도록 만들어야지."

백삼도 걱정이 되어 말했다.

"지금 우리가 이백 명은 족히 될 것 같아. 이 많은 사람이 더 오래 떠돌게 된다면, 그들에게 잡힐 거야."

기운을 차리려 애를 쓰듯 석하가 말했다.

"알고 있어, 백삼. 식량도 이제 다 떨어져 가고 있어. 반드시 표범인이 우리를 받아주도록 방법을 찾을 거야."

사실 석하는 이 이백 명을 이끌고 있었다. 어찌 보면 당연한 일이었다. 몇 년 전부터 젊은 고라니 여자들은 석하를 따랐다. 흰 고라니는 마음속으로 다음 흰 고라니로 석하를 생각하고 있었다. 흰 고라니는 석하가 총명하고 사람을 끄는 얼굴을 하고 있음을 잘 알았다.

틈만 나면 흰 고라니는 자신의 지혜를 석하에게 알려 주었다. 석하도 흰 고라니가 그렇게 하는 이유를 어렴풋하게 느꼈다. 위기가 찾아오자 자연스럽게 석하는 본분을 다하듯 행동했다. 이백 명의 여자들도 자연스럽게 석하의 말을 따랐다. 백삼이 보아도 석하가 매우 여성스럽기는 했지만, 모두를 따르게 하는 뭔가 있었다.

이백여 명이 휴식을 끝내고 출발하려는데 이들이 지나온 방향에서 조용하게 승냥이의 짖는 소리가 들려오기 시작했다. 백삼과 석하는 놀라며, 서로의 눈을 바라보았다.

석하가 다급한 목소리로 소리쳤다.

"모두 서둘러 도망쳐."

백삼은 활과 화살을 꺼내어 들었다.

석하의 목소리를 들은 고라니인들은 표범의 땅 쪽으로 일제히 급히 발걸음을 옮겼다.

백삼이 석하에게 말했다.

"내가 시간을 벌어 볼 테니, 어서 모두를 데리고 도망쳐."

석하가 말했다.

"아니, 백삼을 우리 고라니들 때문에 위험에 빠지게 할 수 없어. 어떻게 나만 도망칠 수 있겠어."

백삼이 목소리를 높였다.

"석하, 이백 명이 너를 따르고 있어. 어서 그들을 데리고 도망쳐."

백삼이 뭐라고 말하려다 갑자기 활에 화살을 걸어서 쏘았다. 석하가 돌아보니, 승냥이 하나가 활에 맞아 쓰러졌다. 그 뒤로 승냥이 두 마리가 또 보였다. 백삼은 빠른 동작으로 다시 활을 쏘았다. 화살은 또 한 마리의 승냥이를 쓰러뜨렸다. 급하게 다시 화살을 활에 걸었을 때 마지막 승냥이가 입을 크게 벌려서 석하에게 뛰어올랐다.

석하는 너무 놀라 이제는 죽었다고 생각해 눈을 질끈 감았다. 옆에서 화살이 공기를 가르는 소리를 내었다. '깽' 하는 비명과 함께 커다란 승냥이 한 마리가 석하의 옆으로 굴러떨어졌다. 놀란 눈을 뜨고 석하는 백삼을 바라보았다. 잠시 후 승냥이 소리가 또다시 들려오더니, 어느 틈에 다섯 마리의 승냥이가 백삼과 석하를 둘러싸듯 섰다. 석하가 백삼의 화살통을 보니, 화살이 네 대가 남아 있었다.

석하는 당황했지만, 백삼은 차분해 보였다. 세 마리의 승냥이가 쓰러져 있어서인지 다섯 마리의 승냥이는 눈치를 살피듯 나서는 놈이 없이 '그르렁' 소리를 내고 있었다. 한 마리 승냥이가 석하 쪽으로 서서히 걸어오는 듯싶더니, 석하에게 덤벼들었다. 백삼은 덤비는 녀석을 향해 화살을 쏘았다. 그러자 기다렸다는 듯 다른 녀석들도 덤벼들었다. 백삼은 순식간에 화살을 모두 쏘고 마지막 화살을 활에 메었다.

두 마리의 승냥이는 서서히 백삼에게 다가오고 있었다. 백삼은 두 마리의 승냥이를 번갈아 조준하며 겁을 주었으나, 두 승냥이는 어느 한 마리 뒤로 물러서지 않았다. 다음 순간 두 승냥이의 뒤로 십여 마리의 승냥이들이 더 모여들었다. 백삼과 석하는 서로의 눈을 바라보았다. 둘은 생의 마지막을 함께하는 느낌에 서로를 안고 눈을 감았다.

앞서 있던 두 마리의 승냥이가 그들을 향해 덤벼들었다. 그 순간 백삼의 등 뒤에서 소리 없는 커다란 검은 그림자가 뛰어 날아갔다. 족히 열 보를 날아간 그림자가 앞발을 한 번씩 흔들자, 승냥이 두 마리가 바닥을 뒹굴고 절뚝거리며 일어서서 승냥이 무리의 뒤쪽으로 섰다.

승냥이의 비명에 눈을 뜬 백삼은 두 눈을 의심했다. 석하는 눈을 뜨고 더욱 놀라서 그만 자리에 주저앉았다. 석하가 보니, 호랑이 한 마리가 승냥이들과 대치하고 있었다. 석하는 '승냥이 밥이 되는구나!' 생각했다가 설상가상으로 호랑이 밥이 되게 생긴 상황이었다.

석하는 백삼의 얼굴로 눈을 돌렸다. 백삼이 자신처럼 겁에 질려 있을 것으로 생각했는데, 미소를 짓고 있었다. 백삼이 아무리 호랑이인이라고 해도 어찌 저럴 수 있는지 이해가 되지 않았다. 그 순간 백삼이 석하를 보고 말했다.

"석하, 단이야."

석하는 알아듣지 못하고 물었다.

"단…?"

백삼이 미소를 띠고 말했다.

"내가 말한 호랑이 단."

그제야 석하는 백삼이 말했던 호랑이라는 것을 알았다. 백삼이 호랑이 단 이야기를 할 때도 백삼이기에 믿었다. 다른 사람이 말했다면 거짓말하지 말라고 이야기했을 것이다. 내용도 믿기 힘들었지만, 백삼이 호랑이의 크기를 과장해서 말했다고 생각했다.

하지만 눈앞의 호랑이는 백삼이 설명한 그대로였다. 정말 사람 키의 두 배는 되어 보였다. 승냥이들도 당황하고 겁에 질렸는지 호랑이 단 앞으로 어떤 놈도 나오지 못하고 있었다. 단이 좌로 움직이면 좌측의 승냥이가 뒤로 물러섰고, 우측으로 가면 우측의 놈들이 뒤로 물러섰다.

잠시 후 아까 호랑이 앞발에 맞았던 녀석이 꽁무니를 빼고 뒤로 돌아 달아나자, 모든 승냥이가 약속이나 한 듯 뒤돌아 사라졌다. 승냥이들이 사라지자, 백삼은 단에게 뛰어가 안았다. 백삼은 단이 어떻게 여기에 있는지 신기할 따름이었다.

백삼은 기쁨의 눈물을 흘리며 말했다.

"다시는 못 보는 줄 알았어, 단…."

백삼이 다시 단을 안았는데, 단의 목에 무언가 있었다. 백삼이 며칠 전 잃어버린 단도였다. 백삼은 그제야 단이 이곳에 있는 이유를 알 것 같았다. 시무산이 단의 목에 단도를 묶고 백삼을 찾도록 했을 것이다. 백삼은 기쁨인지 슬픔인지 알 수 없는 눈물을 흘렸다. 백삼은 승냥이의 땅 쪽으로 고개를 돌리고 말했다.

"무산…."

이 모습을 지켜보는 석하는 무서움에 가까이 가지 못했다. 석하는 조심스럽게 말했다.

"백삼, 승냥이와 승냥이인들이 다시 올 거야. 우리 빨리 도망쳐야 해."

백삼은 석하를 보고 미소를 지으며, 일어나 석하에게 왔다. 호랑이 단이 백삼을 따라 석하에게 걸어오자, 석하는 자신도 모르게 뒤로 몇 발짝을 움직였다. 그 모습에 백삼이 크게 웃었다.

"하하하."

백삼이 말했다.

"괜찮아. 단은 널 해치지 않아."

들릴 듯 말 듯 석하가 대답했다.

"알아…."

백삼과 석하는 빠르게 고라니 여인들의 뒤를 쫓았다. 한 시진을 쫓자, 그녀들의 모습이 보였다.

석하가 소리쳤다.

"모두 멈추세요."

석하의 반가운 목소리에 모두 뒤로 돌아보고 모두 기겁을 해서 소리를 질렀다.

"악!"

호랑이 단의 모습에 모두가 놀라서 그랬다. 백삼은 하는 수 없이 단을 안았다. 고라니인들은 이 모습에 또 한 번 매우 놀라고 한동안 서로를 보며 웅성거렸다. 석하가 고라니인들에게 말했다.

"이 호랑이는 백삼의 호랑이 단이라 합니다. 여러분, 무서워하지 마세요. 우릴 해치지 않아요."

한동안 웅성거렸던 사람들의 목소리가 잦아들자, 석하가 다시 말했다.

"여러분 힘들어도 빨리 이곳을 벗어나야 합니다. 곧 있으면 승냥이들이 다시 올 거예요."

석하의 지시에 모두 석하를 따라 걷고 달리기를 반복했다. 한 시진만 이렇게 간다면 표범의 땅이었다. 그들 모두는 오랜 행군에 지칠 대로 지쳐 있었다. 갑자기 호랑이 단이 후미를 바라보며 서 있었다. 백삼은 놀라 석하에게 단을 보도록 손짓했다. 석하도 단의 모습을 보고, 승냥이들이 가까이 왔음을 직감했다.

"모두 힘내서 표범의 땅으로 뛰세요. 승냥이들이 다 따라왔어요."

급한 석하의 외침이었다.

석하의 말에 모두는 없던 힘도 짜내어 표범의 땅으로 달렸다.

백삼이 말했다.

"석하, 너도 먼저 도망쳐 내가 단과 함께 시간을 벌어 볼 테니…."

옆에 떨어진 나뭇가지를 집어 들고 석하가 말했다.

"아니? 나도 싸울 테야."

백삼은 석하의 모습을 보고 미소를 지었다. 고라니도 싸워야 하는 것을 석하도 깨달은 듯했다.

한 식경이 지나자, 백삼의 앞에 이십 마리의 승냥이들이 둘러싸기 시작했다. 호랑이 단의 모습에 승냥이들은 앞으로 나서지 못했다. 그렇게 일각을 대치하자 승냥이인들 이십 명이 백삼의 앞으로 나타났다.

백삼과 석하는 눈을 한번 마주치고 전의를 다졌다. 백삼은 화살이 없어, 품에서 돌팔매질하는 무릿매를 꺼내어 들었다. 이 투석용 무릿매는 백삼이 어릴 때부터 곧잘 사용하던 것이었다. 실제로 그 위력이 활만은 못 했지만, 잘 사용하면 사람을 죽일 수 있을 정도였다.

표범의 털을 머리에 쓴 자가 말했다.

"아니, 저것은 호랑이 아니냐? 우리는 지금 호랑이 사냥을 나선 것이 아닌데, 고라니가 아니라 호랑이를 잡게 생겼구나. 하하하."

승냥이인 중 하나가 소리쳤다.

"저기에 상평에서 온 계집과 도망친 노예도 있습니다."

표범 털을 쓴 자가 말했다.

"하하하. 먼 길을 쫓아오느라 고생했는데, 한 번에 모든 고생을 보상받겠는데…. 좋아. 좋아."

다른 승냥이인이 말했다.

"소 조장님, 보세요. 소문대로 두 명 모두 엄청난 미인인데요."

표범 털을 쓴 자가 신나서 말했다.

"내 저 고라니 노예는 조장에게 다시 바치고, 저 호랑이인은 내 노예로 삼아야겠다. 하하하."

승냥이인들이 웃었다.

"소 조장님, 부럽습니다. 하하하."

소 조장이라는 자가 말했다.

"먼저 저 호랑이를 잡아 보자. 승냥이를 보내."

승냥이 스무 마리가 서서히 단을 옥죄여 왔다. 네 마리의 승냥이가 단에게 뛰어들었다. 단은 여러 마리의 공격에도 빈틈을 보이지 않았다. 네 마리의 승냥이의 이빨이 단의 근처에도 오기 전에 단이 앞발을 두 번씩 휘젓자, 세 마리의 승냥이가 날아가 떨어졌다. 마지막 한 마리는 단이 목을 물고 있었다. 얼마나 빠른 공격을 했는지 지켜보는 사람들은 이 모든 것이 한 동작처럼 느껴졌다.

호랑이의 공격을 지켜본 승냥이들은 앞으로 나서지 못하고 모두 뒤로 몇 발짝 물러나 도망을 가려고 했다. 이를 지켜보던 소 조장은 아쉬운 표정으로 부하에게 활을 쏘도록 수신호를 보냈다. 옆에 있던 자가 활을 꺼내어 단을 조준하려 활을 당기려 했다. 그런데, 귀를 자극하는 강렬한 파열음이 '팍' 소리를 내며 들렸는데, 활을 쏘려던 자가 머리를 부여잡고 비명도 못 지르고 쓰러졌다. 머리에서 검붉은 피가 쏟아져 나왔다. 놀란 승냥이인들은 주변을 살폈다. 그곳에는 백삼이 무릿매를 빙글빙글 돌리고 있었다.

소 조장이 화가 나서 소리쳤다.

"내 저것을 사로잡으려 했는데, 호랑이는 활로 쏘아 죽이고, 저들은 그물로 생포해라."

절반의 승냥이인은 활을 꺼내고, 절반의 승냥이는 그물을 들고 백삼과 석하에게 천천히 걸어왔다. 백삼은 난처하기 이를 데 없었다. 도저히 수적으로나 무기로도 상대가 되지 못했다. 백삼과 석하가 난감해하던 그 순간, 승냥이인들의 비명이 여기저기서 들려왔다. 백삼이 보니, 승냥이인 대부분이 화살에 맞아 죽거나 일부는 바닥에서 뒹굴고 있었다.

소 조장이라는 자도 어깨와 다리에 화살을 맞아, 고통스럽게 바닥에 넘어져 신음을 내고 있었다. 승냥이 몇 마리도 화살에 죽었고, 맞지 않은 승냥이들은 모두 도망쳤다. 잠시 후 숲속 이곳저곳에서 사람들이 하나씩 나오기 시작했다. 모두 삼십 명도 더 되어 보였다. 백삼은 난감해하던 차에 적이 죽으니 다행으로 여기면서도, 새로 나타난 사람이 누구인지 궁금해 석하를 바라보았다. 석하가 우두머리로 보이는 자에게 고라니의 예법대로 고개를 숙여 인사를 하며 말했다.

"구해 주셔서 감사합니다. 저는 고라니인 포석하라고 합니다. 표범인들께 다시 한번 감사드립니다."

덤덤하게 표돈이 대답했다.

"나는 표범인 표돈(豹暾)이라 합니다."

표돈은 큰 걸음으로 성큼성큼 걸어서 바닥에 쓰러져 있는 소 조장에게 걸어갔다. 그런 뒤 창을 그의 목에 겨누고 말했다.

"너희가 겁이 없는 것이냐? 여기가 어디라고 와서 문제를 만들지?"

소 조장이 말했다.

"고라니 땅인데, 어찌 표범이 끼어드는 것이냐?"

표돈이 물었다.

"우리는 서로의 땅에 허락 없이 들어가지 않는다. 나는 고라니로부터 부탁을 받았으니, 허락을 받은 것이고. 너는 누구의 허락을 받았지?"

소 조장이 말했다.

"고라니와 승냥이의 일이니, 표범은 빠져라."

백삼이 들어 보니, 먼저 도망을 갔던 고라니인들이 표돈이라는 사람에게 백삼과 석하를 구해 달라고 부탁했던 모양이었다. 표돈이 창을 머리 쪽으로 향하고 말했다.

"승냥이가 고라니 땅을 유린했으니, 고라니의 친구인 표범들은 앞으로 승냥이와 적이다. 알겠나? 그리고 감히 표범을 죽여 우리를 욕보였으니, 승냥이는 우리의 적이다. 넌 운이 좋은 줄 알아라. 내 말을 전해야 하니, 살려 두는 것이다. 다음에 만나면 죽일 것이다."

표돈은 소 조장을 남겨 두고 가려는 데, 백삼과 석하가 그의 옆쪽에 있었다. 석하가 표돈에게 머리를 숙이고 부탁의 말을 했다.

"잠시 창을 빌려주시겠습니까?"

표돈이 물었다.

"창은 무엇에 쓰려고 하십니까?"

석하는 차분하게 말했다

"저자는 수많은 고라니의 원수입니다. 살려서 보낼 수 없습니다."

표돈이 놀라 물었다.

"고라니인은 무기로 누구를 죽이거나, 다치게 하지 않는 것으로 알고 있습니다. 정말 창을 원하십니까?"

여전히 차분한 목소리로 석하가 말했다.

"네, 고라니도 달라져야 합니다."

표돈은 자신의 창을 석하에게 건넸다. 석하는 받아 든 창을 들고 승냥이 소 조장에게 갔다. 창끝을 소 조장의 목 앞으로 가져갔다. 석하는 차분한 목소리로 말했지만, 창을 잡은 손은 떨고 있었다.

"내가 죽어 간 수많은 고라니를 대표하여, 너를 죽이는 것이다. 억울해 말아라."

승냥이 소 조장은 석하의 창 잡은 손이 떨리는 것을 보고 속으로 안심하고 있었다. '고라니는 나약해. 누구도 죽이지 못해.'라는 생각을 다 마치기도 전에 날카로운 창끝이 목을 뚫고 들어왔다. 승냥이 소 조장은 목으로 역류하는 피로 인해 비명도 지르지 못하고 죽었다. 석하의 손은 여전히 떨리고 있었다. 이유는 알 수 없지만, 눈에서 한없이 눈물이 흘렀다.

백삼은 석하를 조심스럽게 안았다. 석하는 참았던 울음을 울어 냈다. 너무나 구슬픈 고라니의 울음소리는 계곡에 울려 퍼졌다.

표범의 마을에 이백 명의 고라니 여인들이 들어서자, 표범인들 모두가 나와서 구경했다. 표범 마을은 백삼이 살고 있는 평토와 너무 비슷해서 백삼도 놀라고 있었다. 집의 구조도 삶의 방식도 유사한 것이 많았다. 표범인들도 백삼과 고라니인들 때문에 놀라기는 매한가지였다.

특히 호랑이 단이 사람들 틈에 있는 것에 표범인들은 무척 놀라고 있었다. 표범인 중에는 호랑이를 직접 본 사람도 있었지만, 이렇게 큰 호랑이를 그것도 마을 한가운데서 본다는 것이 너무도 신기했다. 표범인들은 표범을 섬기지만, 호랑이도 같은 취급을 했기 때문에 호랑이 단을 보고 두 손을 모아 기도하는 자도 적지 않았다.

한편으로 표범인의 용사들의 눈은 고라니 여인들에게 있었다. 모두 젊고 대부분 어여쁜 얼굴이라 용사들의 마음을 흔들어 놓았다. 반면에 고라니 여인들은 불안함과 지친 몸 때문에 새로운 것을 받아들일 여력이 없었다.

표돈이 석하와 백삼에게 말했다.

"당신들의 상황을 표범의 엄마가 판단하셔야 합니다. 지금 나와 함께 엄마께 가시지요."

석하와 백삼은 단을 데리고, 표범의 엄마를 만나러 갔다. 표범의 엄마는 암벽의 앞에 나무를 이용해 만든 커다란 집에 살았다. 수십 명이 잘 수 있을 정도의 커다란 집이었다. 안쪽으로 들어서자 암벽 안으로 동굴이 있고 그 안에 표범을 멋스럽게 조각해 두었고, 제법 커다란 제단이 있었다. 그 제단 밑에 한 여자의 뒷모습이 보였다. 여자를 향해 두 팔을 치켜든 표돈이 말했다.

"표돈이 엄마의 판단의 말을 듣겠습니다."

표돈의 목소리에 표범인의 엄마가 뒤로 돌았다. 백삼은 돌아선 여자의 모습에 깜짝 놀랐다. 얼굴만 보면 이십대 중반 정도로 보였기 때문이었다. 백삼은 이렇게 젊은 사람이 표범의 엄마라는 것이 너무 놀라웠다. 표범의 엄마도 놀라 말했다.

"표돈, 범신이 어찌 이들과 있는가? 이들은 누구인가?"

표돈이 간략히 대답했다.

"네, 이 범신은 호백삼이라는 이 호랑이인의 동행입니다. 다른 여자는 고라니 여자 이백을 데리고 온 포석하라고 합니다."

표범의 엄마가 물었다.

"범신을 동행으로 하는 호백삼이라고?"

백삼이 허리를 굽히며 말했다.

"네, 호백삼입니다. 인사드리겠습니다."

표범의 엄마가 말했다.

"호랑이인에게 축복이 내렸구나…. 조급한 몸가짐을 항상 주의해야 할 것이야."

백삼은 무슨 말인지 알아들을 수 없었다. 다만 자신의 급한 성격을 알아본 것에 놀라고 있었다.

"표돈, 예상대로 고라니의 땅이 무너졌느냐?"

표돈이 대답했다.

"네. 대부분은 사슴 땅으로, 이백은 우리에게 왔습니다."

표범의 엄마가 부드럽게 물었다.

"내가 묻겠다. 포석하 너는 고라니를 위해, 표범과 혼인하겠느냐?"

당황한 석하는 어찌할 바를 몰라 대답을 망설이고 있었다.

석하가 되물었다.

"표범 엄마의 말씀은 혼인해야만, 고라니인을 받아 준다는 것인가요?"

표범의 엄마가 냉정하게 말했다.

"그렇다. 승냥이의 세력은 앞으로도 곳곳에 미칠 것이다. 피를 섞지 않는 자들을 받을 수는 없다."

석하는 백삼을 한번 바라보았다. 백삼의 얼굴도 난감하기는 똑같았다. 석하는 표범인들이 대가를 요구할 것은 알았지만, 혼인하라고 말할지는 꿈에도 생각하지 못했다.

표범의 엄마가 다시 물었다.

"어떻게 하겠느냐?"

석하가 다시 물었다.

"혼인하겠습니다. 누구와 혼인하게 되나요?"

표범의 엄마가 대답했다.

"표돈이 올해 열여덟이니, 표돈이 좋겠다."

그 말에 백삼과 석하는 물론 표돈도 놀라서 표범의 엄마를 올려다보았다. 백삼은 석하가 고라니들을 위해 혼인을 한다고 대답했을 때 말리고 싶었다. 상대도 모르고 단지 그들을 살리기 위해 친구가 희생해야 한다고 생각하니, 답답한 마음뿐이었다.

그런데 상대가 놀랍게도 표돈이라고 해서, 백삼은 둘의 얼굴을 급히 살폈다. 표돈은 당황은 했지만, 싫은 표정은 아니었다. 석하는 남자들이 좋아할 얼굴을 가지고 있었으므로 어쩌면 당연했다. 석하는 얼굴에 홍조를 띠고 있는 것이 역시 싫어하는 표정은 아닌 듯했다.

백삼은 미소가 나왔다. 표돈을 오랫동안 본 것은 아니지만 표범의 용사를 이끌고 있고, 백삼과 석하에게는 생명의 은인이기도 했다. 게다가 성격도 남자다웠다. 체격이 건장하고, 얼굴도 아주 호남형이었다. 백삼은 둘이 매우 잘 어울린다고 생각했다.

표범 엄마가 기쁜 표정으로 말했다.

"모두에게 앞으로 두 번째 보름달이 뜨는 날 표범과 고라니의 혼례가 있다고 전하거라. 시간이 촉박하니, 까마귀인에게는 따로 사람을 보내, 오예래(烏豫來)를 모셔서, 축하를 받아라. 앞으로 고라니인의 유민은 표범인이 될 것이다."

혼례 이야기가 전해지자, 그동안 불안함에 사로잡혀 있던, 고라니인도 기뻐했다. 무엇보다도 떨어진 가족들을 데려올 수 있다는 희망이 생긴 것이 이들에게는 가장 기쁜 일이었다. 표돈은 혼인이 발표되고, 표범인의 축하를 받을 때, 기쁨을 감추지 않았다. 포석하는 표범인의 어떤 여인보다 아름다웠다.

그리고 승냥이인을 창으로 찌를 때, 표돈은 포석하가 보통 여인은 아님을 직감할 수 있었다. 포석하는 백삼과 이야기를 하고 있었다.

석하가 백삼에게 말했다.

"백삼, 함야에서 나를 구해 주지 않았다면, 난 아마 그곳에서 혀 깨물고 죽었을 거야."

백삼이 나무라듯 말했다.

"무슨 소리야, 석하. 좋은 날 잡아 놓고 죽는다는 이야기를 해…."

석하는 금방이라도 눈물이 떨어질 것 같은 눈으로 백삼에게 말했다.

"그때, 승냥이에게 부모님도 돌아가시고, 나는 노예로 잡혀서 어찌 될지 알 수 없었는데, 내가 살고 싶었겠어. 그 후로도 많은 고라니인이 죽는 모습과 어려움에 부닥치는 모습을 보았어. 고라니 땅에서도 쫓겨나고 여러 번 죽을 고비도 넘어왔어. 많은 고라니 여인이 나에게 의지도 했지. 그때마다 내가 모든 어려운 것을 넘도록 도와준 것은 백삼 다 네 덕이야."

백삼이 미소를 짓고 말했다.

"아니야. 나도 석하의 도움이 없었으면, 여기까지 오지 못했을 거야."

석하가 걱정하듯 말했다.

"백삼, 난 요즘 다시 행복해. 다시는 이런 마음이 들 거라는 걸 생각하지 못했어. 다른 고라니인은 불행할 텐데, 나만 행복해도 되는 걸까?"

백삼은 석하의 두 손을 꼭 잡고 말했다.

"행복해져야 해. 그래서 고라니들의 행복을 찾아주는 사람이 되었으면 좋겠어. 이미 넌 그렇게 하고 있어. 난 믿어."

두 번의 보름은 순식간에 지나갔다. 혼례의 날이 밝아 왔다. 표범인과 고라니인 모두 이렇게 성대하게 치르는 혼례는 본 적이 없었다. 혼인 절차는 표범과 고라니의 방법을 한 번씩 해서 공평하게 했다. 표범의 혼례는 제사를 지내는 것으로 시작해서 제사처럼 엄숙하게 진행되었다. 반면 고라니의 혼례는 특별한 격식을 차리지 않고, 참석한 모두에게 인사와 덕담을 주고받으면서 작은 음식을 나누는 방식이었다. 백삼은 호랑이들의 혼례와는 다른 모습에 푹 빠져서 시간 가는 줄 모르고 즐겼다.

표범의 엄마가 혼례의 축하 말을 전했다.

"표돈과 포석하의 혼인으로 우리는 피를 나누게 되었습니다. 축하할 일입니다. 표범과 고라니는 앞으로 어떤 경계도 없을 것입니다. 고라니의 원수는 표범의 원수입니다. 앞으로 우리는 고라니의 유민을 받아들이는 데 힘을 쓸 것입니다. 승냥이의 힘이 강해지고 있습니다. 우리는 이를 저지하기 위해, 까마귀와의 유대를 강화할 것입니다. 오늘 까마귀의 예언자 오예래(烏豫來)께서 이곳에 축하해 주러 오셨습니다. 우리는 이제 승냥이와 힘의 균형을 얻을 수 있을 것입니다."

혼례가 끝나고 표돈과 포석하를 사이에 두고 달빛 아래서 모두 음식을 나누며, 춤을 추고 노래를 부르고 신나게 혼례 축제를 즐겼다.

백삼은 표범의 엄마와 마주 앉아 있었다. 잠깐의 시간이 흐르고 매우 어린 아이 하나가 종종걸음으로 백삼 쪽으로 다가오는 모습이 보였다. 백삼이 보기에 나이가 여덟 살도 되어 보이지 않았다. 하지만 그 옆으로 건장한 까마귀인 두 명이 공손히 모시고 있었다. 백삼이 생각했을 때 특별한 사람이 틀림없었다. 표범의 엄마가 작은 아이를 공손히 자리로 안내하여 앉혔다. 옆에서 보좌하던 까마귀인 두 명은 자리를 피해 사라졌다. 표범의 엄마가 말했다.

"호백삼, 일어나서 까마귀의 엄마께 예를 올려라."

백삼은 깜짝 놀라 일어서서 허리를 굽혀 인사를 했다.

"저는 호랑이인 호백삼이라고 합니다. 까마귀의 엄마께 인사 올립니다."

까마귀의 엄마 오예래가 말했다.

"네, 앉으세요."

표범의 엄마가 말했다.

"제가 말씀드렸듯 이 아이에게서 범상치 않은 기운을 느낍니다."

오예래가 아이의 목소리로 예언의 말을 전한다.

"잘 보셨습니다. 특별한 운명을 가지고 있습니다. 우리 모든 부족의 생사와 관련된 것을 좌지우지할 운명입니다. 우리 세 부족 까마귀, 표범, 고라니의 연합된 힘보다 더 강한 힘을 갖은 사람이 될 것입니다."

백삼은 이 두 명의 엄마가 무슨 말을 하는지 도통 알아듣기가 쉽지 않았다. 백삼 자신이 특별한 사람이라는데, 자신은 아무리 생각해도 어떤 힘도 없는 일반 여자일 뿐이었다.

6장

뱀의 독과 해독제

백삼은 포석하와 표돈에게 인사의 말을 전했다.

"석하, 표돈님. 다시 한번 혼례를 축하합니다. 고라니인과 표범인들에게 행운과 행복이 가득하길 기원합니다. 석하, 넌 잘 해낼 거야. 많은 고라니인을 구하길 바랄게. 우리 꼭 다시 만나자."

석하는 백삼의 두 손을 꼭 잡고 눈물을 흘리며 말했다.

"백삼, 너에게 너무 감사해. 네가 어디에 있든 항상 너를 위해 기도할 거야. 우리 꼭 다시 만나자."

백삼은 표범의 마을을 떠나 오예례를 따라 까마귀의 마을에 접어들었다. 하늘에는 수를 셀 수 없을 만큼의 까마귀들이 날고 있었다. 백삼은 하늘을 뒤덮은 까마귀들 때문에 날이 저문 것 같은 착각이 일었다. 마을 초입의 까마귀 기둥 옆 수많은 나무에도 까마귀들이 수없이 앉아 있었다.

백삼이 까마귀의 땅에 오게 된 것은 오예래가 요청했기 때문이었다. 백삼은 단과 함께 호랑이의 땅으로 돌아갈 생각이었지만, 오예래가 백삼을 위해 치성으로 제를 올려야 한다고 했다. 까마귀인들은 저마다 까마귀의 깃털을 가지고 자신들을 치장하고 있었다. 다른 부족과는 완전히 다른 모습에 백삼은 매우 신기했다. 마을의 한쪽에 커다란 나무와 돌로 된 탑이 수십 개가 있는데, 그 앞으로 재단이 보였다. 누군가 준비를 해 놓았는지, 온갖 음식들이 재단 위에 가득 쌓여 있었다. 백삼은 오예래의 말을 다시 생각해 보았다.

'너는 특별한 운명을 가지고 태어났다. 모든 부족의 생과 사가 너에게 달려 있다. 까마귀도, 고라니도, 표범도 너를 받들게 될 것이다. 너는 호랑이의 엄마가 될 것이기 때문이다. 하지만 너는 죽음의 그림자를 가졌다. 항상 위험이 너의 생을 가로막고, 죽음의 문턱으로 너를 안내할 것이다. 죽음의 그림자를 넘는다면, 넌 호랑이의 엄마가 될 것이다. 다만, 지금은 네가 그것을 넘을 힘을 갖지 못했다. 이대로는 너는 스물을 넘기지 못하고 죽을 것이다. 그러니 너는 나를 따라 까마귀의 땅으로 가서, 너에게 드리워진 죽음의 그림자를 늦추는 제를 올려야 한다.'

백삼은 믿을 수 없었지만, 표범의 엄마와 까마귀 엄마의 진지하고 엄숙한 표정에 이 말을 따를 수밖에 없었다. 백삼은 다른 것은 몰라도 자신이 호랑이의 엄마가 된다는 것이 무엇보다 믿기지 않았다. 자신은 호랑이의 엄마가 살고 있는 안토(䂖土)에는 가본 적조차 없었다. 당연히 호랑이의 엄마를 본 적도 없었다. 이제 막 성인이 된 여자가 어떤 세력도 없이 힘을 얻는 것은 불가능했다.

아버지가 평토(平土)에서 알려진 사람이지만, 백삼을 밀어줄 수 있는 정도의 세력을 갖추지는 못했다. 백삼은 자신의 앞날을 상상할 수 없었다. 까마귀의 엄마 오예래의 말이 사실이기는 했다. 돌아보면 이 몇 개월

죽을 고비를 여러 번 넘긴 것은 틀림없었다.

오예래가 말했다.

"호백삼은 제단 앞으로 나와라."

백삼은 딴생각 중에 불리자, 깜짝 놀라 대답하고 제단 앞으로 갔다.

"네…."

"호백삼은 무릎을 꿇어라."

오예래가 말하고 백삼에게 와서 풀잎으로 엮은 것을 백삼 주위로 흔들어 대며 알 수 없는 주문 같은 말을 쏟아 내었다.

하늘 위로는 수많은 까마귀가 한 방향으로 돌고 있었다. 좀처럼 볼 수 없는 모습으로 장관을 이뤘다. 까마귀인 몇은 제단의 옆에서 일정한 속도로 북을 쳤다. 북소리가 장엄한 분위기를 만들며 멀리 퍼져 나갔다. 까마귀인들도 좀처럼 구경할 수 없는 모습인지 수백 명이 이 광경을 지켜보며 제단을 향해 빌고 있었다.

제사 의식은 한 시진을 꽉 채우고서야 끝이 났다. 백삼에게 온갖 정성을 기울여 제사를 지내고 있는 오예래의 얼굴과 몸은 온통 땀으로 범벅이 되어 있었다. 백삼은 그런 모습에 감동하지 않을 수 없었다. 나이는 어리지만, 백삼은 오예래의 모습에서 범접할 수 없는 권능과 힘을 동시에 느꼈다. 백삼은 마음속 깊은 곳으로부터 감사의 마음이 솟아오름도 느낀다. 제사 의식이 끝나고 오예래가 백삼에게 걸어와서 말했다.

"호백삼, 제사를 지낸 것으로 네 죽음의 그림자를 완전히 지운 것이 아니다. 너는 앞으로도 여러 번 죽음의 경계에 서게 될 것이다. 오늘의 제사는 네 죽음의 그림자를 옅게 만들 뿐이다. 내일 당장이라도 죽음은 너에게 손짓할 것이다. 자기 생각과 판단을 믿어라. 너 스스로 강해졌을 때,

죽음의 그림자는 사라지게 될 것이다. 명심하거라."

"감사합니다, 까마귀의 엄마."

백삼은 말하며, 허리를 숙여 예를 취했다.

백삼은 까마귀인들의 며칠간의 환대를 뒤로하고, 평토로 가려고 단과 함께 길을 나섰다. 승냥이의 세력을 벗어나 평토로 가려면 뱀의 땅을 지나 북쪽 사슴의 땅으로 가야 했다. 뱀의 땅은 매우 작았다. 모든 땅이 산으로 되어 있어 길이라 할 만한 곳이 많지 않았다.

대부분의 부족은 서로 오고 가기를 많이 했지만, 뱀의 땅은 그렇지 못했다. 비밀스럽고 다른 부족에게 알려지지 않은 것이 많은 부족이었다. 백삼은 요 며칠간 죽음에 대해 많이 들었기 때문에, 뱀의 땅으로 가는 것이 썩 내키지는 않았다. 단이 옆에 있어서 그나마 마음은 놓였다.

백삼은 단의 목뒤를 쓰다듬고 말했다.

"단, 나 좀 무서운 느낌이 들어. 단이 옆에 있어서 얼마나 다행인지 몰라."

실제로 백삼이 발을 들여놓은 뱀의 땅은 음기가 강하게 풍겨오는 곳이었다. 대낮에도 어둑한 느낌을 주는 숲이었다. 금방이라도 무언가 튀어 나올 것 같은 분위기에 백삼은 신경이 곤두섰다. 길을 잃지 않으려 애쓰다 보니 백삼은 피곤해 죽을 것 같았다.

비슷하게 생긴 산과 길을 한참 걸었는데 산속의 어둠은 빠르게 찾아왔다. 백삼은 급히 잘 곳을 찾으려고 이곳저곳을 둘러보았다. 몇 리쯤 떨어진 곳에서 희미한 불빛이 보였다. 백삼은 얼굴에 미소가 떠올랐다. 백삼과 단은 불빛이 있는 곳으로 발걸음을 옮겼다. 불빛은 조그마한 움집에서 흘러나오고 있었다. 움집이 다섯 채가 있었는데, 다른 곳은 빛이 없는 것으로 보아 사람이 살고 있는 것 같지 않았다. 백삼은 빛이 새어 나오는 움집을 향해 말했다.

"혹시 안에 누가 계시면, 하루만 재워 주실 수 없을까요?"

대답이 없던 움집 안에서, 사람이 나왔는데 백삼은 너무 놀랐다. 산발한 머리는 흰머리와 검은 머리가 반반씩 섞여 있고 덩치와 키가 백삼의 두 배는 되어 보였다. 백삼이 이 사람을 쳐다보려면 고개를 한참 들어올려야 했다. 백삼만이 놀란 것은 아니었다. 그 덩치 큰 사람은 호랑이 단을 보자 놀라며, 창을 들어 싸울 자세를 취했다. 백삼이 그 모습을 보고 급히 둘 사이를 막아선 채 말했다.

"이 호랑이는 사람을 헤치지 않습니다. 저와 동행하는 단이라 합니다."

덩치 큰 사내는 말을 하지 않고, 단을 한번 유심히 지켜보더니 단이 별 반응이 없자 창을 내렸다. 그러고는 혼잣말을 했다.

"거참 신기한 일이군. 호랑이와 사람이 같이 다니는 걸 다 보다니…."

"인사가 늦었습니다. 저는 호백삼이라고 합니다. 이쪽은 말씀드렸듯 단이라고 합니다."

덩치 큰 사람이 말했다.

"나는 사대홍(蛇大紅)이요. 당신은 호랑이인인가?"

백삼이 대답했다.

"네. 저는 호랑이인입니다."

사대홍이 물었다.

"호랑이인이 뱀의 땅, 그것도 이렇게 깊은 산속에 있지?"

백삼이 말했다.

"까마귀의 땅에서 호랑이의 땅으로 가는 길입니다."

사대홍이 물었다.

"잘 곳이 필요하다고 했나?"

백삼이 짧게 대답했다.

"네. 부탁드립니다."

사대홍이 자신의 움집을 가리키며 말했다.

"일단 불을 피워야 하니, 내 움집으로 들어가 몸을 녹이고 있어요."

"감사합니다. 사 어르신."

백삼이 대답하고 움집으로 들어섰다.

움집 안에는 제법 따뜻한 공기가 흐르고 있어, 피곤했던 백삼은 나른해졌다. 한쪽에 단이 눕자 백삼은 단에게 기대어 누웠다. 백삼은 잠깐 눈을 감는다고 하다가 그만 잠이 들어 버렸다.

사대홍이 조용히 백삼을 깨우며 말했다.

"호랑이 처자, 아침 먹읍시다."

사대홍의 말에 놀라 백삼은 깨어났다. 잠깐 쉰다는 것이 사대홍의 움집을 차지하고 잠을 잔 것이었다.

백삼이 미안해하며 일어나 말했다.

"아니…. 제가 여기서 잠들어 버렸네요. 죄송해요. 어디서 주무셨어요?"

사대홍이 말했다.

"집은 옆에도 있는데, 내 걱정은 말아요. 옆에 움집에서 잘 잤으니…."

사대홍이 다시 물었다.

"호랑이 처자도 잘 잤나요?"

백삼이 답했다.

"네, 잘 잤습니다. 백삼이라 부르세요. 제 아버지뻘인 것 같은데요."

사대홍이 깊은 회한에 빠진 표정으로 말했다.

"그렇게 부를까요? 그럼. 사실 나도 처자 같은 딸이 있었어요…. 얼마

전까지….”

백삼이 궁금해 물었다.

"따님은 어디 가셨어요?"

사대홍이 슬픈 목소리로 말했다.

"죽었어요….”

백삼이 조심스럽게 말했다.

"죄송해요….”

"아닙니다. 내가 식전에 괜한 소리를 했네요. 우리 밥 먹읍시다."

사대홍이 멋쩍게 웃으며 말했다.

사대홍이 단을 위해 사슴의 다리 한쪽을 내어놓았다. 그리고 더 줄 것이 없다며 미안해했다. 백삼은 사대홍이 구워 놓은 사슴고기를 맛있게 먹었다. 고기 바깥쪽에 무엇을 발랐는지. 짠맛과 단맛이 나는 것이 너무 맛있었다. 백삼이 맛있게 먹자, 사대홍은 딸이 살아 돌아와 맛있게 먹는 듯한 착각을 했다. 그런 뒤 씁쓸한 마음을 가라앉히려 노력했지만, 눈에서 금방이라도 눈물이 떨어질 것 같았다. 백삼은 사대홍의 마음을 순간 읽어 내고는 조용히 말했다.

"사 어르신, 따님 생각이 나셨군요? 괜찮으셔요?"

사대홍은 말을 맺지 못하고, 눈물을 흘리고 말았다.

"괜찮습니다….”

그 모습이 애절하여, 백삼은 다음 말을 걸지 못하고 조용히 그가 진정하기를 기다렸다. 잠깐의 시간이 흐르고 사대홍은 조용히 말을 꺼냈다.

"호백삼이라 했지요. 저에게는 사백면(蛇白面)이라는 백삼 처자 또래의 딸이 있었어요. 우리 뱀인 들은 다른 부족과는 서로 교류가 없지만, 나름 뱀인들끼리는 서로 잘 지냈습니다. 그런데 삼 년 전부터 우리 뱀인에게 불행한 일이 시작되었습니다. 뱀의 엄마 뒤를 이을 딸이 있었습니다. 어릴 때부터 총명하고, 예뻐서 모두가 기대했지요. 그런데 어느 날 이 딸이 아주 아팠습니다. 뱀의 엄마는 어떤 수를 써도 딸의 상태를 호전시키지 못했습니다. 그러다 사악한 주술 시도를 하는 지경까지 되어 버렸습니다. 다행인지 불행인지 딸은 정신이 들었고, 뱀의 엄마는 딸에게 엄마의 소임을 넘겼습니다. 이때까지만 해도 아무도 우리가 이렇게 될 것을 알지 못했습니다. 새롭게 뱀의 엄마가 된 딸이 자신의 엄마를 죽였다는 사실을 알았을 때는 그녀가 뱀의 용사들을 모두 자신의 편으로 만들고 난 후였습니다. 뱀인 누구도 그녀에게 도전할 힘을 가지지 못했습니다."

백삼이 놀라 물었다.

"딸이 엄마를 죽였다는 말인가요?"

사대홍이 자세히 설명했다.

"그래요. 뱀의 엄마는 딸에 의해 죽었습니다. 그래서 사람들은 그녀를 사살모(蛇殺母)라 부르고 있습니다. 그 딸은 그 이름이 좋은지 옛 이름을 버리고 자신도 그렇게 부릅니다."

백삼이 궁금해 다시 끼어들어 말했다.

"그런데, 따님이 사살모와 무슨 상관이 있었던 건가요?"

"사살모가 뱀인을 다스리게 되면서, 문제가 시작되었습니다. 어느 날 뱀인의 성지 사굴(蛇窟) 앞에서 제사를 지내며, 주술에 심취한 사살모가 계시를 받았습니다. 계시의 내용은 보름달이 뜨는 날에 각 마을에 성인이 되는 여자 중 한 명을 지명하고 이 여자를 사굴에 제물로 바쳐야 한다는 것이었습니다."

사대홍은 옛일을 돌이켜서인지, 말하고 긴 한숨을 쉬었다.

백삼이 놀라 물었다.

"산 여자를 제물로 바친다고요?"

사대홍이 대답했다.

"네. 산 여자를 제물로 바치라 했습니다."

백삼이 다시 물었다.

"여자를 제물로 바쳤나요?"

사대홍은 고개를 절레절레하며 말했다.

"처음에는 뱀인들 모두의 반발이 있었습니다. 아무도 사살모의 말을 따르지 않았습니다. 그런데 사굴이 노하여 저주가 시작되었습니다. 마을에 역병이 돌았습니다. 사살모의 말에 따르면, 제물을 바치지 않은 마을에 사굴의 저주가 내렸다고 했습니다. 제물을 바쳐야 역병을 멈출 수 있다고 사살모는 말했습니다. 역병이 특히 심하던 마을 하나가 다 죽게 되자 여자를 제물로 바쳤습니다. 사살모는 사굴에 제를 올리며, 주술 행위를 하고 여자를 사굴에 산채로 제물로 바쳐 올렸습니다. 다음 날 사살모는 사굴에서 내리신 영약이라며, 마을의 병자에게 나누어 주었습니다. 그런데, 거짓말처럼 모든 병자가 병이 나았습니다."

백삼이 놀라며 말했다.

"정말 역병이 멈췄나요? 참으로 신기한 일입니다."

말을 마친 사대홍은 다시 깊은 한숨을 쉬고 하늘을 바라보았다.

"신기하게 모든 역병이 없어졌습니다. 모든 마을 사람은 사굴의 저주를 두려워하게 되었고, 사살모의 주술에 대한 영험함에 다시 놀랐습니다. 그 후로 뱀인의 마을은 돌아가며, 자신의 마을 차례가 되면, 여자를 사굴에 바치는 일을 해 왔습니다."

"그렇다면… 따님은…."

백삼은 다음 말을 하려다 집히는 것이 있어 말을 멈췄다.

"얼마 전 우리 마을이 제물을 바쳐야 하는 순서가 되었는데, 사살모가 제 딸을 지명했습니다. 전 하늘이 내려앉는 줄 알았습니다. 남에 딸들이 제물로 바쳐질 때, 내일이 아니라 다행으로 여겼던 저 자신이 부끄러웠습니다. 제일이 되니, 딸을 살리려 사살모에 빌어도 보고, 다른 대가를 치르겠다 해도 소용이 없었습니다. 딸을 데리고 도망을 치려고도 했습니다. 하지만 딸아이는 오히려 덤덤히 이 상황을 받아들이고, 오히려 저를 위로했습니다. 그리고 제 딸은 이제 영영 볼 수 없는 곳으로 가 버렸습니다."

말을 마친 사대홍의 눈에는 눈물이 흘러내리고 있었다. 급히 자신의 눈물을 닦아 내고 사대홍이 말했다.

"이제 눈물이 다 말랐다고 생각했는데, 주책을 떨었습니다. 죄송합니다."

백삼도 사대홍의 말에 눈물을 흘리며 말했다.

"안타깝게 되었습니다. 사 어르신… 따님은 심성이 고우니, 좋은 곳으로 가셨을 거예요…."

얼마간 말이 없이 있던 사대홍이 입을 열었다.

"딸이 죽은 후 딸의 시신이나 찾을 수 있을까 하여, 사굴을 찾아갔습니다. 뱀인들에게는 성스러운 곳이라 아무나 들어갈 수 없는 곳입니다. 그런데 그때는 저도 제정신이 아니었던지라 사굴로 들어갔습니다. 그런데, 사굴안에서 이상한 소리를 들었습니다. 어떤 남자의 목소리와 사살모가 나누는 이야기였습니다. 남자가 말하길 내가 배가 아주 고프니, 더 많은 제물이 필요하다 했습니다. 그러자 사살모가 이야기하더군요. 뱀인들 사이에 점점 자신에 대한 불만들이 쌓이고 있어 힘들다고 했습니다. 저 같은 사람이 한둘이 아니니 당연하겠지요. 그러자 남자가 말하기를 다시 역병의 씨를 뿌리라고 했습니다. 사살모는 마지못해 알겠다고 하더군요."

백삼이 다급한 마음에 두 가지를 동시에 물었다.

"그 남자는 누구이고, 역병의 씨는 무엇이죠?"

사대홍이 설명했다.

"그 남자가 누구인지는 저도 알 수가 없습니다. 바위 뒤에서 목소리만을 들었습니다. 그동안 많이 생각해 보았는데, 역병의 씨가 무엇인지는 모르겠지만, 역병의 씨라는 것이 사살모가 마음대로 할 수 있는 것이라면, 그동안 우리 뱀인에게 있었던 일들이 의심되기 시작했습니다."

백삼이 무언가를 깨달은 듯 말했다.

"사 어르신 말씀이 맞아요. 사살모가 역병의 씨를 마음대로 다룰 수 있는 것이라면, 이 모든 것이 사살모의 계략일 수 있어요! 만약 역병의 씨라는 것이 역병을 퍼트릴 수 있는 그 무엇이라면, 사살모는 독과 해독제를 동시에 가지고 있는 꼴이니, 자신 마음대로 모두를 속일 수 있어요."

사대홍이 미소를 짓고 말했다.

"백삼 처자는 참으로 총명합니다. 저는 몇 달을 생각한 것을 단번에 깨달아 버리는군요."

백삼이 다짐하듯 말했다.

"사 어르신, 사살모는 뱀의 엄마 자격이 없습니다. 다른 부족 엄마 누구도 자신 부족 사람을 제물로 바치지는 않아요. 잘못된 것을 바로잡아야겠어요. 더 이상 사 어르신의 따님 일 같은 슬픈 일을 만들 수 없어요. 따님의 원혼의 한을 반드시 풀어주어야 해요."

사대홍이 백삼을 보며 말했다.

"고마워요. 백삼 처자. 그동안 답답했던 내 마음이 무엇이었는지, 이제 분명하게 알겠습니다. 제 딸의 억울한 한을 꼭 풀어주겠어요."

백삼과 사대홍은 어떻게 이 사안을 처리해야 할지 함께 고심했다. 그때 백삼이 말했다.

"또 다른 희생 없이, 짧은 시간에 이 일을 해결하려면 방법은 하나뿐인 것 같아요."

사대홍이 물었다.

"무슨 방법이 있나요? 백삼 처자."

백삼이 말했다.

"아니요. 특별한 방법은 딱히 떠오르지 않네요. 사살모를 만나야 하겠어요. 제가 제물이 되겠어요."

사대용이 놀라 반문했다.

"제물이 되겠다고요?"

백삼이 대답했다.

"네. 제물이 되겠어요…."

그런 뒤 백삼은 까마귀 엄마의 마지막 말을 생각했다.

'자기 생각과 판단을 믿어라. 너 스스로 강해졌을 때, 죽음의 그림자는 사라지게 될 것이다.'

사살모가 뱀의 마을에 다음 제물이 될 여자를 지목하자, 지목된 사화란(蛇花蘭)의 집은 초상집이 되어 있었다. 딸 하나를 애지중지하던 사화란의 집은 이 상황을 빠져나갈 수 있는 방법을 찾으려고 고심을 거듭하고 있었다. 사화란의 아버지는 뱀족에서 제법 위세를 떨치는 사람이었지만 이 일에는 힘을 쓸 수 없었다.

　　백삼과 사대홍은 사화란의 집을 찾았다. 처음 사화란의 부모는 이 둘을 믿지 않으려 했으나, 사대홍이 자신의 딸 이야기를 하자 비로소 마음을 놓았다. 사화란의 아버지는 딸이 기구한 삶으로 끝맺음할 상황에서 백삼과 사대홍이 나타나 도움을 주겠다고 하니 뱀신이 도왔다고 생각하고 있었다.

　　백삼은 자신이 사화란으로 꾸미고 사살모에게 가 제물이 되겠다고 했다. 사화란의 부모는 백삼이 자신의 딸을 대신하여 죽겠다는 말을 믿기 어려웠다. 하지만 그것만이 자신의 딸을 살릴 길이니, 다른 선택의 길은 존재하지 않았다.

　　보름달이 뜨는 날이 되었다. 백삼은 사화란처럼 꾸미고 사굴로 향했다. 사화란의 부모는 정말로 딸을 바쳐 슬픈 사람들처럼 연기를 했다. 그 모습에 같은 마을의 사람들은 한편으로는 자신의 딸이 선택되지 않은 것에 안도했고, 한편으로는 사화란의 모습에 동정이 일었다. 사굴 앞에는 수많은 뱀인이 모여 있었다. 보름에 한 번 있는 일이지만 뱀인들은 매번 변함없이 숙연한 마음으로 제사와 주술 행위를 지켜보았다.

　　잠시 후 사살모가 사굴에서 나와 제단 앞에 서서 큰 소리로 말했다.

　　"사화란은 앞으로 나와 제단에 올라라."

　　사람들은 일제히 사화란을 보았다. 고개를 푹 숙이고 걸어가는 모습에 얼굴을 잘 알아볼 수 없었지만, 모인 사람 모두는 이 젊고 예쁜 처자가 제물이 된다고 생각하니 너무도 안 됐다고 생각하고 있었다. 그때 한쪽 끝에서 웅성이는 소리가 들렸다. 사화란의 어머니가 이 모습에 쓰러져 정신을 잃었다. 궁중들은 다시 한번 아쉬운 탄식을 내었다. 사살모는 가끔 있는 일이었기에 신경도 쓰지 않고 주술 의식을 시작했다.

사화란으로 꾸민 백삼이 제단에 오르자, 좌중은 조용하고 엄숙하게 변했다. 사살모는 알아들을 수 없는 말을 중얼거리기 시작했다. 사살모는 나이도 젊고 얼굴도 대단한 미인이었다. 다만 눈에는 초점이 없었다. 마치 죽은 자의 눈빛 같아 온몸에 털이 곤두서는 듯했다. 백삼이 이때까지 만났던 사람 중 가장 이상한 눈이었다.

북소리가 서서히 울리기 시작하더니, 어떤 때는 격렬해지고 어떤 때는 약해지는데, 소리에 따라 사람들도 몸이 따라가는 것 같은 착각이 들었다. 백삼은 정신을 바짝 차리고 있었다. 작은 것 하나가 백삼을 죽음으로 몰아넣을 수 있으므로 주의에 모든 것에 집중하고 있었다. 처음 제단으로 올라왔을 때는 보지 못했는데, 자세히 보니 제단과 사굴사이의 틈에는 수없이 많은 뱀이 서로 엉켜 있었다.

처음 백삼은 이 모습을 보고 큰 소리로 비명을 지를 뻔했다. 급하게 백삼은 자기 입을 스스로 틀어막았다. 백삼은 어려서 뱀에게 한 번 물린 이후로 어떤 것보다 뱀을 싫어하고 무서워했다. 백삼은 다시 한번 정신을 가다듬었다. 주술의 주문이 격해지고, 사살모는 그릇에 담긴 새빨간 피를 벌컥벌컥 마셨다. 사살모의 입 주위로 피가 흘러내렸다. 그녀의 눈과 함께 보니, 다시 한번 온몸에 소름이 돋았다.

짐승의 시체에 창을 꽂기도 하고, 때로는 난도질하기도 했다. 모인 사람들은 대부분 손을 비비며, 연신 고개를 숙이고 뭔가를 열심히 빌기도 했다. 백삼은 신기하면서도 무서웠다. 그렇게 반 시진을 울리던 북소리가 잦아들었다. 사살모가 모인 사람들에게 이야기했다.

"앞으로 달이 뜨는 날에 제물을 두 명으로 늘려 사굴에 바칠 것이다."

이 소리를 들은 사람들은 웅성거렸다. 누군가 말했다.

"두 명을 제물로 바친다면, 마을에 남는 젊은 여자는 없을 겁니다."

사살모가 차갑게 말했다.

"그럼 사굴의 저주가 다시 시작될 것이다. 다시 역병이 돌아 모두가 죽겠다는 말이냐?"

좌중은 갑자기 조용해졌다. 아무도 사살모의 말에 대꾸하지 못했다.

사살모가 말했다.

"나는 사굴의 명령을 전할 뿐이다. 명을 받들라."

백삼은 사대홍의 말을 들었기 때문에 놀라지 않았다. 다만 그 말을 한 남자가 누구인가 궁금했다. 수많은 처자를 어떻게 했다는 말인가? 백삼이 이런저런 생각을 하고 있는데 사살모가 불렀다.

"사화란, 나를 따라라."

사화란으로 꾸민 백삼이 사살모를 따라 사굴로 들어섰다.

동굴은 엄청난 크기였다. 백삼은 이렇게 큰 동굴은 본 적이 없었다. 입구도 크지만 안으로 들어갈수록 넓어지고 복잡해졌다. 백삼은 다시 한번 정신을 차리려 눈을 한번 크게 떴다.

두 사람은 잠시 후 횃불을 여러 개 밝혀 놓은 넓은 공간에 도착했다. 사살모가 말했다.

"사태독(蛇太毒) 어른, 사살모입니다."

사태독이라는 사람이 되물었다.

"어째 한 명인 것이냐?"

사살모가 머리를 숙이며 말했다.

"보름 후에는 두 명을 바칠 것입니다. 죄송합니다."

백삼은 속으로 의아함을 가졌다. 뱀의 엄마가 꼼짝도 못 하는 인물이 뱀족에 있다니, 가능한 일인가? 생각해 보니 다른 부족에서 절대 있을 수 없는 일이었다. 한쪽 벽에 커다란 그림자가 나오는가 싶더니, 사태독이라는 자가 얼굴을 보였다. 나이는 사대홍보다 열 살 정도 많아 보이고, 덩치는 사대홍에 미치지 못했다. 머리가 벗겨져 있었고 해를 못 보아 그런지 피부는 창백한 것이 징그러운 느낌마저 들었다. 특이하게도 허리에 날카로운 창을 한 자루 차고 있었다.

사태독이 입맛을 다시며, 걸어 나와 말했다.

"이번에는 내 입맛에 맞을까? 오호 미모가 출중한 것을 골랐구나! 저번에는 너무 마른 것이 영 먹을 것이 없었어."

사살모가 말했다.

"잘 골랐으니, 노여움을 거두시지요."

백삼이 날카롭게 쏘아 말했다.

"여자에 대해 조금의 존중도 배려도 없군."

사태독과 사살모는 어이없는 표정으로 사화란으로 꾸민 백삼을 바라보았다.

사살모가 말했다.

"사화란, 네가 미친 것이냐? 겁이 없는 것이냐?"

재미있다는 듯 사태독도 말했다.

"하하하. 많은 여자를 보았지만, 이곳에서 이렇게 겁이 없는 여자는 네가 처음이다."

혼잣말하듯 사화란으로 꾸민 백삼이 대답했다.

"나는 미치지 않았고… 겁은 많이 없는 편이지… 아마."

사태독이 크게 웃으며 말했다.

"내가 무료하던 차에 잘 되었구나. 오늘 나랑 재미있게 놀아 보자. 하하하."

백삼이 코웃음을 치며 말했다.

"난 네놈과 재미있게 놀 생각이 없다."

사살모가 깍듯하게 사과의 말을 했다.

"죄송합니다, 사태독 어른. 이년이 정신이 온전하지 못한 듯합니다."

사태독이 말했다.

"괜찮아. 괜찮아. 아주 재미있어."

갑작스럽게 백삼이 물었다.

"역병의 씨는 어디에 있지?"

사살모가 놀라서 물었다.

"네가 역병의 씨는 어떻게 알았느냐? 사화란이 아니냐? 너는 누구냐?"

백삼이 웃으며 말했다.

"나는 물론 사화란이 아니지."

사살모가 다시 물었다.

"그럼, 누구냐?"

백삼이 대답했다.

"내 이름은 호백삼이라고 해."

사태독이 물었다.

"호랑이인인가?"

백삼이 대답했다.

"그렇다."

사태독이 물었다.

"호랑이인이 어떻게 뱀의 땅에 있는 것이지, 그것도 제물이 돼서?"

"내 스스로 제물이 되었지. 답이 되었나?"

백삼이 대답하고 미소를 짓자, 사살모가 물었다.

"사화란은 어디 있느냐?"

백삼이 말했다.

"내가 바꿔 치기를 했지. 내 질문에는 대답을 안 하고 자꾸 나에게만 질문하는군. 역병의 씨는 어디에 있지?"

"역병의 씨는 우리가 몸에 지니고 있다." 사태독이 말하고 자신의 허리춤을 들쳐서 작은 토기 두 개를 보여 주었다.

백삼이 좀 전과는 다르게 진지하게 물었다.

"하나만 더 묻지. 뱀족의 처자들은 모두 어떻게 되었지?"

사태독이 말했다.

"내가 맛있게 먹었다고 이미 말했는데… 하하하."

백삼은 사태독의 말을 이해할 수 없어 다시 물었다.

"난 장난치고 싶지 않아. 뱀족의 처자는 어떻게 한 거야?"

사태독이 백삼의 위아래를 쳐다보며 말했다.

"내 말이 장난 같나? 제물들은 내가 재미를 보고, 일부는 포를 뜨고, 일부는 국을 끓여 먹었지. 인간의 고기만큼 맛난 것도 없다고, 특히 처자들의 살은 맛이 아주 특별하지. 너도 곧 그렇게 될 거니 기대하라고. 하하하."

백삼은 너무 놀라서 자신이 잘못 들었는지 생각했다. 백삼은 온몸에 힘이 빠져 잠시 휘청거려 넘어질 뻔한 걸 가까스로 섰다. 백삼은 손가락으로 사태독을 가리키고 무엇인가 말하려 했지만, 말이 떨어지지 않았다.

그 모습을 보고 있던 사태독은 허리에 차고 있는 날카로운 창을 서서히 뽑아 들었다.

"호백삼이라고 했나? 네년이 무얼 믿고 혼자 이곳에 왔는지는 모르겠지만, 넌 내 몇 끼 식사일 뿐이야."

사태독이 말을 마치고 백삼을 향해 천천히 걸어왔다.

백삼에게 걸어가던 사태독은 백삼의 뒤에 커다란 검은 그림자에 발을 멈췄다.

"호백삼이 믿고 있는 것은 바로 나 사대홍이다." 사대홍이 말하고 백삼 뒤에 서 있었다.

사태독이 자신 있게 말했다.

"혼자가 아니었군. 그런다고 달라질 것 같은가?"

사대홍이 말했다.

"아참. 나도 믿는 구석이 있는데, 깜빡했군."

말이 끝나기 무섭게 사대홍의 뒤로 커다란 그림자가 비쳐 나왔다. 호랑이 단이 그곳에 있었다. 사태독과 사살모는 생각해 본 적도 없는 호랑이가 자신들의 몇 보 앞에 있다는 것에 너무 놀라 얼어붙었다. 백삼은 단에게 가서 섰다.

백삼은 사대홍을 보고 측은한 눈빛으로 말했다.

"사 어르신, 혹시 뒤에서 모두 들으셨나요?"

사대홍은 조용하고 차분하게 말했다.

"네. 모두 들었습니다….."

백삼이 조용히 말했다.

"사 어르신의 처분에 맡기겠습니다."

사대홍은 오랫동안 생각했던 것인 양 가볍게 대답했다.

"사태독은 내 손으로 찢어 죽일 것입니다. 사살모는 부족의 뜻에 따라 처리하겠습니다."

사대홍이 말을 마치자 갑작스럽게 사태독이 동굴의 한쪽으로 급히 뛰었다. 사대홍은 사태독을 놓칠까 하여, 급하게 뒤를 쫓았다. 사대홍은 덩치에 비해 무척 몸이 날래어 사태독과의 거리를 빠르게 따라잡았다. 사태독은 그 모습에 놀라 뒷걸음질 치며, 창을 휘둘렀다. 사대홍은 들고 있던 창으로 막고 사태독의 창 잡은 손을 찔렀다. 사태독은 창을 맞고 창을 놓치고 뒷걸음을 쳤다. 방안을 둘러보던 사대홍은 몸이 굳어 버렸다. 단에게 사살모를 부탁하고 뒤따라 방에 들어선 백삼도 그 자리에 얼어붙고 말았다. 방에는 뱀족 처자들의 살점을 떼어 이곳저곳에 말려 걸어 놓았다. 한쪽에는 말라 쪼그라진 얼굴도 있었는데, 최근에 죽인 여자들인 것 같았다. 사대용은 그중에 한 여자의 얼굴 앞으로 가서 조심해서 손을 올려 만졌다. 백삼이 생각하기로 딸인 사백면의 얼굴 같았다. 사대홍의 눈에서 한없는 눈물이 흐르고 있었다. 그때 사태독이 작은 칼 하나를 들고 사대홍에게 가고 있었다. 백삼은 급한 마음에 소리를 지르며 바닥에 떨어진 창을 집어서 달렸다.

"사 어르신, 위험해요."

사대홍은 백삼의 말을 못 들은 듯 멍하니 있었다. 사태독의 단검은 사대용의 등으로 박혀 들어갔다. 조금 늦은 백삼의 창끝이 사태독의 등을 뚫고 관통되어 튀어나왔다. 사대홍은 단검에 맞은 사람 같지 않게 돌아서서 창을 들어 사태독의 목을 찔렀다. 사태독은 앞으로 고꾸라져 죽었다.

사대홍은 자신의 다친 상처를 돌보지도 않고, 딸의 시신을 수습하기에 바빴다. 한동안 측은하게 이 모습을 바라보던 백삼은 방을 나와서, 단과 사살모가 있는 곳으로 갔다. 그런데 단이 바닥에 널브러져 있는 것이 아닌가, 그리고 사살모의 모습은 어디에도 보이지 않았다. 백삼은 놀라서 단에게 달려가 단을 살폈다. 단은 나지막한 숨을 쉬고 있었다.

백삼은 큰 소리로 사대홍을 불렀다.

"사 어르신, 도와주세요…."

백삼의 다급한 목소리에 사대홍이 뛰쳐나와 보니, 백삼이 쓰러져 있는 단을 붙들고 울고 있었다. 사대홍은 급히 단을 살펴보았다. 가슴 쪽에 긴 대나무 침이 박혀 있었다. 또 한 대는 호랑이의 뒷다리에 박혀 있었다. 사대홍은 급히 대나무를 뽑아 들었다. 피와 섞였지만, 푸르고 검은빛이 도는 것이 대나무 침 끝에 발라져 있었다.

사대홍이 놀라 말했다.

"독이다."

백삼은 사대홍의 말에 두 눈을 크게 뜨고 사대홍을 바라보며 물었다.

"독이요?"

사대홍이 대답했다.

"뱀에 독을 독 대롱으로 쏘았어요…."

흥분한 목소리의 백삼이 말했다.

"어떻게 해요. 단을 살려 주세요. 해독제는 없나요?"

사대홍은 품속을 뒤져서 해독제를 찾았다. 그러고는 자신의 등 뒤에 박힌 단검을 뽑아 들었다. 단검을 뽑은 곳에서 피가 흘러나왔다. 사대홍은 단의 독침이 박혔던 곳을 검으로 째고 품속에서 꺼낸 해독제를 부었다. 그러고 나서 품속을 뒤져 환약을 하나 꺼내서 단의 입속으로 밀어 넣었다.

백삼이 물었다.

"해독제인가요?"

"네. 해독제는 맞는데, 이 해독제는 사람에게는 효과가 있는데, 호랑이에게 효능이 있는지는 잘 모르겠어요…."

사대홍의 자신 없는 대답이 돌아왔다.

놀란 백삼이 물었다.

"그럼, 단이 죽을 수도 있다는 건가요?"

"지켜봅시다…. 나도 어떤 결과가 있을지, 알 수가 없어요…."

깊은 한숨과 함께 사대홍이 말했다.

백삼은 걱정스러운 눈빛으로 단을 내려다보았다.

사살모는 품에서 독 대롱을 꺼냈다. 호랑이의 덩치에 사살모도 겁이 났지만, 빠져나갈 길은 이것 외에는 생각이 나질 않았다. 사살모는 품에서 대나무 침 두 개를 꺼내었다. 사람이라면 하나만 스쳐도 죽을 것이지만, 눈앞에 호랑이는 한 대로는 통하지 않을 듯싶었다. 사살모는 조용히 독 대롱을 입에 물었다.

그 순간 사태독의 방에서 사태독의 비명이 들려왔다. 단은 소리가 나는 쪽으로 몸을 돌렸다. 사살모는 이 순간을 놓치지 않았다. 입에 물었던 독 대롱의 대나무 침을 발사했다. 침은 소리도 없이 날아서 단의 뒷다리에 맞았다. 단은 놀라 재빨리 사살모에게로 몸을 돌렸다. 사살모는 이 모습에 놀랐다. 독침에 맞았는데 아무런 반응이 없었다. 사람 같으면 바로 쓰러졌을 것이다. 사살모가 다시 하나의 대나무 침을 독 대롱에 넣었다.

단은 서서히 사살모에게 접근하고 있었다. 단이 사살모를 덮치려 몸을 굽히는 순간 또 다른 독침 하나가 단의 앞 가슴부위를 맞췄다. 단은 앞으로 달려 나오다가 그대로 앞으로 고꾸라져 쓰러졌다. 그 모습을 본 사살모는 안도의 숨을 쉬고 동굴을 빠져나왔다. 동굴 밖에는 사람들이 모여서 뭔가에 관해 이야기하고 있었다.

제단에 올라서 모인 사람들에게 말하는 자는 사화란의 아버지와 어머니였다. 사살모가 보니, 사람들이 반복적으로 소리를 지르고 있었다.

"사살모를 잡아라! 우리를 속인 사살모를 잡아라!"

사살모는 뭔가 잘못되었음을 직감적으로 느꼈다. 그는 제단의 반대 방향 어둠 속으로 사라져 갔다.

며칠을 사살모를 찾기 위한 뱀인들의 노력은 허사로 돌아갔다. 사살모는 어디로 사라졌는지 뱀의 땅에서 흔적을 찾을 수 없었다. 백삼은 사대홍과 걱정스러운 모습으로 단을 보고 있었다. 사대홍 등에 난 상처는 벌써 아물어 가기 시작했는데, 단은 깨어나지 못했다. 뱀인들은 백삼과 단, 사대홍의 행동에 감사와 칭찬을 잊지 않았다. 단의 쾌유도 한마음으로 빌었다.

그리고 뱀인들은 큰 충격을 받았다. 자신들이 사살모와 사태독과 같은 인육을 먹는 괴물에게 속았다는 것. 그들에게 자기 딸을 제물로 보내어 죽음에 이르게 했다는 것에 많은 이들이 괴로워했다. 사화란과 그녀의 아버지 어머니가 백삼을 찾았다.

사화란이 백삼을 향해 허리를 굽히고 말했다.

"다시 한번 저의 목숨을 살려 주셔서 감사합니다."

백삼이 겸손하게 답했다.

"아닙니다. 전에도 말씀드렸듯 해야 할 것을 했을 뿐입니다."

단을 걱정스럽게 바라보며 사화란이 말했다.

"어떻게 차도는 좀 있나요?"

백삼이 힘없이 대답했다.

"숨은 잘 쉬는데, 정신을 차리지 못하네요."

사화란의 아버지가 말했다.

"제가 뱀인들에게서 가져온 약입니다. 사양 마시고 받으세요."

백삼이 말했다.

"늘 신경 써 주셔서 감사합니다."

미안한 표정을 한 채 사대홍이 말했다.

"백삼 처자, 사살모가 사라진 것이 벌써 열흘이 넘었어요. 내가 응당 단의 치료를 계속해야 하겠지만, 이번에 사살모를 쫓지 않으면 영원히 찾지 못해요. 나는 오늘 사살모를 쫓아 용의 땅으로 갈 생각입니다. 미안해요."

백삼이 미소를 지으며 말했다.

"아니요. 미안하시긴요. 사 어르신 덕에 단도 저도 무사한걸요. 이곳은 걱정하지 마세요. 사화란 님과 여기 아버님이 도와주고 계시니, 저희는 걱정하지 마시고 뱀의 원수를 잡으셔야 합니다. 그래서 따님의 원혼을 달래 주셔야지요."

사대홍이 말했다.

"그렇게 말해 주니, 정말 고마워요."

사화란이 물었다.

"그런데, 왜 여러 곳 중, 용의 땅으로 가려 하시죠?"

사대홍이 생각을 설명해 말했다.

"용의 땅과 고래의 땅이 제일 가능성이 높다고 생각합니다. 이 땅들은 꽤 넓어서 숨어들 만한 곳이 많으니까요. 까마귀의 땅은 너무 작고, 사슴의 땅은 현재 혼란스러운 상태입니다. 제 몸이 여러 개면 모두 가 보겠지만, 몸이 하나이니 첫 번째로 용의 땅, 두 번째로 고래의 땅, 세 번째로 사슴의 땅, 마지막으로 까마귀의 땅으로 찾아볼 생각입니다."

백삼이 말했다.

"사 어르신, 제가 고래의 땅으로 가겠습니다."

사대홍이 놀라며, 되물었다.

"네? 고래의 땅으로 가시겠다고요?"

백삼이 대답했다.

"네. 사살모 같이 나쁜 사람은 빨리 잡지 않으면, 모든 부족에게 피해를 줄 것입니다. 역병의 씨를 가지고 있는 것도 걱정이 됩니다."

사화란이 걱정의 마음을 담아 말했다.

"뱀인들에게 베풀어 주신 은혜가 이미 차고 넘치는데, 어째서 또 위험을 감수하려 하시나요?"

백삼이 미소를 짓고 답했다.

"이 일은 단에 일도 있고, 뱀인들이 피해를 보았듯 다른 부족도 같은 피해를 볼 수 있는 중대한 일입니다. 제가 내용을 모르지 않는데, 어떻게 피할 수 있겠습니까?"

사화란의 아버지가 말했다.

"두 분이 용의 땅과 고래의 땅으로 가신다면, 제가 사람을 보내서, 다른 부족의 땅에 사살모의 흔적을 찾아보겠습니다."

사대홍은 기쁜 마음에 사화란의 아버지 손을 덥석 잡고 말했다.

"그렇게만 해 주신다면, 정말 감사하겠습니다."

백삼은 결심을 한 듯 말했다.

"사화란 님, 부탁이 있습니다. 단을 잘 돌봐 주세요. 저도 지금 떠날 준비를 하겠어요. 고래의 땅에서 사살모를 찾아서, 다시 사화란 님께 돌아오겠어요. 그때에는 단도 건강을 차릴 거라 믿어요."

7장

고래를 잡는 사람들

　호백삼은 조급했다. 늦기 전에 사살모의 흔적을 찾아야 했기 때문이다. 사살모가 종적을 감춘 지 벌써 보름이라는 시간이 흘러 있었다. 뱀의 땅을 벗어난 지도 삼 일이 흘렀다. 백삼은 그동안 사람의 흔적을 전혀 찾지 못했다.
　고래인들은 대부분 강과 바다가 있는 곳에 살았다. 백삼이 찾아가고 있는 망포(網抱)는 고래인들이 가장 많이 모여 살아가는 곳이다. 대부분 물고기와 고래를 사냥해서 살아가는 사람들이다. 소문으로 듣기에 이들은 타고난 사냥꾼들이었다. 바다의 동물뿐만 아니라, 육지의 동물까지 그들이 사냥 못 하는 것은 없었다.
　백삼이 정말 믿을 수 없으리만큼 신기하게 느낀 것은 고래라는 물고기였다. 고래인들이 섬기는 신인데, 이들은 신을 사냥한다고 했다. 그리고 얼마나 과장이 되어 있는지, 그 크기가 이십 명이 탈 수 있는 배보다도 몇 배는 크다고 했다. 백삼은 평토에 살 때 고기를 잡는 배를 본 적이 있었는데, 어른 이십 명이 물 위에 떠 있는 것을 보고 매우 놀란 적이 있었다. 그 때문에 이런 과장된 말을 믿지 않았다. 백삼은 단보다 큰 동물은 본 적이 없었다. 보지는 못했지만, 곰이 호랑이만큼이나 크다는 이야기는 들었다. 그리고 물고기라면, 단의 얼굴보다 큰 것도 본 적이 없었다. 너무 과장된 말이라 고래인들에 대한 신뢰가 떨어졌다. 하지만 한편으로는 궁금하기도 했다. 과장되었다고는 해도 어느 정도 크기는 할 것이었다.

게다가 바다도 궁금했다. 백삼은 아직 바다를 직접 본 적이 없었다. 얼마나 크기에 물이 땅처럼 보인다고 하는지 도저히 상상되지 않았다. 배를 타고 멀리 가면 땅이 보이지 않는다는 것이 특히 이해되지 않았다. 백삼이 고래인들에 대해 이런저런 생각을 하며 걷고 있는데, 누군가 큰 소리로 말했다.

"누구냐! 멈춰라."

백삼이 돌아보자, 세 명의 남자가 백삼을 향해 활을 조준하고 접근해 왔다. 한 명은 뿔피리처럼 생긴 것을 불었다. 백삼은 처음 들어 보는 종류의 소리였다. 잠시 후 십여 명의 사람들이 더 달려와서 백삼에게 창을 겨누고 섰다. 그러고는 다시 소리를 질렀다.

"누구냐고 묻지 않느냐! 이곳이 어딘지 알고 들어온 것이냐?"

백삼은 놀라서 대답했다.

"저는 호백삼이라고 합니다. 호랑이인입니다."

소리 질렀던 자가 되물었다.

"호랑이인? 호랑이인이 이곳에 왜 들어왔느냐?"

백삼이 대답했다.

"저는 이곳이 어떤 곳인지 알지 못합니다."

소리 질렀던 자가 명을 내렸다.

"저자를 잡아 족장님께 데려가라"

백삼은 가진 것을 모두 빼앗기고 밧줄에 묶인 채로 끌려갔다. 백삼이 끌려가며 자세히 보니, 나무마다 조그만 가죽이 달려 있었다. 잠시 후 백삼은 커다란 절벽 앞으로 끌려갔다. 그곳에는 큰 제단이 있고, 제단 앞에는 커다란 물고기의 뼈로 만들어진 움집 같은 것이 있었다.

백삼은 대체 어떤 동물의 뼈가 저렇게 클 수 있는지 의문이 들었다. 뼈로 만든 움집 앞에 서 있자, 잠깐의 시간이 지나고 그 안에서 짐승의 뼈로 장식한 장식물을 온몸에 두른 나이가 많은 남자가 걸어 나왔다. 머리는 흰데 온몸은 햇볕에 그을려 색이 대비가 되었다.

고래인 남자들을 돌아보니, 모두 피부가 햇볕에 많이 그을려 있었다. 그래서인지 백삼이 보기에 더욱 강인한 모습의 용사들 같았다. 백삼이 이곳저곳을 두리번거리는데, 짐승의 뼈로 장식한 노인이 물었다.

"호랑이인이 어찌하여 우리 고래의 신성한 땅을 침범했느냐?"

백삼이 대답했다.

"죄송합니다. 제가 고래인의 신성한 땅인지 몰랐습니다."

뼈로 장식한 노인이 혼잣말처럼 말했다.

"몰랐다…."

백삼이 대답했다.

"네. 정말 몰랐습니다."

뼈로 장식한 노인이 다시 물었다.

"내 다시 묻겠다. 호랑이인이 고래의 땅을 찾은 이유가 무엇이냐? 우리는 호랑이인과 오랜 세월 교류가 없거늘…."

백삼이 말했다.

"제가 사살모라는 사람을 쫓아 고래의 땅으로 왔습니다."

뼈로 장식한 노인이 또다시 물었다.

"사살모? 그는 누구이기에 쫓는가?"

백삼이 대답했다.

"뱀인들을 수없이 죽이고 고래의 땅으로 도망을 쳤습니다. 사살모는 뱀인입니다."

뼈로 장식한 노인이 말했다.

"뱀인을 호랑이인이 쫓고 있다고…?"

백삼이 설명했다.

"네. 이야기를 하자면 길지만, 사살모는 위험한 자입니다. 다른 부족에도 해를 끼칠 것을 가지고 있습니다."

뼈로 장식한 노인이 물었다.

"무엇을 가지고 있기에 다른 부족에 해를 끼친다는 것이냐?"

백삼이 대답했다.

"역병의 씨라는 것을 가지고 있습니다."

뼈로 장식한 노인이 표정을 굳히며 소리쳤다.

"역병의 씨…!"

백삼은 노인이 소리를 질러 깜짝 놀라며 말했다.

"네. 역병의 씨입니다…."

노인은 한동안 말없이 두 눈을 감고 있었다. 그러다가 백삼에게 다시 물었다.

"그 사살모라는 자를 보았느냐?"

백삼이 대답했다.

"네. 얼굴을 보기도 했고, 대화도 해 보았습니다."

심각한 표정으로 노인이 물었다.

"그 남자가 혹시 인육을 먹더냐?"

백삼이 대답했다.

"사살모는 남자가 아니라 여자입니다. 뱀인의 엄마지요."

"남자가 아니라 여자라고…?"

노인이 실망한 듯 읊조리고 눈을 감자, 백삼이 노인에게 말했다.

"인육을 먹는 남자가 있었는데, 이름은 사태독이라 했습니다."

백삼의 말에 노인이 눈을 번쩍 뜨고는 물었다.

"인육을 먹는 남자를 알고 있느냐?"

백삼이 대답했다.

"네. 알고 있습니다."

백삼은 뼈로 장식한 노인에게 뱀의 땅에서 있었던 일을 자세히 설명했다. 노인도 백삼에게 자신이 누구인지 설명했다. 이 노인은 경대술(鯨代術)로, 고래인의 제사를 관장하고 신의 뜻을 고래인에게 전하는 역할을 하고 있었다.

경대술이 한숨을 쉬며 말했다.

"그자는 우리가 찾던 경태주(鯨太呪)다. 고래인들에게 잘못된 주술(呪術)을 쓰고, 처자들을 겁탈하고, 인육을 먹었지…. 고래의 땅을 모두 뒤져도 그자를 찾지 못했었는데…. 그자가 뱀의 땅 사굴에 숨어서 같은 악행을 저지르고 있었다니…. 참으로 안타까운 일이야…."

백삼이 놀라 물었다.

"그럼 경태주라는 사람이 역병의 씨를 이곳 고래의 땅에도 썼다는 말인가요?"

혀를 차며 경대술이 말했다.

"그렇네…. 다만, 우리는 그의 악행을 일찍 알아채고, 조처하려 했는데, 그가 알아차리고 도망을 쳤어. 엉뚱하게 뱀인들이 큰 피해를 보았군…. 그래도 천만다행으로 경태주가 죽었다 하니 마음이 좀 놓이는구나…."

걱정 어린 표정으로 백삼이 말했다.

"경대술 어르신, 마음을 놓을 수는 없습니다. 역병의 씨를 가진 사살모가 어떤 짓을 벌일지 알 수가 없습니다."

경대술이 말했다.

"걱정하지 말거라. 내가 고래의 땅에 사살모를 찾으라 명을 내릴 것이다."

백삼이 밝은 표정으로 말했다.

"정말입니까? 감사합니다, 경대술 어르신."

경대술이 말했다.

"지금 가서, 경효해(鯨嚆海)를 빨리 찾아오라."

백삼은 빼앗겼던 물건도 돌려받고, 경대술의 뼈로 만든 움집으로 극진히 안내되었다. 움집 내부는 깔끔하게 정돈되어 있었고, 수많은 뼈로 된 장신구로 넘쳐났다. 한 식경도 지나지 않아서 건장한 남자 하나가 경대술의 움집으로 들어왔다.

백삼은 지금까지 이렇게 잘생긴 남자는 본 적이 없었다. 얼굴이 어디 한군데 아쉬운 점이 없었다. 백삼은 자신도 모르게 얼굴이 달아올랐다. 살면서 이런 느낌을 받아 본 것은 처음이었다. 마치 움집 안에 그 남자만이 있는 것 같았다. 백삼은 자신의 느낌을 들키지 않으려, 헛기침을 한 번

하고 일부러 경대술에게 얼굴을 돌렸다.

움집에 들어온 남자가 말했다.

"찾으셨습니까? 족장님."

경대술 족장이 말했다.

"효해야, 어서 오너라."

경대술 족장이 효해와 백삼을 소개했다.

"이쪽은 경효해(鯨嚋海)라고, 우리의 꼭두입니다. 인사 올려라. 이쪽은 호랑이인 호백삼이다."

고개를 숙이며, 효해가 말했다.

"경효해입니다."

백삼도 고개를 숙이고 말했다.

"호백삼입니다."

경대술은 효해에게 백삼이 고래의 땅에 온 이유와, 경태주의 일을 설명하고 말했다.

"효해야. 첫째, 너는 고래인에게 사살모에 대해 전하여 백삼 처자에게 결과를 알려 주거라. 둘째, 우리의 제일 큰 골칫거리를 제거해 준 백삼 처자를 고래 땅에 있는 동안 성심을 다해 보필하도록 해라."

효해가 말했다.

"알겠습니다. 명 받들겠습니다."

경대술이 백삼을 보며 말했다.

"가서 쉬시고, 불편한 것 있으면 효해에게 말하세요."

백삼이 대답했다.

"네, 경대술 족장님 물러가겠습니다."

족장의 움집을 나온 백삼과 효해는 나란히 마을로 향했다. 백삼은 지금껏 누구와 걸을 때, 이렇게 불편한 적은 한 번도 없었다. 그렇다고 싫은 감정이 드는 것도 아니었다. 백삼은 자신이 왜 이런지 생각하고 있을 때, 효해가 말을 걸었다.

"호백삼 님, 감사합니다."

백삼이 반문했다.

"네? 무엇을요?"

효해가 차분히 말했다.

"경태주를 직접 죽이셨다고 하니, 감사드리는 것입니다. 경태주는 저의 원수입니다."

백삼이 놀라서 다시 물었다.

"원수요?"

"저에게는 누님이 둘 있는데, 큰누님이 경태주에게 죽임을 당했습니다. 저에게는 부모 같은 누님이셨습니다…."

효해는 차분히 말했으나 눈에서 눈물이 흐르고 있었다. 백삼은 못 본 척 얼굴을 돌렸다. 잠시의 침묵이 지나고 효해는 말을 이었다.

"저는 경태주란 놈을 찾아서 고래의 땅에서 안 가 본 곳이 없습니다. 그런데 그놈이 뱀의 땅에 있었다니…. 그놈을 제 손으로 꼭 죽이겠다 맹세했었습니다. 그런 놈을 죽이셨으니, 제게 호백삼 님은 은인입니다. 평생 은인으로 모실 것입니다."

백삼은 손사래를 치며 말했다.

"아닙니다. 제가 아니었어도 그 상황에는 모두가 그렇게 했을 것입니다. 은인이라니 가당치도 않습니다. 그리고 저를 높여 부르지 마십시오.

제가 연배가 높은 것도 아니고….”

백삼은 또다시 얼굴이 달아오르는 것을 느끼고는 말을 마치지 못했다. 백삼은 자신도 자신이 왜 자꾸만 이러는지 알 수가 없었다. 효해는 진심을 담아 말하고는 백삼을 보았다.

"은인을 알아보지 못한다면 대장부라 할 수 없지요. 제 목을 달라고 하셔도 따를 것입니다. 호칭이 불편하시면, 원하시는 대로 바꾸겠습니다.”

효해는 백삼을 보고 생각했다. 이렇게 아름다운 여자는 본 적이 없었다. 눈, 코, 입 어디 하나 책잡을 것이 없었다. 약간의 홍조를 띠고 있는 백삼의 하얀 피부까지도 잡티 하나 없이 아름다웠다. 그리고 이런 사람이 은인인 것에 감사했다. 효해는 진심으로 은인을 만나면, 목숨이라도 줄 것을 맹세했었다. 백삼을 보고 효해는 다시 생각했다. 은인이 아니었다고 해도 이 사람이라면, 목숨도 줄 수 있을 것 같았다.

백삼이 효해를 살짝 보고는 말했다.

"호칭은 그냥 이름을 불러 주시면, 좋겠습니다…. 괜찮다면, 저도 그냥 이름을 부르고 싶습니다.”

효해는 백삼을 보던 눈을 거두고는 말했다.

"말씀 따르겠습니다….”

이 조심스럽고 행복한 불편함을 즐기며, 둘은 나란히 걸었다.

다음 날이 밝아오자, 효해의 마을에 모두가 백삼을 보러 효해의 집으로 모여들었다. 효해는 마을에서 꼭두를 맡고 있었다. 고래인의 꼭두는 신과 사람을 이어 주는 자다. 배를 탈 때는 배의 맨 앞머리에서 사냥을 지휘하여, 부족원을 먹여 살리는 역할을 하는 사람이었다.

백삼이 효해가 내어주는 아침을 먹고, 밖에서 들려오는 시끄러운 소리에 집을 나왔다. 백삼은 마을 사람 모두가 모여들자 놀란 얼굴로 효해를 보았다. 효해도 놀랐는지 백삼을 돌아보았다. 그때 한 여자가 두 사람에게 다가왔다. 다가온 여자가 효해에게 말했다.

"이분이 우리의 은인이야?"

효해가 대답했다.

"응, 누님. 이분이 경태주를 죽였어."

다가온 여자가 눈물을 보이자. 모여든 사람 중 대부분은 손뼉을 치며 좋아했고, 몇몇 사람은 다가온 여자처럼 서럽게 울었다. 백삼은 무슨 일인가 싶어 눈치를 살폈다. 울던 여자가 백삼에게 걸어와서는 백삼의 두 손을 꼭 잡고는 고개를 숙여 몇 번이고 감사를 표했다. 그 모습을 보던 효해가 말했다.

"백삼, 제 둘째 누님이에요…."

백삼은 그제야 이 사람이 자신에게 왜 이러는지, 마을 사람들이 아침부터 찾아왔는지를 알 수 있었다.

백삼은 마을 사람들에게 고맙다는 인사를 받으며, 경태주가 얼마나 나쁜 짓을 저질렀는지 다시 한 번 생각했다. 마을 사람들이 모두 돌아가자, 백삼은 사살모를 반드시 잡겠다고 다시 굳게 다짐했다.

효해가 백삼을 보며 말했다.

"오늘 족장님이 제를 올려 신의 허락을 받을 거예요. 꽤 오랜만에 있는 특별한 일이죠. 백삼이 우리의 문제 하나를 해결했기 때문에 축제를 열려고 합니다. 만약에 신의 허락이 떨어지면, 볼만한 일이 많을 거예요."

백삼이 말했다.

"제사가 어떻기에 특별하다고 하세요? 말씀을 들으니, 구경하고 싶네요."

효해가 백삼에게 물었다.

"함께 가서 제를 구경할까요? 백삼의 부탁이라면 족장님이 허락해 주실 거예요."

백삼이 신나서 말했다.

"좋아요. 우리 제를 보러 가요."

효해는 백삼이 고래의 땅에서 처음 보았던 절벽 앞으로 백삼을 데리고 갔다. 백삼은 처음에 먼 곳에서 보았으므로 절벽 암석에 무엇이 있다고는 생각하지 못했다. 그러다가 가까이 가서 보고는 깜짝 놀랐다. 암석면 하나 가득 동물과 물고기들이 조각되어 있었기 때문이었다. 거기에는 호랑이, 표범, 사슴 등이 보였다. 사람도 있었다. 한쪽에는 물고기처럼 생긴 것들이 많이 있었는데, 효해가 고래라고 알려 주었다. 효해는 그림 하나하나를 가리키며 고래의 이름을 알려 주었다. 백삼은 고래의 종류가 이렇게 많은지 몰랐다.

백삼과 효해는 제를 준비 중인 제단 앞으로 갔다. 백삼은 이름도 알지 못하는 신기하게 생긴 해산물과 고기들로 제단이 꽉 차 있었다. 많은 제를 보았지만, 고래인들이 제에 올리는 제물들은 어떤 부족보다 다채롭고 종류가 많았다. 백삼은 신기한 것이 너무도 많아서 일일이 효해에게 물어보지도 못했다. 효해는 제를 준비 중인 경대술에게 나아가 물었다.

"족장님, 호백삼과 함께 제를 관전하려 합니다. 허락해 주십시오."

백삼을 바라보며, 경대술이 물었다.

"제를 보고 싶은가?"

백삼이 대답했다.

"네. 이렇게 성대한 제는 본 적이 없었습니다. 꼭 보고 싶습니다."

경대술이 말했다.

"타 부족에게 제를 보인 적은 없으나, 호백삼의 은혜가 고래인들에게 널리 미치는바 특별히 허락하겠네."

백삼이 미소와 함께 말했다.

"감사합니다."

제가 시작되고 북소리가 울렸다. 이십 명이 동시에 치는 북소리는 고래의 땅 곳곳으로 퍼져 나갔다. 경대술 족장이 십여 명의 사람들을 대동하고 제단 앞에 엎드렸다 서기를 수십 번 반복하며, 입으로는 알 수 없는 말을 끊임없이 중얼거렸다. 횃불을 가진 십여 명이 제단 외부에 불을 놓았다. 불은 제단을 빙 둘러싼 나무 탑에 붙었다. 북소리가 더욱 경쾌하게 변하자, 경대술 족장은 제단 앞에서 춤을 추었다. 수행하고 있던 십여 명도 같은 춤을 추었다. 옆에 있던 효해가 귓속말을 했다.

"고래의 신에게 귀신고래를 잡아도 되는지를 묻고 있는 거예요."

백삼은 궁금한 것이 많아서 되물었다.

"귀신고래? 그런 고래도 있어요? 좀 전에 말해 주었던 고래 중에는 없는 이름인데요?"

효해가 백삼에게 설명했다.

"귀신고래는 고래의 종류가 아니라, 우리가 사냥해서 먹을 수 있는 고래 한 마리를 말하는 거예요. 우리는 제를 지내고, 귀신고래를 잡아도 된다는 허락을 고래신에게 받는 것이죠. 우리는 고래신을 잡는 것이 아니라 귀신을 잡는 것입니다."

백삼이 다시 물었다.

"그럼, 제를 지냈는데 고래신이 귀신고래를 잡지 말라고 하면 못 잡는 거예요?"

효해가 설명했다.

"당연히 그렇지요. 부족에게 먹을 것이 풍족하거나, 고래인들 중 나쁜 일을 저지르는 자가 생기거나, 부족 내에 다툼이 생기면 신기하게 귀신고래를 잡는 것을 허락받지 못합니다."

백삼이 물었다.

"그러면 경태주가 살인을 저지르고 인육을 먹었을 때도 허락을 받지 못했나요?"

효해가 옛일을 생각하며 말했다.

"네, 지난 삼 년간 단 한 번을 빼고는 고래신의 허락을 받지 못했어요. 그 한 번은 고래인이 모두 굶주리고 있을 때였지요."

백삼이 말했다.

"저는 고래인들이 고래를 마음 내키는 대로 마구 사냥하는 줄 알았어요."

효해가 말했다.

"고래는 우리에게 신입니다. 만약 제를 통해 허락을 구하지 않고 귀신고래를 잡는다면, 우리 부족은 저주를 받을 거예요."

백삼이 미소를 짓고 말했다.

"그러면 오늘 올리는 제는 어떤 결과가 있을까요? 경태주가 죽었으니, 좋은 결과가 있겠죠?"

"제의 결과는 알 수 없지만, 저도 좋은 대답이 나왔으면 하고 바라고 있습니다. 좋은 결과가 나온다면 모두 백삼 덕분입니다."

효해는 말하고 백삼의 눈을 피해 고개를 돌렸다.

백삼은 효해가 마지막 말을 하고 쑥스러워 눈을 피하는 것을 보고 미소를 지었다. 제의 북소리는 점점 더 격해지고 있었다. 춤을 추는 경대술의 몸짓도 더욱 격해졌다. 지켜보는 백삼의 심장은 북소리에 맞춰진 듯 빠르게 뛰었다. 갑자기 경대술이 춤을 멈추고 뒤돌아섰다. 그러자 북소리도 순식간에 멈추고, 춤을 추던 십여 명의 사람들도 물러났다. 경대술은 지켜보는 이들이 모두 들을 수 있도록 큰 소리로 말했다.

"고래신의 말씀을 전하겠다. 앞으로 삼 일 후 귀신고래를 잡으라는 허락이 떨어졌다."

"와!"

제를 지켜보던 많은 사람이 일제히 환호의 목소리를 냈다. 백삼과 효해도 활짝 웃으며, 서로를 바라보았다. 북소리는 경쾌하게 다시 울렸고, 사람들은 춤을 추며 뛰어다녔다. 웃음소리와 환호 소리가 그치지 않고 흘러나왔다.

다음 날 백삼과 효해는 귀신고래잡이를 위한 마을의 준비를 보러 포구로 나갔다. 백삼은 포구의 모습을 보고 깜짝 놀랐다. 바다가 백삼의 눈앞에 끝도 없이 펼쳐져 있었다.

백삼이 놀라 소리를 질렀다.

"와….."

좋아하는 백삼의 모습을 보며, 효해가 웃으며 물었다.

"바다를 처음 보십니까?"

백삼은 신나서 말했다.

"네. 저 바다 처음 봐요. 저는 바다가 강보다 조금 큰 줄 알았어요. 정말 저 끝이 하늘과 붙어 있네요. 물색이 하늘과 똑같은 색이고!"

백삼의 환한 모습에 효해도 미소를 지었다. 효해는 백삼을 데리고 포구로 향했다. 포구 앞은 광장처럼 넓었다. 백삼과 효해가 포구에 등장하자 일을 하던 모두가 일을 멈추고 그들을 환영했다. 백삼은 사람들의 환영에 감사하기도 했지만 쑥스럽기도 했다.

효해는 마을 사람들에게 백삼을 소개하며, 그들이 하고 있는 일에 관해서 설명해 주었다. 백삼은 처음 보는 광경에 모든 것이 신기할 뿐이었다. 포구에서 제일 눈에 띄는 것은 그물이었는데, 많은 여인이 그것을 만드는 데 붙어 있었다. 그물의 크기가 얼마나 큰지 광장 대부분을 차지했다. 사람들에게 들으니, 오랜만에 있는 귀신고래 사냥을 위해 만들어 두었던 그물을 손질하는 것이라고 했다.

또 하나 백삼의 눈길을 끄는 것이 있었는데, 가죽을 엮어 만든 부구(浮具)였다. 물에 뜨게 만든 것으로, 가죽에 물이 들어가지 않도록 해서 그 속에 공기를 넣고 막았다. 크기도 다양했다. 백삼이 혼자 들 수 있는 것부터 몇 명의 사람들이 들어 옮겨야 할 정도로 큰 것도 있었다.

백삼이 효해에게 물었다.

"저 부구라는 물건은 어디에 사용하는 건가요?"

효해가 손과 몸까지 써 가며 열심히 설명했다.

"귀신고래를 잡을 때 작살의 끝에 밧줄을 엮고, 그 끝에 부구를 달아 줍니다. 작살에 맞은 고래가 심해로 잠수해서 도망을 가려고 하면, 부구를 끌고 바닷속으로 들어가야 합니다. 하지만 부구가 물속으로 가라앉지 않아서 고래는 지쳐 도망을 가지 못하게 됩니다. 부구가 없으면 고래를 잡을 수 없지요."

백삼이 말했다.

"거참 신기하네요. 사람들의 말처럼 그 엄청난 크기의 고래가 저 가죽으로 만든 것 때문에 물속으로 도망칠 수 없다니!"

효해는 백삼을 작살 만드는 집으로 안내했다. 집 안에는 십여 명의 사람이 있었는데, 한쪽에는 사슴 같은 동물의 뼈가 가득 쌓여 있었다. 사슴의 다리뼈를 자르고 깎고 갈아 내는 작업을 거쳐 뾰족하고 날카로운 창끝을 만드는 듯했다. 창의 한쪽이 갈고리 모양으로 되어 있는 게 특이했다.

백삼이 궁금해하며, 효해를 보고 물었다.

"저도 창을 많이 봤는데, 한쪽 끝을 갈고리 모양으로 만드는 건 처음이네요. 이유가 있나요? 장식 같지는 않은데."

효해가 만들어 놓은 창을 들고 설명했다.

"눈썰미가 있네요. 한쪽 끝을 저렇게 만들면 박힌 창이 빠지지 않는답니다. 부구를 끌게 하려면 저렇게 창을 만들어야 합니다. 바다에서 작살로 고래를 맞추는 것도 쉽지 않습니다. 힘들게 맞춘 작살이 빠져 버리면 사냥에 실패하게 되지요."

백삼이 호기심 어린 눈빛으로 말했다.

"그런데 물속 깊이 수영을 하는 고래를 무슨 수로 창을 던져 맞추지요? 다른 물고기를 잡는 것처럼 물속에 잠수해서 창을 던질 수는 없을 것 같은데…."

효해가 대답했다.

"네, 그런 방법으로는 작살을 사용하지 않습니다. 고래가 물 밖으로 숨을 쉬러 나올 때를 노려 작살을 던지지요."

백삼이 놀라 되물었다.

"물 밖으로 숨을 쉬러 나온다고요? 물고기는 숨을 쉬지 않아요!"

효해가 미소를 짓고 대답했다.

"네, 고래는 물고기와 다릅니다. 고래는 물 밖으로 나와서 숨을 쉽니다."

백삼은 흥분한 목소리로 말했다.

"와! 정말 고래의 땅은 신기한 것이 너무 많은 것 같아요."

효해가 백삼을 보며 말했다.

"우리 이제 고래를 잡는 배를 보러 갈까요?"

백삼은 아이처럼 좋아하며 말했다.

"네! 좋아요."

포구에 나오자, 배가 여러 척 있었다. 효해가 가리키는 곳에 있는 고래잡이배는 다른 것과는 조금 달랐다. 효해가 설명했다.

"배는 모두 세 가지입니다. 제일 작은 배는 꼭두가 타는 배로, 꼭두를 포함해 모두 다섯 명이 탑니다."

백삼이 물었다.

"꼭두가 뭔가요? 효해가 꼭두라고 했잖아요?"

효해가 설명했다.

"꼭두는 이승과 저승의 가운데에서, 서로를 연결하는 사람입니다. 꼭두는 이승에 살며, 저승에 사는 귀신고래를 잡을 수 있는 유일한 사람입니다. 이 마을의 꼭두는 제가 맡고 있습니다."

백삼은 고개를 끄덕이고 효해의 말에 귀를 기울였다.

"첫 번째 배에 탄 꼭두는 작살을 잡고 귀신고래에게 창을 던지는 사람입니다. 나머지 네 명은 빠르게 노를 젓는 역할을 합니다. 두 번째 배에는 일곱 명이 타는데, 작살을 준비하고, 부구를 다는 역할을 세 명이 하고, 네 명이 노를 젓습니다. 마지막 세 번째 배에는 열일곱이 타는데, 필요한 부구와 귀신고래를 끌어 올리는 갈고리 등을 싣고, 잡은 귀신고래를 포구까지 끌고 가는 역할을 합니다."

효해는 말하면서, 몸으로는 배 위의 일을 하듯 흉내를 내었다.

이야기를 다 듣고 난 백삼이 말했다.

"이야기를 듣는데도 이렇게 신기하고, 재미있는데…. 직접 본다면 얼마나 좋겠어요…. 제가 따라간다면 많은 폐가 되겠지요?"

백삼은 입을 살짝 내밀고는 새침한 표정으로 애교 섞인 말투를 내었다. 그 모습을 보는 효해는 어찌할 바를 모르고 서서 한마디를 겨우 꺼내었다.

"귀신고래 사냥은 매우 위험한 일입니다…."

백삼이 사람을 녹일 듯한 말투로 말하며, 효해를 향해 웃었다.

"제가 죽을 고비를 얼마나 많이 넘겼는지 아시면 아마 기절하실걸요. 꼭두가 제 옆에 있는데, 뭐가 위험하겠어요?"

효해는 도저히 안 된다고 말할 수가 없었다. 잠깐 대답을 못 하고 있자, 백삼이 웃으며 말했다.

"그럼, 저도 데려가시는 것으로 알게요! 하하하."

효해는 마지못해 대답했다.

"아… 네…."

약속된 귀신고래 사냥의 날이 밝았다. 아침부터 마을은 분주하게 돌아갔다. 오랜만에 있는 일이어서인지 마을은 사냥을 끝낸 것처럼 들떠 있었다. 고래를 잡으면 마을 사람들은 한동안 풍족한 삶을 살 수 있을 터였다. 아이부터 노인까지 모두가 포구로 모여들었다. 백삼은 효해의 배에 올랐다. 효해가 백삼을 걱정하는 눈빛으로 바라보며 말했다.

"정말로 조심하셔야 합니다. 오늘은 제 옆에 꼭 붙어 계셔야 해요. 다행히 오늘 파도가 잔잔하고 날씨가 좋아서 사냥에는 최적의 날입니다."

백삼은 애교 섞인 목소리로 말했다.

"네. 걱정하지 마세요…. 꼭두의 옆에서 한 발짝도 떨어지지 않겠습니다."

배는 북소리와 함께 노를 저어 나갔다. 뿔피리 소리가 사방에서 울리고, 북소리가 빨라지자 흡사 전장으로 나가는 용사들의 모습 같았다. 고래인들의 함성과 박수 소리가 더해지자 백삼도 어깨가 무거워졌다. 귀신고래를 사냥하러 나가서 모두 성공하는 것이 아니기에 백삼도 마음을 다잡고 주위를 둘러보았다.

효해는 아직 날씨가 따뜻하지 않은데, 상체 대부분을 거의 노출하고 있었다. 건장하고 잘 발달한 근육 때문에 백삼은 효해를 똑바로 바라보지 못했다. 얼굴은 흰색으로 칠했고, 상체에는 무슨 기름을 발랐는지 반짝거렸다. 백삼을 제외한 모든 사내가 효해와 비슷한 모습을 하고 있어서, 백삼은 눈을 어디에 두어야 할지 막막했다.

노를 젓는 사람들의 힘찬 구령과 함께 배는 먼바다로 쏜살같이 나아갔다. 투명한 바다는 하늘빛처럼 반짝이고 있었다. 한 식경을 나왔을 무렵 배가 멈추었다. 백삼이 돌아보니, 육지는 보이지 않았다. 바다가 이토록 넓다니, 백삼은 또다시 놀랐다. 효해와 각 배의 몇 명이 자리에서 일어서서 주위를 살피고 있었다.

잠시 후 배는 천천히 움직여 같은 일을 반복했다. 백삼은 처음의 긴장감과 같은 것은 이미 사라진 지 오래였다. 한 시진을 똑같은 것을 보고만 있었더니, 무료함이 느껴지기 시작했다. 주위를 둘러보았으나, 누구 하나 무료함을 느끼는 사람은 없어 보였다. 모두가 두 눈을 반짝이며 고래를 찾는 것 같았다.

그때 맨 뒤에 큰 배에서 누군가 소리쳤다.

"고래다!"

모두가 소리친 사람을 보았다. 그 사람은 배의 왼쪽을 가리키고 있었다. 모두 그 사람의 손을 따라 그쪽을 보았다. 백삼도 그쪽을 보았지만, 바다만 보일 뿐 아무것도 보이지 않았다.

그 순간 경효해가 소리를 질렀다.

"고래다! 노를 저어라!"

누군가의 구령에 맞춰 배는 빠르게 왼쪽으로 파도를 갈랐다. 그렇게 일각 정도 노를 저어 나가자, 백삼의 눈에 바닷물이 솟아 튀어 오르는 것이 보였다. 그 밑으로 검은 그림자가 보였다. 백삼이 눈치를 살피고 뭔가를 물어보려고 했으나, 경효해가 소리를 질렀다.

"멈춰라! 귀신고래가 아니다."

백삼이 검은 물체 쪽을 다시 보니, 검은 것이 물을 뿜고 물속으로 들어가는데, 그 뒤를 작은 것이 쫓아 들어가는 것이 보였다.

백삼이 참지 못하고 물었다.

"고래가 맞는 듯한데, 쫓지 않으십니까?"

효해가 백삼에게 말했다.

"고래는 맞습니다. 하지만 새끼 고래를 데리고 있는 고래는 귀신고래가 아닙니다."

배는 한 시진 전처럼 서서히 움직였다. 주변을 관찰하고, 다시 다른 곳으로 움직이는 것을 다시 한 시진을 했다. 백삼은 지루했지만, 모두가 진지했으므로 표현하지 못했다. 이렇게 아무것도 잡지 못하고 돌아간다면, 마을 사람들이 크게 실망할 거라 백삼은 생각했다.

백삼은 효해의 얼굴을 보았다. 백삼은 순간적으로 젊은 효해의 얼굴에서, 부족을 책임지는 사람의 얼굴을 보았다. 효해의 얼굴에서 포기나 실망의 표정 같은 것은 찾아볼 수 없었다. 효해는 백삼보다 세 살이 많다. 백삼 또래의 사람이 부족을 책임지고 있다는 것에 백삼은 효해를 존경하는 마음이 들었다. 이런 생각을 하며, 효해를 보고 있던 백삼은 효해의 손가락이 향하는 쪽을 보았다. 그 순간 효해가 소리쳤다.

"귀신고래다!"

모두는 효해의 손이 가리키는 방향을 바라보았다.

검고 흰 무늬가 섞여 있는 수염고래가 물 위로 뛰어올랐다. 백삼은 지금 자신의 눈앞에 뛰어오른 것이 비현실적으로 느껴졌다. 고래의 크기는 상상을 할 수 없는 크기였다. 타고 온 배들의 수십 배였다. 저렇게 큰 것을 사냥한다는 것은 불가능하게 여겨졌다. 백삼은 넋이라도 빠져나간 듯 멍하니 보고 있었다. 백삼이 정신이든 건 꼭두 경효해의 목소리 때문이었다.

"노를 저어라! 귀신고래다."

효해가 소리 질렀다.

"작살에 밧줄을 달아라! 부구를 준비해라!"

꼭두의 명령에 모두는 일사불란하게 움직였다. 효해는 작살을 들고 배의 앞머리에 섰다. 배는 빠른 속도로 귀신고래에게 접근했다. 배가 귀신고래 근처로 가자 백삼은 고래의 크기에 또 한 번 놀랐다. 그 순간 효해가 바다로 날아올랐다. 백삼은 놀라서 소리를 지를 뻔했다.

효해가 바다에 빠지려는 순간 효해의 작살이 날았다. 날아간 작살은 검은 귀신고래의 등으로 파고들었다. 물속으로 들어갔던 효해는 재빠르게 수영해서 배로 돌아와 다음 작살을 들고 던질 준비를 하고 있었다. 고래는 놀랐는지 빠르게 도망을 치기 시작했다. 다음 순간 밧줄이 빠르게 달려가더니, 부구가 끌려가 바다에 빠졌다. 꼭두 효해가 급히 소리쳤다.

"다음 부구를 달아라!"

고래를 급히 쫓아서인지 바다는 심하게 출렁거리고 있었다. 배의 옆쪽으로 물기둥이 튀어 오르자 효해가 다시 한번 바다 쪽으로 날아 뛰었다. 효해의 손을 떠난 작살이 이번에도 귀신고래에게 정확하게 맞았다. 고래는 좀 전보다 더욱 빠르게 헤엄을 쳤다. 배에 실려 있던 부구가 더욱 빠른 속도로 바다로 빠졌다. 귀신고래는 부구를 두 개나 달고 헤엄을 쳐서 잠수해 들어갔다.

순식간에 바다는 고요해졌다. 방금까지 모두의 심장을 요동치게 했던 상황이 거짓말처럼 사라졌다. 백삼은 이게 무슨 일인가 궁금했지만, 숨 막히는 정적을 뚫고 물어볼 용기가 나지 않았다. 꼭두는 배에 올라 다음 작살을 들고 소리쳤다.

"제일 큰 부구를 달아라…! 주위를 살펴라!"

숨 막히는 정적에 시간이 어떻게 흐르는지 알 수 없었다. 누군가 외쳤다.

"왼쪽이다."

꼭두 효해가 명령했다.

"노를 저어라."

빠르게 물살을 가르고 부구가 떠오른 곳으로 다다르자, 효해는 다시 한번 검은 바다로 작살을 던져 넣었다. 이번에도 엄청나게 큰 부구가 바다로 빠르게 빨려 들어갔다. 또다시 기다림의 시간이 돌아왔다. 한참의 시간이 흐르고 정적 속에 주위를 살피던 효해가 배의 정면을 보며 말했다.

"앞으로 노를 저어라."

한참 노를 저어 나아가자, 부구가 하나씩 보이기 시작했다. 처음에는 하나만 보이던 것이 이내 모두 보였다. 얼마간의 추적이 계속되자 헤엄을 치던 고래는 움직이지 않았다.

귀신고래를 기다리는 망포의 포구에서 마을 주민들이 바다 쪽을 바라보고 있었다. 모두는 기도하고 있었다. 한 시진만 더 지나면 해가 질 것이므로 모두 걱정을 하고 있었다. 그 순간 고래인 하나가 소리를 질렀다.

"배다! 가죽 깃발이 걸렸다!"

"와…!"

고래인 전부가 환호성을 질렀다. 마을은 고래를 맛볼 수 있는 이 시간만을 손꼽아 기다렸다. 고래인은 오랜만에 잡은 고래가 이전에 잡은 것의 두 배나 되는 크기였기에 기쁨이 남달랐다. 고래에 밧줄을 걸어 마을 사람 전체가 육지로 끌어 올렸다. 마을 전체가 축제 준비에 정신이 없었다. 귀신고래를 소분하기 전에 간단한 감사의 제를 올렸다.

잡은 귀신고래는 수염고래였는데, 고래인들이 가장 좋아하는 것이었다. 꼭두 경효해는 창을 들고 고래의 위에 서 있었다. 귀신고래를 잡으러 나갔던 한 명 한 명의 이름을 부른 효해는 창을 높이 들어 고래를 찔렀다. 고래인들의 함성이 망포에 울려 퍼졌다. 사람들은 고래에 붙어서 모두가 한 몸처럼 고래를 소분해 나갔다.

백삼이 고래에 올라 사람들이 소분하는 모습을 보는데, 이것 또한 장관이었다. 고래인들에게 듣기로 고래는 버릴 것이 하나도 없다고 했다. 각 부분이 맛이 다 다르고, 용도가 모두 다르다고 했다. 소분의 의식은 횃불을 밝혀 들고 다음 날까지 계속되었다. 얼마나 정성을 다하는지, 백삼은 경건함마저 들었다.

8장

―

용의 뼈

　소분된 고래 고기는 고래인 모두에게 공평하게 분배되었다. 일부는 축제에 사용하려 남겼다. 고래 한 마리에서 나오는 고기의 양은 실로 엄청났다. 고래인의 축제는 사흘간 이어졌다. 백삼이 많은 부족을 본 것은 아니지만, 고래인은 매우 흥이 넘쳤다. 먹고 노래하고 춤추기를 멈추지 않았다.

　백삼은 고래고기를 먹어 보는 신기한 경험도 했다. 생으로 먹고 불에 굽거나 물에 삶아 먹었다. 같은 부위도 조리 방법에 따라 맛이 달랐다. 멧돼지의 맛도 있었고, 사슴의 맛도, 토끼의 맛도, 양고기의 맛도 나는 것에 백삼은 신기할 따름이었다. 바다의 물고기가 오히려 생선의 맛이 나지 않는 것이 더욱 이상했다.

　축제에 빠져 있던, 백삼과 효해에게 고래 용사 하나가 다가와서 효해에게 무언가를 한참 이야기하고 돌아갔다. 몇 시진을 사이에 두고 몇 번의 같은 일이 효해에게 있었다. 무슨 일인가 궁금하여 백삼이 효해에게 물으려 하는데, 효해가 먼저 말을 시작했다.

"사살모를 찾아 고래의 땅 끝으로 보냈던 용사들이 모두 돌아왔습니다. 안타깝지만 누구도 사살모의 흔적을 찾지 못했습니다. 제 생각에는 사살모는 고래의 땅으로 오지 않은 듯합니다."

백삼은 고래의 땅으로 들어온 후 신기한 것에 취해 사살모를 잊고 지냈다. 물론 고래인 족장 경대술과 경효해를 믿었기 때문이었지만, 자기의 머리를 쥐어박고 싶은 마음이 들었다. 풀이 죽은 목소리로 백삼이 말했다.

"죄송합니다. 꼭두에게 제가 할 일을 맡기고, 사살모의 일을 잊고 있었습니다."

효해가 대답했다.

"아닙니다. 응당 제가 도와야 할 일인데, 미안해 마세요. 그리고 사살모를 잡는 일은 이제 제 일이기도 합니다."

백삼은 축제의 흥은 사라지고, 머릿속에 사살모만이 또렷이 살아났다. 잊고 있던 단의 생사도 걱정이 되었다.

백삼은 아쉬워하며 말했다.

"꼭두, 저는 이제 떠나야 할 것 같아요…."

효해가 되물었다.

"떠나다니요?"

아쉬운 표정으로 백삼이 대답했다.

"사살모가 어떤 문제를 일으킬지 알 수가 없는데, 이렇게 시간을 보내면 안 될 것입니다. 말씀드렸던 호랑이 단의 일도 걱정이 되고요."

아쉬운 마음이 드는 것은 효해도 마찬가지였다. 언젠가는 백삼이 돌아가야 한다는 것을 알고 있었지만, 막상 백삼에 입에서 그 말을 듣자 어떤 말을 해야 할지 입이 떨어지지 않았다. 망설이는 표정을 하고 있던 효해가 마음을 먹었는지 백삼을 보고 말했다.

"제가 가지 말라 잡으면… 어찌하실 것입니까?"

"네…?"

백삼은 반문하고서, 효해의 말을 잠깐 이해하지 못한 채, 효해를 바라보았다. 둘 사이에는 잠깐의 어색함이 흘렀다. 효해가 백삼을 쳐다보자, 둘은 두 눈이 마주쳤다. 백삼은 얼굴이 화끈거려 효해의 눈을 피했다. 무언가를 결심한 듯 백삼이 말했다.

"제가 이곳을 떠날 때, 가장 아쉬운 것은 꼭두 때문일 것입니다…. 하지만… 지금 저는 큰 소임이… 저에게 있음을 느끼고 있어요…. 이해해주세요…. 인연이 있다면… 다시 만나요…."

효해는 혼잣말처럼 말했다.

"인연이요…."

다음 날 백삼이 떠난다고 하자 마을의 모두가 백삼을 보러 나왔다. 백삼은 경대술 족장과 망포 사람들의 환대 속에 고래의 땅을 벗어났다. 백삼은 꼭두 경효해의 얼굴은 찾아볼 수 없었다. 아쉬운 표정으로 고래의 땅을 한번 돌아보고 백삼은 발을 재촉하여, 뱀의 땅으로 갔다.

백삼은 사화란의 집을 찾았다. 백삼이 돌아왔다는 말에 사화란의 가족들이 모두 나왔다. 백삼은 그들의 모습에 눈물이 터져 나왔다. 단이 백삼에게 달려오고 있었기 때문이었다. 백삼은 단을 안고 한동안 기쁨을 누렸다. 백삼이 단과 사화란의 앞쪽으로 오자 사화란이 말했다.

"그동안 잘 계셨지요? 사살모는 찾으셨나요?"

백삼이 웃으며 말했다.

"너무 잘 지냈습니다. 안타깝지만, 사살모는 고래의 땅으로 가지 않은 것 같아요."

백삼은 사화란의 가족에게 고래의 땅에서 사살모는 어떻게 찾아보았는지 설명했다. 사태독이 고래의 땅에서 넘어온 경태주라는 것도 빠짐없이 이야기를 전했다. 사화란의 말에 따르면, 백삼이 뱀의 땅을 떠난 후 삼일째 되는 날에 단이 깨어났다고 했다. 깨어난 후 잘 먹여서인지 단은 아팠던 티가 나지 않았다.

백삼이 말했다.

"저는 이 길로 용의 땅으로 건너가 사대홍 어른을 찾아서 같이 사살모를 잡도록 하겠습니다."

사화란이 놀라서 물었다.

"사슴 땅을 지나, 호랑이의 땅으로 돌아가신다고 하지 않습니까?"

백삼이 대답했다.

"처음에는 그럴 생각이었습니다. 하지만 사살모를 잡지 않는다면 제가 마음이 편할 것 같지 않습니다. 뱀인들이 당했던 고통을 다른 부족이 겪도록 할 수는 없습니다."

백삼과 단은 사화란의 가족과 뱀인들의 배웅을 받으며, 용의 땅으로 향했다. 백삼과 단은 힘겹게 며칠에 걸쳐 산맥을 넘었다. 백삼은 며칠간 사람의 그림자도 보지 못했다. 시간을 단축하기 위한 방편이었지만 후회가 되었다. 많은 산을 지나왔지만, 이번처럼 힘든 산행은 처음이었다. 단이 없었다면 시도조차 불가능한 일이었다. 백삼은 용족이 표범족, 고라니족, 까마귀족, 고래족, 뱀족 등과 교류가 없는 이유를 알 것 같았다.

백삼은 사살모를 어떻게 찾아야 할지 막막했다. 백삼은 일단 뱀의 땅에서 제일 가까운 전지(全地)를 찾아가고 있었다. 백삼이 집을 떠나온 후 가장 알지 못하는 미지의 땅이었다. 용족에 대해서는 아는 것이 없다고 해도 과언이 아니었다. 백삼은 뱀족의 사대홍이 사살모를 찾으러 같은 길을 왔다는 생각이 들자, 사대홍의 고생스러운 모습이 머리에 그려졌다. 이런 고생을 마다하지 않을 정도로 사대홍의 원한이 깊은 것이란 생각이 들었다.

산을 다 내려오자, 거짓말처럼 끝도 없는 평지가 보였다. 평지는 초록빛으로 넓이가 엄청났다. 그곳 모두에 일정하게 곡식이 자라고 있었다. 백삼은 용의 사람들이 사냥을 하기보다는 곡식을 길러 먹는 것을 주로 한다는 이야기를 듣기는 했다. 하지만 곡식이 이렇듯 끝없이 펼쳐져 있을 줄은 알지 못했다. 백삼은 곡식을 뚫고 똑바로 걸어 나갔다. 바람에 곡식 풀잎이 서로 부딪혀 좋은 소리를 내었다.

백삼이 전지에 도착하자 두 개의 기둥에 용이 조각되어 높이 세워져 있었다. 백삼은 용을 본 적이 없었기 때문에 조각을 유심히 들여다보았다. 전체적으로 뱀에 모습처럼 생겼는데, 크게 다른 점은 뱀과는 다르게 다리를 가지고 있었다. 그리고 뱀에는 없는 커다란 뿔이 용의 머리에 있었다.

백삼은 용의 기괴한 모습에 무척 놀랐다. 실제로 본 사람도 없는 것을 신으로 모시는 것이 가능한 일인가 의아함이 들었다. 백삼은 용의 사람들이 놀랄 것 같아 곡식 풀이 가득한 곳에 단을 숨겨두고 왔다. 사살모가 전지에 있다면, 단과 함께 가는 것은 스스로를 노출하는 일이 될 수 있기 때문이었다.

백삼은 만나는 용의 사람들에게 사살모와 사대홍의 인상착의를 설명하며, 그들을 찾았다. 처음에는 백삼의 옷차림 때문에 이상하게 보았지만, 대부분의 사람은 백삼의 예쁜 얼굴을 보고 경계심을 풀었다. 한 시진을 이곳저곳 묻고 다니던 백삼은 돌로 도끼와 칼을 만드는 사람에게 같은 것을 물었다.

"뱀의 땅에서 온 사람을 찾습니다. 여자인데 무척 미인이고, 눈동자에 초점이 없습니다. 이름은 사살모입니다."

돌도끼를 다듬고 있던 자가 말했다.

"그런 사람은 보지 못했어요. 그런데 당신이 찾고 있는 사람을 찾는 남자는 보았어요."

백삼은 두 눈을 반짝이며 말했다.

"그 남자가 키가 아주 크고, 덩치도 큰. 머리의 반은 흰머리를 한 사람일까요?"

돌도끼를 다듬고 있던 자가 말했다.

"그랬던 것 같아요. 아무튼 덩치는 엄청 좋았지…."

백삼이 물었다.

"어디로 간 줄 아시나요?"

돌도끼를 다듬고 있던 자가 말했다.

"용성문(龍星問)에게 가 보라 했어요. 우리는 모르는 것이 있으면 그에게 가서 점을 치지…. 저 보이는 골산(骨山)에 오르면 중턱에 동굴이 있어요. 그곳에 용성문이 살고 있지."

백삼이 인사를 했다.

"감사합니다, 어르신."

백삼은 단을 데리고 골산에 올랐다. 설명을 들은 대로 골산 중턱에 오르자 동굴이 보였다. 골산은 매우 낮았는데, 동굴도 작아서, 설명을 듣지 않았다면 찾지 못했을 것이다. 백삼은 단과 함께 동굴 속으로 들어갔다. 가까이에서 보니 동굴은 자연이 만든 것이 아니라 사람이 파낸 듯했다. 이곳저곳에 사람의 흔적과 일부러 쌓아 올린 돌들이 있었다.

다섯 장 정도를 걷자 다시 밝은 빛이 보였다. 밖으로 나온 듯했다. 눈이 부셔 손으로 얼굴을 가렸던 백삼은 손을 치웠다가 깜짝 놀라 뒤로 물러섰다. 앞에는 절벽이 있고 비스듬하게 커다란 돌이 넘어져 있었다. 그런데 넘어진 돌 위에 백삼이 전지에 처음 도착해서 본 용의 형상이 조각되어 있었다. 백삼이 고래를 보지 않았다면, 용의 크기도 거짓이라 여겼을 것이다.

벽에 있는 용의 크기는 백삼이 본 고래의 절반은 되어 보였다. 가까이 다가가 그 조각을 보았다. 마치 살아 있는 듯했다. 그런데 조각된 흔적을 찾을 수가 없었다. 살아 있는 용이 진흙을 뒤집어쓴 듯했다. 금방이라도 진흙을 털어내고 백삼에게 나올 것 같았다. 백삼이 열심히 용을 보고 있는데, 뒤쪽에서 말소리가 들렸다.

"손님이 오셨는지 몰랐습니다. 호랑이가 찾아온다는 점괘를 받아 이상하다 했더니, 정말 눈앞에 호랑이가 있군요. 하하하."

백삼이 돌아보자, 나이가 지긋하게 든 남자가 한 명 서 있었다. 백삼이 노인을 보며 말했다.

"죄송합니다. 아무도 없어서 용을 구경하고 있었습니다. 저는 호백삼입니다. 용성문이라는 분을 뵈러 왔습니다."

"제가 용성문입니다. 처자는 무엇이 궁금하여 저를 찾아왔습니까?"

백삼이 물었다.

"사람을 찾고 있습니다. 사살모라는 여자입니다. 뱀족에게 죄를 짓고 도망쳤습니다."

용성문이 물었다.

"보름전에 같은 질문을 한 사내가 있었지요. 아시는 분인가요?"

백삼이 대답했다.

"네. 제 생각이 맞다면 사대홍 어른일 것으로 압니다."

용성문이 말했다.

"네, 그 사람 이름이 사대홍이라 했습니다."

백삼이 물었다.

"사살모를 찾았습니까? 사대홍 어른이?"

용성문이 말했다.

"아니요. 제가 별점을 받아서, 방향을 받아 주었지요. 당시에는 남쪽을 알려 주었습니다. 라포(羅抱)로 가라 했습니다."

백삼이 되물었다.

"라포요?"

용성문이 설명했다.

"네. 라포는 용족의 땅에서 가장 큰 마을입니다. 곡식을 거두고, 물고기를 잡아먹고 사는데, 라포에서는 굶는 자를 찾을 수 없습니다."

백삼이 놀라서 다시 물었다.

"굶는 자가 없는 곳이 있습니까?"

용성문이 미소를 띠고 말했다.

"물론입니다. 라포에는 굶는 자가 없습니다. 때문에 외지인이 라포에 간다면, 환영은 받지 못하더라도 내쳐지지는 않습니다. 사람도 많이 살고 있기에 다들 주변에 큰 관심을 두지 않습니다. 제 별점의 점괘도 그렇지만, 도망자가 숨어들기에는 이보다 좋은 곳이 없지요."

백삼이 되물어 말했다.

"그럼, 저도 라포라는 곳으로 가야 하겠군요?"

용성문이 대답했다.

"네, 그리하시면 좋을 듯싶습니다."

백삼이 허리를 숙이며 말했다.

"감사합니다, 용성문 어르신."

진지한 눈으로 백삼을 보며, 용성문이 말했다.

"가시기 전에 한 말씀만 드리겠습니다. 호랑이 처자는 귀하게 되실 분입니다. 다만, 삶이 위험으로 가득합니다. 스물을 넘기기 전에 호랑이와 호랑이의 이빨, 호랑이의 앞발을 얻지 못한다면 요절할 것입니다. 명심하세요."

백삼은 놀란 표정을 지우지 못하고 말했다.

"제가 예전에 비슷한 말을 들었습니다. 까마귀의 엄마 오예례께서 저에게 비슷한 말씀을 해 주셨습니다. 다만 벗어날 방법만을 다르게 말씀해 주셨습니다."

용성문이 인자한 표정으로 말했다.

"무엇이라 말씀해 주셨는지는 알 수 없으나, 내 생각에는 같은 이야기일 것입니다. 처자는 이미 호랑이를 얻었습니다. 이제 두 가지만을 얻으면 됩니다."

백삼이 궁금하여 물었다.

"호랑이 이빨과 호랑이 앞발이 무엇입니까?"

용성문이 답했다.

"그건 저도 알 수가 없습니다. 스스로 찾아내세요."

백삼은 골산을 내려오며, 단을 바라보며 말했다.

"호랑이의 이빨과 앞발이 무엇일까?"

용성문의 말을 생각하며 걷던 백삼은 누군가가 땅을 파는 소리가 들렸다. 백삼은 소리가 나는 쪽으로 갔다. 그곳에는 한 남자가 땅을 열심히 파고 있었다. 백삼의 인기척을 느꼈는지 땅을 파던 남자는 놀라며, 몸을 백삼 쪽으로 돌려 바닥에 엎드려서 연신 고개를 위아래로 하며 말했다.

"죽을죄를 지었습니다. 제가… 큰 죄인 걸 알지만… 죽을죄를 지었습니다."

백삼이 큰 소리로 말했다.

"어르신 왜 그러세요. 고개를 들어 보세요."

땅을 파던 남자는 그제야 고개를 들어 백삼을 보았다. 남자는 소스라치게 놀랐다. 백삼의 뒤에 커다란 호랑이가 있었기 때문이었다. 상황을 눈치챈 백삼이 말했다.

"놀라실 것 없습니다. 이 호랑이는 사람을 해치지 않아요."

땅을 파던 남자는 다행히 안심하고, 백삼을 보며 말했다.

"제발 한 번만 못 본 척해 주세요. 제 아이를 살릴 방법은 이것뿐입니다…. 제발 한 번만…."

백삼이 말했다.

"어르신, 저는 이곳 사람이 아닙니다. 무슨 말씀을 하시는지 알아듣지 못하겠습니다."

땅을 파던 중년의 사내는 그제야 안심했는지 한숨을 쉬고는 백삼에게 말했다.

"저는 골산의 동굴에서 내려오신 분으로 알았습니다."

백삼이 대답했다.

"골산 동굴에서 내려온 것은 맞습니다."

중년 사내는 깜짝 놀라며, 다시 땅바닥에 엎드려 고개를 조아렸다. 그 모습에 백삼이 깜짝 놀라 다시 말했다.

"어르신, 동굴에서 내려온 것은 맞으나, 저는 이곳에 물을 것이 있어서 온 사람입니다. 오해는 마세요."

중년 사내는 다시 한번 안도의 숨을 쉬고는 말했다.

"그럼, 다행입니다…."

중년 사내는 몸을 일으켜, 좀 전처럼 땅을 파기 시작했다. 백삼이 자세히 보니 중년 사내 옆에는 알 수 없는 뼈가 몇 개 놓여 있었다. 백삼은 고개를 갸웃할 수밖에 없었다. 뼈의 상태로 보니 세월이 너무도 지난 것처럼 보였다. 궁금한 백삼이 물었다.

"어르신, 무슨 뼈를 파내고 계신 건가요?"

중년 남자가 땅을 파는 것을 멈추지 않고는 말했다.

"용신의 뼈입니다."

백삼이 되물었다.

"용신의 뼈요?"

중년 남자가 목소리를 낮추어 조용히 말했다.

"네, 용신의 뼈가 필요합니다."

백삼이 다시 물었다.

"용신이 정말로 있다는 말인가요?"

중년의 남자가 말했다.

"동굴을 보시지 않았나요? 그 모습이 용신의 뼈입니다."

백삼이 신기해 물었다.

"조각을 한 것이 아니라, 정말 용신의 뼈라는 말씀인가요?"

중년의 남자가 말했다.

"이 골산에는 수많은 용신의 뼈가 있습니다. 동굴 속 뼈처럼 완벽한 것도 있지만, 용신의 뼈 일부는 이곳저곳 흩어져 찾을 수 있습니다."

백삼이 물었다.

"어르신은 그 뼈를 어디에 쓰시려 파내고 있는 것입니까?"

중년의 남자가 대답했다.

"저는 딸이 하나 있는데, 몸이 매우 아파요. 백약이 소용이 없습니다. 소문에 용신의 뼈를 끓여 먹고 살아난 자가 있다고 해서, 이것에 희망을 걸고 있습니다."

백삼이 놀라 물었다.

"용신의 뼈를 끓여 먹는 것을 용족의 사람들이 이해를 하나요?"

중년의 남자가 답했다.

"아니요. 용신을 섬기는 우리가 어찌 그런 것을 용인하겠습니까? 잡히면 신성 모독으로 죽임을 당할 것입니다."

백삼이 되물으며, 좀 전에 이 남자의 행동이 이해되었다.

"그렇다면, 죽음을 각오하고 하시는 것입니까?"

중년 남자가 대답했다.

"네. 저야 살 만큼 살았는데, 꽃다운 내 딸을 위해 못 할 것이 무엇이 있겠습니까?"

백삼은 허리를 숙여 인사를 하며 말했다.

"어르신, 몸조심하시고 따님의 병이 쾌차하기를 바랍니다."

백삼은 단과 함께 골산을 내려가고 있는데, 덩치가 큰 사내 하나가 골산을 올라오고 있었다. 백삼은 기뻐 소리를 질렀다.

"사대홍 어르신."

산을 오르는 사내는 사대홍 이었다. 사대홍은 만면이 기쁜 표정이 되어 백삼에게 뛰어와 말했다.

"이 얼마 만에 보는 것입니까? 백삼 처자. 하하하."

백삼도 웃으며 말했다.

"잘 계셨지요, 사 어르신. 하하하."

사대홍이 단을 쓰다듬고 말했다.

"단이 건강을 찾았군요. 잘되었습니다. 잘되었어…."

백삼은 사대홍과 헤어진 후 있었던 일을 간략히 설명했다. 이야기를 들은 사대홍이 말했다.

"사태독이 고래인 이었다 하니, 놀랍습니다. 제가 용의 땅에서 사살모를 놓쳤으니, 고래의 땅에서 찾지 못한 것은 당연한 일이지요."

백삼이 말했다.

"사살모를 보셨나요? 저도 사 어르신을 따라 라포로 가려 했습니다."

한숨을 깊이 쉰 사대홍이 말했다.

"사살모의 바로 뒤까지 따른 것은 맞았습니다. 하지만 제가 라포에 갔을 때는 사살모는 이미 라포에서 종적을 감춘 뒤였습니다. 이제 갈 곳은 북쪽 땅뿐이니, 전지를 지날 것 같아서 빠르게 따라왔는데, 전지에서도 흔적을 찾을 수가 없네요…. 용의 땅을 떠난 것 같습니다….”

백삼이 물었다.

"그렇다면, 골산에 다시 오르시는 이유는 용성문 님을 찾아, 사살모의 위치를 다시 묻기 위함입니까?"

사대홍이 대답했다.

"아닙니다. 용성문 님께서는 용의 땅을 벗어난 어떤 점괘도 주지 않습니다. 사살모가 이미 전지를 떠났다면 무의미한 일입니다. 제가 이곳에 온 이유는 남자 한 명을 찾기 위해서입니다."

백삼이 물었다.

"남자라면 어떤…?"

사대홍이 말했다.

"제가 전지에 있는 동안 신세를 지고 있는 용지단(龍地丹)이라는 분의 아버지입니다."

백삼이 물었다.

"그분을 왜 찾고 계신 거예요?"

사대홍이 설명했다.

"아픈 딸을 위해 용신의 뼈를 찾으러 이 산에 올랐다고 용지단으로부터 들었습니다. 그의 목숨이라도 살려보려 이곳으로 급히 올라오던 중입니다."

백삼은 좀 전에 만났던 중년의 남자를 생각해 냈다. 백삼이 말했다.

"그분이라면 제가 좀 전에 만난 사람인 것 같아요!"

사대홍이 다급히 말했다.

"좀 전에 만났다고요. 그게 어디입니까? 빨리 찾아야 합니다. 골산에 용사들에게 잡히면 목숨을 부지하기 어렵습니다."

사대홍은 백삼이 안내하는 곳으로 급하게 발걸음을 옮겼다. 백삼도 사안의 중함을 알기에 단과 발길을 재촉했다. 백삼의 일행이 중년 남자가 있던 곳에 도착하자 용의 용사들 네 명이 이 중년 남자를 밧줄로 묶고 있었다.

사대홍이 소리를 질렀다.

"멈추세요."

사대홍의 목소리에 중년 남자와 용의 용사들이 백삼과 사대홍 쪽으로 고개를 돌렸다.

용의 용사 한 명이 말했다.

"누구냐? 누구이기에 우리를 멈추려 하느냐?"

뒤늦게 용의 용사들은 백삼의 뒤에 호랑이를 보고는 창을 들어 자신들 앞을 막았다.

사대홍이 조심스럽게 말했다.

"이 호랑이는 사람을 해하지 않습니다. 우리의 일행입니다. 나는 그 사람의 친구인데, 오해가 있는 것 같으니 우리 이야기를 한번 해 봅시다."

그 순간 용사들의 뒤에서 용성문의 말소리가 들려왔다.

"무슨 일인가?"

용의 용사 하나가 용성문에게 말했다.

"네. 용신의 뼈를 파내고 있는 자가 있어 잡았습니다."

놀란 용성문이 물었다.

"용신의 뼈를 파냈다고? 네가 정말 용신의 뼈를 파냈느냐?"

묶여 있던 용지단의 아버지가 울음 섞인 목소리로 대답했다.

"네, 제가 그랬습니다. 제발 목숨만은 살려 주십시오. 제가 죽으면 제 아픈 딸은 돌볼 사람이 없어, 굶어 죽을 것입니다."

용성문이 물었다.

"무엇 때문에 그런 짓을 했느냐?"

용지단의 아버지는 연신 고개를 숙이며 말했다.

"용신의 뼈를 먹으면 제 딸이 살 수 있다고 들었습니다."

용성문이 큰 소리로 화를 내며 말했다.

"너는 용신을 모독한 것이다. 그게 얼마나 큰 죄인지를 모른단 말이냐?"

용지단의 아버지가 말했다.

"알고 있습니다. 하지만 죽어 가는 딸을 보고만 있을 수는 없습니다."

사대홍이 용성문에게 머리를 숙이며, 말했다.

"제가 끼어들 일은 아닌 것을 잘 알고 있습니다. 하지만 사정을 보아 죄를 감할 방법은 없는지요?"

백삼도 옆에서 거들어 말했다.

"용성문 어르신, 이번 한 번만 선처를 베푸는 은혜를 내려 주시면 안 될까요?"

용성문이 단호하게 말했다.

"사대홍은 용족의 일에 끼어들지 말아라. 용신을 모독한 죄는 누구도 용서할 수 없다. 호백삼 처자는 내 귀하게 될 분인 것은 알고 있으나, 이번 말은 못 들은 것으로 하겠습니다. 끌고 가서 처리하라."

용지단의 아버지가 급하고 절실하게 사대홍에게 말했다.

"사대홍 어르신, 제가 부탁이 있습니다. 제 딸 지단이의 생이 길지 않습니다. 그때까지 제 딸을 잘 돌보아 주실 수 없을까요? 어디에도 부탁할 곳이 없습니다. 제발 부탁드립니다….”

사대홍은 용지단의 아버지를 보며 대답했다.

"따님은 걱정하지 마십시오. 제가 이 목숨이 붙어 있는 한 어떻게 하든지 따님을 잘 보살피겠습니다. 걱정하지 마세요.”

용지단의 아버지는 눈물을 하염없이 흘리며 말했다.

"감사합니다. 감사합니다….”

용지단의 아버지가 끌려간 곳을 바라보며 백삼과 사대홍은 멍하니 서 있었다. 백삼이 물었다.

"용지단의 아버지는 어떻게 되는 것입니까? 구할 방법은 없는 것입니까? 죽기 전에 무슨 방법을 찾아야지요….”

사대홍이 고개를 들어 하늘을 보며 말했다.

"늦었습니다. 그는 이미 죽었습니다….”

백삼이 다시 물었다.

"네? 죽어요?”

사대홍이 말했다.

"용의 법은 무겁습니다. 용성문의 판결이 났을 때 이미 죽음을 되돌리기에는 늦었습니다. 조금 있으면 시신을 내어줄 것입니다.”

사대홍이 말했던 대로 일각이 채 되지도 않아 용지단의 아버지는 시신으로 돌아와 사대홍에게 전해졌다. 백삼은 놀라서 아무 말을 할 수 없었다. 사대홍은 용지단의 아버지 시신을 둘러메고 백삼과 골산을 내려와 용지단의 집으로 향했다.

용지단의 집은 골산과 매우 가까운 곳에 있었다. 아버지 시신을 보고 용지단은 목을 놓아 울었다. 걷지 못하는 용지단은 사대홍이 내려놓은 시신으로 기어 와서 아버지의 가슴에 얼굴을 대고 한없이 눈물을 흘렸다. 호백삼과 사대홍은 용지단이 울음을 멈출 때까지 한참을 멍하니 있었다. 용지단이 훌쩍이며 사대홍을 돌아보았다.

그 모습에 사대홍이 말했다.

"죄송합니다, 지단 처자. 제가 처자의 아버지를 너무 늦게 찾았어요…."

여전히 울며, 용지단이 말했다.

"아닙니다. 제가 너무 어려운 부탁을 드렸습니다. 제가 어떻게 해서든 아버지를 말려야 했습니다. 사 어르신의 잘못이 아닙니다."

사대홍이 말했다.

"아버지의 유언이 있었습니다."

용지단이 고개를 들어 말하며 사대홍을 보았다.

"유언이요?"

사대홍이 대답했다.

"네, 아버지께서 저에게 지단 처자를 잘 돌보라는 유언을 주셨습니다. 저도 그렇게 하겠다고 말씀드렸습니다."

용지단이 걱정하며 말했다.

"아버지가 저를 부탁하셨습니까? 하지만 사대홍 어르신… 어르신께서는 따님의 복수를 위해 사살모를 찾으셔야 합니다. 어찌 제가 저만 살자고 그런 말씀을 따를 수 있겠습니까?"

사대홍이 진심을 담아 이야기했다.

"제 딸 사백면이 살아 있다면, 지단 처자의 또래입니다. 제가 지단 처자 아버지의 유언을 받아서가 아니라, 제 딸처럼 보여 모르는 척할 수 없습니다. 아버지의 부탁이 없었다고 해도 그리했을 것입니다. 제 딸의 복수는 제가 죽는 날까지 잊지 않습니다. 사살모는 다른 방법으로 찾을 것이니 걱정하지 마세요."

조용히 이야기를 듣던 백삼이 말했다.

"사 어르신, 사살모의 일이라면 저에게 맡겨 주세요. 제가 사 어르신 몫까지 열심히 찾도록 하겠습니다."

사대홍이 말했다.

"어찌 제가 제 일을 백삼 처자에게 모두 맡기겠습니까?"

용지단이 말했다.

"인사가 늦었습니다. 저는 용지단입니다. 제가 경황이 없었습니다."

백삼이 말했다.

"호백삼입니다. 이 호랑이는 단이라 합니다."

호랑이를 발견하지 못했던 용지단은 깜짝 놀라 단을 바라보았다. 이를 본 사대홍이 지단을 안심시키고는 말했다.

"저는 지단 처자를 돌볼 것이니, 이후로는 이것으로 더는 말을 하지 마세요."

백삼이 옆에서 끼어들어 말했다.

"제가 어쩌다 보니 용지단 처자의 아버지와 말할 기회가 있었는데, 따님을 많이 아끼고 계셨습니다. 자신의 목숨보다는 따님을 살리고픈 마음을 저도 느낄 수 있었습니다."

백삼의 말을 듣고 용지단은 다시 눈물을 떨구었다.

호녀 전기 · 213

9장
———
범의 엄마

　백삼은 이 며칠 사대홍이 정성을 다하여 용지단을 간호하고 돌보는 모습에서 아버지의 따뜻한 정을 보았다. 사대홍은 필시 사백면에게 좋은 아버지였으리라. 그렇게 정을 주었던 딸을 허망하게 보냈을 때, 그 원한이 얼마나 깊었을까. 백삼은 가늠할 수가 없었다.

　오래간만에 원한을 잊고 용지단에게 집중하는 사대홍의 얼굴에는 웃음이 떠나지 않았다. 용지단도 아버지를 잃은 슬픔을 사대홍에게 위로받고 있었다. 백삼은 그 모습을 보고는 다행이라고 생각했다. 아픔이 많은 두 사람이 서로를 통해 아픔을 잊고 웃음을 찾아가는 것에 안도의 숨을 쉬었다. 백삼은 사살모를 반드시 자신이 잡겠다고 사대홍을 설득했다. 사대홍도 백삼의 마음을 알기에 감사의 마음을 전했다.

　백삼은 사대홍과 용지단을 뒤로 하고 용의 땅을 떠나 사살모를 찾기 위해 사슴의 땅으로 향했다. 용의 땅은 백삼의 생각보다 북쪽으로 한참을 이어졌다. 백삼은 용의 땅이 이토록 크다고 생각하지 못했다. 굶는 자를 찾기 힘들 정도로 좋은 땅이었다. 백삼은 지나는 마을마다 사살모에 관해 물었지만, 흔적을 찾을 수 없었다. 보름 동안 찾았는데, 용의 땅 어디에도 사살모는 없었다.

사슴의 땅은 용의 땅 북쪽으로 길게 뻗어 있었다. 사슴 땅의 서쪽으로는 천족의 땅이었다. 천족의 땅 북쪽에 곰의 땅이 있었다. 백삼은 모든 곳을 구석구석 찾고 싶었지만, 시간이 너무 많이 소요되었다. 백삼의 부모님과 약속한 시각이 있으니, 이 상태로 고향으로 시간에 맞게 돌아갈 수 있을지 의문이 들었다.

백삼은 사슴의 땅이 승냥이들로 인해 어수선하니 빠르게 지나야겠다고 생각했다. 그리고 호랑이의 땅으로 빠르게 돌아가 부모님과 원로들에게 자문하여 구하고, 사살모를 찾는 편이 더 좋을 것이라 생각했다. 생각이 여기에 이르자 호랑이 땅으로 가는 최단 거리로 방향을 정했다.

산이 험했지만 하루가 아쉬운 백삼은 재촉하여 걸었다. 마을을 통과하지 않으니, 단을 데리고 가기에는 오히려 수월했다. 사슴 땅에서 일부 사슴인을 만났는데, 승냥이들의 괴롭힘에 많은 어려움을 겪고 있었다. 하지만 지금의 백삼에게는 그들을 도울 힘이 없었다.

백삼은 집을 떠나온 후 먹고 산다는 것에 대한 생각이 완전히 바뀌었다. 일 년도 되지 않는 시간이었지만, 백삼은 다른 사람이 되어 있었다. 백삼 자신도 모르게 자신뿐만 아니라 관계없었던 다른 부족 사람들이 먹고 사는 문제에 대해 생각하고 있었다. 백삼은 이 작은 생각 차이 하나가 자신의 삶을 얼마나 바꿔 놓을지 알지 못했다.

백삼이 사대홍과 떨어져 길을 나선 지도 한 달이 넘었다. 백삼은 드디어 호랑이 땅에 발을 들여놓았다. 계절은 여름의 끝을 지나고 있었다.

백삼은 단을 보고 미소 지으며 말했다.

"단. 이제부터 호랑이 땅이야…."

호랑이 땅에 들어서자, 백삼은 기운이 나는 것을 느꼈다. 발걸음이 가벼웠다. 백삼은 불현듯 부모님이 보고 싶었다. 하지만 부모님이 살고 있는 평토까지는 아직도 한 달은 걸어야 했다. 백삼은 가까운 안토로 방향을 잡았다. 안토는 보름을 걸으면 갈 수 있는 곳에 있었다.

백삼은 안토로 가기 전 가까운 통백(通白)으로 향했다. 백삼은 호랑이 땅을 지나고 있으므로 단을 숨길 생각을 하지 않았다. 누구도 단을 해하려 들지는 않을 것을 백삼은 잘 알고 있었다. 호랑이인들이 놀랄 것은 걱정이었지만, 시간이 부족하여 마음이 급했다.

통백은 여러 부족의 땅과 연결되는 중요한 곳이었다. 다른 부족의 물건을 구할 수 있는 곳이기도 했다. 따라서 여러 부족을 이곳에서 볼 수 있었다. 백삼은 통백이 처음이었다. 통백은 규모에 비해서는 사람이 많았다.

통백 입구의 호랑이 조각상을 지나 백삼은 단과 함께 걸었다. 백삼과 단의 모습은 사람들의 이목을 끌 만했다. 어떤 사람은 단을 보고 놀라 소리를 질렀다. 백삼이 호랑이의 어깨에 손을 얹고 있는 모습에 안심하거나 쑤군거리기 일쑤였다. 대부분의 사람은 믿지 못할 광경에 호랑이 단에게 엎드려 빌었다.

타 부족 사람들이 대부분 놀라는 반응이었다면, 호랑이인들은 저마다 단을 보고 자신의 소망을 빌었다. 백삼과 단의 소문은 통백에 순식간에 퍼져 나갔다. 호랑이인들은 저마다 가족을 이끌고 나와 백삼과 단을 보았다. 백삼은 지금껏 여정에서 흔히 겪은 일이라서 매우 놀라지는 않았다. 다만 호랑이인들의 반응은 남달랐다. 대부분의 다른 부족의 반응은 단이 호랑이라는 것에 있었다. 그들 모두는 단을 보기 위해 모여들었었다.

하지만 이곳 통백에서는 사람들이 단을 대하듯 백삼을 대했다. 백삼은 이해할 수가 없었다. 일부 사람들은 백삼을 보고 땅에 엎드려 빌기도 했다. 백삼은 이상하다는 생각이 들었지만, 그들의 행동을 어떻게 막을 수가 없었다. 한 식경 정도가 흘렀을 때, 십여 명의 호랑이인 용사가 백삼에게 찾아와 목례하며 말했다.

"저희는 통백의 용사들입니다. 통백의 맹호(猛虎)를 맡고 계신 호적자(虎敵者)께서 뵙고자 합니다."

백삼이 물었다.

"맹호를 맡고 있다면, 통백을 다스리는 분을 말씀하시는 것인가요?"

용사 하나가 말했다.

"네, 맞습니다. 맹호께서 극진히 모시라고 말씀하셨습니다."

백삼이 대답했다.

"알겠습니다. 따르겠습니다."

백삼은 도무지 알 수가 없었다. 통백에 처음 와 보는 자신을 어찌 알고 부르는지 신기할 따름이었다. 그것도 이곳에서 제일 윗사람이 부른다고 하니, 더욱 의문이 들었다. 백삼은 '만나보면 이유를 알겠지' 하고 생각하며, 용사들의 뒤를 따랐다.

백삼이 안내되어 간 곳은 매우 호화로운 집이었다. 백삼은 이렇게 큰 집을 평토에서는 본 적이 없었다. 집안으로 들어서자 호화롭게 꾸며 놓은 상석에 중년으로 보이는 뚱뚱한 남자가 앉아 있었다. 좀처럼 보기 힘든 살찐 모습에 백삼은 놀랐다.

백삼이 들어오자 남자는 호들갑스럽게 백삼 쪽으로 다가와 말했다. 단과 백삼을 한 번씩 보고는 호적자가 말했다.

"어서 오세요. 내 한참 동안 기다렸습니다. 하하하. 정말 범신과 같이 있군요…."

백삼이 말했다.

"안녕하세요. 호백삼이라 합니다. 이 범신은 단입니다."

호적자가 궁금한 표정을 하며 말했다.

"이렇게 젊은 처자라고는 생각을 못 했습니다. 어디 출신입니까?"

백삼이 대답했다.

"저는 평토에서 왔습니다."

호적자가 눈을 가늘게 뜨고 물었다.

"평토라… 부친의 성함이 어떻게 되지요?"

백삼이 대답했다.

"아버지의 이름은 호무진(虎武進)입니다."

놀란 눈을 한 호적자가 물었다.

"호무진이라면, 용사들의 용사 조아(爪牙) 호무진을 말하는 것인가요?"

백삼이 대답했다.

"네. 조아(爪牙)라는 직책을 맡아, 승냥이와 전쟁을 하셨다고 들었습니다."

호적자는 혼잣말하고서 크게 웃었다.

"틀림없군… 틀림없어…! 범신이 내게로 왔음이야…! 하하하."

백삼은 지금 상황이 어떻게 돌아가는지 이해할 수가 없었다. 백삼이 참지 못하고 물었다.

"맹호께 여쭙고 싶은 것이 있습니다. 저를 왜 보자 하셨습니까?"

호적자가 도리어 물었다.

"몰라서 묻는 것이오?"

백삼이 궁금한 표정으로 말했다.

"네. 제가 통백에 오자 이상한 일들이 많았습니다. 맹호께 불려온 것도 마찬가지이고요."

호적자는 알 수 없는 표정을 짓고 말했다.

"삼 개월 전 호랑이의 엄마가 제를 올리고 계시를 하나 받았습니다. 다음 세대를 이끌 엄마에 대한 예언이었습니다. 예언은 이랬습니다. '새로운 엄마는 호랑이와 동행하며, 모든 땅으로 호랑이를 보낼 것이다.' 이 말을 듣고 모든 사람이 믿을 수 없는 계시라 생각했습니다. 과거에 어떤 엄마도 호랑이와 동행하지는 못했습니다. 힘으로 호랑이를 제압할 수 없는데, 무슨 수로 동행을 한다는 것인지…. 모두 엄마가 몸이 아파서 잘못된 예언을 받았다고 했는데…. 예언이 지금 제 눈앞에 있습니다. 하하하."

백삼은 말을 듣고 비로소 통백에 들어온 후 있었던 모든 상황이 이해되었다. 호랑이인들이 자신을 새로운 엄마라고 생각한다는 것을 알았다. 백삼은 오예래와 용성문의 말도 떠올랐다. 벌써 세 번이나 예언의 말을 듣자, 백삼도 혼란스럽기 시작했다.

호적자의 극진한 대접을 받으며 저녁 식사를 마친 백삼은 호적자가 마련해 놓은 숙소에서 잠을 청하려 누웠다. 하지만 예언의 말이 자꾸만 생각나서 잠에 빠져들지 못했다. 몸을 돌려 다시 잠을 청하려는 데, 밖에서 시끄러운 소리가 울려 퍼졌다. 백삼은 밖으로 나왔다. 단도 백삼을 따라나섰다.

밖으로 나오자 몇 개의 움집이 불에 타고 있었다. 또한 호랑이 용사들이 침입자들과 창을 겨누고 싸우고 있었다. 호랑이인 일부는 불을 끄려 애쓰는 모습이었다. 백삼이 용사들 쪽으로 가까이 가 보았다. 적 십여 명과 용사 이십여 명이 싸우고 있었다. 대부분의 싸움은 수적으로 많은 쪽이 승기를 잡는 것이 당연했다.

하지만 백삼의 눈앞에서 벌어지는 싸움의 양상은 그것과는 많이 달랐다. 특히 눈에 띄는 한 명이 있었는데, 창을 쓰는 것이 다른 이들과는 차원이 달랐다. 백삼은 아버지를 빼고는 창을 이렇게 잘 쓰는 사람을 본 적이 없었다. 능히 십여 명을 혼자서 상대하고 있었다. 그 남자는 덩치도 커 사대홍과 비슷했다. 다른 점은 나이가 매우 어려 보인다는 것뿐이었다.

싸우는 모습을 보니, 침입자들은 용사들에게 살수를 쓰고 있지 않았다. 마치 어른이 어린아이들을 데리고 노는 것 같았다. 이런 상황이 아니라면 훈련하고 있다고 해도 믿을 모습이었다. 덩치 큰 침입자가 용사 중 한 사람의 목으로 창을 찌르다 멈추는 것이 백삼의 눈에 보였다.

백삼은 이해할 수가 없었다. 그 후로도 여러 번 같은 상황이 벌어졌다. 갑자기 어디에선가 호각 소리가 길게 울렸다. 그러자 침입자들이 하나둘 사라져 없어졌다. 마지막에 남은 덩치 큰 남자도 창을 크게 몇 바퀴를 돌려서 거리를 벌리고 뒤돌아 도망쳤다. 덩치에 비해 몸도 날랜 것이 용사들이 쫓았지만, 거리를 좁히지 못하고 점점 더 멀어져 사라졌다.

날이 밝아 오자 호적자는 용사들을 모아서 훈계했다.

"어젯밤 우리가 교환해 놓은 물건의 절반이 없어졌다. 불과 몇십 명을 당해내지 못해서…. 몇 달간 고생하여 모은 것을 하루아침에 잃다니…. 너희는 무얼 하는 것들이냐?"

백삼은 일각 동안 이어지는 훈계를 못 이기고, 그곳을 피하여 숙소로 돌아와 있었다. 한 식경 후 호적자가 백삼을 찾아, 백삼이 호적자에게 갔다. 백삼을 바라보며 호적자가 말했다.

"어디 다친 곳은 없습니까? 어젯밤 도적 떼가 들어와 가죽, 고기, 곡식 할 것 없이 모두 훔쳐 달아났습니다."

백삼이 대답하며 물었다.

"네, 저는 다치지 않았습니다. 피해가 크십니까?"

호적자가 화난 억양으로 말했다.

"네, 몇 달 치의 물건을 도둑맞았습니다."

백삼이 이해되지 않아 물었다.

"누구이기에 이렇듯 겁이 없습니까? 맹호에게 도둑질한다는 것은 호랑이의 엄마에게 도둑질하는 것이니, 이는 살인한 죄 다음일 것입니다."

호적자가 말했다.

"이 지역에 숨어 사는 산적들의 무리입니다. 일 년에 몇 번 이런 일을 저지르고 있는데, 이번이 특히 피해가 큽니다."

백삼이 물었다.

"용사들에게 산을 뒤지도록 해서 잡아내면 되지 않습니까?"

한숨을 쉬며, 호적자가 말했다.

"워낙 신출귀몰한 놈들이라 산으로 숨어들면 찾을 길이 없습니다."

백삼이 말했다.

"이렇게 찾아뵈었으니 말씀드리겠습니다. 제가 급한 일이 있어 급히 평토로 가야 합니다. 저에게 베풀어 주신 은혜는 잊지 않겠습니다. 감사합니다."

호적자가 말했다.

"벌써 떠나시려고요. 제가 대접이 소홀했습니까?"

"아닙니다. 제가 정말 급한 일이 있습니다. 다시 한번 감사드립니다." 백삼은 말하고 호적자의 집을 나왔다.

호적자는 백삼이 사라지자 혼잣말했다.

"약간은 부족하지만 눈도장은 확실히 찍은 것 같군. 예언이 맞다면 호랑이의 엄마가 될 것이니, 내 그 덕을 좀 보아야 하겠다. 하하하."

백삼은 호적자의 집을 나와서 안토로 길을 나섰다. 통백을 벗어나 한적한 오솔길에 들어섰을 때 한 무리의 사람들이 백삼을 가로막아 섰다. 가로막은 자들은 모두가 창을 들고 서 있었다.

백삼은 놀랐지만 차분히 물었다.

"누구냐? 왜 길을 막는 것이냐?"

백삼은 앞에 있는 한 무리의 사람들을 하나하나 둘러보고 있는데, 등 뒤에서 남자의 목소리가 들려왔다.

"처자가 소문의 주인공, 예언된 차기 호랑이의 엄마인가?"

백삼은 소리가 나는 쪽으로 고개를 돌렸다. 그곳에는 세 명이 있었다. 가운데 있는 자가 어젯밤 맹호 호적자의 집을 도둑질했던 자였다. 그중에 싸움 잘하던 자라는 것을 백삼은 금방 알아보았다.

백삼이 말했다.

"어젯밤 맹호의 집에서 충분한 것을 훔쳤을 것인데, 무엇이 더 필요하여 나를 막는 것이오. 난 가진 것이 없으니, 물러 들 가시오."

가운데 남자가 말했다.

"우리를 보았나요? 눈썰미가 있군요. 자 다시 묻겠습니다. 당신이 예언된 차기 호랑이 엄마가 맞습니까?"

백삼이 모두가 들리도록 큰 소리로 말했다.

"나는 예언된 호랑이 엄마가 아닙니다. 나는 예언에 대해 아무것도 모릅니다."

가운데 남자가 다시 물었다.

"그럼 당신 옆에 있는 호랑이는 무엇이오? 범신과 동행하는 사람이 흔합니까?"

백삼은 오해를 풀기 위해 생각을 말했다.

"물론 범신과 동행하는 것이 흔한 일은 아닙니다. 하지만 나는 신의 말씀을 듣거나 주술을 할 줄 모릅니다. 호랑이의 엄마는 모두 이 두 가지 영적인 능력을 갖추고 있는데, 어찌 제가 예언의 주인공이겠습니까? 가당치도 않은 말입니다."

가운데 선 남자가 다시 물었다.

"주술을 할 줄 몰라요? 예언의 말을 들은 적도 없다는 것입니까?"

백삼이 덤덤히 대답했다.

"네, 저는 주술에 대해 아는 것이 없습니다. 예언의 말을 까마귀의 땅과 용의 땅에서 듣기는 했으나, 정말로 이해할 수 없는 것들뿐입니다. 오랜 시간 생각해 보았지만, 저는 호랑이의 엄마가 될 수 없습니다."

오른쪽에 있는 자가 가운데 있는 자에게 깍듯이 말했다.

"시간만 낭비했습니다. 이만 돌아가시지요. 맹호의 용사들이 도처에 경비를 돌고 있습니다."

가운데 남자가 말했다.

"이상하지 않습니까? 예언의 주인공이 아니라면, 호적자라는 자가 저 처자를 깍듯이 모실 이유가 없습니다."

오른쪽에 있는 자가 말했다.

"그도 그렇기는 합니다. 아첨에 능하고, 워낙 샘이 빠른 자라…."

가운데 남자가 말했다.

"일단 산채로 데려가 좀 더 알아보도록 합시다. 이곳은 맹호의 용사들에게 들킬 수 있으니, 움직입시다."

백삼은 무기를 가진 수십 명의 남자들과 싸울 수 없어, 산적들의 뒤를 따를 수밖에 없었다. 백삼은 갈 길이 먼데 자꾸 일이 꼬여만 가는 것 같아 한숨이 나왔다. 숲길을 돌고 돌아 한 시진을 산에 오르자 커다란 절벽이 나왔다. 절벽을 두 장 정도 기어오르자 사람이 한 명 빠져나갈 틈이 있었는데, 그곳을 지나자 눈앞에 꽤 넓은 땅이 펼쳐져 있었다.

산채는 천연의 요새처럼 다른 접근이 매우 어려운 곳에 숨겨져 있었다. 나무들 사이에 나무를 엮어 집을 만들었는데 무려 수십 채였다. 사람은 수백에 달했는데 대부분 산적의 가족들이 아니었다. 젊은 산적의 수는 어림잡아 오십도 되어 보이지 않았다. 나머지 수백 명은 어린아이와 노인들 몸이 불편한 자들이었다. 그러니까, 모두 약자였다. 백삼의 나이 또래 여자들의 모습은 어디에도 찾을 수 없었다.

그래서였을까. 백삼이 산채에 모습을 보이자, 그들 모두 백삼과 호랑이를 보기에 여념이 없었다. 백삼은 산채에서 가장 큰 집으로 안내되었다. 백삼과 대화를 나누었던 가운데 있던 사람이 그들의 두목인지, 가장 상석에 자리하고 백삼에게 말했다.

"범신과 그쪽에 앉으세요."

백삼이 자리에 앉자 간단한 식사가 준비되었다. 고기를 말린 작은 조각 하나와 마실 물이 전부였다. 상석에 앉은 자도 같은 것을 먹었다. 백삼은 신기한 생각이 들었다. 어제 빼앗아 간 것이 차고 넘칠 텐데, 먹는 것이 이렇게 검소할 수 있을까?

백삼은 주변의 산적들을 돌아보았다. 누구 하나 같은 것을 먹지 않는 자가 없었다. 한창 잘 먹을 나이의 젊은 남자들이 여자들이 먹을 양을 먹고 있기에 고개를 갸웃한 백삼이 상석을 바라보았다. 벌써 식사를 마쳤는지 물을 들이켠 그가 백삼을 보며 말했다.

"처자의 이름은 무엇입니까? 어디 출신이지요?"

백삼이 대답했다.

"저는 평토 사람 호백삼이라 합니다."

상석에 앉은 그가 되물었다.

"평토 사람이라고요?"

백삼이 대답했다.

"네, 평토에서 왔습니다."

상석에 앉은 그가 물었다.

"좀 전에 까마귀의 땅과 용의 땅에서 예언의 말을 들었다 하지 않았습니까?"

백삼이 덤덤히 말했다.

"저는 승냥이, 고라니, 표범, 까마귀, 뱀, 고래, 용, 사슴의 땅을 모두 거쳐 이곳 통백으로 왔습니다."

주위의 사람들은 백삼의 말에 깜짝 놀라 눈이 휘둥그레졌다. 상석에 앉은 그가 놀라서 물었다.

"아니, 혼자 그 많은 부족의 땅을 다녀왔다는 말입니까?"

백삼이 대답했다.

"혼자는 아니었습니다. 제 옆에 늘 단이 있었으니까요."

상석에 앉은 그가 다시 물었다.

"단이 누구입니까?"

백삼은 손으로 호랑이 단을 가리키며 말했다.

"범신이요."

백삼의 말을 듣고 있던 대부분의 사람은 같은 생각이 들었다.

'새로운 엄마는 호랑이와 동행하며, 모든 땅으로 호랑이를 보낼 것이다.'

상석에 앉은 자는 아무 말 없이 자기 부하들을 돌아보았다. 모두가 자신과 같은 생각을 하고 있음을 그들의 눈을 통해 알 수 있었다. 상석에 앉아 있던 자가 벌떡 일어서서 백삼에게 걸어왔다. 백삼은 갑작스러운 그의 행동에 자리를 고쳐 앉았다.

걸어온 남자는 백삼 앞에서 꿇어 엎드렸다. 백삼은 화들짝 놀라 주위를 살폈다. 주위에 있던 모두가 일어나, 백삼에게 꿇어 엎드렸다. 백삼이 어쩔 줄 몰라 눈만 깜빡이고 있는데, 제일 처음 꿇어 엎드린 자가 말했다.

"드디어 이 통백 땅에도 호랑이 엄마의 힘이 전달되었습니다. 이제 통백의 부족들도 어둠의 시대를 끝내게 될 것입니다. 감사합니다."

백삼이 말했다.

"무슨 말씀을 하시는지, 저는 도통 알아듣지 못하겠습니다."

제일 처음 꿇어 엎드린 자가 말했다.

"통백의 맹호 호적자는 통백의 부족원을 착취하여 자신의 사리사욕을 채우고, 다른 부족과 교환한 물건을 빼돌려 이 또한 자신의 배를 불리는 데 사용하고 있습니다. 성인이 된 처자들은 모두 맹호와 그의 수하 용사들과 강제로 혼인을 맺어야 했습니다. 그것도 아니면 노리개가 되었지요….”

백삼이 말했다.

“맹호 호적자 어른은 제게 성심을 다했습니다. 제가 어찌 산도적의 말을 믿을 수 있습니까?”

제일 처음 꿇어 엎드린 자가 다시 말했다.

“네, 당연히 그렇게 생각할 수 있습니다. 하지만 제 말씀을 믿으셔야 합니다.”

백삼을 향해 엎드린 모두가 머리를 조아리며, 동시에 반복해 말했다.

“믿으셔야 합니다. 믿으셔야 합니다….”

백삼이 모두가 듣도록 큰 소리로 말했다.

“네, 제가 믿는다 치고요. 저한테 지금 왜 엎드려 머리를 조아리는 것인지 설명을 해 주세요.”

엎드린 자 중 하나가 말했다.

“새로운 호랑이의 엄마를 뵙는데, 당연한 일입니다.”

백삼이 모두가 듣도록 또렷하게 말했다.

“저는 호랑이의 엄마가 아니라고 이미 말씀드렸잖아요.”

엎드려 있던 사람들이 함께 말했다.

“새로운 엄마는 호랑이와 동행하며, 모든 땅으로 호랑이를 보낼 것이다.”

제일 처음 엎드린 자가 말했다.

“예언은 이미 이루어졌습니다.”

백삼이 예언의 말을 다시 들으니 딱히 반박을 할 수 있는 것이 없었다. 호랑이 단과 동행하여 대부분의 땅을 단과 누비고 다녔는데, 이 일을 없었던 것이라 말할 수는 없었다. 백삼은 난감하여 어떻게 해야 할지 생각하고 있었다. 그때 제일 먼저 백삼에게 엎드렸던 자가 다시 말했다.

"저희가 실수를 많이 했습니다. 부디 너그럽게 보아 주십시오. 저는 이 산채를 이끄는 호대아(虎大牙)라 합니다."

백삼은 상대가 자신을 호대아라 소개하자 깜짝 놀라 소리쳤다.

"이름이 호대아라면, 호랑이의 이빨… 호랑이의 이빨이라는 뜻입니까?"

호대아가 대답했다.

"네. 제 이름이 호랑이의 이빨이라는 뜻을 가지고 있습니다."

백삼은 용의 땅에서 용성문이 말했던 예언에 대해 생각했다.

'호랑이 처자는 귀하게 되실 분입니다. 다만, 삶이 위험으로 가득합니다. 스물을 넘기기 전에 호랑이와 호랑이의 이빨, 호랑이의 앞발을 얻지 못한다면, 요절할 것입니다. 명심하세요.'

백삼은 용성문이 예언의 말로 '호랑이의 이빨을 얻으라,'고 할 때, 정말 죽은 호랑이의 이빨이라도 얻어야 하나 생각해 보기도 했다. 그런데 호랑이의 이빨이 사람이었다니. 백삼은 엎드린 호대아의 얼굴을 다시 보았다.

백삼은 용성문의 예언에 대해서는 누구에게도 이야기하지 않았다. 백삼은 자신이 호랑이 엄마가 될 것이라는 예언만으로도 머리가 복잡했다. 백삼은 모든 예언이 자신에게 향하고 있음을 점점 더 확신하기 시작했다.

산채의 여러 사람들과 이야기해 보니, 호대아의 말은 모두 사실이었다. 산채의 부족인들은 모두 호적자를 피해 산채로 숨어들었다. 그래서 대부분 그에게 깊은 원한을 가지고 있었다. 그동안 호랑이의 엄마가 몸이 아픈 틈에 변방으로 신경을 쓸 수 없었던 것이 호적자 같은 좋지 못한 맹호를 양산했다. 이 때문에 산채의 부족원들은 더욱더 예언을 믿고 있었다.

새로운 호랑이 엄마가 맹호 호적자의 악행을 알게 된다면 조처할 것이고, 그렇게 되면 통백 사람들은 예전처럼 잘살 수 있게 되리라 여겼기 때문이었다. 하지만 백삼은 지금 할 수 있는 것이 없었다. 자신은 아직 호랑이 엄마도 아니고, 용사를 수백 명 거느리고 있는 맹호 호적자를 상대로 전쟁할 힘이 없었다. 백삼은 자신의 상황을 호대아에게 털어 놓았다.

"저는 아직 호랑이 엄마가 아닙니다. 그리고 현재는 용사를 가지고 있지도 않습니다. 제가 호적자와 싸우려면 현재 힘으로는 불가능합니다. 말씀드렸듯 사살모를 잡는 일도 저에게는 매우 중요한 일입니다. 역병의 씨가 번지면 통백의 부족원보다 훨씬 많은 부족의 사람들이 고통받게 됩니다. 저는 이곳을 떠나야 합니다. 이른 시간 안에 방법을 찾아서 통백으로 돌아오겠습니다."

백삼의 말을 듣고 한참을 생각한 호대아가 말했다.

"맞는 말씀입니다. 제 생각이 짧았습니다. 통백이 잘못된 맹호 때문에 괴롭다면, 드넓은 호랑이 땅 어딘가에는 통백의 부족원과 같은 처지에 있는 부족원이 많을 것입니다. 말씀처럼 범족을 떠나 다른 부족들에게까지 마음을 쓰시는 것을 제가 어찌 생각이나 했겠습니까?"

백삼이 말했다.

"이해를 해 주셔서 감사합니다. 빠른 시간에 안토로 가서 예언에 대해 상의할 수 있도록 호랑이 엄마를 만나 뵙는 것이 가장 급한 일입니다. 원로들에게 사살모에 대해 고견도 들어야 합니다. 떠나도록 도와주세요."

"당장 준비하도록 하겠습니다."

호대아가 말하고는 물러갔다.

백삼은 산채의 사람들에게 인사와 당부를 말하고 호대아를 찾았다. 호대아는 이십 명의 용사를 데리고 도열해 있었다. 그 모습에 백삼이 물었다.

"용사들과 어디를 가시나요?"

호대아가 대답했다.

"호백삼 님을 수행하여, 안토로 갈 것입니다."

백삼이 말했다.

"저를 수행한다고요? 아니요. 그럴 것 없습니다. 이곳 사람들을 보호해야 할 것 아닙니까?"

호대아가 대답했다.

"이미 용사 사십을 남기고 갑니다. 그들은 잘 있을 것이니, 걱정 마시기를 바랍니다."

백삼은 단과 호대아가 이끄는 용사들과 안토를 향해 떠났다. 백삼이 가는 곳마다 소문은 이미 퍼져 있었다. 예언의 주인공을 보기 위해 작은 마을에서도 사람들이 모여들었다. 사람들은 백삼을 향해 빌었고 기도를 올렸다. 어느 곳을 지나고 나면 백삼의 행렬에는 사람들이 붙었다.

처음 이십 명으로 시작된 용사의 수는 안토에 도착할 때가 되어서는 이미 오백으로 불어나 있었다. 이마저도 백삼이 따르지 못하도록 했기에 줄어든 행렬이었다. 모두가 따랐다면 수천의 사람이 함께했을 것이었다. 백삼을 따르는 젊은 용사 오백의 행렬을 보는 사람들은 그 위풍당당함에 크게 놀랐다.

두 줄로 늘어선 그 용사들의 위용을 보고 말하기를, 호랑이의 왼발과 오른발 같다고 말했다. 백삼의 일행이 안토 입구에 도착하자 안토에는 이미 예언의 주인공과 호전족(虎前足)의 용사가 온다는 소문이 파다하게 퍼져 있었다. 백삼은 부족 사람들이 자신을 따르는 용사를 호전족(虎前足)이라 부르는 것을 알지 못했다. 백삼은 용성문 예언의 마지막 부분 호랑이의 앞발을 이렇게 얻었음을 후에 알았다.

이야기로만 듣던 안토는 백삼이 알고 있던 곳보다 훨씬 크고 사람이 많았다. 백삼이 그동안 가 본 어떤 곳도 안토의 규모를 따르지 못했다. 입구에 세워진 호랑이의 조각도 수십 개에 달해 장관이었다.

안토의 부족원도 소문 때문인지 백삼의 일행이 들어서자 모두 길을 내어주고 예를 다해 기도를 올렸다. 넓은 광장 앞에 도달했을 때 십여 명의 젊은 여자들이 백삼을 막고 서 있었다. 백삼이 앞으로 나오자, 그녀들 중 제일 나이가 많아 보이는 여자가 허리를 숙이고 말했다.

"먼 길 오셨습니다. 호랑이의 엄마께서 기다리고 계십니다. 저를 따르시지요."

십여 명의 여자들이 앞으로 걷자 백삼은 뒤를 따랐다. 일각쯤 쫓았더니, 이제까지 한 번도 보지 못한 커다란 집이 눈앞에 나타났다. 나무로 잘 만든 집은 백 명이 한 번에 들어갈 수 있을 정도로 크기가 컸고, 호랑이를 연상시키는 무늬가 기둥마다 그려져 있었다.

백삼은 호랑이 단만을 데리고 안으로 들어갔다. 넓은 방에 상석에는 나이가 지긋하지만 곱게 생긴 노인이 비스듬히 누워 백삼을 보고 있었다. 인자한 얼굴은 어디가 아픈 사람처럼 보이지는 않았다. 호랑이 엄마 호목정(虎目淨)이 얼굴에 미소를 한껏 보이며 말했다.

"어서 오세요. 오랫동안 기다렸습니다."

백삼이 엎드려 차분한 말투로 말했다.

"평토 출신 조아(爪牙) 호무진(虎武進)과 호정유(虎貞流)의 딸 호백삼이라 합니다. 호랑이의 엄마께 인사 올립니다."

호목정이 물었다.

"조아(爪牙)의 딸이었습니까? 평토에서 왔군요?"

백삼이 대답했다.

"네, 그렇습니다."

호목정이 감정 없이 물었다.

"나도 호백삼이 이곳 안토까지 오는 동안의 소문은 잘 듣고 있었습니다. 본인이 다음 대 호랑이 엄마라고 생각하나요?"

백삼이 대답했다.

"저는 제가 다음 대 호랑이의 엄마라고 생각하지 않습니다."

호목정이 물었다.

"어찌 그리 생각합니까?"

백삼이 대답했다.

"저는 과거의 호랑이 엄마들처럼 어떤 예지의 능력도 주술의 술법도 행할 수 있는 것이 없습니다. 게다가 나이가 어리고, 기반도 없습니다. 그런 제가 어찌 중차대한 소임을 맡을 수 있겠습니까?"

호목정이 다시 물었다.

"그렇다면 나를 찾은 이유가 무엇인가요?"

백삼이 간곡하게 말했다.

"제가 여러 예언의 말을 들었습니다. 까마귀의 엄마 오예래의 예언,

용의 땅에서는 용성문의 예언을 들었습니다. 호랑이의 땅에 들어와서는 호랑이 엄마가 된다는 예언을 들었습니다. 부족한 저에게 상상할 수 없는 예언들입니다. 호랑이 엄마가 된다는 예언으로 저를 따라온 많은 사람에게 제가 예언의 사람이 아님을 알려 주시기를 바랍니다."

호목정이 물었다.

"내가 대답하기 전에 하나 물을까요? 그동안 평토를 떠나 이곳에 올 때까지 있었던 일을 모두 내게 말해 주겠어요?"

백삼은 호목정의 물음에 대해 그동안의 여정을 가감 없이 이야기했다. 이야기를 다 듣고 난 호목정이 말했다.

"호백삼이 모르는 것이 있어 내가 하나 덧붙여야 할 것이 있네요. 호백삼을 따라 이곳 안토까지 따라온 오백의 용사들을 부족인들이 무엇이라 부르는지 아나요?"

백삼이 대답했다.

"아니요. 알지 못합니다."

호목정이 말했다.

"내가 알려 주지요. 그들을 호전족(虎前足)이라 부릅니다. 호랑이 앞발 말이에요."

백삼은 이 말을 듣고 깜짝 놀라 호랑이 엄마 호목정을 올려다보았다. 호목정의 말이 이어졌다.

"호백삼이 말한 오예래와 용성문은 모든 부족 중 예언을 가장 잘하는 분들입니다. 그들의 말을 믿지 못하면 누구의 말을 믿습니까? 하하하."

백삼이 무슨 말을 하려고 했으나, 말하지 못했다.

"하지만…"

호목정은 자세를 바르게 고쳐 앉아 백삼에게 인자한 표정을 보내며 말했다.

"호백삼은 이 짧은 여정에서 범족을 이끌 소양을 충족했어요. 내 예언의 인물은 호백삼 당신이 맞습니다. 당신이 예언의 능력과 주술의 술법을 모른다고 하지만 누구도 갖지 못한 범신을 가졌습니다. 또 부족의 지지와 타 부족까지 걱정하는 마음, 역경을 이겨 내는 용기 등 당대 어떤 엄마보다 큰 자격을 갖추고 있다고 생각합니다. 중요한 것은 범신이 예언으로 당신을 선택했다는 것입니다. 우리 범족의 앞날은 지금과는 달라질 겁니다. 나는 주술로 부족을 이끄는 시대는 끝났다는 것을 이번에 알았습니다. 그래서 오늘 호백삼을 새로운 호랑이 엄마로 세우려고 합니다. 어때요? 이제 답을 얻었습니까?"

백삼은 이 현실을 믿을 수 없었지만, 호랑이 엄마 호목정의 말에 반박할 수 없었다.

10장

야수의 전쟁

삼 개월은 빠르게 지나갔다. 백삼은 호랑이 엄마의 복장으로 제단에 섰다. 단은 제단의 위쪽에 자리를 잡고 앉았다. 제단 바로 아래쪽에는 호랑이 땅 각 지역에서 맹호의 자리를 가진 사람들과 백삼의 부모, 호랑이 엄마 호목정 등의 모습이 보였다. 그 아래로 백삼을 따라 안토에 온 호대아와 호전족이 도열해 있었다.

　짧은 시간이었지만 호전족의 수는 일천으로 늘어나 있고, 호대아의 삼 개월의 훈련으로 이미 최정예의 용사들로 거듭나 있었다. 대부분의 호전족은 모일 때부터 젊은 용사들로 구성되어 있어, 호대아의 훈련을 쉽게 받아들였다. 호전족의 외곽으로 부족원이 나와 있었는데, 광장 전체를 메우고도 남아 광장으로 향하는 모든 길을 막고 서 있었다. 수십 명이 한 치의 오차도 없이 두드리는 북소리는 호랑이 땅에 멀리 퍼져 나갔다.

　삼십 년 만의 호랑이 엄마 취임식에 모두 흥분을 감추지 못했다. 새로운 호랑이의 기운이 호랑이 땅으로 퍼져 나갈 것이기 때문이었다. 외적으로는 승냥이와의 경계에 대한 불안이 존재했다. 승냥이의 침략으로 고라니에 이어 사슴의 땅도 위태로운 지경에 있었다. 내부적으로는 안토로부터 먼 땅에서 문제를 일으키는 맹호들이 많았다. 백삼은 호랑이의 원로들에게 사살모의 문제에 대해 의논했지만 뾰족한 답을 얻지는 못하고 있었다.

원로들은 당장 호랑이인들 문제에 더 집중하고 싶어 했다. 백삼도 중책을 맡게 되어 쉽게 몸을 움직일 수 없어 답답했다. 백삼이 할 수 있는 것은 호랑이 땅에 사살모가 있는지 찾고 있는 것뿐이었다. 하지만 삼 개월간의 노력으로는 사살모를 찾을 수 없었다.

호백삼의 호랑이 엄마 취임식은 성대하게 끝을 맺었다. 백삼이 부족을 향해 돌아서 큰 소리로 말했다. "호랑이 땅에는 크게 두 가지의 문제가 있다. 하나는 외적인 것으로 승냥이의 커지는 힘을 견제하는 것이다. 둘째는 내부의 문제이다. 나는 오늘 이 내부의 문제를 해결할 것이다."

호랑이인들은 호백삼이 처음으로 부족에게 하는 말을 잘 이해하지 못하고 서로의 얼굴을 보며 의아해했다. 통백의 맹호 호적자는 호백삼이 호랑이의 엄마가 된다는 말을 듣고 뛸 듯이 기뻤다. 짧은 시간이지만 극진한 대접을 했기에 자신에게 더 많은 힘이 생길 것을 기대하며, 호백삼을 축하하기 위해 안토에 왔다.

백삼이 큰 소리로 다시 말했다.

"내부의 문제는 일부 맹호들의 부족에 대한 착취 문제다. 대표적으로 통백의 맹호 호적자, 전양의 맹호 호승영, 길주의 맹호 호청을 지금 즉시 잡아들여라."

호대아가 진두지휘하는 호전족이 대답했다.

"네!"

제단 아래는 순식간에 호전족들이 불린 맹호와 그의 용사들을 잡아 묶었다. 이 소란은 순식간에 끝나고 모여 있는 사람들의 눈은 다시 백삼에게 움직였다. 백삼이 말했다.

"지금 당장 호전족은 나누어 통백, 전양, 길주로 가서 맹호들의 잔당을 소탕하여 복귀하라."

"네!"

호전족 용사 오백 명은 큰 소리로 대답하고, 각자 맡은 곳으로 떠났다. 이어서 백삼이 단호한 목소리로 소리쳤다.

"앞으로 부족 사람들에게 조금의 해라도 끼치는 맹호는 내 용서치 않을 것이다."

백삼의 말을 듣고 모두 환호성을 질렀다. 새로운 호랑이의 엄마가 나타나 나쁜 맹호들을 처리해 주기를 바라고 있었는데, 이렇게 빠르게 처리해 줄지 몰랐다. 그래서 사람들의 기쁨은 몇 배가 되었다.

사대홍은 용지단의 장례를 치르고, 길을 떠날 준비를 하고 있었다. 호백삼이 사슴의 땅과 호랑이의 땅을 찾았을 것이니, 자신은 천족의 땅으로 갈 생각을 하고 있었다. 빠른 출발을 하려 했으나 용지단을 돌보는 사개월의 시간은 사대홍의 발길을 잡았다. 딸 사백면이 죽은 후로 같은 기분을 느낄 일은 없을 줄 알았다.

용지단을 돌보며 그는 사백면이 살아 돌아온 듯 정성을 다했다. 그러나 용지단의 병마를 이기기에는 역부족이었다. 서서히 죽어 가는 용지단을 보면서, 사대홍은 매일 같이 딸을 잃는 것 같은 기분 속에 살았다. 한편으로 용지단을 돌보면서 행복감을 느끼기도 했다. 용지단은 밝은 처자였다. 눈을 감는 그 순간까지 사대홍에게 웃음을 주었다.

그렇지만 현실은 냉혹했다. 용지단을 치료할 수 없는 사대홍은 딸 하나를 또다시 잃고 있었다. 어떤 치료도 하지 못하고 용지단은 돌아올 수 없는 곳으로 떠났다. 사대홍은 사백면을 잃었을 때만큼 슬펐고, 의욕을 잃어야 했다. 용지단의 장례를 치른 지 벌써 일주일이 흘렀다.

생각으로는 벌써 천족의 땅에 있어야 했지만, 사대홍은 한 걸음도 떼지 못하고 있었다. 사대홍은 품속을 뒤져 두 개의 조그만 토기를 꺼내어 보았다. 이 토기는 뱀의 땅 사굴에서 호백삼과 사태독을 죽이고, 그의 품에서 얻은 것이었다. 하나는 검은빛을, 하나는 흙빛을 띠고 있었다. 사대홍은 혼잣말을 했다.

"역병의 씨…."

사대홍은 두 개의 토기를 번갈아 훑어보았지만, 어떤 것이 독이고 어떤 것이 해독제인지 알 길이 없었다. 잘 밀봉된 뚜껑을 열어 보고 싶었지만, 역병의 무서움을 두 눈으로 보았던 사대홍은 차마 어떤 것도 열 수 없었다. 이것을 어떻게 처리하면 좋을지 사대홍은 두 토기를 볼 때면 고민했다. 사람이 없는 깊은 산중에 버릴까도 생각해 보고, 바다 멀리 나가 던질까도 생각해 보았다. 하지만 어떤 것도 할 수가 없었다.

사대홍은 부질없는 생각들을 떨쳐 버리고 다시 사살모 만을 생각했다. 가지고 있는 것을 버린들 사살모가 가지고 있는 것으로도 다시 역병의 씨는 퍼질 것이기 때문이었다. 사대홍은 두 토기를 조심스럽게 품에 넣었다. 마음을 다시 먹은 듯 사대홍은 천인의 땅으로 발길을 옮겼다.

일주일이 걸려, 사대홍은 천인의 땅에 들어섰다. 예전에는 이 천인의 땅에 여러 부족이 모여 살았다. 세력이 크지는 않았지만 땅이 넓고 비옥

하여, 곡식과 동물이 풍부했다. 그런데 십 년 전쯤 환웅(桓雄)이 삼천 명의 사람들을 데리고 하늘에서 내려와 천인의 땅을 다스리게 됐다고 했다.

환웅에게는 하늘에서 가져온 천부인(天符印)이라는 세 가지 보물이 있는데, 이것으로 천인의 땅을 다스린다고 들었다. 환웅이 짧은 시간을 다스렸지만, 천족은 다른 어떤 부족보다 급속도로 세력을 키워 웅족과 호족의 세력을 앞지른다고 했다. 천족의 땅을 지나는 사대홍은 용의 땅 라포보다 사람들이 더 잘살고 있는 것에 놀랐다. 끝없이 펼쳐진 곡식의 벌판은 천족의 땅 어디에서나 쉽게 볼 수 있었다.

사대홍은 사흘을 쉬지 않고 걸어 그들이 가장 많이 모여 살고 있는 아사달(阿斯達)로 향했다. 그는 아사달에 도착하자 눈을 어디에 두어야 할지 몰랐다. 수많은 사람과 넘쳐나는 곡물과 육고기에 입을 다물지 못했다. 지금까지 천인의 땅을 지나왔지만, 아사달과는 비교조차 할 수가 없었다. 그만큼 아사달 사람들은 부족함 없이 좋은 삶을 누리고 있었다.

사대홍은 천족이 부럽다고 생각했다. 사대홍은 아사달의 이곳저곳을 다니며, 사살모를 찾았다. 며칠을 헛일했다고 생각하고 있는데, 지나가는 사람들의 이야기를 들었다. 그중 나이 지긋한 사람이 말했다.

"이야기 들었나? 글쎄, 증산(烝山)에 역병이 돈다는군."

사대홍은 궁금증을 못 이기고 물었다.

"역병이 생겼습니까? 증산이 어디에 있습니까?"

사대홍을 위아래로 쳐다보며, 나이 지긋한 사람이 말했다.

"증산은 여기서 서쪽으로 하룻길이오. 역병이 생겼으니 얼씬도 마시오…."

사대홍은 말을 다 듣지도 않고 서쪽 길로 나섰다. 길이 좋아서 다음 날 증산 초입에 도착했다. 마을 입구에는 밧줄이 묶인 것이 들어가지 못하게 해 놓은 것 같았다. 멀리서 보기에 사람의 그림자도 보이지 않았다. 잠시 후 천족 용사 두 명이 사대홍에게 다가왔다.

용사 한 명이 말했다.

"역병이 있으니 돌아가시오."

사대홍이 물었다.

"혹시 환자들의 증상이 어떻습니까?"

용사가 말했다.

"열이 많이 나고, 심해지면 피를 토하고 죽어요."

사대홍이 물었다.

"몸에 발진이 생기나요?"

용사가 답했다.

"네, 무엇에 물린 것처럼 빨간 반점들이 생깁니다."

사대홍은 심각한 표정으로 혼잣말했다.

"역병의 씨…."

사대홍이 부탁하여 말했다.

"혹시 이곳의 책임자를 만날 수 있습니까? 제가 이 역병에 대해 알고 있습니다."

용사가 되물었다.

"역병에 대해 안다고요?"

사대홍이 다급하게 말했다.

"네, 알고 있는 역병입니다. 부탁합니다. 책임자를 만나게 해 주세요."

사대홍이 기다리는 곳으로 십여 명의 사람들이 몰려왔다. 이제껏 본 적 없는 옷을 입고 있는 중년의 남자가 말했다.

"내가 이곳을 확인하고 있는 책임자입니다. 역병에 대해 알고 있다고요?"

사대홍이 자기를 소개했다.

"네, 저는 뱀의 땅에서 온 사대홍이라 합니다."

풍백도 자신을 소개했다.

"천족의 사람이 아니군요. 저는 아사달에서 온 풍백(風伯)이라 합니다."

사대홍은 자신이 알고 있는 사살모와 사태독의 일화와 뱀의 땅에 퍼졌던 역병에 대해 이야기했다. 그리고 사살모를 쫓고 있다는 것도 설명했다.

이야기를 듣고 풍백이 말했다.

"이곳 증산에 타 부족의 여자가 들어온 후 역병이 돌았다는 이야기는 들었습니다. 사대홍 님의 말을 빌리자면, 그 여자가 사살모일 가능성이 크군요…."

사대홍이 놀라서 물었다.

"그런 사람이 있었습니까? 잡았나요?"

풍백이 말했다.

"아니요. 내가 도착했을 때는 이미 종적을 감춘 후였습니다. 그 여자는 증산에 두 달은 있었던 것 같습니다. 떠난 지는 삼일 정도 된 것 같고요…."

사대홍이 물었다.

"증산의 역병 환자들은 어떻습니까?"

고개를 좌우로 흔들며 풍백이 말했다.

"증산은 포기했습니다. 증산 밖으로 역병이 번지는 것을 막는 것도 천운일 것입니다."

사대홍이 다시 물었다.

"아직 다른 곳으로는 번지지 않았습니까?"

풍백이 대답했다.

"네. 다행히 지금까지는 무사합니다. 이곳 증산은 워낙 외진 곳이라 왕래가 적어 다행입니다. 하지만 역병이 퍼지는 속도가 워낙 빨라서 걱정입니다. 아까 말씀하신 것 중에 역병의 해독약을 사살모가 가졌다 하셨습니다. 맞습니까? 천족 사람들이 위험하니, 한시라도 빨리 사살모를 잡도록 명을 내리겠습니다."

사대홍이 걱정하며 말했다.

"사살모를 잡더라도 가지고 있는 해독약의 양이 적어, 사람들을 구하기 어려울 것입니다…. 사태독이 살아 있다면, 해독제를 만들 수 있겠지만, 사살모가 만들 수 있는지는 알지 못합니다…."

풍백이 말했다.

"그 역병의 씨라는 것과 해독제를 조금만 손에 넣는다 해도 우리 천인은 그것을 따라 만들 수 있을 것입니다. 아사달에 우사(雨師), 운사(雲師)가 있는데, 재주가 남달라 조금의 양으로도 충분히 비밀을 밝혀 만들어 낼 것입니다."

사대홍은 희망에 찬 목소리로 말했다.

"그런 분들이 계십니까? 만약 해독제를 만들 수 있다면, 역병의 씨는 더 이상 무서운 것이 되지 못할 겁니다. 사살모도 더 이상 여러 부족에게 해를 가하지 못할 것이고요."

풍백이 혼잣말했다.

"빨리 사살모를 찾는 것이 시급하겠군요…."

풍백의 모습을 보던 사대홍이 품속을 뒤져 두 개의 토기를 꺼내 들었다. 그리고 풍백에게 내밀며 말했다.

"이것은 죽은 사태독의 몸에 있던 역병의 씨와 그 해독제입니다. 해독제를 만드는 방법을 찾는 데 사용해 주십시오. 제가 무식하여 어떤 것이 해독제인지 알지 못합니다. 부디 이른 시일 안에 해독제를 만드는 방법을 찾아 주십시오."

기쁜 얼굴을 한 풍백이 말했다.

"이리 기쁠 때가 있습니까? 사대홍 님을 만나지 못했다면 오늘 제가 평생을 후회했을 것입니다. 감사합니다."

사대홍이 말했다.

"아닙니다. 감사는 제가 해야 합니다. 잘 부탁드립니다. 저는 더 늦기 전에 사살모를 쫓아가겠습니다."

사대홍이 떠나고 풍백은 아사달로 돌아와 우사, 운사와 함께 사대홍이 남기고 간 작은 토기를 살피며 해독제를 만들기 위한 작업에 몰두했다.

호백삼이 호족의 엄마가 된 지도 일 년이 가까워져 오고 있었다. 호백삼은 호대아를 조아로 임명하고, 호전족 용사들의 훈련에 지원을 아끼지 않았다. 조아를 필두로 한 호전족 용사의 수는 이천에 달하고 있었다. 일 년간 피나는 훈련을 통해 호전족 용사는 다른 부족의 어떤 용사보다 잘 싸울 수 있게 되었다.

백삼이 조아 호대아를 불러 말했다.

"조아의 노고로 인해 우리 호족은 어느 때보다 강력한 용사들을 갖게 되었습니다."

"아닙니다. 엄마의 생각을 제가 빠르게 수행하지 못해 항상 죄송할 뿐입니다."

백삼이 말했다.

"이제 호랑이 땅 내부 문제는 모두 사라진 듯합니다. 새로운 맹호들이 부족원들을 잘 보살피고 있어요. 다른 문제가 있을까요?"

호대아가 대답했다.

"엄마께서 일 년을 열심히 돌보고 계셔서 호랑이 땅에 굶는 자들이 없습니다. 어찌 다른 문제가 있겠습니까?"

백삼이 심각한 어조로 물었다.

"호랑이 땅 남쪽 자작나무 숲이 걱정입니다. 승냥이들의 힘이 점점 강해지고 있고, 들기로 사슴 땅 대부분을 승냥이가 차지했다고 합니다. 더욱 심각한 것은 사슴의 땅을 심하게 유린하고 있다는 것이에요. 사슴의 유민은 천족의 땅으로 향하고 있고, 고라니들은 표범의 땅으로 도망치고 있어요. 수만 명의 사슴과 고라니가 죽었다고 들었습니다. 조아는 승냥이가 자작나무 숲을 침범할 것이라 생각합니까?"

조아 호대아가 대답했다.

"네. 작금의 상황을 돌아보면, 승냥이들이 호랑이 땅으로 침범하는 것은 시간 문제입니다. 내일이라도 그들은 우리 호랑이 땅을 넘을 것입니다."

백삼이 물었다.

"조아가 보기에 호전족 용사 몇 명과 용사 몇 명이 있으면, 이들을 막아낼 수 있겠습니까?"

호대아가 대답했다.

"호전족 용사 천 명과 용사 이천이 필요할 것으로 생각합니다."

백삼이 되물었다.

"용사 삼천이나요?"

호대아가 설명했다.

"사슴의 땅이 완전히 승냥이에게 먹힌다면, 승냥이의 주력 용사 오천은 반으로 나누어 표범의 땅과 우리 호랑이 땅을 침범할 것입니다."

백삼이 물었다.

"우리와 표범을 동시에 공격할 것이라는 뜻입니까?"

호대아가 자신 있게 말했다.

"네, 제가 승냥이라면 저는 표범만을 칠 것입니다. 표범의 용사는 삼천을 넘지 않습니다. 표범을 손에 넣고 재정비하여, 호랑이를 치는 것이 맞습니다. 하지만 승냥이들이 하는 행태로 보아 승기를 잡았다 오판할 것으로 보입니다. 이천오백이면 충분히 표범을 잡을 수 있다고 생각할 것이고, 나머지를 우리 호랑이 땅에 보낼 것입니다."

백삼이 말했다.

"내가 보기에 표범 용사들도 싸움에 매우 능합니다. 비슷한 숫자로 그들과 겨루는 것은 좋아 보이지 않아요?"

호대아가 대답했다.

"잘 보셨습니다. 승냥이가 표범과 같은 수의 용사들로 대적한다면 요행히 이길 수는 있겠지만, 피해 또한 많을 것이기에 우리 호랑이와의 전쟁에서 진다면 승냥이는 자멸하는 것입니다."

백삼이 반문했다.

"맞는 말입니다. 조아의 전쟁 전략은 늘 옳아요. 하지만 나는 표범인의 큰 희생을 원치 않습니다. 내가 그들을 각별하게 여기는 것을 알고 있잖아요?"

호대아가 말했다.

"네, 제가 잊고 있었습니다. 다른 부족에게 피해가 적은 방법을 마련하도록 하겠습니다."

백삼이 미소 짓고 말했다.

"좋은 방법을 만들어 주세요. 고마워요, 조아."

조아와 용사들이 자작나무 숲으로 떠나는 날 백삼은 조아의 만류에도 그들과 동행을 했다. 백삼이 이끄는 첫 전쟁 준비는 이렇게 시작되었다. 자작나무 숲으로 용사를 배치한 지 한 달이 못 되어 승냥이 이천 명이 자작나무 숲으로 침범했다. 조아의 의견을 받아들인 백삼은 승냥이의 침범과 동시에 전령을 보내 사슴의 땅에 삼천의 용사를 보냈다.

사슴 땅으로 온 삼천의 호랑이 용사 때문에 표범의 땅으로 향하던 승냥이들은 사슴 땅으로 되돌아왔다. 백삼은 표범 땅에 표돈과 포석하에게 전령을 보내, 사슴 땅으로 용사를 보내도록 요청했다. 표돈이 이끄는 천 명의 용사가 승냥이의 후미를 공격하고, 호랑이의 용사와 승냥이들이 정면으로 부딪쳐 전쟁을 치렀다. 승냥이들은 용사의 숫자가 모자랐다. 게다가 훈련이 잘된 호랑이 용사와 표범의 용사에게 이천의 승냥이가 죽였다. 그렇게 천명의 승냥이는 패하여 함야로 도망쳤다.

한편, 조아의 용사들에 밀린 승냥이는 상평으로 돌아왔다. 돌아온 조장들이 머리를 맞대고 대책을 마련하고 있었다. 상평 조장이 말했다.

"내 들으니, 이번에 호랑이의 엄마가 된 자가 예전에 이 상평에서 도망쳤던 자라던데. 그게 무슨 말이냐?"

상평 부조장이 말했다.

"네, 시무산과 함야로 도망쳤던 호백삼이라는 계집을 기억하십니까?"

상평 조장이 놀라서 되물었다.

"그 호랑이와 동행하던 젊은 여자 말이냐?"

상평 부조장이 말했다.

"네, 그 호랑이와 동행했던 여자가 호랑이의 엄마가 되었다 합니다."

상평 조장이 말했다.

"아니, 어떻게 그런 일이 있단 말이냐? 불과 이 년도 안 되어 호랑이의 엄마가 되었다니!"

상평 부조장이 대답했다.

"호랑이의 엄마가 된 것은 벌써 일 년도 넘었다고 합니다."

상평 조장이 어이가 없다는 듯 말했다.

"그 짧은 시간에 이렇게 강한 용사들을 데리고 우리를 막는다는 게 말이 되는가?"

이야기를 조용히 듣고 있던, 청어(淸漁) 지역 조장이 물었다.

"어찌할 생각입니까? 어제의 싸움으로 우리는 용사 천을 잃었습니다. 저들에게는 큰 피해를 주지도 못했어요⋯. 호족의 용사들을 호랑이 앞발이라 하던데⋯. 나는 그렇게 날래고 창을 잘 쓰는 자들을 본 적이 없습니다. 다시 싸운다 해도 우리는 절대 이길 수 없어요⋯. 고작 오백 명에게 일천이 죽다니⋯."

상평 조장이 고개를 절레절레 저어 가며 말했다.

"청어 조장도 보지 않았어. 맨 앞 열은 방패를 들고, 바로 뒤로는 긴 창을 밀고 들어오는데⋯ 막을 방법이 있어야지. 화살은 또 어떻고⋯. 갑자기 매복된 자들이 쏘아대는 화살을 무슨 수로 막을 수 있겠소. 적들이 이렇듯 신출귀몰하면 우리의 전쟁은 이것으로 끝이요."

청어 조장이 말했다.

"호족과 전쟁하는 것은 무의미합니다. 우리는 저들을 이긴 적이 없어요. 화친을 맺읍시다…."

상평 조장이 되물었다.

"화친…?"

청어 조장이 말했다.

"이대로 상평과 청어를 넘겨줄 수는 없지 않습니까?"

상평 조장이 말했다.

"시무산이라는 놈은 어디 있느냐?"

상평 부조장이 물었다.

"시무산은 무슨 연유로 찾으십니까?"

상평 조장이 말했다.

"그놈이 호족의 엄마와 친하다고 하니, 우리의 뜻을 그놈에게 설득하도록 보내야겠다."

백삼은 승냥이의 전령이 왔다는 소리를 듣고 기다리고 있었다. 잠시 후 장막 안으로 익숙한 얼굴을 한 자가 들어왔다. 시무산이었다. 백삼은 깜짝 놀랐다. 백삼은 한편으로는 반갑기도 했고, 한편으로는 아쉽게 인연이 다한 사람이라는 두 가지 마음을 가지고 있었다.

무산을 보자 백삼 곁에 앉아 있던 단이 벌떡 일어나 걸어가서 머리를 비볐다. 무산도 단이 반가웠지만, 미동도 하지 않고 서 있었다. 백삼이 단을 불러 앉히고 어색하게 무산에게 말했다.

"전령으로 왔다 하니… 무슨 일인지 용건을 말해요…."

무산이 조용히 말했다.

"이번 전쟁의 화친을 제안하러 왔습니다…. 더 이상 서로 간의 피해를 최소화하고자 합니다. 용사들을 물려 주십시오."

백삼이 냉정하게 말했다.

"화친…? 언제부터 승냥이가 주변 부족들과 친하게 지냈습니까? 주변 부족을 괴롭히는 건 승냥이예요. 우리가 아니고…."

무산이 조용히 말했다.

"알고 있습니다. 하지만 승냥이들을 더 이상 죽게 둘 수는 없습니다. 그래서 부탁을 드리러 왔습니다."

백삼은 답답한 듯 말했다.

"내가 승냥이를 죽이는 게 아니에요. 승냥이가 호족을 침범했고, 고라니들을 노예로 만들고 죽였어요. 최근엔 사슴인들도 같은 꼴을 당했고…. 표범인과 까마귀인들도 공격하려 했어요. 당신은 왜 승냥이의 잘못을 모르죠? 어째서…. 시무산은 변한 게 없군요…."

무산이 고개를 숙이며 말했다.

"옛정을 생각해서, 자비를 베풀어 주십시오. 부탁드립니다."

백삼은 품속에서 단검을 꺼내어 무산이 보도록 놓고는 말했다.

"이 단검이 무엇인지 잘 알고 있지요. 단의 목에 걸어 주었던 것입니다. 옛정을 보아 말합니다. 용사들과 상관없는 약한 승냥이들은 투항하세요. 내가 그들을 호랑이인으로 받아들이겠어요. 하지만 승냥이 용사는 용서할 수 없습니다. 그들은 모두 죗값을 치러야 할 것입니다. 단 한 명도 용서할 수 없습니다. 예전에도 말했어요. 시무산…, 승냥이의 잘못을 직시해요. 그렇지 못하면 승냥이는 끝이에요."

무산이 돌아가자, 백삼은 착잡한 마음을 금할 수 없었다. 이유야 어찌 되었든 전쟁으로 인해 많은 사람이 죽었고, 수많은 유민이 생겼다. 백삼은 조아에게 말했다.

"승냥이 땅이든 사슴의 땅이든 호랑이인으로 살겠다는 유민들은 모두 받아들이세요. 짧은 시간에 전쟁을 마무리해야 합니다. 그래야 모든 부족의 피해와 고통이 줄어듭니다."

조아 호대아가 대답했다.

"알겠습니다. 빠르게 전쟁을 마무리하도록 하겠습니다."

조아는 상평을 공격하고, 청어까지 접수한 후 함야로 용사들을 보냈다. 사슴 땅의 용사도 함야를 향했다. 전쟁이 발발하고, 한 달도 지나지 않아 함야는 호랑이 용사 호전족들의 발아래 무릎 꿇었다. 모든 사슴과 고라니의 노예는 해방되어 고향으로 돌아갔다.

함야로 온 백삼은 옛 생각에 빠져 있었다. 승냥이들에게 쫓기던 함야와 포석하를 구출하던 것이 엊그제 같았다. 손님이 왔다는 말에 백삼이 급히 돌아오자, 백삼의 눈앞에는 그리워하던 얼굴들이 보였다. 포석하와 표돈, 표범의 엄마와 까마귀의 엄마 오예래가 모두 한자리에 있었다. 백삼은 석하의 두 손을 잡고 말했다.

"석하, 보고 싶었어."

석하가 말했다.

"백삼, 너무 보고 싶었어."

백삼은 공손하게 자세를 잡고 말했다.

"표범의 엄마와 까마귀의 엄마께 인사드립니다."

표범의 엄마와 오예래가 동시에 말했다.

"호랑이의 엄마께 인사드립니다."

표돈도 뒤에서 말했다.

"표돈, 인사 올립니다."

표범의 엄마가 말했다.

"우리 세 부족을 대표하여, 제가 감사의 마음을 전합니다."

백삼이 대답했다.

"아닙니다. 감사는 제가 드려야지요. 용사를 내주셔서 감사합니다."

오예래가 말했다.

"호랑이의 엄마가 된 것도 축하합니다."

백삼이 말했다.

"까마귀의 엄마가 제 죽음의 그림자를 지워 주셨기 때문입니다. 감사합니다."

표범의 엄마가 백삼에게 물었다.

"앞으로의 일이 중요 합니다. 어떻게 할 생각인가요?"

백삼은 잠시 생각을 한 후 말했다.

"이제 앞으로 승냥이는 없습니다. 호랑이와 표범, 고라니, 까마귀, 사슴은 모두 평화롭게 살 것입니다. 제가 엄마로 있는 한 우리는 한 부족처럼 교류할 것이고, 서로를 보호할 것입니다."

사대홍이 풍백에게 역병의 씨와 해독제를 넘긴 지 삼 년의 시간이 지났다. 사살모는 세상에 복수하듯 천족의 땅, 웅족의 땅, 호족의 땅에 역병의 씨를 뿌려 역병을 심었다.

사살모는 말했다.

"결국 모두가 내 손아귀에서 놀아날 것이다. 모두 다…! 하하하…."

2부 · 웅녀 전기

1장

경쟁의 시작

 신성한 나무 아래에는 백발을 한 여인이 뒤돌아서 있었다. 그 아래로 젊은 여인 이십여 명이 두 줄을 이뤄 백발의 여인을 바라보았다. 분위기가 너무도 엄숙하여 주변에는 바람 소리만이 들릴 뿐 짐승의 소리조차 들리지 않았다. 백발 여인의 앞으로 성인 몇이 누울 수 있는 정도 크기의 넓은 돌 제단이 놓여 있었다. 제단 위에는 커다란 돼지가 통째로 올려져 있고, 수많은 과일이 올려져 있었다. 또 한쪽에는 물고기들이 쌓여 있었다.

 백발의 여인은 한 손에 자신의 키보다 커다란 지팡이를 짚었다. 지팡이의 가장 높은 곳에 조각된 섬세한 곰의 형상이 또렷했다. 그 검은 지팡이는 전체적으로 단순한 모양이지만, 그 여인들 속에서 주인공처럼 서 있었다. 신성한 나무 바로 아래에는 큰 바위들이 여럿 있는데, 그 사이 사이에는 동물의 뼈들이 큰 바위처럼 쌓여 있었다. 동물의 뼈는 머리 크기도 크고 송곳니 등이 발달한 곰의 뼈 무덤이었다.

뼈 무덤 한곳에 털이 무성한 덩치 하나가 엎드려 있었다. 털이 윤기를 잃고 쓰러진 것으로 보아 곰의 사체였다. 백발의 여인은 알아들을 수 없는 주문과 같은 말들을 읊조리고 있었다. 주문이 멈추는 순간마다 약속한 듯 이십여 명의 여인들은 합장하고 허리를 숙여 인사하기를 수십 번이었다. 그러기를 얼마 후 백발의 여인이 신성한 나무를 똑바로 바라보자, 모두 허리를 깊이 숙여 신성한 나무를 바라다보았다.

잠시 후 백발의 여인이 잠깐 몸을 부르르 떨고 여인들을 향해 몸을 돌려 섰다. 백발의 여인은 노인이 아니었다. 뭔가 독특한 분위기를 풍기는 미인이었다. 이십여 명의 여인들은 모두 백발 여인을 바라다보았다.

백발의 여인이 모두가 듣도록 또렷하게 말했다.

"잘 보내 드렸으니, 걱정하지 말거라."

모두가 머리를 숙여 대답한다.

"예, 엄마"

엄마라 불리는 이가 부드럽고 자애롭게 불렀다.

"능화(陵火)와 수벽(秀碧)은 앞으로 나오거라."

능화와 수벽은 누가 먼저라 할 수 없게 동시에 대답하고 엄마 앞으로 나섰다.

"네, 엄마."

엄마는 단호하면서도 위엄 있는 목소리로 말했다.

"지금부터 너희는 곰의 엄마가 될 아이를 찾아야 한다. 나의 곰은 오늘까지였다. 앞으로 겨울이 가기 전에 찾아야 한다. 알겠느냐?"

허리를 굽혀 인사하며, 능화와 수벽은 결연함을 담아 대답한다.

"명 받들겠습니다, 엄마"

주변을 조용히 돌아본 곰의 엄마가 말했다.

"예언의 말을 전하겠다. 다음 우리 웅족의 곰신은 네 개의 표식을 가졌다. 그 곰신의 수호자를 찾아라. 지금 수호자의 나이는 일곱 살이다. 그 아이는 이미 그의 곰을 만났다. 아이가 다시 곰을 만났을 때, 그 아이는 곰의 엄마가 될 것이다."

모여 있는 사람들은 엄마의 예언을 하나라도 놓칠까 하여, 암송을 시작했다. 능화와 수벽도 한마디도 놓치지 않고 암송했다. 제단 앞은 예언의 말을 암송하는 목소리들이 울려 퍼졌다.

능화라 불린 여성은 이제 열여섯이 되었고, 남자만큼 키가 컸다. 얼굴은 곱상했지만 특히 창술과 활 솜씨가 다른 누구보다 뛰어나고, 못 다루는 무기가 없을 정도였다. 능화는 남자들 못지않게 성격이 우직했다. 곰의 엄마는 늘 그의 무력과 충성심을 칭찬했다.

수벽의 나이는 열다섯이다. 미인형 얼굴에 매우 여성스럽고 머리가 좋아, 곰의 엄마는 늘 그녀를 곁에 두고 의견을 경청하곤 했다. 곰의 엄마는 수벽이 좋은 머리가 곰인들에게 큰 도움이 되거나 큰 문제를 만들 수 있다며, 항상 주의할 것을 당부했다.

떠날 준비를 하던 능화가 걱정스러운 목소리로 말했다.

"수벽, 너는 이미 어디로 길을 떠나야 할지 알고 있겠지?"

"네, 물론이에요. 능화 언니는 아직 정하지 못했나요?"

수벽이 대답하고 다시 묻자, 한숨을 한번 쉬고 능화가 말했다.

"응. 나는 어찌해야 할지 잘 모르겠어…. 어떤 사람을 찾아야 할지도 알지 못하겠는 걸…."

수벽이 미소를 짓고 말했다.

"엄마가 되실 귀한 분을 찾는 것이니, 첫눈에 알아볼 수 있을 거예요."

능화는 말하고 다시 한숨을 쉬었다.

"너는 똑똑하니 한 번에 알아볼 수 있겠지만, 나는 아둔하여 귀한 분을 보고도 지나칠까 두렵다."

수벽이 능화가 이해되도록 하나하나 설명했다.

"곰 엄마의 예언 말씀대로면, 일곱 살에 곰을 만난 여자아이가 우리가 찾는 엄마가 될 사람이니, 그렇게 어려운 것만은 아니에요. 사람이 곰을 만나고 살아 있기도 힘들 것이고, 어린아이는 더더욱 어렵지 않겠어요."

미소를 짓고 능화가 말했다.

"너는 참 총명해. 난 예언의 말씀을 듣고, 수많은 일곱 살 아이 모두를 만나야 하나 생각했지…."

수벽은 차분히 설명했다.

"곰을 본 아이를 찾으세요. 그리고 그 아이의 나이를 물어요. 아님, 일곱 살 아이를 찾아서, 곰을 본 적 있는지 물어보세요. 그런데 우리 곰의 땅에서 이렇게 찾는 것은 겨울까지는 불가능합니다. 곰의 엄마는 특별한 사람만이 될 수 있다는 걸 잊지 마세요. 특별한 능력과 잠재력을 가진 사람을 찾으세요. 시간이 많지 않아요."

능화가 자신 없어 하며 말했다.

"무슨 말인진 알겠어. 고마워. 하지만 난 나보다는 네가 찾을 것으로 생각해. 넌 총명하니, 쉽게 알아보겠지…."

수벽이 말했다.

"곰의 엄마께서 저만 보내시는 것이 아니니, 이유가 있을 것입니다. 꼭 찾아오세요. 저도 꼭 찾겠습니다. 분명 찾아온 아이 중에 선택할 것입니다."

능화가 되물었다.

"한 사람을 찾는 것이 아니라는 뜻이야?"

수벽이 대답하고 자세한 설명을 덧붙였다.

"네. 그랬다면 한 사람만 보냈을 것입니다. 제 생각에 우리 두 사람이 예언에 가장 근접한 사람을 찾는다면, 곰의 엄마는 이 둘을 경쟁시켜 뛰어난 사람을 곰의 엄마로 세울 것입니다."

다음 날 곰의 엄마에게 인사를 마친 두 사람은 길을 나섰다. 이곳 만수(滿水)는 호랑이 땅의 남쪽에 자리해 있었다. 더 남쪽으로 천족의 땅과의 경계까지 곰의 땅이 있었지만, 두 사람 모두 광활한 북쪽 땅으로 방향을 잡았다. 능화와 수벽은 나란히 걸었다.

능화가 물었다.

"정한 곳은 어디야? 북쪽으로 갈 거야?"

수벽이 대답했다.

"주원(注遠)으로 갈 거예요."

능화가 놀라서 다시 물었다.

"주원? 그곳은 곰의 땅에서 가장 멀리 있는 곳인데…. 오래전에 곰의 엄마를 배출했던 곳 아니야? 주술과 예언의 땅으로 알려진…?"

수벽이 대답했다.

"맞아요. 우리 곰인 중 가장 곰신과 가까운 사람들이 모여 사는 곳이죠."

능화가 말했다.

"와. 대단해. 역시 수벽은 머리가 좋아. 나는 주원은 생각도 못 했어. 그곳이라면 곰 엄마의 자격을 가진 사람이 몇 명은 있을 거야."

수벽이 물었다.

"능화 언니는 어디로 갈 거죠?"

능화가 대답했다.

"나는 양수(陽水)를 지나 동쪽으로 가려고 해…. 목적지가 없으니, 이곳저곳을 모두 돌아볼 생각이야…."

수벽이 미소 지으며 말했다.

"잘되었네요. 주원에 가려면 양수를 지나야 하니, 열흘은 같이 갈 수 있겠는데요."

능화와 수벽은 양수까지 가는 열흘의 시간 동안 함께 길을 걸었다. 능화는 여자 어린아이만 눈에 띄어도 말을 걸었다.

"혹시 곰신을 만난 적이 있니? 몇 살이야?"

편잔을 주듯 수벽이 말했다.

"능화 언니, 내 귀에 딱지가 생기겠어요. 그리 똑같은 것을 계속 묻고 다니면, 시간이 너무 많이 걸린다고 말했잖아요."

능화는 침통한 표정으로 말했다.

"내 눈에는 저 아이들이 모두 특별해 보여. 어쩌면 저리도 예쁘고 귀여운지 모르겠어. 난 네가 이야기한 특별한 아이가 어떤 아이인지 도통 감을 못 잡겠어."

"……."

수벽은 고개를 좌우로 흔들었다. 도무지 아무 말도 할 수가 없었다.

두 사람은 능화의 질문 덕에 열흘이면 도착할 양수를 이틀이 더 지나서야 겨우 도착할 수 있었다. 수벽은 앞으로 이십일을 걸으면 목표한 주원에 도착할 수 있었다. 능화가 이야기한 동쪽으로는 큰 부족과 마을이 없었고, 떠돌이처럼 이곳저곳을 다니는 부족들이 많은 곳이었다.

양수에 도착하니 소문이 이미 이곳까지 나 있었다. 곰의 엄마가 자신의 뒤를 이을 일곱 살 아이를 찾는다는 이야기가 퍼져 있었다. 자세한 내용은 아니었으나, 능화와 수벽은 서로의 얼굴을 보며 놀랄 수밖에 없었다.

수벽이 능화에게 말했다.

"능화 언니, 이제 우리가 헤어져야 할 때인 것 같아요. 빨리 찾아서 우리 만수에서 만나요."

능화가 말했다.

"그래. 너도 몸 잘 챙겨서 겨울이 되기 전에 만수에서 보자."

능화와 수벽은 그렇게 서로가 갈 방향으로 헤어져 걸었다. 수벽은 여기저기 묻는 능화가 없으니, 빠르게 주원에 도착했다. 수벽은 처음부터 한 사람을 이미 마음에 정하고 있었다. 화당(華堂)이라는 아이였다. 화당의 부모가 주원에서 가장 위세를 떨치고 있어, 만수에도 이름이 알려질 정도였다. 수벽의 입장에서는 제일 먼저 확인할 아이였다.

수벽이 들었던 화당에 대한 이야기는 이랬다. 화당이라 불리는 이 아이는 곰인들이 살고 있는 곳 중 가장 추운 지역인 북쪽 주원에 살았다. 부모는 북쪽 지역인 중 가장 영향력을 가진 부족으로 삼대 전에 엄마를 배출한 집에서 무남독녀로 태어났다. 북쪽 지역 가장 멋지고 아름다운 집에서 부러울 것 없는 신분으로 태어났다.

곰인들이 그 집을 화당이라 불렀는데, 이 아이의 이름이 되었다. 화당의 가족들은 화당에게 엄청난 기대를 하고 있었다. 북쪽 사람들의 특징인 새하얀 피부는 화당의 미모를 한껏 높여 주었으며, 전체적인 얼굴 분위기가 차가운 것이 굳이 찾을 수 있는 유일한 흠이었다. 화당은 어린아이지만 어른들조차 함부로 대할 수 없는 풍모를 지녔다.

　이목구비가 뚜렷하고, 눈썹이 진한 것이 타고난 미인의 상이었다. 말수는 적었고 또래 아이들처럼 울고 웃는 감정 표현을 좀처럼 하지 않았다. 행동하는 것은 일곱의 아이가 아니라 어른처럼 조숙했다. 하는 행동도 바르고 정갈하여, 흐트러짐을 찾기 어려웠다. 집안의 교육으로 인하여 예의 또한 매우 발랐다.

　수벽은 곧장 화당의 집으로 향했다. 소문처럼 화당의 집은 화려했다. 여느 주술을 행하는 집들과 생김새는 비슷했지만, 집 주위의 커다란 고목들과 분위기가 더해져 화려하기 그지없었다. 수벽이 화당의 집 초입에 들어서자 창을 든 남자 두 명이 수벽을 향해 목례하고 말했다.

　"먼 길 오셨습니다. 어른께서 안에서 기다리고 계십니다."

　수벽은 당황스러운 대답을 했다.

　"아… 네…."

　수벽이 창을 든 남자의 뒤를 따라 들어가며, 자신이 누구인지 어찌 알고 자신에게 이리 대하는지 궁금했다. 창을 든 남자들을 따라 들어간 곳에는 커다란 곰을 조각한 벽 앞으로 제법 커다란 제상이 준비되어 있었다. 여자 한 명이 제를 올리고 있고, 이십여 명의 여자들이 아래쪽에서 제를 보고 있었다. 창을 가진 병사가 제를 올리는 여자에게 말했다.

　"말씀하신 만수에서 오신 분을 모셔 왔습니다."

　창을 든 병사들은 대답을 듣지도 않고 조용히 모습을 감췄다.

　수벽이 제를 올리는 여자에게 말했다.

　"인사 올립니다. 만수에서 온 웅수벽이라 합니다."

　수벽이 인사를 하자 제를 지내던 여자가 몸을 돌려 수벽을 향해 섰다. 돌아선 여자는 스무 살을 갓 넘은 듯 보였다. 제사를 지내던 여자가 말했다.

"먼 길 오시느라 고생하셨습니다. 저는 웅신명(熊神命)입니다."

수벽은 웅신명의 이름을 듣고 약간 놀랐다. 수벽이 찾는 것이 웅신명의 딸 웅화당이기 때문이었다. 주원 땅을 다스리는 대웅(大熊) 웅조평(熊造坪)과 웅신명이 이쪽 곰의 부족에서는 가장 강한 세력을 가지고 있었다. 수벽은 당연히 웅신명을 만나려 했지만, 단번에 그의 앞에 오게 되리라고는 생각하지 못했다. 수벽이 잠깐 당황하는 사이 웅신명이 말했다.

"내가 며칠 전 점을 보았는데, 만수에서 귀한 손님이 내 딸을 찾을 거라 했습니다. 그래서 기쁜 마음으로 기다리고 있었습니다."

수벽은 그제야 이해하고 말했다.

"저를 기쁘게 맞아 환대를 해 주시니, 어떻게 감사의 마음을 전해야 할지 모르겠습니다."

웅신명이 주위에 있던 이십 명을 물러가도록 하고, 화당을 데려오도록 지시했다. 웅신명이 수벽을 보고 말했다.

"곰의 엄마 예언이라는 막중한 소임을 받아 고생이 많습니다."

수벽이 놀라서 되물었다.

"어떻게 제가 곰의 엄마 예언의 소임을 받은 것을 알고 계십니까?"

별일 아닌 듯 웅신명이 말했다.

"제게는 제가 모시는 곰신의 예언과 주술이 있지요. 물론 그것을 뒷받침할 정보도 가지고 있고요."

수벽이 궁금해 물었다.

"그럼 혹시 제가 왜 웅화당을 보려는지도 알고 계신가요?"

웅신명이 차분히 말했다.

"물론입니다. 새로운 곰의 엄마를 찾고 계시지 않습니까? 그리고 그 후보로 제 딸 화당이 당신 눈에 띄었을 것이고요. 그것도 아주 유력하게…."

수벽은 마음속으로 깜짝 놀라고 있었다. 웅신명과 대화하는 동안에 수벽 자신의 마음을 읽히는 것 같은 느낌이 들었기 때문이었다. 수벽이 무어라 말하려는데, 수벽의 뒤에서 아이의 목소리가 들려왔다.

"인사 올립니다. 웅화당입니다."

수벽이 돌아보니 계집아이 하나가 서 있는데, 소문과 같이 피부가 맑고 얼굴이 예뻤다. 조그만 아이에게 느끼기 어려운 차가운 기운이 도는 얼굴이었다. 성인이 되면 엄청난 미인이 될 듯했다.

수벽이 웅화당을 향해 목례하고 말했다.

"만수에서 온 웅수벽입니다."

수벽은 화당을 보자 중요한 것을 바로 확인하고 싶어 말을 던졌다.

"웅화당 님은 직접 곰신을 만난 적이 있습니까?"

웅신명이 웃으며 끼어들어 말했다.

"하하하, 웅수벽 님은 성격도 급하십니다. 제가 차근차근 확인을 시켜 드리려 했는데…."

웅화당이 차분히 대답했다.

"네, 만난 적이 있습니다."

수벽은 얼굴에 미소를 띠고 다시 물었다.

"정말 곰신을 만났습니까?"

"네. 제가 곰신을 여러 번 만나 보았습니다."

수벽은 놀라움과 반가움에 웅신명을 돌아보았다. 웅신명은 부드러운 표정을 하고 둘의 대화를 듣고 있다가 말했다.

"웅화당은 곰신이 예언한 바로 그 아이입니다. 잘 찾아오셨습니다. 웅수벽 님은 다른 곳은 가지도 않고 제 딸 웅화당만을 염두에 두고 찾아오시고서는 어찌 이리 놀라십니까?"

수벽은 웅화당이 만수까지 이름이 알려져 있었기에 가능성을 높이 산 것은 맞지만, 이렇게 예언의 아이를 빠르게 찾을 것이라고는 꿈에도 생각하지 못했었다.

웅신명이 말했다.

"화당은 물러가 있거라."

"네, 어머니."

웅화당이 대답하고 돌아가자, 수벽은 난감한 표정으로 말했다.

"만수에는 웅화당에 대한 소문 하나가 더 있습니다. 말씀드려야 하는지 조심스럽습니다."

웅신명이 말했다.

"네, 말씀하세요."

수벽이 조심해서 물었다.

"웅화당은 아버지가 없이, 곰신의 점지로 태어났다는 것이 사실입니까?"

거리낌 없는 웅신명의 대답이 돌아왔다.

"네, 사실입니다. 제가 곰신에게 치성드려 점지받은 딸입니다."

수벽이 다시 물었다.

"웅화당이 곰신을 만난 것은 어디입니까? 확인해야 하는 것이 제 일이니 노여워 마십시오."

웅신명이 대답했다.

"노여워하다니요. 저를 따라오시지요."

수벽은 웅신명의 뒤를 따라 일각을 걸었다. 주변에는 신성한 곳을 의미하는 밧줄이 여기저기 걸려 있었다. 아마도 일반 부족인이 들어오지 못하도록 조치한 것 같았다. 조금을 더 걷자 눈앞에 넓은 공간이 나왔다. 전체적으로 둥근 모양을 하고 있었는데, 깊이가 세 장 정도의 깎아지는 바위로 빙 둘러 있었다. 일부 바위는 사람이 깨어 부순 듯 자연에서 보기 어려운 모양을 하고 있었다.

그 아래쪽에는 마치 섬이 하나 있는 것처럼 물 위의 땅이 가운데 쪽으로만 있었다. 섬처럼 보이는 땅에는 나무와 풀 바위 등이 보였다. 웅신명이 바위틈을 손가락으로 가리켰다. 수벽은 그 끝을 보고 깜짝 놀라 소리를 지를 뻔했다. 그곳에는 갈색 털을 가진 곰신이 엎드려 자고 있었다. 웅신명이 말했다.

"어때요. 이제 설명이 되었을까요?"

놀란 수벽이 말했다.

"어떻게 곰신이 저런 곳에 있습니까? 저도 곰 엄마의 곰신 말고는 처음 봅니다."

웅신명이 말했다.

"확인이 되었을 테니, 돌아가 쉬시지요."

수벽은 곰 엄마의 예언에 명을 완수하게 되어 다행으로 생각했다. 길을 떠난 지 한 달도 되지 않아 임무를 완수하리라고는 상상하지 못해서 잠을 못 이루고 뒤척거렸다. 수벽은 하는 수 없이 달이라도 볼 양으로 밖으로 나와 하늘을 보며 산책을 했다. 그러다 인기척이 들려 자신도 모르게 나무 뒤로 숨었다.

목소리의 주인공은 웅신명이었다.

"오셨습니까? 요즘은 저를 찾는 것이 아주 뜸하시군요? 새로운 여자라도 생겼습니까?"

목소리가 굵은 중년의 남자가 말했다.

"미안하오. 내가 요즘 독수리인들 때문에 신명에게 소원했소. 알지 않소? 대웅의 자리가 어디 가만히 있을 수 있는 자리인가."

화난 듯한 웅신명이 말했다.

"괜찮습니다. 저도 화당의 일로 바쁘니, 다음에는 저를 찾지 마십시오."

놀란 대웅 웅조평이 말했다.

"화당에게 무슨 일이 있소? 화당이 어디 아프기라도 한 것이오?"

웅신명이 말했다.

"아니, 화당은 아프지 않습니다. 당신은 화당 덕에 대웅보다 대단해질 것이니, 얼마나 좋습니까?"

"그건 또 무슨 말이오. 말을 알아듣게 이야기를 해 줘야지…."

웅조평이 말하고 웅신명을 끌어당겨 안았다.

"무슨 짓이에요…. 누가 보면 어쩌려고…."

웅신명이 말하고 웅조평의 품으로 더 깊이 파고들었다.

웅조평이 웃으며 말했다.

"보기는 누가 본다고 그러오…. 하하하."

수벽은 나무 뒤에서 그들의 대화를 조용히 듣고 있었다.

능화는 자신의 무능력에 처음으로 좌절을 맛보았다. 벌써 다섯 달을 헤매고 다녔는데, 눈에 띄는 아이를 한 명도 찾지 못했다. 총명한 아이를 찾아도 곰을 만났다는 아이는 어디에도 없었다. 먼발치에서 곰을 보았다는 아이도 몇은 보았지만, 나이가 많거나 사내아이인 경우가 대부분이었다.

그날도 아무런 소득도 없이 길을 걷는데, 날이 저물기 시작하자 한숨이 나왔다. 넓은 평원 끝에 조그만 가죽집이 보였다. 능화는 안도의 숨을 쉬고 그곳으로 향했다. 가죽으로 만든 집 앞에 도착한 능화가 말했다.

"안에 누구 계십니까? 죄송하지만 하룻밤 신세를 져도 될까요?"

가죽으로 만든 문을 열고, 한 노인이 나와 말했다.

"이렇게 외진 곳에 어찌 혼자 다니는 것이오. 자, 안으로 들어요."

능화가 예의를 다해 감사를 표하며 말했다.

"감사합니다. 어르신, 저는 만수에서 온 웅능화라 합니다."

"이 늙은이는 웅학성(熊學成)이라 해요. 반갑습니다." 웅학성도 예의를 다하여 대답하며 다시 물었다.

"이곳은 곰의 땅에서도 꽤 외진 곳인데, 혼자의 몸으로 이곳에 있는 것이오? 길을 잃었소?"

능화가 대답했다.

"아닙니다, 웅학성 어르신. 사람을 찾아서, 곰의 땅 이곳저곳을 다니고 있습니다."

웅학성이 다시 물었다.

"사람을 찾아? 가족을 찾소?"

능화가 공손히 말했다.

"제 가족은 만수에 있습니다. 저는 예언에 따라 어린아이를 찾고 있습니다."

웅학성은 말린 고기 한 덩어리와 물 한 잔을 능화에게 주며 말했다.

"이 늙은이가 가진 것이 없어 줄 것이 이것뿐이니, 이해를 바라오. 자, 어서 들어요."

능화가 손사래를 치며 말했다.

"아닙니다. 춥지 않은 곳에서 쉬게 해 주시는 것으로도 충분한데, 먹을 것을 나눠 주시다니요. 저는 괜찮습니다."

웅학성은 기분이 좋은지 웃으며 말했다.

"사양하지 말고 먹어요. 내가 한 달 만에 사람을 만나서 반가워 그래요. 미안하다고 생각한다면 이 늙은이 말동무나 좀 해 주시오. 하하하."

능화가 고개를 숙여 감사를 표하고 말했다.

"그럼, 사양하지 않고 먹겠습니다. 감사합니다."

능화는 하루 종일 굶고 있던 터라 웅학성이 내어준 고기를 순식간에 먹어 치우고 물까지 한 번에 비워냈다. 그 모습을 흐뭇하게 지켜보던 웅학성이 말했다.

"먹는 모습이 사내라 해도 믿겠어요. 하하하."

쑥스러운 표정으로 능화는 웅학성을 바라보다 자신도 한바탕 웃었다. 얼마 만에 웃어 보는 것인지 능화는 기억나지 않았다. 그동안 예언의 아이를 찾으려고 밤낮을 다니다 보니 자신을 돌볼 여유가 없었다. 능화는 쌓였던 무엇인가가 해소됨을 느꼈다. 능화의 웃음이 끝나자 웅학성이 궁금해 물었다.

"예언의 아이를 찾는다는 것이 무슨 말이오?"

능화가 말했다.

"네, 곰 엄마의 명을 받아 곰을 만난 일곱 살 여자아이를 찾고 있습니다."

웅학성이 물었다.

"그 아이를 무엇 때문에 찾는 것이오?"

능화가 대답했다.

"그 아이가 새로운 곰 엄마의 후보자입니다."

웅학성은 놀라 눈을 크게 뜨고 말했다.

"그럼, 다음 시대를 이끌 엄마에 대한 예언이라는 것이오?"

웅학성의 많은 질문에 능화는 그동안에 있었던 일을 설명해 주었다. 능화의 이야기를 다 들은 웅학성이 말했다.

"그럼, 아직 예언의 아이를 찾지 못했소?"

능화가 한숨을 내쉬며 말했다.

"네. 제가 무능하여, 새로운 엄마가 될 분을 알아보지 못했습니다. 곧 겨울이 올 것인데, 어떻게 해야 할지 잘 모르겠습니다."

웅학성이 물었다.

"혹시 내가 도움을 좀 드려도 괜찮겠소?"

능화가 반문하여 물었다.

"네? 방법이 있을까요?"

웅학성은 흐뭇한 표정으로 말했다.

"내가 아이를 찾는 방법을 제시할 수는 없을 듯싶고, 다만 아이 하나를 추천하고 싶군. 이 늙은이가 자부하는 것이 평생 배움을 게을리하지 않았는데, 이 아이만큼 총명한 아이는 본 적이 없지. 곰을 만났는지는 알 수 없으나, 특별한 아이를 찾는다면, 곰의 땅에는 이런 아이는 없을 것이오."

능화도 얼굴이 환 해져서 대답했다.

"그런 아이가 있습니까? 제가 꼭 찾아가 보겠습니다. 어르신."

흐뭇한 표정에 기쁨을 담아 웅학성이 말했다.

"그 아이의 이름은 웅초홍(熊初虹)으로 일곱 살이고, 이곳에서 삼 일 거리에 살고 있지. 아버지는 웅진(熊盡)이고 어머니는 웅소만(熊昭滿). 위로 오라비가 하나 있는데, 웅교(熊矯)라 하고. 내가 웅초홍만큼 총명한 아이는 본 적이 없어, 내가 제자로 삼으려고 몇 날을 졸랐지만, 허락을 얻지 못했소. 그래서 내가 웅초홍의 집 옆에 내 집을 짓고 일 년을 살았지. 내가 알고 있는 것을 그 작은 것에게 알려 주었는데, 한 번 들은 것은 잊는 법이 없었지. 내가 어려운 문제를 제시하면 그 조그만 녀석이 명쾌한 답을 내어놓고는 했소."

다음 날 능화는 새벽부터 웅학성에게 작별을 고하고 길을 나섰다. 그렇게 몇 개월 만에 가벼운 발걸음으로 웅초홍이라는 아이에게 향했다.

2장

예언의 곰

초홍(初虹)은 화당과는 매우 다른 환경에 있었다. 호랑이인들과 접경을 이루는 동쪽 지역에서 태어났다. 부모는 곰인이지만 호랑이인들과 많은 왕래를 하며 살아가는 부모에게서 태어났다. 어려서부터 호랑이 경계 지역을 오가며 살았기에 집이라 할 것은 없고, 일부 가축을 몰고 가죽으로 만든 간이 집을 만들고 부수기를 반복하는 떠돌이 삶을 살고 있었다.

때로는 호랑이인들에게 얻은 것을 곰인들에게 전하고 곰인들의 것을 호랑이인들에게 전하는 일로 나름 풍족하지는 않으나 자식을 잘 키울 수 있는 부모이기는 했다. 초홍은 호랑이와 곰의 경계인 사방이 탁 트인 초원에서 태어났다. 비가 그치고 처음 나온 무지개가 신비로운 여러 색으로 물들어 가는 아름다울 때 태어났다.

그래서 초홍의 어머니는 아이의 이름을 초홍으로 지었다. 초홍은 둘째였는데, 위로 다섯 살이 많은 오빠가 하나 있었다. 초홍은 어릴 때부터 매우 영특한 아이였다. 다른 아이들보다 말도 빨리하고 배움이 빨랐다. 부모를 따라 여러 곳을 다니며 그곳의 나무와 풀 한 포기도 모두 기억하는 아이였다. 언제나 궁금증이 많아 지나치는 사람들에게 말을 걸고 그 사람들의 이야기를 듣고는 했다.

만나는 이들 모두는 초홍의 영특함과 친화력에 녹아내리기 일쑤로, 헤어질 때는 아쉬움에 과일이나 고기를 주고 가는 일이 흔했다. 가끔은 처음 보는 반짝이는 돌, 식물, 심지어 가축을 주는 사람도 있었다. 초홍은 만나는 모든 사람의 지혜를 빨아들이는 아이였다. 가족과 이동하는 삶은 이런 초홍에게는 너무나도 만족감을 주었다.

초홍이 여섯 살일 때 나이 지긋한 곰인 선생 하나가 초홍의 총명함에 반해서 제자로 거두길 희망하며 가족과 이레를 동반하며 조르기도 했다. 초홍이 제자 되기를 싫어하자, 이 선생은 꼬박 일 년을 초홍의 가족 옆에서 생활하며 초홍에게 자신의 지혜를 나누어 주었다. 선생이 떠나는 날은 더 없이 아쉬워하기도 했다. 초홍의 가족은 이동도 많았다.

초홍은 해를 많이 보고 초원을 달리며 자라서일까, 계집아이지만 얼굴도 까무잡잡했다. 초원의 삶이 그렇듯 머리는 산발하여 정리가 잘 되지 못했다. 가죽을 여기저기 덧붙여 만든 옷을 입고 있어, 자칫하면 사내아이라 해도 믿을 것 같은 얼굴이었다. 눈에 띄는 것은 두 눈이었다. 크고 동그란 눈은 검은자위가 너무나 진했다. 흰자위 또한 하얀 것이, 강렬하게 반짝이는 총명한 눈이었다. 모든 생명이 눈에 담긴 아이였다.

초홍은 아버지의 손을 잡고 걸었다. 항상 숲이 너무 좋았다. 커다란 나무와 풀벌레 소리와 이름 모를 새들의 소리는 궁금증이 많은 초홍에게는 신비한 세계였다. 조그만 토끼 한 마리, 다람쥐가 뛰는 모습에도 초홍은 두 눈을 반짝이며 지켜보았다. 운이 좋게 사슴이 뛰는 모습이라도 보면, 좋아서 위아래로 뛰었다.

하늘 높이 날아다니는 새들을 보는 것만으로도 시간 가는 줄 몰랐다. 숲 한가운데에서 맡을 수 있는 향기와 바위틈을 흐르는 물소리도 좋았다. 초홍은 아직까지 먼발치에서도 곰을 본 적은 없었다. 곰의 땅에 살면서 곰족의 일원으로 교육받은 총명한 초홍이기에 가까운 곳에서 곰을 보기를 소망했다. 어른들이 설명하는 곰의 모습은 총명한 초홍조차 상상만으로는 그려 내기 쉽지 않았다.

초홍은 곰이 무섭다는 것을 알고 있어, 만져보거나 가까이에서 보기를 바란 것은 아니었다. 다만, 먼발치에서 스치듯 보기를 바랐다. 초홍은 아버지의 손을 꼭 잡고 주위를 보며, 혹시 지나치는 곰이 있을까 주변을 두리번거렸다.

초홍이 아버지를 우러러보며 말했다.

"곰신이 있으면 꼭 말씀해 주세요."

아버지가 말했다.

"곰신을 보기는 쉽지 않아, 너도 알고 있지?"

야무진 얼굴로 초홍이 대답했다.

"네. 알고 있어요. 하지만 오늘은 꼭 볼 수 있을 것 같아요."

인자한 표정으로 아버지가 말했다.

"그래, 아버지도 볼 수 있으면 좋겠다. 그런데 곰신을 보면 무서워서 초홍이가 소리를 지를까 걱정이구나."

다부진 표정으로 초홍이 말했다.

"아니요. 걱정하지 마세요. 저는 겁나지 않아요."

초홍과 아버지가 일각쯤 걸어 물가가 멀지 않은 숲의 끝자락에 도착했다. 아버지는 발걸음을 멈추고 바위 절벽 아래쪽을 조용히 살폈다. 아버지가 있는 바위 절벽은 사람 키의 다섯 배가 되는 높이였다. 아버지는 자세를 낮추고 있었다. 아버지의 뒤로 몇 발짝 떨어져 있던 초홍은 조용히 서 있었다.

아버지는 초홍이 있는 방향으로 고개를 돌리고 입으로 손가락을 가져가 조용히 하라는 신호를 했다. 초홍은 아버지의 의도를 알고 말없이 아버지에게 갔다. 아버지는 바위에 완전히 엎드렸다. 초홍도 아버지를 따라 조용히 엎드렸다. 초홍이 엎드리자, 아버지는 손가락으로 아래를 가리켰다.

초홍은 아버지의 손을 따라 아래로 시선을 옮겼다. 초홍은 눈이 둥그레져 아버지 쪽을 돌아보았다. 그러자 아버지가 '곰'이라는 입 모양을 만들고 소리는 내지 않았다. 초홍은 다시 눈이 커다래져서는 빠르게 아래쪽으로 시선을 돌렸다. 초홍은 태어나 처음으로 곰을 보게 되었다. 어른들의 말을 상상으로 떠올렸던 곰의 모습보다 귀엽다고 생각했다.

잠시 곰을 내려다보던 초홍이 아버지를 보려고 고개를 돌리는데, 아버지가 초홍의 입을 손으로 막았다. 초홍은 놀라서 아버지를 보았다. 아버지는 손가락으로 다른 곳을 가리키고 있었다. 초홍이 아버지의 손가락을 따라 시선을 바꾸었다. 초홍이 처음 보는 커다란 동물이 조심스럽게 곰을 바라보고 있었다.

아직 곰은 그 동물을 보지 못한 것 같았다. 거리가 가깝지 않아서 곰은 알아채지 못한 것 같았다. 초홍은 곰과 커다란 동물을 번갈아 쳐다보고 있었다. 갑자기 숲을 헤치고 커다란 동물이 곰에게 뛰어갔다. 곰도 이번에는 소리를 들었는지 뛰어오는 커다란 동물을 보고 놀라서 바위 쪽으로 급하게 뛰었다.

　이제 태어난 지 일 년쯤 되었을 어린 곰은 바위틈으로 숨어들었다. 이 어린 수컷 곰은 털이 진한 갈색이라 검은색으로 오인할 수도 있을 정도였다. 이 어린 곰은 태어나서 처음으로 생명의 위협을 느끼고 있었다. 한 번도 보지 못한 동물이 곰이 숨은 바위틈을 노려보고 있었다.

　곰을 보고 있는 동물은 검은색 줄무늬가 뚜렷한 커다란 호랑이였다. 어린 곰은 어미 곰의 크기만 한 동물을 처음 보았기에 겁에 질려, 본능적으로 털이 곤두서 있음을 느끼고 있었다. 호랑이는 몇 번을 좌우로 왔다 갔다 했다. 그리고 갑자기 바위틈으로 발톱을 세운 앞발을 넣어 휘저었다.

　휘젓는 발톱 끝에 무언가 걸린다면 단번에 잡아챌 기세였다. 어린 곰은 최대한 몸을 뒤쪽으로 보내서 발톱에 잡히지 않으려고 애를 쓰고 있었다. 호랑이는 바위틈에 얼굴을 넣고 하얀 송곳니를 드러내 무섭게 '으르렁'거린다.

　초홍은 놀란 토끼 눈을 하고 아버지를 바라다보았다. 아버지는 초홍이 놀랄까 싶어 자신의 품으로 초홍을 끌어당겨 안았다. 초홍은 아버지 품에 있자 안심이 되었다. 초홍은 다시 곰이 숨어든 바위로 시선을 옮겼다. 호랑이는 여전히 곰이 숨은 바위틈에 앞발을 넣어 휘젓고 있었다. 호랑이의 화난 으르렁 소리가 사방으로 흩어졌다. 초홍은 호랑이의 울음소리에 심장이 심하게 뛰었다. 아버지가 초홍의 귀에 속삭였다.

　"저게 호랑이야."

　초홍은 아버지의 말을 듣고 그제야 호랑이를 알아보았다. 그런데 초홍은 이상하다 생각했다. 어른들의 말에 의하면 곰은 세상의 어떤 동물보다 크다고 했는데, 호랑이보다 훨씬 작은 것이 이상했다. 아버지가 입을 막고 있어서 물어볼 수는 없고 초홍은 답답하게 바라보고 있었다. 일각의 시간이 쏜

살같이 지나가고 갑자기 커다란 그림자가 호랑이를 향해 덮쳐 나왔다.

초홍이 놀라 몸을 크게 움찔하여, 아버지는 초홍을 더 꽉 안았다. 초홍이 감았던 눈을 떠 보니 커다란 곰이 호랑이와 엉켜서 다투고 있었다. 초홍은 그 모습을 보고 바위틈에 있는 곰이 싸우고 있는 곰의 새끼라는 것을 알 수 있었다. 초홍은 자신이 품었던 의문을 그제야 풀 수가 있었다.

곰은 호랑이보다 결코 작지 않았다. 두 맹수가 엉켜 소리를 지르며 싸우자 주변에는 흙먼지가 날리고, 초홍은 마치 딴 세상에 온 듯 좀 전의 공포감이 사라졌다. 두 마리 맹수의 싸움은 한 치의 양보도 없이 계속되었다. 호랑이가 앞발을 날리자 곰도 지지 않고 앞발을 날렸다. 드러난 맹수들의 하얀 이빨은 상대를 위협하기에 충분한 위용을 가지고 있었다. 날카로운 눈빛의 살기와 어우러져 누구의 우세를 점치기 어려운 상황으로 싸움이 흘렀다.

곰이 자리에서 벌떡 일어서 앞발을 치켜들자 덩치가 두 배는 되는 것 같았다. 호랑이도 이에 질세라 같이 앞발을 들고 똑바로 서자 두 맹수의 크기가 주변을 압도했다. 호랑이가 앞발을 빠르게 휘저어 쳤다. 곰은 이 공격에 두 군데나 깊은 상처가 생겼다. 날카로운 호랑이의 발톱에 당한 것이다. 하지만 곰도 오른쪽 발톱을 호랑이에게 뿌렸다. 호랑이는 재빠르게 피하려 했지만 결국 곰에게 등을 물렸다.

그렇게 호랑이는 옆으로 떨어졌다가 재빠르게 일어나 싸울 자세를 취했다. 호랑이도 상처가 심했는지 덤벼들지 못하고 곰의 주위를 서성였다. 곰이 다시 일어서자 호랑이는 곰을 물려고 뛰어올랐다. 하지만 곰의 두발이 호랑이 몸에 먼저 맞았다. 호랑이는 땅바닥에 처박혔다. 곰이 쓰러진 호랑이를 물려고 덤벼들자, 호랑이는 빠르게 자세를 고쳐서 곰의 목을 물었다.

곰은 순간적인 차이를 이기지 못하고 치명적인 곳을 물려 움직이지 못한 채 힘으로 버티고 섰다. 안타까운 시간이 지나고 있는데 바위틈에서 이 모습을 지켜보던 어린 곰이 호랑이에게 뛰었다. 호랑이가 어미 곰의 목을 물고 있어서 어쩌지 못하는 찰나에 어린 곰이 호랑이의 뒷다리를 있는 힘껏 물었다. 호랑이는 놀라서 어미 곰을 물었던 이빨을 풀고 어린 곰에게 앞발을 휘둘렀다.

호랑이의 긴 발톱은 어린 곰의 어깨를 깊숙이 스쳐 지나갔다. 어린 곰은 물었던 이빨을 놓치고 옆쪽으로 굴러 넘어졌다. 충격이 컸는지 일어서지 못했다. 호랑이가 어린 곰을 물려고 하자 뒤에 있던 어미 곰이 호랑이의 옆구리에 커다란 발톱을 박아 넣었다.

얼마나 강했던지 곰의 발이 지나간 곳으로 빨간 피가 순식간에 흐르기 시작했다. 호랑이는 놀라서 옆으로 뛰었다. 하지만 어미 곰은 호랑이를 쫓아 입을 크게 벌렸다. 다음 순간 곰의 이빨이 호랑이의 등가죽을 파고들며, 호랑이의 몸을 앞다리로 잡았다. 하지만 호랑이도 만만한 상대가 아니었다. 등의 살가죽이 뜯겨 나가는 중에도 다시 고개를 돌려 곰의 목을 물었다.

호랑이의 이빨이 다시 곰에 목을 뚫고 들어갔다. 어미 곰은 목을 물린 상태에서도 앞발의 발톱을 세워서 끝없이 호랑이의 몸에 상처를 내었다. 호랑이는 온몸에 피가 흘러 떨어졌다. 그래도 호랑이는 한 번 문 곰의 목을 놓지 않았다. 호랑이의 복부에는 창자가 보일 정도로 큰 상처를 입은 곳도 있었다.

일각이나 이런 상태가 지속되자 두 맹수는 더 이상 힘을 쓸 수 없었다. 호랑이는 물었던 목에서 이빨을 빼고, 곰도 더 이상 앞발을 휘젓지 않았다. 호랑이는 뒷걸음을 쳐서 거리를 확보하고 곰의 눈치를 살피다가 뒤

돌아 사라졌다. 호랑이가 서 있던 자리에는 호랑이의 피가 흥건하게 남아 있었다. 어미 곰은 힘이 다했는지 자리에 풀썩 앉았다. 그러고는 다시 옆으로 넘어져 급한 숨을 쉬고 있었다.

어린 곰은 언제 일어났는지 앞다리를 절며 어미에게 걸어갔다. 어미의 가쁜 숨을 알아보았는지 어미의 얼굴에 자신의 얼굴을 가까이하고 미동도 없이 서 있었다. 일각이 채 지나지도 않았는데, 어미의 가쁜 숨은 사라진 지 오래되었다. 어린 곰은 절뚝거리면서 어미의 이곳저곳을 건드리거나 핥았다. 얼마쯤 같은 행동을 반복하던 어린 곰은 다리가 아픈지 어미 곁에 누워 움직이지 않았다.

초홍의 아버지는 일어서서 창을 잡았다. 그러고는 초홍을 데리고 절벽을 돌아 아래로 내려갔다. 초홍의 아버지는 곰이 쓰러져 있는 근처에 다다라서는 초홍을 바위 뒤에 숨기고 초홍을 향해 말했다.

"위험하니, 따르지 말아라."

말을 마친 초홍의 아버지는 조심스럽게 곰에게 향했다. 초홍의 아버지가 보니 어미 곰은 죽은 것이 분명했다. 어린 곰은 초홍의 아버지를 보고도 아무런 반응 없이 엎드려 있었다. 부상이 심하여 움직이지 못하는 것 같았다. 초홍의 아버지가 품속을 뒤져 약을 꺼내 들고 있는데, 언제 왔는지 초홍이 어린 곰을 바라보고 있었다. 초홍의 아버지가 가벼운 한숨을 쉬고 말했다.

"위험하니 그곳에 있으라 하지 않았니…."

초홍이 물었다.

"아버지, 어린 곰신도 죽어요?"

초홍의 아버지가 대답했다.

"글쎄. 상처가 깊구나…. 치료한다고 해도 어미를 잃었으니, 어떻게 될지 알 수가 없구나…. 운이 좋다면 살 수도 있을 것이다."

초홍이 말했다.

"곰신을 꼭 살려 주세요."

어린 곰의 치료를 마친 초홍의 아버지는 어미 곰의 사체 위에 돌을 옮겨와 하나씩 쌓아 덮었다. 그리고 초홍과 함께 간단한 제를 올렸다.

초홍과 아버지는 곰의 상처에 약을 바르고, 곰이 먹을 고기와 열매를 모아 반년을 돌봤다. 죽은 어미 곰을 대신하여 지극 정성을 다했다. 정성 때문이었을까. 상처가 깊었지만, 다행히 어린 곰은 빠르게 좋아졌다. 다만 호랑이의 발톱에 떨어져 나간 곳은 흉터가 남을 것이 분명했다. 곰은 상처가 낫고 곧 겨울잠에 들어야 해서인지, 엄청난 먹성으로 닥치는 대로 먹었다. 곰은 치료를 받은 후부터 경계심을 풀고 초홍과 아버지의 손길을 피하지 않았다. 초홍은 조심스럽게 곰을 안았다. 곰은 몸을 움직이지 않고 가만히 있었다. 초홍은 아버지를 돌아보며 웃었다.

초홍과 아버지는 곰의 상처에 바를 약과 사슴 다리를 하나 가지고 어린 곰이 있는 곳으로 발길을 옮겼다. 그런데 어미 곰이 죽은 무덤 옆에서 항상 누워 있던 어린 곰의 모습은 보이지 않았다. 초홍은 섭섭한 마음을 감출 수 없었다. 초홍의 아버지가 말했다.

"어린 곰신은 겨울잠을 자기 위해 몸을 숨겼을 것이니 너무 서운해 말아라. 내년 봄에 살아 있기를 기도해 보자."

초홍은 아버지의 말을 이해했지만 섭섭함을 감출 수는 없었.

능화는 시간이 촉박한데 자신은 곰의 땅 끝자락에 와 있어 자신도 앞으로 어떻게 해야 할지 답답할 뿐이었다. 호랑이 땅과 가까운 이곳에서는 사람을 찾으려면 한참을 헤매야 했다. 일곱 살 아이는 둘째 치고 사람의 그림자도 찾기 어려운 곳이었다. 웅학성 어른의 말만 듣고 이곳으로 온 자신이 한심하다는 생각이 들었다.

마음은 급한데 잘 곳을 찾기 어려워 노숙하며 잠도 잘 못 자고 먹지도 못하고 걸었더니, 능화는 몸이 좋지 못했다. 몇 개월간 고생한 탓이었다. 온몸에 열이 나고 기운이 하나도 없었다. 결국 눈앞이 흐려지고 온몸에 힘이 빠져나가면서 쓰러지고 말았다.

능화가 정신을 차리고 눈을 떴을 때는 모닥불가에 누워 짐승의 가죽을 덮고 있었다. 능화는 깜짝 놀라 일어나 앉았다. 하지만 어지러움으로 시야에 초점이 맞지 않았다. 고개를 좌우로 흔들어 정신을 차리려 애를 썼다. 겨우 눈을 뜨자 능화의 앞에 어떤 소년이 가죽으로 된 물주머니를 내밀고 있었다. 능화는 상황을 판단하려 잠시 물주머니와 소년을 번갈아 쳐다보았다.

소년은 열두세 살쯤 되어 보였는데 얼굴은 어려 보였지만, 키는 어른만 한 것이 잘생긴 미소년이었다. 물주머니를 쥔 소년이 말했다.

"괜찮아요? 이거 물이니 마셔요. 이렇게 외진 곳에 쓰러져 있으면 죽을 수도 있어요. 호랑이의 땅으로 가시는 분인가요?"

능화는 대답하지 않고 소년이 내미는 물주머니를 받아 물을 마셨다. 물을 마시니 정신이 또렷해졌다.

능화가 물었다.

"고마워요. 어떻게 된 거죠?"

소년이 대답하며 손에 든 말린 고기를 내밀었다.

"두 시진 전에 여기 쓰러져 계신 것을 제가 발견했어요."

능화는 소년이 주는 말린 고기를 받아 들었다. 그러자 소년이 말했다.

"여기는 밤에는 상당히 추워요. 잘못하면 얼어 죽을 수 있어요. 야수도 많아서 위험해요. 어디로 가시는 분이죠? 호랑이 땅으로 가세요?"

"아니요. 호랑이 땅으로 가려는 것은 아니고, 사람을 찾고 있어요." 능화는 대답하고 고기를 찢어 입에 넣었다.

능화는 목으로 음식이 넘어가자 살 것 같았다. 능화는 소년을 향해 말했다.

"음식을 나눠 줘서 고마워요."

소년이 물었다.

"어떤 사람을 찾는데요?"

능화가 답했다.

"일곱 살 먹은 여자아이를 찾고 있어요."

소년이 다시 물었다.

"그 아이를 찾는 이유가 뭐죠?"

능화가 대답했다.

"예언의 아이를 찾고 있어요."

소년이 놀란 눈으로 되물었다.

"예언이요?"

능화가 설명했다.

"곰의 엄마가 될 아이에 대한 예언으로 이곳까지 왔어요."

소년이 무심한 듯 말했다.

"이 근방에는 일곱 살 여자아이는 제 동생밖에는 없어요. 근처에 아이는 살고 있지 않아요."

능화는 두 눈이 커다랗게 변해서는 소년에게 물었다.

"네 동생이 이름이 웅초홍이야? 아버지가 웅진이고… 어머니는 웅소만…?"

놀란 소년이 물었다.

"제 동생과 아버지, 어머니의 이름을 어찌 알고 계시죠?"

능화가 물었다.

"그럼, 네 이름이 웅교야?"

소년 웅교가 놀란 표정으로 말했다.

"어찌…제 이름도 알고 계시죠…?"

능화는 표정이 한층 밝아져서 웅교에게 말했다.

"웅초홍이 있는 곳으로 나를 데려가 주겠어요."

능화는 웅교에게 예언과 자신의 여정에 관해 이야기하며, 초홍의 집을 향해 한 시진을 걸었다. 초원의 한복판에 덩그러니, 웅초홍의 집이 있었다.

초홍의 집 앞에는 걱정의 표정으로 웅소만이 아들을 기다리고 서 있었다. 아들이 젊은 여자와 걸어오는 것을 보고 웅소만은 놀란 표정을 하고 있었다. 웅소만은 남편을 불렀다. 웅진과 웅초홍이 집에서 나와 능화와 웅교가 같이 오는 것을 보고 웅소만을 번갈아 바라보고 서 있었다.

웅교가 말했다.

"다녀왔습니다. 제가 늦어 걱정하셨지요."

웅소만이 웅교를 보고 말했다.

"아니다. 옆에 분은 누구시지?"

"네. 이분은…."

웅교가 대답하려는 데, 능화가 끼어들어 말했다.

"처음 뵙겠습니다. 만수에서 온 웅능화라 합니다."

"웅소만입니다."

"웅진입니다."

"저는 웅초홍입니다."

능화가 말했다.

"이분이 웅초홍 님이군요. 듣던 대로 특별함을 알겠습니다. 저같이 아둔한 자도 첫눈에 귀한 분으로 보입니다."

능화는 웅초홍의 얼굴을 자세히 보았다. 웅학성의 설명대로 얼굴은 까무잡잡하고, 초원의 삶이 그렇듯 머리는 산발하여 정리가 되지 못했고, 가죽을 여기저기 덧붙여 만든 옷을 입고 있어 귀한 옷차림도 아니었다. 게다가 꾸미지 않아 마치 사내아이 같았다.

하지만 웅학성의 말처럼 눈에 띄는 것은 두 눈이었다. 크고 동그란 눈은 검은 눈동자가 진한 것이 눈에 별을 박아 넣은 듯했다. 반짝이는 강렬하고 총명한 눈을 가지고 있었다. 웅학성의 말처럼 모든 생명과 총명함이 눈에 있는 아이였다. 능화는 수벽이 말했던 것을 이해할 수 있었다.

엄마가 될 아이는 특별함을 가지고 있어서, 한눈에 알아볼 수 있을 거라고 했다. 능화는 만수를 떠나온 이후로 많은 아이를 보았지만, 웅초홍같이 특별한 아이는 본 적이 없었다. 능화는 예언의 말을 웅초홍의 가족에게 전달했다. 말을 다 듣고 초홍의 아버지 웅진이 말했다.

"제 딸을 추천한 것이 웅학성 어르신이라는 말씀이군요. 하지만 제 딸은 찾으시는 새로운 엄마의 재목이 되지 못합니다."

놀란 능화가 빠르게 물었다.

"혹시 웅초홍 님이 곰신을 만난 적이 없었습니까?"

웅초홍이 대답했다.

"저는 곰신을 만난 적이 있어요."

능화는 초홍의 대답을 듣고 얼굴 전체가 환해져서 말했다.

"내 그럴 줄 알았습니다. 틀림없이 새로운 곰신의 수호자가 되실 분입니다. 하하하."

웅진이 다시 한번 힘주어 말했다.

"역대 곰의 엄마는 주술과 예언의 능력을 갖추고 있는데, 제 딸은 그런 능력이 없습니다."

웅소만이 남편을 거들어 말했다.

"그리고 저희는 딸을 귀하게 키우지 못했습니다. 그런 귀한 자리에 오르실 분이라면, 저희를 부모로 태어나지는 않았을 것입니다."

능화가 말했다.

"따님이 총명한 것은 알고 계시지 않습니까? 웅학성 어른처럼 해안을 가진 분이 추천할 정도로 따님의 총명함은 알고 계시지 않습니까?"

웅진이 설명했다.

"네. 저희도 제 딸이 어떤 아이보다 총명한 것은 알고 있습니다. 이제 일곱 살인데 저보다 많은 것을 알고 있고, 한 번 본 것이나 들은 것을 모두 기억할 만큼 머리가 좋습니다. 그러나 곰의 엄마가 총명하다고 되는 자리는 아니지 않습니까?"

능화는 아무리 설득하려 해도 딱히 초홍의 부모를 납득시킬 만한 무엇도 떠오르지 않았다. 능화는 오히려 신기한 생각이 들었다. 자신이 엄마의 예언을 듣고 소임을 받아 아이를 찾아다닌 이후 이렇듯 확신이 드는 경우는 한 번도 없었다. 초홍이 곰신을 보지 못했다고 하더라도 자신은 초홍이 예언의 아이라는 확신을 놓지 못할 것 같았다.

능화는 자신이 누군가를 알아보는 능력이 있지 않음을 잘 알고 있었다. 똑똑하지 못해 사람을 구별하는 능력을 갖추지 못한 것도 알고 있었다. 그래서 그런 사람들과 반대에 있는 사람이라는 것을 누구보다 잘 알았다. 하지만 능화는 초홍에 대해 본능적으로 확신했다. 그리고 그 확신을 누구에게도 설명할 수가 없어 답답했다.

능화는 머릿속에 떠오른 말을 했다.

"다음 우리 웅족의 곰신은 네 개의 표식을 가졌다. 그 곰신의 수호자를 찾아라. 지금 수호자의 나이는 일곱 살이다. 그 아이는 이미 그의 곰을 만났다. 아이가 다시 곰을 만났을 때, 그 아이는 곰의 엄마가 될 것이다. 이것이 엄마의 예언 내용입니다. 어떻게 생각하세요?"

웅초홍의 부모가 무슨 말을 하기도 전에 웅초홍이 말했다.

"아버지, 어머니. 웅능화 님이 말씀하신 예언의 사람은 제가 맞는 것 같아요. 이유를 말씀드리면, 예언 어디에도 주술과 예언을 해야 한다는 내용이 없어요. 그리고 곰신을 만난 일곱 살 아이는 곰의 땅에 많이 있을 수 없어요. 곰을 만난다는 것은 쉬운 일이 아니에요. 제가 예언의 수호자인지는 알 수 없지만 예언의 자격을 가진 것은 맞습니다."

웅능화와 초홍의 부모 그리고 웅교는 웅초홍의 설명에 할 말이 없어, 서로를 번갈아 바라볼 뿐이었다. 능화는 초홍의 총명함에 다시 한번 확신의 마음이 들었다.

다음 날 능화는 자신의 본분을 다하기 위해 웅진과 웅교를 따라 곰신이 묻힌 곳으로 향했다. 겨울잠을 자러 사라진 곰을 찾을 수는 없으니, 어미 곰의 무덤을 확인하는 것으로도 충분히 초홍이 곰신을 만났던 확인할 수 있다고 능화는 생각했다. 돌무덤에 도착한 세 사람은 간단한 제를 올린 후 돌무덤의 돌을 몇 개 치웠다. 잠시 후 곰의 앞발이 무덤에서 보이자, 능화는 돌을 다시 그 위에 쌓았다. 다 쌓은 능화가 웅진과 웅교를 보고 말했다.

"모두 확인했습니다. 웅초홍 님은 틀림없이 곰의 엄마입니다. 제가 모시고 만수로 가겠습니다."

수벽은 삼 개월간 주원에 더 머물러 있었다. 엄마의 예언에 한 치의 모자람도 없는 화당을 만났는데, 수벽은 주원이 돌아가는 상황을 파악하고서 머릿속으로 혼란함을 느끼고 있었다. 화당은 어리지만 웅신명을 닮아 주술과 예언의 힘을 강하게 가지고 있었다. 예언을 빼고도 가진 것으로 엄마가 되기에 충분한 자질을 갖추었다. 모든 조각이 한 치의 오차도 허용하지 않고 맞는 완벽함에 수벽은 오히려 불안한 감정을 느끼고 있었다.

인위적으로 만든 것 같은 완벽함. 이것이 수벽을 불안하게 했다. 그리고 자신에게 기회라는 것이 왔음을 느꼈다. 수벽은 처음 주원에 도착한 그날 밤을 떠올렸다. 잠이 오지 않아 밖으로 향했다가 웅신명과 웅조평의 부적절한 상황을 보았던 일이 머릿속을 떠나지 않았다. 지난 삼 개월간 수벽은 웅신명과 웅조평이 몰래 만나는 것을 두 번을 더 보았다.

주원에 가장 강력한 힘을 가진 대웅 웅조평이 자기 아내를 놓아두고 웅신명과 부적절하게 연결된 것이 수벽은 믿기 힘들었다. 웅화당을 곰신의 점지로 아버지 없이 나왔다는 웅신명의 말을 수벽은 의심하고 있었다. 만약 웅조평이 웅화당의 아버지라고 가정하면, 이 일은 대단히 심각한 일이었다.

곰의 엄마는 어떠한 흠결이 있어서도 안 된다. 수벽은 자신이 이 일을 덮는다면 아무도 알지 못한다는 것을 잘 알았다. 하지만 수벽 자신에게는 어떠한 이득도 없었다. 반대로 모두에게 이 사실을 알린다면 웅화당은 곰인들의 손가락질을 받을 것이었다. 이는 예언의 엄마가 된다고 하여도 곰인들을 잘 이끌기 어려워진다. 이 또한 수벽은 얻을 것이 없었다.

생각이 여기에 미치자 수벽은 자신이 생각을 고쳐먹으면 주원 땅의 힘을 마음대로 주무를 수 있다고 생각하게 되었다. 웅수벽은 웅신명과 할 이야기가 많다는 것을 알았다. 수벽과 웅신명은 다음 날 한 시진을 심각하게 이야기했다. 수벽은 이야기를 끝내고 나오며 입가에 미소를 지었다.

수벽은 웅화당을 데리고 만수에 도착했다. 아직 가을이 오지도 않았는데, 수벽이 새로운 엄마를 데려오자, 만수의 사람들은 기쁨과 궁금함에 거리로 나와 화당의 얼굴을 보려고 모여들었다. 화당은 이미 만수에 이름이 알려져 보는 이들은 모두 칭찬하기에 여념이 없었다. 소문은 만수뿐 아니라 곰의 땅 여러 곳으로 순식간에 퍼져 나갔다.

수벽이 화당을 데리고 곰의 엄마에게 나아갔다. 이른 시간에 화당을 데려온 것을 본 곰의 엄마가 말했다.

"수벽, 그동안 고생이 많았다. 곰의 수호자를 빨리 찾았구나. 데려온 아이에 대해 말해 보거라."

수벽은 화당과 함께 엄마에게 예를 취하고 말했다.

"엄마의 보살핌으로 예언의 아이를 데려왔습니다. 주원 땅 웅신명의 딸 웅화당이라 합니다. 이미 예언의 아이는 그의 곰신을 만났으며, 제가 곰신을 확인했습니다."

곰의 엄마가 미소를 짓고 말했다.

"그래, 잘했구나. 그 아이에게서 예언과 주술의 힘이 느껴진다. 자격이 충분한 아이다. 수고가 많았다, 수벽. 다만 아직 능화가 예언의 아이를 데려오지 않았으니, 그때까지 너는 화당이라는 그 아이를 잘 가르쳐 곰의 수호자가 될 수 있도록 하여라."

수벽이 대답했다.

"감사합니다, 엄마. 명 받들겠습니다."

능화는 초홍을 데리고 양수에 도착했다. 동쪽의 오지를 어린아이와 넘어오기엔 능화도 매우 힘들었다. 초홍이 또래보다는 잘 따랐지만, 시간도 오래 걸렸다. 초홍의 얼굴은 집을 떠날 때보다 훨씬 더 초췌한 몰골을 하고 있었다. 겨울이 얼마 남지 않아 능화는 늦장을 피울 수 없어 더욱 발걸음을 빨리했다. 어른도 힘들다고 투덜거릴 거리를 걸으면서도 초홍은 능화에게 힘든 내색은 하지 않았다.

하지만 아이의 표정에서 능화는 초홍이 참고 있음을 잘 알았다. 그런 모습을 볼 때면 능화는 초홍이 다음 시대의 엄마가 맞다는 생각이 더욱 확고해졌다. 양수에 도착하자, 능화는 수벽에 대한 소문을 들었다. 수벽이 웅화당이라는 아이를 만수에 데려왔는데, 예언의 아이와 똑같다는 것이었다. 모든 사람이 마음에 쏙 들어 한다고 했다. 능화는 신경을 쓰지 않으려 했지만, 속으로 힘이 빠지는 것은 어쩔 수 없었다. 능화의 속을 읽었는지 초홍이 말했다.

"제가 열심히 하겠으니, 다른 걱정은 하지 마세요."

능화는 초홍에게 미안한 마음을 갖고 말했다.

"난 웅초홍 님이 우리 곰인의 엄마라고 확신합니다. 다시 지금 같은 마음을 품는 일은 추호도 없을 것입니다."

만수에 도착한 능화와 초홍의 모습에 사람들은 화당과 비교했다. 화당은 귀한 옷차림에 예쁜 얼굴을 하고 있었는데, 초홍은 먼지를 뒤집어쓰고 낡은 옷을 입은 대조적인 모습에, 흙먼지에 얼굴도 예뻐 보이지 않았다. 사람들은 화당이 곰의 엄마가 될 거라는 소문을 만들어 퍼트렸다. 능화와 초홍이 만수에 도착한 것은 아직 겨울을 며칠 앞둔 날이었다. 두 사람은 곰의 엄마를 알현하러 엄마에게 갔다. 엄마는 능화의 모습에 깜짝 놀라 말했다.

"아니, 능화야. 얼마나 고생을 했기에…! 네 얼굴을 못 알아보겠구나. 어디를 다녀온 것이냐?"

능화와 초홍은 엄마에게 예를 다하여 인사를 하며 말했다.

"엄마가 명하신 임무를 완수하고, 늦은 안부의 인사를 여쭙겠습니다. 제가 데려온 예언의 아이는 호랑이 땅과 경계에 살고 있는 웅진과 웅소만의 딸 웅초홍이라 합니다. 예언의 곰신을 만난 아이입니다."

곰의 엄마가 말했다.

"웅초홍, 참으로 총명한 기운을 가졌구나. 귀한 아이다. 웅족에 많은 이익을 줄 아이다. 내가 기다리기를 참 잘했구나. 고생이 많았다, 능화. 다른 곰의 수호자 아이와 경쟁하게 될 것이다. 잘 준비하거라."

능화가 대답했다.

"네, 알겠습니다. 명 받들겠습니다."

초홍이 만수에 도착하여 목욕과 머리를 단장하고 새 옷으로 갈아입으니, 초원의 사내아이 같은 모습은 온데간데없이 사라졌다. 턱선이 부드럽고 온화한 풍모에 총명하고 큰 눈, 여전히 피부는 햇볕에 그을린 채였지만 예쁜 아이였다. 특히 미소 짓거나 웃는 표정은 사람들을 기분 좋게 하는 매력을 가지고 있었다.

만수에 와서도 발휘된 친화력은 모두가 놀랄 정도였다. 만수처럼 큰 곳은 처음이었으므로 호기심 많은 초홍에게는 또 다른 기쁨을 주었다. 초홍은 신기하고 배울 것들이 많은 만수를 점점 더 좋아하게 됐다.

3장

멧돼지의 땅

화당과 초홍은 일곱 살의 나이에 곰신에게 선택되어 이곳 만수로 오게 되었다. 이들은 만수에서 곰의 엄마가 되기 위해 곰신에게 제를 올리는 방법을 배웠고, 부족을 다스리기 위한 소양을 쌓았으며, 용사들을 지휘하는 방법과 필요한 예법을 공부했다. 그렇게 아홉 해가 지나 그들은 성인이 되었다.
　화당은 여전히 차가운 분위기를 풍기지만 절세의 미녀로 성장해 있었다. 성격도 변함없이 조용하고 조신함을 잃지 않은 숙녀 같았다. 화당은 어릴 때부터 어른들이 어려워하도록 행동했다. 다 자라니 그녀는 더욱더 주변 사람들에게 접근하기 어려운 기운을 뿜어냈다. 화당은 어딘지 모를 신비감과 비밀을 가진 듯 보였다.
　초홍의 외모는 많이 바뀌어 있었다. 허리까지 내려오는 머리카락이 폭포처럼 곱게 흘러내렸다. 햇볕에 그을렸던 피부는 어디로 갔는지 이제는 투명할 정도로 하얬다. 사내 같던 모습은 어디에서도 찾을 수 없었다. 온화하고 부드러운 계란형 얼굴의 미인이었다. 눈을 제외한 모든 부분의 균형이 잘 잡히고 도드라지는 것 없이 잘 어우러지는 얼굴이었다. 누가 보아도 호불호가 없는 미인이었다. 더욱 매력적인 건 밝은 표정이다. 사람들은 초홍을 보고 있으면 미인이기에 기분이 좋아지고, 표정으로 더 기분이 좋아진다고 느꼈다.

제단에 오른 곰의 엄마는 제단에 절하고 주문의 말을 외운다. 절을 하는 몸이 불편하고 부쩍 마른 모습으로 제를 이끄는 모습은 과거에 당당했던 곰 엄마의 모습을 찾기 어려웠다. 백발인 그녀의 모습과 더해 몇 년 만에 수십 년은 늙어 보였다. 곰의 엄마가 말했다.

"나의 힘이 약해져 북으로는 독수리인들이 곰의 땅을 위협하고, 양수의 동쪽으로 멧돼지인이 유입되어 도적질을 일삼고, 서쪽으로 여우인이 경계를 넘고 있다. 다행히 남쪽의 천인과는 잘 지내고 있지만, 나의 힘이 다하여 나의 시대가 끝나고 있음이 도처에 증거되고 있다. 때가 되었다. 화당과 초홍은 너희의 곰신을 찾아 만수로 돌아와 내 뒤를 이어 곰신의 수호자가 되어라. 다음 우리 웅족의 곰신은 네 개의 표식이 있음을 잊지 말아라. 능화와 수벽은 혼신의 힘을 다해 화당과 초홍을 도와 곰의 엄마가 되도록 힘써라."

모여 있던 모두가 한목소리로 대답했다.

"네, 알겠습니다. 명 받들겠습니다."

능화와 수벽은 서로를 바라보았다.

초홍과 화당도 서로를 바라보았다.

이제 일 년도 남지 않은 시간 안에 행한 노력으로 누가 곰의 엄마가 될 것인지 결정될 것이다.

능화가 물었다.

"초홍 님, 우리는 어느 곳으로 가서 곰신을 찾아야 할까요?"

초홍이 가볍게 말했다.

"고향으로 가서 어릴 때 보았던 곰을 찾아보아야겠어요."

능화가 궁금해 다시 물었다.

"어릴 때 보았던 곰이 살아남았을까요? 벌써 십 년은 지났는데, 어린 곰이 어미 없이 살아남았을까요?"

초홍이 대답했다.

"살아남았다고 믿고 싶어요. 다만 아직 그곳에 있을지는 저도 알 수 없으니, 찾을 수 있을지 모르겠네요."

능화가 걱정되는지 진지하게 말했다.

"고향으로 가려면 양수를 지나 멧돼지들의 땅을 지나야 하는데, 어쩔 생각이지요? 옛날처럼 안전한 길이 아니에요. 빙 돌아서 가실 건가요?"

초홍이 대답했다.

"가능하다면 양수에 대웅 웅적도(熊適道) 어른을 찾아뵙고, 도움을 받아 멧돼지 땅을 넘는 것이 좋을 것 같아요."

초홍의 말에 능화가 손뼉을 한번 치고 말했다.

"그것 참 좋은 생각인데요. 웅적도 대웅 용사들의 호위를 받을 수 있다면 쉽게 고향으로 갈 수 있을 거예요. 참, 용사 중에 대웅의 아들 웅검진(熊劍眞)을 기억하세요. 전에 만수에 웅검진이 왔을 때 말이에요. 만수에 처자들이 모두 뛰어나와 구경했잖아요. 정말 잘난 사내예요. 그렇지요?"

초홍은 능화의 물음을 못 들은 척 고개를 돌렸다. 초홍의 얼굴은 홍조를 띠고 있었다.

수벽과 화당은 주원으로 길을 나섰다. 수벽은 때가 왔다고 생각하고 있었다. 초홍이라는 아이를 오랫동안 지켜봤더니 총명함과 성향으로 보아 충분히 부족 엄마가 될 만하다는 걸 느낄 수 있었다. 만약 초홍이 예언의 곰신을 데려온다면, 화당이 곰의 엄마가 된다는 보장이 어디에도 없었다. 자신의 모든 것을 화당에게 걸고 살아왔던 만큼 수벽은 모든 방법을 동원하여 이번 기회를 놓치지 않을 요량이었다. 수벽이 화당에게 말했다.

"지금까지 너무 잘해 오셨습니다. 이제 그 끝이 보입니다. 곰의 엄마가 되실 것이니, 긴장을 놓치지 마세요."

화당이 차분히 말했다.

"네, 알고 있습니다. 초홍이 재주가 많아, 저는 한시도 긴장을 놓고 산 적이 없습니다. 어제 점을 쳤는데, 길한 점괘가 나왔습니다. 모두 잘될 것입니다."

수벽이 말했다.

"그렇다면, 다행입니다. 주술과 예지력을 더 키우셔야 합니다. 나머지는 모두 제가 처리할 것입니다."

"다만 한 가지 걱정이 있습니다."

조심스러운 표정으로 화당이 말하자, 수벽이 물었다.

"걱정이 무엇입니까? 제가 해결해 드릴 테니, 말씀하세요."

화당이 말했다.

"예언의 곰은 네 개의 표식을 가졌다 하셨습니다. 하지만 저의 곰은 특별한 표식을 가지고 있지 않습니다."

수벽은 빠르게 손가락을 입에 가져가고 말했다.

"쉿, 그런 말은 입 밖으로 내어서는 안 됩니다. 표식은 걱정하지 마세요. 주원의 어머니와 상의해서 제가 조치하도록 하겠습니다."

능화와 초홍은 양수에 도착해 대웅 웅적도의 집으로 향했다. 대웅의 집은 크기는 크지 않았지만, 주변에 용사들의 집이 수백 채가 모여 있었다. 이 모습만으로도 대웅의 위세가 얼마나 대단 한지 알 수 있었다. 양수는 통행의 요충지이고, 넓은 평야를 가지고 있어서 곡식을 키워내기에 적합했다. 곰의 땅에서 만수를 빼고는 양수의 부족이 가장 풍족하게 살았다. 초홍은 웅적도와 만수에서 만난 적이 있었다. 대웅 웅적도는 주원의 대웅 웅조평과 사이가 좋지 못했다. 이런 이유 때문만은 아니지만, 웅적도가 웅초홍을 찾은 것은 어찌 보면 당연한 일이었다. 주원 땅에서 곰의 엄마가 나온다면, 웅조평에게 힘이 실릴 것은 분명 했다. 웅적도는 웅초홍의 편에 붙어 세력을 넓힐 생각을 하고 있지 않았다. 다만, 웅초홍이 초원에서 온 것을 알고 어떤 세력과 관련이 없는 것이 오히려 웅적도의 마음에 들었다. 초홍도 이런 웅적도의 마음을 잘 알고 있었다. 초홍은 양수에 오면서 한 가지를 생각하고 있었다. 멧돼지인들의 유입으로 곰인들이 괴로움을 당하는 문제를 빠른 시간에 풀어내고 싶었다. 초홍이 곰의 엄마가 되면 할 수 있는 일이었지만, 이 문제는 발등에 불처럼 뒤로 미룰 수 있는 문제는 아니었다. 아무런 힘을 가지고 있지 않은 초홍으로서는 멧돼지인들을 처리하는데, 양수의 대웅 웅적도가 가장 필요한 사람이었다.

웅초홍이 찾아왔다는 소리에 웅적도와 웅검진은 초홍을 찾았다. 웅적도가 기쁘게 맞으며 말했다.

"이렇게 또 만나게 되어 정말 좋습니다. 우리가 본 지 벌써 두 해가 지났네요. 양수까지 찾아주시고, 감사합니다."

초홍이 말했다.

"이렇게 환대를 해 주시니, 양수를 찾은 보람을 느낍니다. 그동안 잘 지내셨습니까?"

초홍이 웅적도의 옆을 보니, 웅검진이 나란히 서 있었다. 두 해 전 보았던 모습보다 더욱 사내다운 모습이었다. 초홍과 눈이 마주치자 웅검진은 미소를 지었다. 초홍은 자신도 모르게 얼굴이 달아오름을 느꼈다. 시선을 피하여 웅적도를 바라보자 웅적도가 미소를 짓고 물었다.

"제가 말을 돌려 할 줄 모르는 사람이라…. 양수에 오신 이유를 여쭙고 싶습니다."

초홍이 공손히 말했다.

"곰 엄마의 명으로 저의 곰신을 찾아 고향으로 가려고 합니다. 그런데, 제 고향으로 가는 길목에 요 몇 년 사이에 멧돼지의 유민들이 들어와 산적질을 하고 있다고 들었습니다. 그 때문에 제가 대웅께 부탁을 드려 곰인들의 골칫거리를 제거하고, 제가 고향으로 가는 길을 열고자 합니다."

웅적도가 고개를 가로젓고 말했다.

"멧돼지인의 용사가 변하여, 산적질을 하는 자가 수백이고, 그들을 따르는 유민과 부족의 수가 수천입니다. 그 수백을 처리하는 것은 전쟁해서라도 가능하다고 할 것이나, 그를 따르는 멧돼지 부족의 수천은 어찌할 방법이 없습니다."

초홍은 표정의 변화도 없이 차분히 설명한다.

"제 짧은 소견을 말씀드리겠습니다. 산적의 두목을 자처하는 자가 저야공(猪野恐)이라는 자입니다. 이자를 대웅의 무력으로 처리합니다. 그리고 멧돼지인을 이끄는 원로 저만성(猪萬聲)에게 곰인으로 귀화할 것을 설득합니다. 그런 다음 현재 그들이 머무는 곳을 그들의 땅으로 그들에게 주어 살도록 하면 어떨까 합니다. 당연히 그들은 대웅의 영향력 아래에 있겠다 약조해야 합니다. 그렇게 되면 대웅께서는 수천의 부족인을 얻게 되는 것입니다."

대웅 웅적도가 무릎을 치고 웃으며 말했다.

"하하하. 참으로 좋은 생각입니다. 그동안 수천을 죽여 없앨 수도 없고, 다시 호랑이의 땅으로 쫓아낼 수도 없어, 고심했는데 그들을 우리의 부족으로 받을 생각을 왜 못 했는지 모르겠습니다. 총명한 분이시니, 제가 한 말씀만 더 여쭙겠습니다. 저의 용사들이 저야공의 산적들을 무력으로 압도할 수는 있지만, 그들의 수가 수백에 달합니다. 우리 용사들의 피해도 만만치 않을 것입니다. 피해를 줄일 방법이 있겠습니까?"

초홍은 막힌 것 하나 없이 설명했다.

"네, 있습니다. 저야공의 수하에 있는 대부분의 사람은 멧돼지의 용사입니다. 그들 중 산적질에 불만을 가진 자들이 많을 것입니다. 유민 초기에는 먹고사는 것이 급하니 어쩔 수 없었겠지만, 지금은 저만성이 땅을 잘 개간하고 곡식을 추수하고 있으니, 산적질에 불만을 가진 자들이 있을 것입니다. 의견이 다른 이들에게 불씨를 던져야 합니다. 그 불씨로 저야공의 세력이 약해질 것입니다. 그러면 그때를 놓치지 마시고, 저야공을 치시면 됩니다."

대웅 웅적도는 흐뭇한 표정을 하고 초홍에게 말했다.

"만수에만 계시는 분이 곰의 땅에 일어나는 모든 것을 손바닥 보듯 다 꾀고 계시니, 이는 우리 곰인의 복이 아니고 무엇이겠습니까? 꼭 곰의 엄마가 되시어 더 큰 복을 누리도록 해 주십시오."

물러 나온 초홍과 능화는 웅적도가 마련한 집으로 안내되었다. 능화는 신기한 듯 초홍을 보며 말했다.

"초홍 님이 양수로 와서 대웅의 도움을 받아 고향으로 간다고 해서 저는 호위만을 받을 것으로 생각했습니다. 그런데 곰 엄마의 고민과 양수 대웅의 숙원을 한 번에 해결할 방법을 가지고 계셨는지 저는 알지 못했습니다. 언제까지 저를 놀라게 할 생각입니까?"

초홍이 능화를 보고 미소 짓고 말했다.
"아직 칭찬을 받기에는 이릅니다. 할 일이 많아요. 도움이 필요하니, 제 곁에 항상 머물러 주세요."

초홍과 능화가 대화하고 있는데, 밖에서 인기척과 함께 사내의 목소리가 들려왔다.

"쉬시는데 죄송합니다. 저 웅검진입니다. 잠시 뵐 수 있을까요?"
깜짝 놀란 능화가 초홍의 표정을 살피고 미소를 짓고 말했다.
"빨리 다녀오세요. 저는 숙소를 정리하고 있겠습니다."

초홍은 얼굴이 화끈거리는 느낌이 들어 능화에게 아무 말도 하지 못하고 문밖으로 나와 웅검진을 보았다. 웅검진은 문을 나오는 웅초홍을 보는데, 시간이 멈춘 것 같았다. 웅검진은 두 해 전 웅초홍의 모습을 잊지 않으려 그동안 그렇게 부단히 노력했다. 하지만 지금에 웅초홍의 모습에 머릿속에는 어떤 것도 남지 않은 듯 지워져 있었다. 초홍은 더 아름다워져 있었다. 웅검진은 꿈에라도 보기를 소망했던 이가 눈앞에 있다는 것이 믿기지 않았다. 웅검진은 무슨 말을 해야 할지 난감했다. 초홍이 먼저 웅검진에게 말을 던졌다.

"그동안 잘 계셨습니까? 제가 보기엔 얼굴빛이 좋은 것이 잘 지내셨던 것으로 보입니다."

웅검진은 차분히 말했다.

"네… 어떤 면으로는 잘 지냈습니다. 얼굴빛이 좋아졌다고 말씀하시니… 감사합니다. 그러나 한편으로 몸과 마음이 힘겨울 때가 많았습니다."

초홍은 놀란 표정으로 웅검진의 얼굴을 살피며 말했다.

"어디가 아프셨습니까? 지금은 괜찮으신가요?"

웅검진은 말하고 다급히 시선을 초홍에게서 피했다.

"아픈 것이 아니라, 그립고 보고픈 사람이 있어 힘들었습니다."

초홍은 웅검진의 말을 듣고 그가 무슨 말을 하고 있는지 단번에 알아듣고 얼굴이 붉어졌다. 초홍은 웅검진이 자신에게 좋은 감정을 가지고 있다는 것을 어렴풋하게 알고는 있었지만, 단 한 번도 말한 적이 없었기 때문에 속으로는 놀라기도 하고, 기쁘기도 했다. 초홍이 사내에게 관심을 가진 건 웅검진이 처음이었다. 외모가 뛰어난 것도 사실이지만, 예의가 바르고 부족을 아끼는 마음이 훌륭해 마음에 들었다.

웅검진이 말하며 웅초홍을 바라보았다.

"보고 싶었습니다…."

초홍은 고개를 들어 웅검진을 보았다. 한 줄기 바람이 불어와 두 사람에게 하얀색 꽃비를 내리고 지나갔다. 웅검진과 웅초홍은 미소를 지었.

멧돼지의 땅으로 갈 준비는 빠르게 진행되었다. 용사 오백은 웅검진의 뒤를 따라 저야공에게 향하고 있었다. 초홍은 일을 마치면 웅검진과 만나기로 했다. 초홍은 능화와 함께 저만성에게 향했다. 능화가 걱정되어 말했다.

"우리 두 사람만이 저만성을 만나서 그를 설득할 수 있을까요? 용사들을 데려와야 했어요."

초홍이 설명했다.

"용사들을 데려오는 것은 좋은 생각이 아닙니다. 멧돼지인들을 무력으로 누르겠다는 압박으로 느껴져 좋은 의도를 해칠 수 있어요."

걱정의 목소리로 능화가 말했다.

"하지만 저만성이 우리를 무력으로 제압하려 든다면, 제가 최선을 다해 막겠지만, 힘이 모자랄 듯싶어요."

초홍이 말했다.

"저도 확신을 할 수 없지만, 저만성이라는 사람의 평판을 믿어 보는 수밖에 지금으로서는 다른 길은 없어요."

멧돼지의 땅에 들어서자, 능화의 걱정과는 다르게 멧돼지인들은 초홍과 능화를 경계하지 않았다. 능화는 그래도 긴장의 끈을 놓치지 않으려 창 잡은 손에 힘을 주었다. 능화가 지나가는 사람을 잡아 물었다.

"저만성 어른을 뵙고 싶은데, 어디로 가야 합니까?"

지나가던 사람은 많은 사람이 모여 있는 곳을 손가락으로 가리켰다. 그곳에는 잡초를 뽑고 있는 많은 사람이 있었다. 그중에 풀을 뽑지 않고, 곡식의 이곳저곳을 열심히 살피고 있는 평범한 중년의 남자가 보였다.

옷차림이 모두 비슷하여, 누구 하나 특이한 자를 찾을 수 없었다. 능화는 고개를 갸웃하고 가까이 서 있는 중년에 남자에게 걸어갔다. 초홍은 말없이 그의 뒤를 따랐다. 잠시 후 능화가 중년에 남자에게 말했다.

"저 혹시 어르신, 저만성이라는 분을 찾고 있습니다."

중년의 남자는 능화와 초홍의 얼굴과 행색을 꼼꼼히 살피기만 할 뿐 대답이 없었다. 답답한 능화가 다시 물었다.

"저만성이라는 분을 찾고 있습니다. 혹시 어디에 계실까요?"

중년의 남자가 말했다.

"그자를 왜 찾죠?"

초홍이 머리를 숙여 예를 취하고 두 사람의 대화에 끼어들어 말했다.

"저는 양수에서 웅적도 대웅의 말을 전하려 온 웅초홍이라 합니다. 저만성 어르신."

저만성이 콧방귀를 뀌고 말했다.

"용하게도 알아보는군. 내 행색이 특별하지 않은데 어찌 알아보았죠?"

초홍이 미소를 짓고 조용히 말했다.

"다른 자들은 피를 뽑고 있는데, 추수할 시기도 아닌 곡식을 뚫어져라 살피고 계시는데 어찌 특이하지 않을 수 있습니까? 그리고 멧돼지인의 존경을 받는 분에게 그자라고 말할 사람은 본인뿐이겠지요."

입꼬리 한쪽을 올린 저만성이 말했다.

"총명한 처자로군. 나를 만나려는 이유가 무엇이오?"

능화는 두 사람의 이야기를 듣고서 저만성의 위아래를 꼼꼼히 살폈는데, 귀한 사람 티가 전혀 나지 않았다. 입고 있는 가죽은 얼마나 덧대어 기웠는지 더 이상 기워 입을 수 없을 지경이었다. 손과 얼굴은 흙먼지가 가득한 것이 고생한 티가 역력했다. 초홍이 이 사람을 한 번에 알아본 것이 신기할 따름이었다.

초홍이 말했다.

"저만성 어른께 제안하기 위함입니다."

초홍과 능화는 저만성을 따라 조그만 움막으로 들어갔다. 움막은 검소하기 짝이 없는 것이, 일반적인 사람들의 집보다 좋은 것을 하나도 찾을 수 없었다. 저만성은 두 사람에게 앉으라고 안내하고 말했다.

"제안이라고 했나요? 무슨 제안을 한다는 거죠?"

초홍이 말했다.

"바로 말씀드리지요. 호랑이 땅에서 곰의 땅으로 데려온 멧돼지인들 모두를 데리고 곰의 사람으로 귀화하시지요."

저만성은 초홍의 말을 듣고 배꼽이 빠지라 한참을 웃었다.

"하하하… 재미있군. 재미있어…."

저만성의 웃음이 멈추자, 초홍이 다시 입을 열었다.

"저만성 어른께서는 세상 돌아가는 것을 모르시지 않을 것입니다. 저 야공이 산적질을 하며, 나쁜 짓을 일삼아 멧돼지인에 대한 인식을 좋지 않게 만들고 있습니다. 웅족 사람들에게 멧돼지인은 같은 하늘을 두고 살아갈 수 없는 사람들로 인식되고 있습니다. 곧 곰의 용사들과 전쟁을 치러야 함을 잘 알고 계시지 않습니까? 저야공이야 죄가 있으니 벌을 받아도 억울하지 않지만, 저만성 어른이 이끄는 이곳에 부족원들은 삶의 터전을 잃을 것입니다."

초홍의 설명을 조용히 경청한 저만성이 말했다.

"우리가 귀화하여 곰의 부족원이 된다고 우리가 살아갈 땅이 생기는 것도 아니니, 우리는 이래도 저래도 살기는 어렵죠. 그러면 마지막으로 남은 것은 전쟁뿐입니다. 내가 저야공을 두둔하려는 것은 아니지만, 우리를 보호할 용사를 가진 것은 저야공뿐입니다. 총명한 사람이니 이런 이치쯤은 알고 있지 않나요?"

"알고 있습니다. 어떻게 되었든 전쟁은 있을 것입니다. 하지만 저만성 어른이 저와 약조하시고 양수의 대웅 웅적도님의 영향력 아래에 있다고 한다면, 귀화하여 곰의 부족원이 된 자들에게 지금 터를 잡고 살아가시는 땅을 드리도록 하겠습니다."

저만성은 속으로 깜짝 놀랐다. 초홍이 말하는 대로만 된다면, 부족 사람들은 아무런 걱정 없이 살아갈 수 있기 때문이었다. 저만성은 부족의 미래가 전쟁에 있음에 항상 안타까웠는데, 그것을 벗어날 방법을 찾지 못해 수많은 날을 잠 못 들고 고민해야 했다. 저만성은 초홍의 눈을 바라보고 걱정을 말했다.

"지금 저야공의 수하에는 젊은 멧돼지 용사들이 있습니다. 그들은 우리 부족의 미래입니다. 그들을 구할 방법은 없겠습니까? 그 방법만 있다면 당장이라도 곰의 부족이 될 것입니다."

초홍이 말했다.

"방법을 찾으려 하니, 저야공과 생각이 다른 믿을 만한 사람을 하나 말씀해 주세요. 제가 그 사람을 만나서 방법을 찾아보도록 하겠습니다."

저만성이 말했다.

"저군장(猪群壯)이라는 사람을 찾아가세요. 그를 따르는 자들만으로도 많은 도움이 되실 겁니다."

초홍이 간곡히 말했다.

"감사합니다, 저만성 어르신. 그리고 모든 젊은 용사를 구할 수는 없을 것입니다. 저야공을 따랐던 죄지은 자를 용서할 힘은 저에게는 없습니다. 이해를 부탁드립니다."

저만성이 한숨을 쉬며 말했다.

"저도 잘 알고 있습니다. 죄를 지었으면, 죗값을 받아야지요…."

초홍과 능화는 저야공을 치기 위해 준비하고 있는 웅검진과 합류했다. 초홍과 능화를 걱정하며 기다리던 웅검진은 초홍의 모습을 보자 안도의 한숨과 함께 기쁨의 미소가 떠올랐다. 웅검진이 초홍에게 물었다.

"저만성을 만난 일은 어찌 되었습니까?"

초홍이 대답했다.

"우리가 계획했던 바에 동의 했습니다. 이제 저야공의 용사들에게 분란을 일으키는 일만 남았습니다. 멧돼지 용사 중 저군장이라는 자를 만나 그를 설득하고, 웅검진 님이 저야공을 처단한다면, 모든 것이 제자리를 찾을 것입니다."

걱정의 목소리로 웅검진이 말했다.

"이번에 저야공과 저군장을 만나러 가는 일은 다른 사람을 보내는 것이 어떨까 합니다. 저야공은 악독한 자입니다. 저만성처럼 대화가 될지 알 수 없는 자이니, 너무나 위험한 일입니다."

초홍이 진지하게 말했다.

"걱정의 마음은 감사합니다. 하지만 웅족을 위한 일인데 제가 제 일신만을 돌본다면 어찌 부끄럽게 웅족이라 말할 수 있겠습니까? 저야공을 만나는 것은 저에게 맡기시고 저야공과의 전쟁에 모든 역량을 다해 주십시오."

초홍과 능화는 저야공의 멧돼지 용사들이 있는 곳으로 발길을 옮기고 있었다. 초입에 도착했을 때, 십여 명의 멧돼지인 용사가 초홍과 능화를 둘러싸고 막아섰다. 그 모습을 보고 초홍이 말했다.

"나는 양수의 대웅 웅적도께서 보낸 웅초홍이라 합니다. 저야공에게 말을 전해야 하니, 저야공에게 우리를 안내하시오."

용사들에게 둘러싸여 초홍과 능화는 저야공에게 안내되었다. 산적 본 거지라 하기에는 규모가 상당해 초홍은 속으로 놀라고 있었다. 이 정도를 유지하기 위해 곰인을 괴롭히고 가진 것을 빼앗았을 것을 생각하니 초홍은 화가 치밀어 올랐다. 특히 초홍이 참을 수 없는 것 중 하나는 젊은 웅족의 여자들 수십 명이 잡혀 있었던 점이었다. 초홍은 저야공을 가만히 두지 않겠다고 다짐했다.

초홍이 안내된 곳으로 들어서자, 다섯 명의 사람이 있었다. 초홍이 보니 가운데에 자리하고 있는 자가 저야공인 것 같았다. 그는 중년의 얼굴에 덩치가 컸다. 얼굴 전체가 수염이 덥수룩하게 많은데, 눈빛이 날카롭고 왼쪽 볼에는 심한 상처 자국이 있어, 한 번 보면 잊을 수 없는 얼굴이었다.

오른쪽으로 한사람이 눈에 들어왔는데, 이 사람은 산도적이나 할 사람으로 보이지 않았다. 어떤 기품 같은 것이 느껴졌다. 저야공처럼 큰 덩치를 가졌는데, 키가 커서인지 균형 잡혀 보였다. 나이도 서른을 넘어 보이지 않았다. 가운데 자리한 자가 초홍을 보며 말했다.

"양수의 대웅이 보내서 왔다고?"

초홍이 대답했다.

"네, 대웅 웅적도님의 말씀을 저야공 님께 전하려 왔습니다."

"내가 저야공이다. 웅적도 그자가 내게 할 말이 무엇이냐? 그럴 시간이 있으면, 용사들과 우열을 가려야 할 것 아니냐?

나와 우열을 가릴 용기는 없다더냐? 겁쟁이 같은… 하하하."

저야공이 말하고 크게 웃었다.

초홍이 차분히 말했다.

"싸우지 않고 문제를 해결해야 서로가 피해가 없을 것입니다. 전쟁은 부족원들에게는 큰 고통을 주게 됩니다."

저야공이 음흉한 눈빛으로 초홍을 보며 말했다.

"대웅이 예쁘게 생긴 것을 내게 보낸 걸 보니, 내게 선물을 주려는 것이냐? 나를 다른 방법으로 설득할 모양이구나. 하하하."

저야공의 말에 모여 있던 자들이 음흉하게 초홍과 능화 쪽을 보며 웃었다. 저야공이 웃지 않는 오른쪽 사람을 보며 말했다.

"저군장, 자네는 재미가 없나? 어째서 웃지 않는가?"

저군장이 진지하게 말했다.

"웅족의 대웅이 보낸 사람입니다. 최소한의 예의를 다해 주십시오."

초홍은 저군장이라는 말에 그를 다시 한번 보았다. 역시 저만성이 추천할 만한 인물이라는 생각이 들었다. 능화는 오래전부터 화를 참으며 호흡이 거칠어지고 있었다. 이런 그에게 초홍은 참으라는 눈빛을 보냈다. 초홍은 저군장을 어떻게 찾아서 자기 생각을 말할 수 있을까 궁리하고 있었는데, 마침, 저군장이 같은 공간에 있는 것을 알자, 안도의 숨을 쉬었다.

혀를 차며 저야공이 말했다.

"너는 어째 매번 내 기쁨과 재미에 찬물을 끼얹느냐? 내가 너를 언제까지 참아 줄 것으로 생각하느냐?"

저군장이 큰 소리로 말했다.

"웅족과 적을 두어 멧돼지인들에게 어떤 이득이 있습니까? 이제 도적의 삶을 버리고, 웅족과 화친할 방법을 모색해야 합니다."

초홍은 이들에게 반목할 구실을 만들어 주려 했는데, 상황이 유리하게 돌아가고 있어 조용히 이들의 말을 듣고 있었다.

저야공이 소리 질렀다.

"저런 놈을 보았나? 네가 젊은 용사들의 추앙을 받는다고 이제 뵈는 것이 없냐? 누구의 덕으로 멧돼지인들이 먹고 살았는지 잊었느냐? 배은 망덕한 놈."

저군장이 힘주어 말했다.

"제가 어찌 그것을 잊었겠습니까? 그러니 더 죄를 짓기 전에 웅족에게 사과하고, 웅족과 같이 살 방안을 찾아야 한다는 것입니다. 더 시간을 보내면 웅족과의 전쟁만이 있을 것입니다. 전쟁이 일어나면 우리는 모두 자멸하게 될 것입니다."

초홍은 이들을 완전히 갈라놓는다고 생각하고 큰 소리로 끼어들어 말했다.

"저만성 어른과 그를 따르는 멧돼지인은 모두 귀화하여 곰인이 되기로 했습니다."

초홍의 말이 끝나자 그곳에 있던 사람들은 모두가 놀라 초홍을 바라보았다. 놀란 눈을 한 저야공이 초홍에게 말했다.

"너 지금 무엇이라 했느냐? 누가 귀화를 한다는 것이냐?"

초홍이 표정의 변화 없이 담담한 어조로 말했다.

"대웅과 저만성 어른이 이미 협의를 끝낸 일입니다. 곰인이 되는 조건으로 그들은 지금 살고 있는 곳에 터를 잡고 살 수 있도록 할 것입니다."

놀란 저군장이 초홍에게 물었다.

"정말 저만성 어른이 곰인으로 귀화한다고 했습니까?"

초홍이 저군장에게 대답했다.

"네. 제가 이곳에 온 이유도 그것 때문입니다. 이제 큰 결정이 났으니,

멧돼지의 용사들도 곰인으로 귀화하여 새 삶을 살도록 하세요. 지금 귀화하는 사람들은 곰인과 같은 대우를 할 것입니다. 이것이 마지막 기회일 것입니다. 이것을 놓치면 전쟁은 막을 수가 없습니다. 젊은 멧돼지의 용사들을 사지로 보내지 마세요."

화가 머리끝까지 난 저야공이 소리 질렀다.

"저년이 지금 뭐라고 지껄이는 것이냐? 당장 저년을 잡아넣어라."

저야공의 명령에, 밖에 있던 용사들이 초홍과 능화를 빙 둘러 막아섰다. 능화는 재빨리 창을 고쳐 잡고 싸울 준비를 했다. 하지만 초홍이 능화에게 창을 거두어들이도록 하고 순순히 그들을 따랐다. 초홍과 능화는 수십 명의 웅족 여자들과 함께 갇혔다. 전혀 당황하지 않는 초홍의 모습을 보며 능화가 걱정하여 말했다.

"어떻게 하시려는 겁니까? 이곳에서 무슨 욕을 보시려 저를 막으신 건가요?"

초홍은 능화의 말에 대꾸는 하지 않고, 갇혀 있는 여자들을 살펴보며 이야기를 나누었다. 그 모습에 능화는 고개를 좌우로 크게 흔들고 한숨을 깊이 쉬었다. 자정이 되어 모두가 잠든 시각이 되자, 저군장이 젊은 용사들을 데리고 초홍이 갇혀 있는 곳으로 와서 문을 열었다. 갇혀 있던 사람들은 놀라서 서로 얼굴을 바라보고 무슨 일인가 생각하고 있었다. 저군장이 초홍과 능화 쪽으로 걸어와서 말했다.

"이곳을 나가시지요. 제가 양수로 보내 드리겠습니다. 그리고 저에게 약간의 시간을 주십시오. 저야공을 잡아 용사들과 귀화하겠습니다. 저에게 동조하는 젊은 용사들의 수가 절반 정도입니다. 아직 힘이 없으니 단번에 저야공을 제압할 수 없습니다."

초홍이 미소를 짓고 말했다.

"오실 줄 알았습니다. 저는 양수로 돌아갈 필요가 없습니다. 그리고 저군장께 시간을 드릴 필요도 없습니다. 저군장의 마음을 확인했으니, 오늘 밤 안으로 저야공을 잡아야 하겠습니다."

저군장이 놀라서 말했다.

"그게 무슨 말씀입니까? 저는 아직 저야공을 압도할 힘이 부족합니다. 오늘 밤에는 불가능한 일입니다. 저를 따르는 용사들의 피해가 너무 클 것입니다. 그들 하나하나가 저에게는 너무 소중합니다. 피해를 줄이도록 시간을 주십시오."

초홍이 말했다.

"저군장 님의 마음 씀씀이가 제 마음에 꼭 듭니다. 걱정하지 마세요. 지금 이곳을 둘러쌓고 곰의 용사 오백이 있습니다. 저군장 님의 용사가 내부에서 저야공을 치면, 외부의 용사가 도움을 드릴 것입니다."

저군장은 초홍의 말에 놀랐지만, 초홍의 말대로라면 저야공을 치는 것은 문제가 되지 않았다. 초홍과 능화가 웅검진에게 돌아와 저군장의 이야기를 하자 웅검진은 크게 기뻐했다.

저군장이 불을 놓는 것을 시작으로 웅검진의 용사들이 저야공의 용사들과 일전을 벌였다. 한밤중에 갑작스러운 내외부의 공격에 저야공을 따르는 용사들은 힘 한 번 쓰지 못하고 무너져 내렸다.

4장

―

고인돌

초홍과 능화는 웅검진과 작별을 고하고 초홍의 고향으로 향했다. 능화는 초홍이 이번 멧돼지의 땅에서 보인 능력에 대해 생각했다. 능화가 초홍과 함께한 십 년 가까운 세월 동안 총명한 모습을 수없이 보았지만, 이번만큼은 총명하다는 말만으로 넘어갈 수 없었다. 능화는 이번 일로 초홍이 곰의 엄마가 된다면, 웅족이 정말 잘될 것을 느꼈다. 능화는 옆에서 걷고 있는 초홍의 얼굴을 보면서 꼭 초홍을 곰의 수호자로 만들겠다고 다짐했다.

　먼발치에 초홍의 집이 보이기 시작했다. 능화가 초홍에게 말하려 돌아보니, 초홍의 눈가가 촉촉하게 젖어 있었다. 그래서 입을 다물었다. 능화가 큰 소리를 지르자 초홍의 집에서 아버지 웅진, 어머니 웅소만, 오라비 웅교가 집 밖으로 나왔다. 초홍은 부모님께 빠르게 달려가 안겼다. 다섯 해 만에 만나는 부모님이니 얼마나 반가웠는지. 초홍과 부모님 모두 눈에서 눈물이 흐르고 있었다.

초홍은 웅교의 얼굴이 너무 달라져 놀랐다. 초홍의 기억 속에 있는 소년의 모습이 아닌 잘생긴 어른이 되어 있었다. 초홍과 웅교는 손을 마주 잡고 서로 변한 모습을 신기한 듯 바라보았다. 그리고 누가 먼저라고 할 것 없이 웃었다. 초홍은 다시 눈에 익은 집 안을 둘러보았다. 그립던 모습 그대로 모든 것이 있었다. 시간이 멈추어 있던 것처럼 초홍의 집은 변함없이 있었다. 초홍과 부모님이 서로의 시시콜콜한 궁금증을 이야기하고 있는데 웅교의 눈이 능화에게 갔다. 마침 능화도 웅교 쪽을 보다가 서로 눈이 마주쳤다.

능화는 빠르게 고개를 돌렸다. 웅능화는 웅교의 얼굴을 똑바로 보기가 힘들었다. 자신이 왜 이런지 알 수가 없었다. 초홍을 보는 척 웅교를 훔쳐보았다. 처음 보았을 때의 소년 웅교는 어디에도 없었다. 능화의 눈앞에는 이목구비가 뚜렷한 잘생긴 남자가 있을 뿐이었다.

능화의 심장은 미친 듯이 뛰고 있었다. 발그레한 얼굴을 숨기려 다시 고개를 숙였다. 능화의 나이는 스물다섯이었다. 다른 사람 같으면 시집을 몇 번은 갔을 나이였다. 하지만 능화는 초홍을 딸처럼 여기고, 초홍이 곰의 엄마가 되도록 모든 것을 초홍에 맞추어 살았다.

그러다 보니 결혼은 둘째이고, 남자에게 관심을 가질 수 있는 상태도 아니었다. 성격도 남자 같고 시간이 생기면 창을 다루고 활을 쏘기에도 바빴다. 능화는 자신이 왜 이러는지 알 수 없고 어찌 할 바를 몰라 이 생각 저 생각 하고 있는데, 갑자기 웅교가 말을 걸어왔다.

"보고 싶었습니다, 능화 누님."

능화는 반문의 말을 하고 다음 말을 잊지 못하고 멀뚱하게 서 있었다.

"보고 싶었다고…?"

능화의 눈에서 눈을 떼지 못하고 웅교가 말했다.

"네. 능화 누님과 초홍이가 만수로 떠나고, 하루도 빼지 않고 보고 싶었습니다. 다섯 해 전에 부모님이 만수에 초홍이를 만나러 갔을 때, 따라나서지 않은 것을 두고두고 후회했습니다."

능화가 더듬거리며 말했다.

"아, 초홍 님이 보고 싶었다는 이야기로구나…. 나는 또… 무슨 이야기인가 했지…."

웅교는 말하며, 능화에게 눈을 떼지 못하고 있었다.

"아니요. 저는 초홍이가 보고 싶었던 것이 아니라, 능화 누님이 보고 싶었습니다."

능화는 웅교의 눈을 피하고 헛기침을 한번 하고 말했다.

"무슨 농을 그리 진지하게 해… 내가 오해하면 어쩌려고…."

웅교가 더욱 진지한 목소리로 말했다.

"저는 농을 하는 것이 아닙니다. 많이 보고 싶었습니다."

능화가 머릿속을 힘들게 짜내어 말했다.

"나는 한 번도 웅교를 남자로 생각해 본 적이 없어…."

웅교가 진지하게 물었다.

"그럼, 지금은 어때요?"

능화는 대답하지 못했다.

"지금은…."

웅교가 조용히 말했다.

"저는 능화 누님을 좋아합니다."

능화는 웅교의 눈을 한 번 쳐다보고 다시 고개를 숙였다. 능화는 태어나서 지금까지 이렇게 얼굴이 화끈거려 본 적이 없었다. 다시는 웅교의 얼굴을 쳐다볼 수 없을 것 같았다.

다음 날 초홍과 아버지 웅진, 능화와 웅교는 초홍의 곰신을 찾아 죽은 곰의 돌무덤으로 갔다. 주위를 아무리 돌아보아도 초홍의 곰신의 흔적을 찾을 수는 없었다. 초홍과 능화는 많이 실망했다. 고향으로 오면 곰신을 금방이라도 만날 것으로 생각했었다.

초홍과 웅진이 구했던 어린 곰은 겨울잠을 자고 일어나 살아남지 못한 모양이었다. '곰을 한 번 만나는 것도 쉬운 일이 아닌데, 자신이 수호할 특별한 곰을 다시 만나는 것이 가능할까?' 실망한 초홍이 말했다.

"제가 곰신의 수호자가 아닌 걸까요? 곰 엄마께서 이번에 곰신을 찾으라 하셨는데, 저는 저의 곰신을 찾지 못했어요. 이제 저는 어떻게 해야 할까요?"

능화가 측은한 표정을 짓고 초홍의 손을 잡고 말했다.

"초홍 님은 틀림없는 곰신의 수호자입니다. 아직 때가 되지 않았을 뿐이에요. 아직 시간은 많아요. 저는 멧돼지의 땅에서 또 확신을 가졌어요. 저를 믿어요. 초홍 님은 곰인의 엄마가 될 것입니다."

초홍이 힘없이 말했다.

"저는 이제 어디로 가야 할까요?"

능화가 말했다.

"멧돼지의 땅으로 다시 가서 처리하지 못한 것들을 마무리하며, 곰신의 일을 생각해 보면 어떨까요?"

두 사람의 대화를 조용히 듣고 있던 웅진이 말했다.

"그래, 초홍아. 웅능화 님의 말씀을 따라라. 곰신의 일은 이 아버지에게 맡기고, 좋은 방법을 찾아보아라. 어린 곰신이 죽지 않았다면 어딘가에 살아 있을 테니, 아버지가 열심히 찾아보마."

초홍은 힘없이 대답했다.

"네, 감사해요. 아버지…."

옆에 있던 웅교가 웅진에게 말했다.

"아버지, 초홍이가 멧돼지의 땅으로 갈 때 저도 같이 가고 싶습니다."

웅교의 말에 세 사람은 놀라서 웅교를 보았다. 웅진이 말했다.

"너는 이제 나이가 많으니, 이곳에서 배필을 찾아 혼례를 치르고, 아버지의 일을 해야 하지 않느냐?"

웅교는 웅능화를 한번 바라보고 아버지에게 말했다.

"저는 이곳에서 배필을 찾지 않을 것입니다. 더 큰 세상으로 나가 제 뜻을 펼칠 것이니, 허락해 주세요."

웅진이 다시 물었다.

"나이가 있는데 혼례를 치르지 않을 생각이냐?"

"혼례는 꼭 치를 것입니다. 다만 제가 마음에 드는 사람과 할 것입니다." 웅교는 대답하고 웅능화를 보았다.

초홍과 웅진은 웅교의 시선이 능화에게 머물자 깜짝 놀라 말을 잇지 못했다. 능화는 당황하여 얼굴을 붉히고 있었다.

초홍, 능화, 웅교는 말없이 멧돼지의 땅으로 걸었다. 초홍은 능화와 웅교의 얼굴을 번갈아 보고 미소가 떠올랐다. 초홍은 자신이 기억하는 웅교를 떠올렸다. 웅교는 어릴 때부터 아버지에게 활과 창을 쓰는 법을 배웠고 그에 재능을 보였다. 주변 부족인이 웅교의 훌륭한 골격과 타고난 운동능력을 칭찬하고 자신들의 사냥 기술과 각종 무기를 쓸 수 있도록 가르쳤다.

덕분에 열 살이 넘으면서 혼자 초원을 다니며 사냥했다. 그래서 어린 나이부터 한 사람의 사내로서 역할을 하는 데 손색이 없었다. 초홍은 능화를 생각해 보았다. 일곱 살의 어린 자신을 데리고, 만수로 갈 때 능화는 초홍에게 어머니 같았다. 야지의 추운 밤을 능화에 품에서 따뜻하게 보냈던 기억을 초홍은 잊을 수 없었다. 멧돼지의 땅에서 많은 멧돼지의 용사를 창으로 활로 상대하는 모습을 본 초홍은 일당백의 용사라는 말을 이해할 것 같았다. 초홍 자신을 곰의 엄마로 만들기 위해, 혼례는 꿈도 꾸지 않았을 능화를 보고 초홍은 미안했다. 초홍은 서로에게 조심스러운 두 사람을 보고 또다시 미소가 번졌다. 웅교가 초홍과 능화에게 말했다.

"오늘은 여기서 노숙해야 하겠습니다. 제가 나무를 주워 올 테니, 이곳에서 쉬고 계세요."

나무를 주우러 갔던 웅교의 손에는 나뭇가지들과 토끼 한 마리가 들려 있었다. 초홍이 놀라서 말했다.

"아니, 그 잠깐 사이에 토끼를 잡으셨나요?"

얼굴이 온통 밝아진 웅교가 말했다.

"운이 좋았다. 나뭇가지를 모으고 있는데, 토끼가 도망을 치기에 활을 쏘아 잡았지."

초홍이 말했다.

"가져온 고기가 얼마 남지 않아서 걱정했는데, 배불리 먹을 수 있겠는데요."

웅교가 농을 보태어 웃으며 말했다.

"초홍아, 너를 배불리 먹일 고기는 없구나. 나는 능화 누님을 배불리 먹일 것이니, 너는 섭섭해 말아라."

초홍이 과장되게 토라진 표정으로 능화를 보며, 웅교의 농을 받아 말했다.

"섭섭하네요. 어찌 형제의 애(愛)가 이리도 각박합니까? 하하하."

얼굴에 온통 홍조를 띤 능화가 싫지 않은 표정으로 말했다.

"두 사람, 자꾸 저를 놀릴 것입니까?

세 사람은 그렇게 한바탕 웃고 떠들고, 불을 피워 토끼 고기를 굽고 있었다. 초홍은 곰신의 일을 잊고 행복한 시간을 보내고 있었다. 능화가 웃음을 멈추고 손가락을 가리켰다. 초홍과 웅교는 능화의 손끝이 닿는 곳을 보았다. 그곳에는 사람의 검은 그림자가 다가오고 있었다.

세 사람은 다가온 사람의 모습에 깜짝 놀랐다. 남자의 덩치가 어찌나 큰지, 초홍은 위아래로 여러 번 보았다. 중년의 남자는 한 손에는 창을 등 뒤로는 활과 화살을 메고, 가죽으로 된 큰 짐도 메고 있었다. 머리는 흰머리와 검은 머리가 반씩 섞여 산발이었다. 중년의 남자가 초홍의 일행 앞으로 와서 말했다.

"사람을 찾아 길을 헤매고 있었습니다. 저는 움막이 있는 줄 알고 불빛을 따라왔는데, 움막이 아니었군요."

웅교가 말했다.

"가까운 곳에는 사람이 살고 있지 않아 움막을 찾을 수 없을 것입니다. 어르신."

중년 남자가 물었다.

"그것 참 불편하게 되었네요. 오늘은 노숙하는 수밖에 방법이 없겠군요. 그럼 혹시 말씀을 좀 여쭈어도 될까요?"

능화가 물었다.

"네, 무엇이 궁금하십니까?"

중년 남자가 말했다.

"저는 사람을 찾고 있습니다. 악독한 여자인데, 많은 부족의 사람들에게 씻을 수 없는 죄를 지은 자입니다. 수많은 사람이 그 여자 때문에 죽었습니다. 앞으로도 그 여자로 인해 수많은 사람이 죽을 것입니다."

초홍이 놀란 눈으로 말했다.

"그렇게 무서운 여자가 세상에 있습니까?"

중년의 남자가 말했다.

"네. 그 여자의 이름은 사살모인데, 들어 본 적이 있을까요?"

세 사람이 동시에 말했다.

"사살모…?"

초홍이 물었다.

"처음 들어 보는 이름입니다. 어르신도 그 여자에게 피해를 보셨나요?"

무언가를 생각하는 듯 잠시 멍한 얼굴을 하던 중년의 남자가 말했다.

"네, 제가 깜빡하고 제 소개를 못 했습니다. 저는 사대홍이라 합니다."

세 사람은 자리를 털고 일어나 사대홍에게 목례하고 말했다.

"저는 웅초홍이라 합니다."

"저는 웅능화라고 합니다."

"저는 웅교입니다."

사대홍은 반가운 표정을 하고 목례를 했다. 웅교가 사대홍에게 앉을 것을 권하고, 구운 토끼의 다리 하나를 권했다. 사대홍은 감사히 그것을 받고, 그동안 사살모와 있었던 여러 일들을 설명했다. 사대홍이 딸의 일을 이야기할 때, 초홍과 능화는 함께 눈물을 흘리기도 했다. 사대홍의 말이 끝나자, 초홍이 심각하게 말했다.

"사살모라는 여자가 역병의 씨라는 것을 가지고 여러 부족에게 피해를 주고 있는 것은 정말 심각한 일입니다. 자칫 잘못하면 전쟁이 발생하여 사람들이 죽는 것보다 더 많은 사람의 희생을 부를 수 있는 일입니다."

아쉬운 듯 사대홍이 말했다.

"네, 맞아요. 초홍 처자의 말이 옳습니다. 그래서 제가 몇 년을 쫓아 여기 곰의 땅까지 왔는데, 사살모의 행적이 이곳에서 끊기어 수소문해도 단서가 나오지 않습니다."

초홍이 아쉬운 듯 혼잣말을 했다.

"사살모가 바보가 아닌 다음에야 자신의 이름을 쓰지는 않을 것입니다. 타지에서 온 미인인 것을 빼면, 찾을 단서가 매우 부족한 게 사실입니다. 사살모가 역병의 씨를 사용할 때만이 그의 행적을 쫓을 수 있을 터인데, 그때는 누군가가 역병으로 피해를 보겠군요…."

사대홍이 경탄하여 말했다.

"초홍 처자는 참 총명합니다. 제 말 몇 마디를 듣고 제 수고스러움을 단번에 알아내시는군요."

초홍이 크게 한숨을 쉬고 말했다.

"사대홍 어른이 곰의 땅에서 사살모의 단서를 놓치셨다면 곰의 땅 어디에 신분을 감추고 숨어 있을 것인데, 웅족의 부족원들이 역병으로 고생할 생각을 하면 제 마음이 너무 아픕니다."

사대홍이 감탄하듯 말했다.

"초홍 처자는 어떤 분이기에 부족을 이리도 깊이 걱정하십니까? 평범한 분 같지가 않습니다."

옆에서 듣고 있던 능화가 초홍의 고민을 알기에 끼어들어 말했다.

"잘 보셨습니다. 이분은 곰의 엄마가 되실 귀한 분입니다."

사대홍이 놀라 되물었다.

"곰의 엄마요?"

초홍이 손사래를 치며 말했다.

"아닙니다. 사대홍 어르신, 저는 곰의 수호자가 되기 위해 경쟁을 하는 사람에 불과합니다. 아직 저의 곰을 찾지도 못했습니다…."

사대홍이 진지하게 말했다.

"제가 몇 마디는 나누지 못했지만, 부족을 사랑하는 마음과 총명한 머리만 보아도 곰의 엄마가 되시기에 충분해 보입니다. 곰인들에게 축복이 내린 것 같군요."

초홍이 미소 짓고 말했다.

"과찬입니다. 제가 민망하니, 사 어른께서는 칭찬을 거두시지요."

날이 밝아오자, 사대홍과 초홍의 일행은 안부를 전하며 헤어져 길을 걸었다.

초홍은 그동안 살면서 사살모와 같은 악인을 상상해 본 적이 없었다. 초홍은 생각했다. 자신의 곰신을 못 만난 것에 의욕을 잃었던 과거의 자신이 부끄러웠다. 세상에는 더 중요한 일이 많다고 느꼈다. 곰신을 못 만나 곰의 엄마가 되지 못한다고 해도 어쩔 수 없는 일이었다.

초홍은 자신에게 중요한 일이 무엇인지 찾아내고, 어렵겠지만 그 길을 가면 되는 것이라고 생각했다. 사대홍이 사살모를 찾아 헤매고 다니는 것은 개인의 복수를 넘어 많은 사람의 불행을 막고자 하는 것이었다.

사대홍도 그것을 알고 있지는 않겠지만, 초홍이 보기에 그의 사명감은 개인의 복수를 넘는 것에 있었다. 사대홍 어른이 사살모를 잡아 죄를 물어도 세상 사람들은 아무도 알아주거나 알지 못할 것이다.

초홍은 분명하지는 않았지만 앞으로 어떻게 해야 할지 알 것 같았다. 지금은 자신의 곰신을 찾을 시간이 있었다. 찾지 못한다면 그때 새로운 길을 찾아도 늦지 않다고 초홍은 생각했다. 그러자 초홍의 입가에 미소가 돌아왔다. 초홍 일행이 멧돼지의 땅에 도착하자, 웅검진과 저군장과 저만성이 초홍의 일행을 반갑게 맞아 주었다. 초홍은 웅교를 모두에게 소개했다. 저만성이 흐뭇한 표정으로 초홍을 보고 말했다.

"초홍 처자, 덕분에 우리 멧돼지인들이 살 수 있었습니다. 이 은혜를 어떻게 갚아야 할지 모르겠으니, 내게 방법을 알려 주겠습니까?"

초홍이 미소 짓고 말했다.

"아닙니다. 곰인들이 잘살 방법을 찾았는데, 우연히 멧돼지인들도 혜택이 받은 것이니 괘념치 마세요."

저만성이 진심으로 말했다.

"무슨 그런 겸손의 말씀을요. 그것이 어찌 우연이겠습니까? 나뿐만 아니라 모든 멧돼지인이 초홍 처자의 은혜를 받았으니, 이 쓸모없는 목숨까지도 처자를 위해 쓸 것이니, 언제든 필요가 있거든 이야기하시오."

저군장이 초홍에게 허리를 굽히고 말했다.

"제 목숨도 웅초홍 님의 것이니, 말씀만 하시면 언제든 내어 드릴 것입니다."

초홍이 웃으며 말했다.

"저군장 님, 제가 몸 둘 바를 모르겠으니 그만하세요. 제가 부끄러워 도망치고 싶습니다."

저군장이 웃으며 말했다.

"제 이름은 저군장이 아닙니다."

옆에 있던 능화가 말했다.

"저군장이 아니면 무엇이란 말인가요?"

그가 유쾌하게 웃으며 말했다.

"저는 웅군장이라 합니다. 곰인으로 다시 태어났으니, 성은 당연히 웅이 되어야지요. 하하하."

"아, 그러면 저는 웅만성이라 불러 주십시오. 하하하." 웅만성이 맞받아 웃으며 말했다.

그곳에 있던 모두는 신나게 웃었다. 초홍은 자신이 했던 일이 너무나 보람이 있었다고 생각했다.

웅만성과 웅군장이 돌아가자 웅검진이 초홍에게 물었다.

"가셨던 일이 좋지 못했습니까? 곰신이 곁에 없어 걱정됩니다."

말을 마치고 초홍이 크게 미소를 지었다.

"네, 아직 때가 되지 않은 것 같습니다. 걱정은 하지 마세요. 다시 곰신을 찾을 것입니다."

걱정하고 있던 웅검진은 초홍의 표정을 보고 걱정의 마음을 지우고 말했다.

"걱정하지 않습니다. 당신은 곰신의 수호자가 맞으니, 곧 곰신을 만날 것입니다."

초홍은 웅검진의 말에 미소를 지었다.

초홍이 멧돼지의 땅으로 온 후 웅검진은 매일 초홍을 찾았다. 이 며칠 초홍은 꿈같은 시간을 보내고 있었다. 웅검진과 만나면 시간이 어떻게 이렇듯 빠르게 지나가는지 가늠이 되지 않았다. 같은 산과 같은 물이 매일 새로웠다. 웅검진은 더 이상 자신의 마음을 숨기려 하지 않았다. 초홍은 그런 웅검진에게 점점 더 마음을 주고 있었다. 웅검진과 초홍은 불타버린 저야공의 산채를 둘러보고 있었다. 웅족으로 귀화한 멧돼지인들이 불탄 것들을 치우고, 새롭게 마을을 만들고 있었다. 뒤에서 여자가 웅검진을 부르는 소리에 웅검진과 초홍은 고개를 돌렸다. 초홍이 돌아본 곳에는 이십 대 초중반으로 보이는 아름답게 생긴 여자가 서 있었다. 눈에 초점이 없이 묘한 분위기를 자아내는 여자였다. 여자가 미소 짓고 말했다.

"오셨으면 연락을 주시지, 어찌 말씀을 주지 않으셨습니까?"

웅검진은 미소를 짓고 말했다.

"네, 제가 잠깐 온 것이라 말씀을 못 드렸습니다. 인사하시지요. 이쪽은 곰의 엄마가 되실 웅초홍 님입니다."

웅묘신이 말했다.

"인사 올립니다. 저는 웅묘신(熊妙晨)이라 합니다."

초홍이 웅묘신을 자세히 살피며 말했다.

"웅초홍입니다."

웅검진이 말했다.

"웅묘신 님은 이곳 저야공에게 잡혀 고초를 겪고 계셨는데, 그날 초홍의 계책으로 저야공을 처단한 때 우리 용사들에게 구출되었습니다."

초홍이 고개를 갸웃거리며 말했다.

"제가 잡혀 있던 곳에 계셨던 분은 아닌 것 같은데…."

웅묘신이 대답했다.

"가두는 곳이야 여러 곳이 있으니, 못 보셨을 것입니다."

웅검진이 말했다.

"제가 내일 다시 올 것이니, 돌아가셔서 일 보시지요."

웅묘신이 대답했다.

"알겠습니다. 물러가겠습니다."

초홍이 인상을 찌푸리고 말했다.

"뭔가 기분이 좋지 못합니다. 무엇을 하는 사람입니까?"

초홍의 반응을 이상하게 여긴 웅검진이 말했다.

"웅묘신은 이상한 사람이 아닙니다. 주술의 신묘함을 가진 사람이라 이상한 느낌을 받았을 것입니다. 사람들을 잘 부리고, 그들이 따르도록 하는데 뛰어나서 이곳을 보수하는 책임을 맡도록 했습니다. 영특한 사람입니다."

초홍이 조용히 말했다.

"네, 제가 보아도 영특해 보입니다. 하지만 생각을 알 수가 없는 묘한 느낌은 지울 수가 없습니다…."

초홍과 웅검진이 돌아가자, 나무 뒤에 몸을 숨기고 있던 웅묘신이 얼굴을 드러내고 말했다.

"네년이 웅초홍이로구나. 내가 저야공을 손에 넣으려 얼마나 공을 들였는데… 하루아침에 내 세상을 무너트려! 이제 다시 힘들여 웅검진을 내 것으로 만들려 하는데, 어찌 내 앞을 막아서는 것이냐? 내가 너를 죽여 이 빚을 갚아 주마."

다음 날 웅검진은 산채를 보수하는 곳으로 웅묘신을 만나러 갔다.

웅검진이 공사를 지켜보며 웅묘신을 등지고 말했다.

"공사는 계획한 대로 진행되고 있습니까?"

웅묘신은 대답은 하지 않고, 웅검진의 등 뒤에서 웅검진을 안았다. 깜짝 놀란 웅검진이 웅묘신을 떼어내고 말했다.

"무슨 짓입니까?"

웅묘신은 눈에 눈물이 고인 채 말했다.

"제가 당신을 좋아하는 것을 모르십니까? 왜 제 눈에 눈물이 나게 하시나요?"

깜짝 놀란 당황한 웅검진이 말했다.

"저를 좋아하다니 무슨 말씀인가요?"

웅묘신이 사람을 홀리는 목소리로 말했다.

"저를 특별히 여겨 주시지 않았습니까? 저에게 마음이 있어 그런 것이 아닌가요?"

웅검진이 냉정하게 말했다.

"저는 마음에 두고 있는 사람이 있습니다. 당신에게 추호도 다른 마음을 가져 본 적이 없습니다."

웅묘신이 물었다.

"웅초홍을 마음에 품었습니까?"

웅검진이 단호하게 대답했다.

"그래요. 제 마음에는 웅초홍이 있어요. 저는 그 사람뿐입니다."

웅묘신은 온몸을 미세하게 떨며 분노를 잠재우려고 노력했다. 웅묘신은 평생 처음으로 자신을 거부하는 남자를 만나자 자존심에 큰 상처를 받고 저주의 마음을 품었다. 웅묘신이 큰 소리로 말했다.

"웅검진, 당신이 그런다고 웅초홍과 잘될 것 같아? 내가 웅초홍을 가만히 둘 것 같아? 당신은 내게 오게 될 거야. 난 내가 원하는 걸 절대 놓치지 않아…."

"더 들을 것이 없어요…. 내 오늘 일은 없었던 것으로 할 테니, 더는 나를 찾지 마세요." 웅검진은 말하고 몸을 돌려 나갔다.

웅검진은 초홍을 찾아갔다. 웅검진의 어두운 얼굴을 알아본 초홍이 물었다.

"무슨 일이 있어요? 얼굴빛이 좋지 않아요."

웅검진이 대답했다.

"아닙니다. 며칠 일을 열심히 해서 그런가 봅니다."

말없이 초홍을 바라보던 웅검진이 말했다.

"웅묘신을 조심하세요. 당신의 예감이 맞는 것 같아요. 좋은 사람은 아닙니다. 제 말을 명심하셔야 합니다."

초홍이 미소 짓고 말했다.

"그런 말 안 하셔도 이미 조심하고 있습니다. 제 걱정은 마세요. 웅묘신에 대해 말한 제 말이 신경 쓰이셨군요. 제가 그 사람을 만날 일이 뭐가 있겠습니까?"

능화와 웅교는 멧돼지인들이 곡식을 심어 놓은 주변을 걷고 있었다. 능화는 웅교가 점점 더 마음에 들었다. 늦은 나이 스물다섯이 되어 처음 느끼는 감정에 능화는 정신을 차릴 수가 없었다. 웅교도 처음 능화를 본 열두 살 이후 꿈꿔 오던 일이 현실이 되자 능화만이 보였다. 능화의 세계에도 웅교만이 있었다. 초홍은 웅검진이 곁에 있으니 신경 쓸 것이 없었다. 능화는 자신의 감정에 깊이를 모르게 빠져들어 갔다. 초홍은 능화와 웅교가 마주 보며 집을 나서는 모습에 흐뭇했다. 자신도 웅검진 때문에 행복한데, 누구보다 행복했으면 하는 두 사람의 표정을 보니 또 다른 행복감이 느껴졌다. 초홍은 아무런 걱정이 없는 지금이 너무 좋았다. 웅검진이 올 것을 기대하며 기다리는 이 시간이 설레고 좋았다. 하지만 초홍의 좋은 시간은 오래가지 못했다.

저야공의 산채를 보수하고 있는 사람 하나가 초홍을 찾아와 말했다.

"웅검진 님이 저야공의 산채에서 뵙자고 하십니다. 저를 따르시지요."

초홍은 웅검진에게 무슨 일이 있을까 하여 급하게 그의 뒤를 따라 저야공의 산채로 향했다. 초홍이 집을 나서고 얼마 되지 않아 웅검진이 초홍의 집에서 초홍을 찾았다. 자신을 기다리고 있을 것이라 생각했던 초홍의 흔적이 없어 불안한 마음이 들었다.

웅검진은 웅묘신이 떠올랐다. 웅검진은 재빨리 뛰어 저야공의 산채에 있는 웅묘신을 찾아 나섰다. 초홍이 산채에 도착하자 안내하는 자가 초홍이가 보지 못한 산채의 별실로 초홍을 안내했다. 별실은 산채와는 어울리지 않는 모습이었다. 점을 치거나 제를 올릴 수 있는 것들이 주위에 가득했다.

초홍은 순간 웅검진이 자신을 부른 것이 아님을 직감했다. 초홍을 안내한 자는 문을 닫고 사라졌다. 초홍이 주위를 살피며 말했다.

"나를 찾았으면 얼굴을 보이세요. 거짓으로 속여 나를 찾은 이유가 무엇이오?"

웅묘신이 말했다.

"속은 것을 이제 알았으니, 너는 한발 늦은 것이다."

초홍이 목소리를 듣고 몸을 돌려 웅묘신을 보았다. 초홍은 웅묘신이 자신의 뒤에 소리도 없이 와 있어 깜짝 놀라 뒤로 두 발짝 물러섰다.

초홍이 물었다.

"내가 무엇이 늦었다는 것이오?"

웅묘신이 싸늘한 말투로 말했다.

"네년이 감히 웅검진을 마음에 품었느냐? 내 오늘 네년에게 그 대가를 치르게 할 것이다."

초홍이 말했다.

"웅검진 님과 나의 일에 당신이 무슨 상관이 있어 이러는 것이오?"

웅묘신이 짧은 창을 찾아 들고 말했다.

"내가 웅검진에게 얼마나 공을 들이고 있었는데, 네까짓 게 그것을 한 번에 무너트린단 말이냐?"

초홍은 웅묘신이 창을 들고 창끝을 초점 없는 눈으로 바라보자 온몸에 소름이 돋았다. 초홍은 자신도 모르게 한 발짝 뒤로 물러섰다. 그 모습을 보고 있던 웅묘신이 싸늘하게 웃으며 말했다.

"내가 오늘 너를 이 창으로 찔러 죽이려 했다. 그런데 마음이 바뀌었어. 역병의 씨를 너에게 넣어, 고통을 주어야겠다. 그리고 해독제를 빌미로 웅검진을 내 남자로 만들어야겠어. 마음에 품은 여자가 고통스럽게 죽어 가는데 웅검진이 내 발 아래 엎드려 빌지 않겠어?"

초홍은 웅묘신의 말에 놀라 웅묘신에게 물었다.

"역병의 씨라 했느냐…?"

"그래, 역병의 씨. 네년은 곧 고통에 젖어 나에게 살려 달라 울며 매달릴 것이다. 네년과 웅검진이 나에게 울며불며 메달 릴 것을 생각하니 내 속이 좀 풀리는구나."

초홍은 사대홍이 했던 말을 떠올리고 말했다.

"사…살모…?"

웅묘신은 깜짝 놀라 초홍을 보며 말했다.

"네년이 어떻게 그 이름을 아느냐? 어떻게?"

초홍이 확신에 찬 목소리로 말했다.

"당신이 사살모였어. 뱀 족의 엄마… 그렇지? 웅묘신으로 신분을 속이고 이곳에 숨어 있었냐?"

웅묘신으로 자신을 숨겼던 사살모가 말했다.

"흥. 내 이름을 어떻게 알았든 너는 곧 내 명에 따를 것인데, 무슨 상관이겠어. 따르지 않으면 죽을 것이고…."

초홍은 사대홍에게 들었던 것이 있어, 사살모가 얼마나 악독하고 무서운 사람인지 잘 알고 있었다. 사살모가 자신을 이용해 웅검진을 수족 부리듯 마음대로 할 것을 생각하자 참을 수 없었다. 초홍은 자신이 잘못된다 해도 웅검진이 어떠한 어려움에 부닥치게 해서는 안 된다고 마음먹었다. 초홍은 사살모에게 말했다.

"사살모, 내가 역병의 씨 때문에 너에게 굴복할 것 같으냐? 내가 혀를 물고 죽는 한이 있어도 너에게 굴복하지는 않을 것이다. 차라리 지금 들고 있는 창으로 날 찔러라."

콧방귀를 뀌고 사살모가 말했다.

"너를 찔러 죽이면 웅검진이 나를 죽이려 들 텐데 그럼 내가 얻을 것이 없지. 안 그래? 나를 자극하여 웅검진을 내게서 완전히 떨어지게 할 생각이냐?"

초홍은 사살모가 창으로 자신을 죽이지는 않으리라는 것을 순간적으로 느꼈다. 역병의 씨를 자신에게 사용하면 더 큰 문제가 될 것이기에 초홍은 무모하지만 사살모에게 덤벼들었다. 사살모는 갑자기 초홍이 자신에게 뛰어들자 머뭇거리다가 초홍에게 창을 잡혔다. 서로 맞잡은 창을 사이에 두고 힘겨루기를 하듯 둘은 밀고 당기기를 했다. 창끝이 초홍과 사살모의 얼굴을 겨우 비켜 지나가는 위험한 상황이 몇 차례 반복되었다. 대치 중인 초홍과 사살모의 얼굴에는 땀이 솟아 나왔다. 그 순간 문이 격하게 열리고 창을 손에 든 웅검진이 뛰어 들어왔다. 초홍이 웅검진에게 시선을 뺏기자 사살모가 힘을 써 창을 밀었다. 그 창끝이 초홍의 어깨를 스치고 지나갔다. 초홍의 어깨에서는 금방 붉은 피가 떨어져 내렸다. 초홍은 외마디 비명을 지르고 옆으로 넘어졌다. 웅검진은 빠르게 달려 초홍과 사살모의 사이를 가로막고서 창을 휘둘러 사살모의 창을 쳐 냈다. 웅검진은 창이 바닥에 떨어진 것을 보고 초홍의 상처를 살폈다. 다행히 상처는 깊어 보이지 않았다. 웅검진이 초홍을 부축하여 세우고 사살모 쪽을 보자 언제 꺼내 들었는지 사살모가 독 대롱을 입에 물고 서 있었다.

사살모가 말했다.

"웅검진, 내가 오늘 저년을 죽여, 당신이 나를 택하지 않은 것을 평생 후회하도록 만들어 주지."

바람을 가르고 독침이 초홍에게 날았다. 초홍은 두 눈을 감았다. 잠시 후 자신을 부축하고 있던 웅검진의 팔이 풀렸다. 웅검진은 결국 자리에 주저앉아 쓰러졌다. 초홍은 웅검진의 등에 대나무 침이 박혀 있는 것을 보았다. 초홍은 쓰러진 웅검진의 머리를 받쳐 들었다. 웅검진은 가쁜 숨을 몰아쉬며 힘겹게 겨우 한 마디를 말했다.

"은애합니다…."

웅검진은 숨을 쉬지 않았다. 초홍은 웅검진의 처진 몸을 부여잡고 눈물을 흘렸다.

"홍. 웅검진에게 고통을 주려 했더니… 아깝게 되었어…. 네년이 대신 고통을 받아라…." 사살모는 말을 마치고 몸을 돌려 사라졌다.

멧돼지인들은 웅검진의 죽음에 모두가 같이 슬퍼했다. 그들에게 기회를 준 웅검진의 장례를 가볍게 지낼 수는 없었다. 그들은 멧돼지의 땅에서 가장 큰 바위를 찾았다. 그런 뒤 모든 남자가 나와 하루 종일 통나무 위로 바위를 굴려 멧돼지 땅 가장 중앙의 좋은 땅을 찾아 옮겼다. 웅검진은 관 안에 잘 밀봉된 채 누워 있었다.

사람들은 관을 넣을 수 있도록 넓은 구덩이를 파고 구덩이 안으로 관을 넣었다. 돌을 쪼개 주변의 흙이 무너지지 않도록 정성을 다해 막았다. 흙을 덮은 사람들은 또 한 번 큰 소리로 울었다. 굴려서 온 돌 두 개를 벽처럼 세운 사람들은 그 위로 흙을 높이 쌓았다. 흙 위로 굴려서 온 제일 큰 바위를 지붕처럼 올렸다. 사람들은 바위가 고정되자 그 밑의 흙을 파내기 시작했다.

모두가 경건했다. 고인돌이 완성되자 그 크기가 일반적으로 볼 수 있는 것의 몇 배는 되었다. 사람들은 준비한 제를 지냈다. 한 치의 모자람도 없는 제가 치러졌다. 멧돼지인과 곰의 용사들은 모두 깊이 통곡했다. 그 모습을 보는 초홍은 눈물을 닦고 어금니를 꽉 깨물었다. 모든 장례가 끝나고, 초홍과 능화, 웅교만이 남았다. 초홍은 현실이 믿기지 않았다. 이제 다시는 웅검진을 볼 수 없었다. 웅검진은 고인돌 속에서 영원히 잠들어 있을 것이다. 초홍의 눈에서 눈물이 흘러내렸다. 고인돌 앞에 힘없이 주저앉은 초홍은 몸을 고쳐 무릎을 꿇고 말했다.

"내가 당신의 죽음을 헛되게 하지 않겠어요. 당신의 무덤 앞에서 맹세합니다. 꼭 사살모를 잡아 그의 죄를 물을 것입니다. 반드시 죄를 물을 것입니다…."

초홍은 능화, 웅교와 함께 여우의 땅으로 향했다. 양수의 대응 웅적도의 아들을 죽였으니, 사살모가 바보가 아닌 이상 곰의 땅에 남을 이유는 찾을 수가 없었다. 서쪽 여우의 땅이 가장 빠르게 몸을 숨길 수 있는 유일한 도피처가 될 것을 초홍은 알았다.

5장

―

여우의 간계

초홍과 웅교, 능화는 대화 없이 걸었다. 초홍은 웅검진의 죽음 이후 말수가 급격히 줄었다. 웅교와 능화는 초홍이 걱정되었다. 하지만 걱정과는 다르게 초홍은 좌절하는 표정이나 슬픔에 빠져 헤어 나오지 못하는 모습을 보이지 않았다. 초홍이 눈물을 보인 건 고인돌 앞에서가 마지막이었다.

　다만 걱정이 되는 것은 잠자는 몇 시간을 빼고는 사살모를 쫓기 위해서 멈추지 않고 걷는다는 것이었다. 웅검진의 장례와 준비에 칠 일이 걸렸기에 사살모를 잡으려면, 빠르게 걸어야 했다. 체력이 강한 웅교와 능화도 힘이 들었다. 오랜 침묵을 끝낸 건 능화였다.

　"초홍 님, 이리 가다간 우리 모두 체력이 소진되어 병이 날 것입니다. 여우의 땅으로 들어왔으니, 오늘은 마을을 찾아 휴식을 취하고 다시 길을 나서는 것이 좋겠어요."

웅교가 걱정스러운 표정으로 말했다.

"그래. 능화 누님의 말이 맞다. 우리 모두 휴식이 필요해. 한 사람이라도 병이 난다면, 사살모를 쫓기가 더 어려워질 거야."

초홍이 차분히 말했다.

"두 분의 말씀 알겠어요. 우리 마을을 찾아봐요."

하루만 더 걸으면 초령(草靈)에 도착할 것이었다. 그 주변에 사람들이 흩어져 살고 있으니, 작은 마을 하나 찾는 것은 어렵지 않으리라. 한 시진 정도 마을을 찾아 헤매던 초홍의 일행은 피리 소리와 나무를 두드리는 소리를 들었다. 가까운 숲에서 들려오는 듯했다. 초홍 일행은 소리에 이끌려 그곳으로 갔다. 거기엔 어림잡아도 족히 오백 명은 넘는 사람들이 모여 있었다. 초홍이 보니, 누군가의 장례를 치르고 있는 것 같았다.

초홍이 말했다.

"장례를 치르고 있는 것 같아요."

능화가 대답했다.

"네. 여우인들이 장례를 치르는 것 같은데, 중요한 사람이 죽었나 봐요. 규모가 엄청난데요?"

웅교가 말했다.

"우리 가까이 가요."

세 명이 가까이 다가서자, 제단과 파놓은 무덤이 보였다. 시체를 넣었을 관은 이미 땅속에 놓여 있었다. 꽤 깊게 파 놓은 무덤이었다. 제단에는 화려한 차림새를 한 젊은 여자가 제를 주관하고 있었다. 주문과 제사를 반복하던 여자가 돌아서자, 사람들이 연호하여 외쳤다.

"미호(尾狐) 호리적지(狐狸赤智), 미호 호리적지, 미호 호리적지!"

미호는 여우의 족장을 의미하는 말로 죽은 미호 호리조혜의 다음을 잇는 족장이 미호 호리적지였다. 모여 있는 모든 사람이 다음 족장 호리적지의 입을 뚫어져라 바라보고 있었다. 호리적지는 스무 살쯤 되어 보였는데, 피부가 핏기 하나 없이 창백했다. 입술은 푸른빛을 넘어 검은색으로 보였다. 전체적으로 얼굴이 차가운 느낌을 주어 음산한 기운을 풍겼다. 호리적지의 입이 움직였다.

호리적지가 말했다.

"호리조혜(狐狸祖慧)와 사후에도 함께할 자 누구인가? 그와 영광을 함께할 자는 누구인가? 여우의 용사들아, 용감한 자 누구인가? 지금 앞으로 나서라."

다섯 명의 여우의 용사가 앞으로 나왔다. 그들은 전쟁에 나갈 때 쓰는 자신의 무기와 옷을 입고 있었다. 그들은 결연한 표정과는 다르게 빠른 숨을 쉬고 있었다. 긴장감과 흥분을 참는 듯한 이들의 미묘한 표정에 모여 있는 오백 명이 눈을 떼지 못했다.

호리적지가 손짓하자 양 다섯 마리를 순식간에 산 채로 잡았다. 양의 피가 뚝뚝 떨어지는 간을 떼어내어 다섯 명의 용사에게 주었다. 곧 북소리가 울리기 시작했다. 용사들은 받아 든 간을 입안에 욱여넣어 씹었다. 용사들의 입 주위에는 양의 피가 떨어져 흘러내렸다. 보는 사람들은 소름이 돋을 지경이었다.

간을 씹는 용사들은 점점 더 흥분감에 빠져드는 듯 두 눈에 초점을 잃고 있었다. 주위에는 북과 나무 두드리는 소리가 점점 더 크게 울리기 시작했다. 용사들은 호리조혜의 무덤으로 만들어 놓은 구덩이 속으로 한 명씩 뛰어내렸다. 깊이가 두 장 정도 되는 무덤 속은 용사들이라도 다시 기어 올라올 수 없는 높이였다. 용사들에게 간을 주려고 잡았던 양도, 무덤 안으로 던져졌다.

초홍과 능화, 웅교는 자신들이 무엇을 보고 있는 것인지 이해할 수가 없었다. 다음 순간 수십 명의 사람들이 파놓은 무덤 속으로 흙을 던져 넣었다. 수십 명은 한 사람처럼 흙을 쏟아부었다. 초홍은 비명을 지를 뻔했다. 산 사람을 생매장하고 있는 것이었다. 능화와 웅교도 놀라서 서로를 바라보았다.

초홍은 고향에 있을 때 웅학성 어른이 이야기했던 것이 떠올랐다. 순장(殉葬). 초홍이 어린 마음에 이야기를 듣고 한참을 우는 바람에 웅학성이 오랫동안 난감했었다. 초홍은 말로만 듣던 순장을 직접 보고 있었다.

구덩이에 뛰어든 용사 모두가 비명을 지르지는 않았지만, 두 명의 용사가 지르는 끔찍한 비명이 북소리를 뚫고 사람들에게 들렸다. 그중 한 사람의 용사가 구덩이의 벽을 타고 오르려 하자 긴 창을 든 용사 하나가 그를 창으로 찔러 떨어뜨렸다. 그렇게 떨어진 용사는 비명을 지를 뿐 아무것도 하지 못했다. 비명은 흙으로 덮는 속도를 이기지 못하고 잠시 후 고요해졌다. 두 장이 넘는 무덤 구덩이는 어느 사이에 흙으로 가득 차 있었다. 북소리는 점점 잦아들었다.

초홍은 끔찍한 모습을 보고 적지 않은 충격을 받았다. 능화와 웅교도 같은 반응이었다. 충격이 다 가시지도 않았는데, 조용히 북소리가 울리기 시작했다. 북소리는 점점 더 커졌다가 순간적으로 멈췄다. 북소리가 멈추자 호리적지가 말했다.

"이 호리적지가 미호로 적합하지 않다고 이야기하는 자들에게 내가 오늘 주술의 힘을 보일 것이다. 호리조혜의 갑작스러운 죽음으로 공개된 승계를 하지 못했다. 그래서 오늘 이 문제에 대해, 여우의 사람들에게 증명할 것이다. 오늘 나의 주술을 본 후에도 같은 말은 하는 부족원이 있다면, 엄중한 처벌을 할 것이다."

모여 있는 일부 사람들이 소리를 질러 연호했다.

"미호 호리적지, 미호 호리적지, 미호 호리적지!"

초홍이 보니, 아까 장례 때와는 사뭇 다르게 호리적지라는 여자를 못마땅한 듯 쳐다보는 사람들이 있었다. 초홍은 주술의 힘을 눈앞에서 목격한 적이 없기 때문에 기대감에 제단에서 눈을 떼지 못했다. 제단에 있던 용사들 네 명이 제단 앞 커다란 상자를 든 채 모여 있는 부족원들을 지나쳐서 그 상자를 내려놓았다. 상자에 시선을 빼앗긴 사이 호리적지가 다시 말했다.

"내가 지금 있는 이 제단에서 너희가 있는 곳까지 백 보가 넘는다. 내가 이곳에서 사라져, 너희 쪽에 있는 그 상자에서 나타날 것이다."

호리적지의 말이 끝나자 사람들은 웅성거렸다. 사람이 사라지는 것도 말이 되지 않고, 하물며 백 보도 넘는 거리에 있는 상자 속에서 나타난다는 것은 더욱 말이 되지 않았다. 용사들이 준비된 제단의 나무에 불을 붙였다. 불은 격렬하게 타올랐다. 모두의 시선이 타오르는 불에 있었다. 북소리가 다시 격렬하게 울렸다.

호리적지는 제단의 뒤로 걸어갔다. 제단에 가려져 호리적지의 상반신만이 보였다. 갑자기 북소리가 멈추자, 호리적지는 땅으로 꺼진 것처럼 제단 아래로 사라졌다. 사람들이 놀라고 있는데, 사람들 사이로 옮겨졌던 나무상자가 열리고 호리적지가 그곳에서 걸어 나왔다. 사람들은 저마다 놀라서 경탄의 소리를 내었다. 상자에서 나온 호리적지가 말했다.

"나의 주술에 의심하는 마음을 갖지 말아라. 호리조혜가 내게 미호의 자리를 승계한 것도 마찬가지다. 이를 의심하는 자는 나의 술법으로 엄중한 처벌을 내릴 것이다."

호리적지의 말이 끝나자 여우의 사람들은 모두 땅바닥에 엎드렸다.

초홍은 너무 놀라 큰 소리로 혼잣말했다.

"아니… 어떻게 저곳에 있던 사람이 백 보나 떨어진 이곳에 저렇듯 나타날 수가 있지…?"

웅교와 능화도 너무 놀라서 입을 다물지 못했다. 능화가 초홍에게 말했다.

"제가 많은 신기한 주술을 보았지만, 사람이 사라졌다 나타나는 술법은 처음 보았습니다. 저 호리적지라는 족장은 대단한 자인 것 같습니다."

초홍은 한숨과 함께 말했다.

"다른 부족의 족장은 대단한 주술 능력을 갖추고 있는데… 저는 아무런 주술의 능력이 없네요…."

능화가 초홍을 위로 하며 말했다.

"족장의 능력이 주술뿐이라면, 곰의 엄마는 초홍 님을 곰의 수호자로 뽑지 않았을 것입니다."

호리적지는 북소리와 함께 엎드린 사람들을 지나 다시 제단 위로 올랐다. 북이 멈추자 호리적지가 말했다.

"오늘로 우리는 모든 의심과 반목을 끝낸다. 지금 우리 여우인은 위기에 처했다. 곰의 엄마가 곧 우리에게 곰의 용사들을 보내 우리를 칠 것이다. 멧돼지인 수천이 곰의 용사에게 비참하게 죽었다. 그들은 힘없는 노인과 어린아이들 모두를 죽였다. 다음은 우리 차례다. 여우 땅의 용사들아, 나에게 와 뭉쳐라. 내가 너희를 구원하고, 사후에도 함께할 것이다."

웅교가 어이가 없는 듯 말했다.

"저것은 무슨 말인가요? 멧돼지인 수천을 곰의 용사가 죽였다는 것이 무슨 말이지요?"

능화가 황당하여 화가 나서 말했다.

"그러게 말이야. 초홍 님의 기지로 수천의 멧돼지인을 귀화시키고, 먹고살 땅도 주어 멧돼지인 모두를 살렸는데…."

고개를 갸웃하고, 초홍이 말했다.

"저 호리적지라는 자가 여우인들을 거짓말로 선동하고 있네요. 저렇게 대단한 술법을 쓰는 자가 거짓을 꾸며 부족원들을 속이는 이유가 뭘까요?"

장례의 의식과 호리적지의 술법으로 한바탕 정신없었던 곳을 모두가 떠나고, 초홍의 일행만이 남아 있었다. 초홍은 호리적지가 나왔던 나무 상자를 이리저리 살펴보았다. 나무상자는 단단하게 잘 만들어져서 어떤 이상한 점도 찾을 수 없었다. 초홍은 모두가 떠난 제단으로 향했다.

능화와 웅교는 초홍이 무엇을 하려는 것인지 의문을 품고 초홍을 따라 걸었다. 초홍은 호리적지가 사라졌던 제단의 뒤로 향했다. 초홍은 제단과 제단의 바닥을 유심히 살피고 있었다. 그리고 잠시 후 초홍이 바닥을 들어 올리자 숨겨진 구멍이 보였다.

한 사람이 들어갈 수 있는 크기의 구멍으로 초홍이 내려갔다. 능화와 웅교는 서로의 얼굴을 한번 보고는 초홍을 따라 내려갔다. 어두운 나무 벽을 더듬어 앞으로 걸어가자 잠시 후 제단의 뒤편에 있던 큰 바위 뒤로 나와 있었다. 능화와 웅교는 신기하여 서로의 얼굴을 한번 보고 초홍을 보았다.

초홍은 바위를 돌아 장례 때 사람들이 모여 있던 곳에 놓아둔 상자를 보고 있었다. 능화와 웅교가 다가서자 초홍이 이해할 수 없다는 표정으로 말했다.

"제단에서 순식간에 사라진 방법은 알아냈는데… 사람이 이곳에서 백 보도 더 되는 곳을 눈 깜짝할 사이에 이동한다니, 그건 아무리 생각을 해 보아도 이해할 수가 없네요…."

능화가 물었다.

"속임수가 있었다고 생각하세요?"

초홍이 대답했다.

"처음에는 대단한 술법을 가졌다고 생각했습니다. 하지만 멧돼지인에 대해 거짓을 만들어 사람들을 속이는 것을 보니, 의심이 들어서요. 하지만 눈 깜빡할 사이에 이동하는 술법은 진짜인 듯합니다. 보고도 믿지 못하겠습니다. 실로 대단합니다."

웅교가 말했다.

"이제 어두워지기 전에 마을을 찾아야 합니다. 서두르시지요."

세 사람은 한 식경을 걸어 마을을 하나 찾았다. 초령과 꽤 떨어진 곳인데, 규모가 제법 있고, 작은 집조차 잘 지어져 있었다. 초홍 일행은 눈에 띄는 큰 집을 찾아갔다. 집 앞에 용사 둘이 초홍 일행을 막아 세웠다. 용사 하나가 말했다.

"외지인인 것 같은데, 무엇 때문에 여길 찾았소?"

웅교가 말했다.

"하룻밤 쉬어 갈 곳이 필요합니다. 여쭤 주십시오."

잠시 후 중년의 남자 하나가 초홍에게 걸어왔다. 이 남자는 키가 매우 작았는데, 민첩하게 생긴 것이 야수의 눈을 하고 있었다. 초홍이 보니 장례 중 불만 어린 표정을 했던 사람 중의 하나였다. 초홍이 정중히 인사를 하고 말했다.

"곰의 땅에서 온 웅초홍이라 합니다. 하루 쉬어 갈 곳이 필요해, 부탁의 말씀 올립니다."

중년의 사내가 물었다.

"곰인이 어째서 여우의 땅으로 오셨습니까?"

능화가 대답했다.

"제 이름은 웅능화입니다. 사람을 찾고 있습니다."

중년의 사내가 되물었다.

"사람이요?"

웅교가 말했다.

"제 이름은 웅교입니다. 곰의 땅에서 살인죄를 짓고 여우의 땅으로 도망친 여자입니다. 이름은 사살모입니다."

중년의 사내가 말했다.

"살인이요? 중요한 사람이 죽었습니까?"

능화가 대답했다.

"양수 대웅의 아들을 죽였습니다."

중년의 사내가 말했다.

"양수 대웅의 아들을…. 일단 안으로 들어오시지요."

모닥불을 피워 놓은 자리를 중심으로 초홍과 능화 웅교가 둘러앉았다. 중년의 사내가 말했다.

"제 소개가 늦었군요. 저는 미호 호리조혜의 동생 호리조무(狐狸祖武)라 합니다."

초홍이 물었다.

"낮에 장례를 치렀던 미호 말씀입니까?"

호리조무가 다시 물었다.

"네, 오늘 장례를 치렀습니다. 어떻게 알고 계십니까?"

초홍이 대답했다.

"저희가 우연히 길을 지나는데, 장례가 있어 구경했습니다."

호리조무가 초홍을 보고 물었다.

"그럼, 호리적지가 술법을 하는 것도 보았겠군요?"

초홍이 대답했다.

"네. 어떻게 그럴 수 있는지. 실로 대단한 술법이었습니다. 제 눈으로 보거나 들은 술법 중 이보다 뛰어난 것은 본 적이 없습니다. 다만…."

호리조무가 다시 물었다.

"다만…? 어떻다는 것입니까?"

초홍이 호리조무의 얼굴을 살피며, 조심스럽게 말했다.

"오해가 없으셨으면 합니다. 호리적지가 말한, 곰인이 멧돼지인 수천을 죽였다는 것은 거짓입니다. 거짓을 실제인 것처럼 전하기에… 제가 보았던 술법도 의심이 되었습니다."

능화와 웅교는 초홍의 말을 듣고 호리조무가 불호령을 칠 것 같았다. 능화와 웅교는 가슴이 조마조마하게 둘의 대화를 듣고 있었다. 자신들의 족장이 거짓을 말한다고 하는데, 참을 부족원은 없을 것이기 때문이었다. 능화와 웅교는 평상시 같지 않은 초홍의 말에, 어떻게 수습해야 할지 앞이 깜깜했다. 다음 순간 호리조무가 크게 웃으며 말했다.

"하하하, 배포가 큰 것인가? 아니면 생각이 짧은 것인가? 총명해 보이는데… 생각이 짧은 것 같지는 않고…. 내가 웅초홍 처자에게 한 수 배웁시다."

능화와 웅교는 호리조무에 반응에 깜짝 놀라 초홍을 보았다. 초홍이 호리조무의 물음에 답했다.

"제 소견이 좁아 이유는 정확히 알 수 없습니다. 다만, 첫째로 돌아가신 미호의 죽음. 둘째로 새로운 미호의 승계에 의문점이 있어 보입니다. 호리적지가 술법으로 사람들의 관심을 미혹하여 속여야 할 정도로 내부를 단속하고 있습니다. 밖으로는 있지도 않은 일을 거짓으로 꾸며내어 관심을 밖으로 돌리려 합니다. 이 모든 것은 앞에 말씀드린 두 가지에 문제가 있기 때문에 그렇지 않을까 생각합니다."

초홍의 이야기를 조용히 듣고 있던 호리조무가 진지한 얼굴로 말했다.

"정말 똑똑한 처자요. 웅초홍 처자같이 총명한 사람은 내 일찍이 본 적이 없었소. 장례만을 보고, 이렇듯 생각하다니 평범한 사람이면 불가능한 일이지…. 여우의 땅 모두가 호리적지에게 놀아나고 있는데, 곰인이 우리를 더 잘 알다니 신기한 일이요."

초홍이 겸손하게 말했다.

"과찬의 말씀입니다. 있는 현상을 나열했을 뿐 제가 총명해서가 아닙니다."

호리조무가 미소 짓고 말했다.

"겸손한 태도조차 가지고 계시니… 곰인들에게 복을 내려 주실 귀한 분이군요. 내 곰인들이 부러울 뿐입니다."

잠깐 생각을 정리한 호리조무가 말했다.

"내가 이렇게 총명한 분에게 상의하지 않는다면 누구와 상의하겠습니까? 내 알고 있는 사실을 모두 말씀드리겠습니다."

호리조무의 설명은 이랬다. 미호 호리조혜는 건강한 사람으로 급사를 할 이유가 없다고 했다. 당연하게 자신의 다음 미호의 승계에 대해서도 먼 미래에나 있을 일로 호리조무에게 말한 적이 있다고 했다. 게다가 결정적인 이유가 하나 있었다.

과거로 올라가면, 여우인들은 여우와 삵이 연합한 부족이었다. 공평을 기하기 위해, 오래도록 부족장 미호는 한 번씩 번갈아 가며 맡고 있었다. 미호 호리조혜는 정통 여우인이므로, 다음 대의 미호는 삵에서 나와야 했다. 그런데 호리적지는 삵이 아니라 여우에 속했다. 당연히 그 대상조차 되지 못하는 상황이었다.

호리적지는 재주가 많은 까닭에 호리조혜의 총애를 받아 가까운 곳에서 그를 모셨다. 호리조무는 호리조혜가 다음 미호로 호리적지를 선택했다는 것이 믿을 수 없다고 말했다. 그는 부족의 전통을 계승하기를 바라는 사람이었기 때문이다. 여우인은 죽어서 현생과 연결된다고 생각했기에 호리조혜의 이 생각이 달라졌을 리 없다고 호리조무는 말했다.

이야기를 다 듣고 초홍이 말했다.

"네. 처음에 제가 의문을 가졌던 부분이 모두 풀렸습니다. 다만, 저도 인정할 수밖에 없는 것은 호리적지가 보여 준 술법입니다. 제 눈으로 본 것인데 어떻게 그런 술법이 가능한지 알 길이 없습니다."

호리조무가 말했다.

"네. 저도 그 술법을 보고, 호리적지를 반대해 왔던 의견을 말할 수 없는 상황에 놓였습니다. 반박할 수 없는 대단한 술법을 가진 자입니다. 반대할 명문을 찾기가 너무 어려운 것이 사실입니다. 호리적지는 자신을 반대하는 여러 지역을 돌며 부족원들을 모아 놓고 술법을 보입니다. 그리고 자신의 술법에 굴복한 사람들에게 자신의 용사가 될 것을 종용하고 있습니다. 과거에 어떤 미호도 그런 술법을 한사람이 없었습니다."

초홍은 순간 무엇을 깨달은 듯 두 눈을 반짝이며 말했다.

"과거에 누구도 하지 못했던 술법입니까? 저는 여우의 미호는 모두 가능한 것인 줄로 생각했습니다. 제가 확인을 해야 할 것이 생겼습니다. 호리적지가 다음에 술법을 하는 곳으로 가겠습니다. 호리조무 님이 저를 도와주세요. 확인하고 싶은 부분이 있습니다. 그것을 확인한다면, 호리적지가 거짓말을 한다는 걸 모두가 알게 될 것입니다."

초홍의 말에 호리조무, 능화, 웅교는 모르겠다는 표정을 지었다.

호리조무가 대답했다.

"며칠 후 초령에서 많은 여우인을 모아, 술법을 하는 것으로 알고 있습니다. 내일 출발한다면 여유 있게 볼 수 있을 것입니다. 제가 모시고 가지요."

초홍이 호리조무에게 주제를 바꾸어 물었다.

"좀 전에 저희가 이곳에 온 이유를 말씀드렸습니다. 사살모라는 여자를 찾고 있다고…. 이 여자는 뱀의 엄마였고, 주술에 능합니다. 미인의 얼굴을 가지고 주술로 사람을 미혹하는 자이니, 빠르게 찾지 않으면 여우의 땅에도 문제가 생길 것입니다."

호리조무가 다시 물었다.

"그 사살모라는 여자가 주술을 한다고 했습니까?"

초홍이 말했다.

"네. 가는 곳마다 주술을 위한 당을 짓고, 사람을 미혹하고 있습니다."

잠깐 생각을 하고 호리조무가 말했다.

"내 생각에 사살모는 독수리의 땅으로 갔을 겁니다. 우리 여우의 땅에서 주술을 하는 사람은 정해져 있으니. 외지인은 주술을 할 권한이 주어지지 않아요. 그러니 주술을 하는 자라면 필히 독수리의 땅으로 갔겠지요. 그가 여우 땅에 있었다면, 그에게 여러 사람이 같은 이야기를 했을 겁니다."

초홍은 능화와 웅교를 바라보고 서로 난감한 표정을 지었다.

호리조무의 융숭한 대접으로 초홍 일행은 오랜만에 푹 쉴 수 있었다. 다음 날 호리조무는 초홍의 일행과 자신의 용사 삼십 명을 데리고 초령으로 갔다.

초령의 초입은 드넓은 초원이 끝이 없이 펼쳐져 있었다. 수를 헤아리기 어려울 만큼 양 떼가 풀을 먹고 있었다. 초홍은 고향이 떠올랐다. 같은 초원인데 여우의 땅이 부럽기 그지없었다.

초홍의 일행은 초홍의 요청으로 호리적지가 술법을 할 곳으로 갔다.

사방이 탁 트인 넓은 초원인데, 커다란 바위가 이백 보는 떨어진 거리에 각각 하나씩 솟아 나와 있어, 독특한 풍경을 자아냈다. 이 바위 앞으로 제단이 나무 구조물로 만들어져 있었다.

초홍은 구조물 위로 올라섰다. 호리조무와 웅능화, 웅교도 초홍의 뒤를 따랐다. 초홍이 제단을 돌아 바닥을 살피고 어딘가를 만지자 곧 바닥이 열렸다. 능화와 웅교는 이미 한 번 겪어 본 일이기에 놀라지 않았지만, 호리조무는 놀라서 물었다.

"이것이 무엇입니까? 이런 곳에 드나드는 문을 만들어 놓다니?"

초홍은 대답 대신 열린 곳으로 들어갔다. 일행도 초홍을 따라 들어갔다. 통로를 따라 나오자, 일행은 바위 뒤로 나왔다. 초홍을 따라 호리조무가 나오자 말했다.

"데리고 오신 용사 삼십 명과 이곳에 계시다가 호리적지가 이곳으로 나오면 호리적지를 잡아 안전한 곳에 숨겨 두세요."

호리조무가 말했다.

"호리적지를 잡으라고요. 제가 호리적지를 반대하고 있지만, 그런 행동은 부족들의 지지를 받을 수 없습니다. 후에 큰 일이 생길 것입니다."

초홍이 미소 짓고 말했다.

"그런 일은 생기지 않을 것입니다. 저를 믿고, 제 말을 따라 주세요."

망설이는 얼굴로 초홍을 보며 호리조무가 말했다.

"하지만… 알겠습니다. 제 목을 웅초홍 님께 맡기겠습니다."

초홍이 말했다.

"걱정하지 마세요. 호리적지를 잡고, 일각도 되지 않아 제가 왜 이런 것을 부탁했는지 알게 될 것입니다."

능화와 웅교도 초홍이 무엇을 하려는지 알 수가 없었다.

초홍은 다시 세 명을 데리고 이백 보 떨어진 제단으로 향했다. 제단의 구조는 조금 전 보았던 제단과 똑같이 만들어져 있었다. 초홍이 약간 인상을 찌푸린 후 말했다.

"저번에 술법과는 다르게 나무 상자가 없습니다. 제 말씀 잘 들으세요. 호리적지가 두 제단 중 처음에 어디 서게 될지 알 수가 없습니다. 여우의 용사들이 모여 있는 곳은 피하여야 합니다."

초홍은 능화와 웅교를 보고 다시 말했다.

"두 분은 이곳에서 숨어 계시다가 호리적지가 이곳으로 나오면 제압하여, 잡은 호리적지를 호리조무 님께 넘겨주시면 됩니다."

초홍은 세 명이 듣도록 다시 말했다.

"다시 말씀드리면, 용사들이 모여 있지 않은 곳에 호리적지가 있습니다. 용사들이 모여 있다면 아무런 행동을 하여서는 안 됩니다. 제 말 명심하세요. 용사들이 모여들었다면, 그곳은 피하여 저에게 오시면 됩니다."

능화가 궁금해 물었다.

"여우의 용사가 호리적지 곁에 없다는 것은 말이 맞지 않습니다. 그러면 호리적지는 누가 보호한다는 말입니까?"

초홍은 능화의 물음에 대답 대신 미소를 지었다.

저녁이 되자 초원에 만들어진 제단 주위에 횃불이 타올랐다. 수십 개의 횃불이 타오르는 모습은 장엄하고 신비롭게 보였다. 제단 앞에는 천여 명의 사람들이 모여들었다. 두 제단 사이에는 북을 치는 사람 이십 명이 자신의 덩치만 한 북을 앞에 두고 서 있었다. 조용하게 울리는 북소리는 사람들에게 긴장감을 선사했다.

잠시 후 두 제단 사이로 호리적지가 모습을 나타냈다. 용사들에게 둘러싸여 북을 치는 자들 뒤에 서 있었다. 여우의 용사들은 북을 치는 사람들 뒤로 넓게 벌려서 섰다. 초홍은 호리적지가 어디로 갈지 유심히 보고 있었다. 호리적지는 사람들이 외치는 소리에 손을 들어 올렸다. 사람들이 연호하여 외친다.

"미호! 미호! 미호!"

호리적지는 초홍이 보기에 왼쪽으로 걸었다. 그곳에는 호리조무의 용사 삼십이 숨어 기다리는 곳이었다. 초홍은 미소를 지었다. 호리적지가 제단에 올라 다시 팔을 들어 올리자 또다시 천여 명의 사람들에게서 연호가 울려 퍼졌다.

"미호! 미호! 미호!"

초홍은 생각보다 많은 사람이 호리적지를 지지하고 있음에 놀랐다. 소문으로 전해진 술법의 위력을 실감하고도 남았다. 초홍은 이곳에서 술법이 거짓이라는 사실이 알려진다 해도 호리적지에게 타격을 줄 뿐, 호리적지를 따르는 용사들과 지지자들의 마음을 바꿀 수 없을 것으로 생각했다.

호리적지가 또 어떤 거짓말을 하여 위기를 벗어날 것을 알았기에 다른 방법으로 우회하고 있었다. 초홍은 미호 호리조혜의 죽음에 대한 의문을 풀지 못한다면, 호리적지를 어찌지 못한다는 것을 알았다.

격렬하게 울리던 북소리가 멈추고 사방이 고요해지자, 호리적지가 말했다.

"내가 미호로 적합하지 않다고 이야기하는 자가 아직도 있다면, 내가 오늘 주술의 술법을 보여 미호를 계승할 적임자가 나인 것을 증명할 것이다. 오늘 나의 주술 술법을 보고도 같은 말은 하는 여우인에게는 엄중한 벌을 내릴 것이다. 잠시 후 내가 이곳에서 사라지면 저 옆쪽 제단에 다시 나타날 것이다. 내 술법을 똑바로 보아라."

호리적지의 말이 끝나자, 북소리가 크게 울리기 시작했다. 북소리와 사람들의 함성이 점점 높아만 가고, 호리적지는 제단의 뒤에 가서 섰다.

능화와 웅교는 바위 뒤편 수풀 속에서 누군가가 나오기를 기다리고 있었다. 북소리가 크게 들리고 사람들이 미호를 연호하는 소리를 듣고 있는데, 누군가 제단 뒤편 바위를 향해 걸어오고 있었다. 걸어오는 사람의 얼굴을 본 두 사람은 두 눈을 동그랗게 떴다. 능화와 웅교는 눈을 다시 비벼 보고, 서로의 얼굴을 바라다보고 의문이 많은 표정을 하고 있었다. 걸어온 사람이 호리적지였기 때문이었다.

호리적지는 이미 사람들 앞에 있는데, 귀신이 아니라면 호리적지가 능화와 웅교의 앞에 있을 수 없었다. 걸어온 호리적지는 바위에 만들어 놓은 제단의 비밀 통로로 사라졌다. 고개를 좌우로 크게 흔든 웅교가 말했다.

"제가 방금 본 것이 호리적지가 맞습니까?"

능화가 멍한 표정으로 말했다.

"나도 방금 호리적지를 본 것 같아…."

격렬한 북소리가 끝나자, 여우의 용사들이 능화와 웅교가 있는 제단으로 모여들고 있었다. 웅교는 능화를 잡아끌며 말했다.

"초홍에게 가요. 빨리 가서 이 사실을 알려 주어야 해요."

웅교와 능화가 초홍의 옆으로 오자 북소리가 순식간에 멈추고 왼쪽 제단 뒤에 있던 호리적지가 사라졌다. 놀라는 소리가 이곳저곳에서 들렸다. 잠시 후 이백 보나 떨어진 제단에 호리적지가 나타났다. 그러자 사람들은 함성을 질렀다. 북소리는 다시 격렬해지고, 사람들은 놀라는 탄성과 함께 호리적지를 향해 땅바닥에 엎드렸다. 사람들의 연호 소리가 점점 크게 들려왔다.

"미호 호리적지! 미호 호리적지! 미호 호리적지…!"

사람들의 함성이 시끄럽게 울려 퍼지는 사이 왼쪽 제단 뒤에서 용사들과 숨어 있던 호리조무 앞으로 초홍의 말처럼 용사들의 호위 없이 호리적지가 걸어 나오고 있었다. 호리조무는 초홍의 말 대로 되자 미소를 지었다.

호리조무는 목숨을 걸고 용사들과 싸움할 것에 대비하고 있었다. 자기 용사들을 더 데려오지 않은 것이 후회되었다. 그런데 웅초홍의 말 대로 호리적지 혼자의 몸으로 나오고 있으니 미소가 절로 나왔다. 호리조무의 용사들은 일사불란하게 호리적지를 잡아 약속한 장소로 데려갔다.

호리조무는 용사들이 떠나자 의문이 들었다. 본인이 호리적지를 잡았는데, 앞쪽에 들리는 함성에 의문을 품지 않을 수 없었다. 호리조무는 의문을 풀기 위해 웅초홍을 찾아갔다. 웅초홍과 웅교, 웅능화에게 호리조무가 다가서서 놀라 말했다.

"내가 지금 분명히 호리적지를 잡았는데, 저 앞에 어찌 호리적지가 있습니까?"

이번에는 능화가 놀라서 말했다.

"분명 호리적지를 잡은 것이 맞습니까?"

호리조무, 웅능화, 웅교는 일제히 웅초홍의 얼굴을 바라다보았다. 웅초홍은 미소를 짓고 있었다. 초홍이 말했다.

"놀라지 마십시오. 진실을 들으면 아무 일도 아닙니다."

호리조무가 참지 못하고 궁금하여 물었다.

"진실이 무엇입니까?"

초홍이 아무렇지 않게 가볍게 말했다.

"쌍둥이…."

놀란 세 사람은 입을 맞춘 듯 동시에 말했다.

"쌍둥이…."

초홍이 미소 짓고 말했다.

"호리적지는 쌍둥이입니다. 이쪽에서 사라진 사람이 저쪽에서 바로 나올 수 있었던 것은 쌍둥이가 한 사람인 것처럼 연기를 했기 때문입니다. 이제 의문이 풀렸나요?"

호리조무, 능화, 웅교는 초홍의 말을 듣고 그제야 모든 것이 이해되었다.

능화가 초홍을 보고 물었다.

"언제부터 호리적지가 쌍둥이인 것을 알았습니까?"

초홍은 궁금해하는 세 사람을 번갈아 보고 말했다.

"처음엔 저도 이렇게 신기한 술법을 하는 자가 있다는 것이 너무도 신기했습니다. 고민을 해 보았지만 어떻게 그런 술법을 했는지 알 수가 없었지요. 그래서 모든 미호는 이 술법을 익힌다고 생각할 수밖에 없었습니다. 그런데 호리조무 님의 설명을 듣던 중, 다른 미호는 하지 못한 일이라는 것을 들었을 때 갑자기 쌍둥이가 머리에 떠올랐습니다."

세 사람은 고개를 끄덕였다. 호리조무가 물었다.

"정말 웅초홍 님은 총명합니다. 그럼, 앞으로는 어떻게 하실 생각인가요?"

초홍이 대답했다.

"먼저 잡아 놓은 호리적지를 만나 보고 어떻게 할 것인가 생각을 해 보도록 해요."

호리조무는 웅초홍의 일행을 데리고 잡아놓은 호리적지에게 갔다. 호리조무의 용사들이 지켜 서고 있는 곳을 지나자 호리적지가 보였다. 초홍 일행이 들어서자, 자리에 앉아 있던 호리적지가 일어나 쏘아보며 말했다.

"너희가 나 미호 호리적지를 이렇게 하고도 살아남기를 바라느냐? 어서 나를 풀어주고, 내 앞에 용서를 빌어라. 호리조무, 네가 감히 족장인 미호에게 이런 짓을 하고도 살아남을 수 있다고 생각하느냐? 부족들이 무섭지도 않으냐?"

초홍이 미소 짓고 말했다.

"이를 어찌합니까? 당신이 여기에 잡혀 온 줄은 아무도 모릅니다. 그런데, 어찌 부족들이 알겠습니까?"

호리적지가 화가 나 소리쳤다.

"너는 누구이기에 내 말에 끼어드는 것이냐?"

초홍은 다시 한번 미소 짓고 대답했다.

"저는 곰의 땅에서 온 웅초홍이라 합니다. 제가 당신을 이곳에 잡아 놓으라 호리조무 님께 부탁을 드렸습니다."

호리적지가 물었다.

"무엇 때문에 곰족이 여우의 일에 끼어드는 것이냐?"

초홍이 차분히 대답했다.

"미호 호리적지께서 멧돼지인들이 곰의 용사들에게 모두 죽었다는 거짓말을 퍼트려 여우인을 미혹하는 것을 곰인으로서 두고 볼 수만은 없었습니다."

호리적지가 큰 소리로 말했다.

"그것이 어찌 거짓말이라 하느냐? 곰의 땅에 터를 잡은 멧돼지인들은 모두 사라졌다. 모두가 죽은 것이 아니면, 멧돼지인들이 어디로 갔다는 것이냐?"

초홍이 말했다.

"정말 몰라서 그렇게 말하는 겁니까? 아니면, 거짓을 만들어 자신조차 속여 믿는 겁니까? 멧돼지인은 모두 귀화하여 곰인이 되었습니다. 멧돼지인이 없어진 것은 사실이나, 그들은 곰인으로 살아 있습니다."

콧방귀를 한번 뀌고 호리적지가 말했다.

"지금 그 말을 내가 믿을 것 같으냐? 지금 누구를 속이려 드는 것이냐? 멧돼지인 수천은 곰의 용사에게 죽었다. 노인과 어린아이들까지도 모두 그들이 죽였다."

초홍은 무언가 이상하게 느껴져 고개를 갸웃거렸다. 표정과 말투로 보아 거짓을 말하는 것 같지 않았다. 초홍이 다시 물었다.

"정말로 그렇게 믿고 있는 것이군요? 그 일을 누구에게 들었습니까?"

호리적지는 당황하여 대답했다.

"당연히 호리적지… 아니… 내 용사들에게 들은 것이다."

그 모습을 보던 초홍이 정색하며, 또렷한 목소리로 물었다.

"당신은 누구입니까? 이름이 뭐죠?"

호리적지는 놀란 표정을 하며, 초홍을 바라보고 말했다.

"내가 누군지 몰라서 묻는 것이냐? 난 호리적지다. 나를 풀어주면 내 너희를 용서하고, 죄를 묻지 않을 것이다."

초홍이 냉정한 목소리로 말했다.

"아직 상황 판단을 하지 못했군요. 나는 당신을 풀어줄 생각이 없어요."

흥분한 호리적지가 말했다.

"나 호리적지가 없어진 것을 알면, 여우의 용사들이 나를 구하기 위해 이곳으로 올 것이다. 용사들에게 죽고 싶지 않으면 어서 나를 이곳에서 풀어주어라."

초홍이 측은한 표정을 하고 말했다.

"아무도 당신을 찾지 않을 거예요. 당신도 이유는 이미 알고 있잖아요? 호리적지는 용사들과 버젓이 밖에 있는데, 어떤 용사가 당신을 생각할 수 있나요? 당신이 이곳에 있다고 생각하는 것은 호리적지 한 사람밖에는 없어요. 그런데 어쩌죠? 호리적지도 당신을 찾지는 않을 거예요. 이유가 궁금하죠. 용사들에게 자신을 찾으라고 할 수는 없으니까요. 그렇다고 모든 진실을 말해서 그동안 쌓아 놓은 것들을 한순간에 무너트리지는 않을 거예요. 만약 당신이 여기서 죽는다면, 호리적지는 오히려 안심하겠지요. 안 그런가요? 당신이 살 수 있는 길은 우리에게 협조하는 것뿐, 다른 길은 없어요."

호리적지는 초홍의 말을 듣고 더욱더 당황한 얼굴이 되어 있었다. 그런 호리적지를 보며 초홍이 조용히 다시 물었다.

"이름이 뭐예요?"

한동안 말이 없이 고개를 숙이고 있던, 호리적지가 조용한 목소리로 말했다.

"내 이름은 호리흑지(狐狸黑智)예요. 호리적지의 동생입니다. 우리는 쌍둥이입니다."

호리조무, 웅능화, 웅교는 초홍과 호리흑지의 놀라운 이야기에 끼어들지 못하고 듣고만 있었다. 초홍이 다시 조용히 물었다.

"알고 있어요. 당신이 쌍둥이라는 것. 두 사람이 어떻게 여우인들을 술법으로 속였는지도… 당신이 미호 호리조혜를 죽였나요?"

호리흑지는 고개를 숙이고, 소리를 질렀다.

"아니요. 내가 죽이지 않았어요."

초홍이 부드럽게 말했다.

"그럼, 호리적지가 죽였군요? 당신이 도왔나요?"

모든 것을 놓은 듯한 목소리로 호리흑지가 말했다.

"아니요. 호리적지가 불러서 갔을 때는 이미 미호 호리조혜는 죽어 있었습니다."

초홍이 물었다.

"호리적지가 미호 호리조혜에게 독을 썼나요?"

호리흑지가 대답했다.

"네. 독을 썼다고 했어요. 호리적지가 말하길 미호 호리조혜가 자신을 범하려 해서 독을 썼다고 말했습니다."

호리조무가 화가 나서 소리를 질렀다.

"말도 안 돼. 미호 호리조혜는 그런 사람이 아니야."

호리흑지가 호리조무를 한번 바라보고 초홍에게 눈을 돌려 말했다.

"네. 저도 처음 호리적지가 울면서 도와 달라고 해서, 그 말을 믿었습니다. 하지만 미호의 자리를 탐하는 모습을 보고 이상한 생각이 들어 물어보았습니다. 호리적지가 말하길 제가 미호 호리조혜를 같이 죽였으니, 우리는 같은 운명이 되었다 했습니다. 처음에는 무슨 말인지 이해를 할 수가 없었지만, 호리적지는 우리가 미호 호리조혜를 죽인 거라고 수없이 반복해 말했습니다. 그리고 자신이 미호가 되면, 호리조혜의 일은 모두 없었던 일이 된다고 했습니다. 자신이 잘못되어 죽으면, 저도 죽을 것이라 했습니다. 호리적지는 똑똑한 사람입니다. 저는 호리적지가 무슨 생각을 하는지 알 수가 없어요. 그래서 호리적지의 말에 따를 수밖에 다른 방도가 없었습니다."

초홍이 물었다.

"멧돼지인들이 곰인의 용사에게 모두 죽었다는 것도 호리적지에게 들었습니까?"

호리흑지가 대답했다.

"네. 언니가 술법을 행할 때 말해야 할 것을 암송하게 했는데, 그 이야기를 하기에 물었더니, 곰의 땅에 보낸 여우의 용사가 알아 온 정보라 했습니다."

한숨을 한번 쉬고 초홍이 미소 짓고 말했다.

"당신은 순진하고, 좋은 사람이군요. 호리적지에게 그렇게 속고, 그 말을 또 그대로 믿었군요…."

초홍과 일행은 밖으로 나왔다. 호리조무가 감개무량한 표정으로 초홍에게 말했다.

"호리적지가 어떤 간계를 써 미호 호리조혜를 해쳤을 거라는 막연한 심증만이 있었는데, 그 증인을 찾아 주시고 호리적지의 술법의 비밀도 알려 주셨으니, 제가 이 은혜를 어찌 다 갚아야 할지 방법을 일러 주십시오."

초홍이 미소 짓고 말했다.

"은혜라니요. 그렇지 않습니다. 제가 궁금증을 못 이겨 일을 크게 벌였으니, 나무라지나 마십시오."

호리조무는 어느 때보다 예의를 차려 말했다.

"계속 느끼지만, 참으로 총명하고 겸손하십니다. 제가 이 일을 어떻게 처리해야 할지 조언을 부탁드립니다."

"호리흑지를 잘 보살펴, 그가 호리조무 님을 믿고 따르도록 하셔야 합니다. 필요한 상황이 된다면, 큰 도움이 될 것입니다. 그리고 지금은 호리적지의 술법의 소문이 여우 땅에 널리 퍼져 나갈 것입니다. 이 말은 호리적지를 따르는 세력이 점점 더 많아질 것을 의미합니다. 당장은 호리적지를 단죄할 방법이 없습니다. 호리조무 님이 세력을 키우고 때를 기다릴 수밖에 뾰족한 방법이 없습니다."

호리조무가 간곡한 부탁의 말을 했다.

"초홍 님께서 제 곁에 남아 방법을 찾아주실 수는 없을까요?"

초홍이 대답했다.

"죄송합니다. 제가 말씀드린 사살모를 찾는 것이 저에게는 가장 시급을 다투는 일입니다. 말씀을 드리진 못했지만, 곰의 땅에서 곰신을 찾아야 하는 일 또한 제가 미룰 수 없는 일입니다. 죄송하지만 호리조무 님의 제안을 저는 받을 수 없습니다."

아무 일도 아닌 듯 호탕하게 웃은 호리조무가 말했다.

"하하하. 중요한 일을 하시는 분에게 제 일만을 부탁드렸습니다. 죄송합니다. 제가 독수리의 땅으로 빠르게 가도록 제 용사들 몇 명과 식량을 드릴 테니, 사양 말고 받아 주십시오."

　웅초홍과 웅능화 웅교는 호리조무가 보낸 여우의 용사 다섯 명의 길잡이를 선두로 하여, 독수리의 땅으로 향했다.

6장

독수리의 절벽

    독수리의 땅으로 들어온 초홍 일행은 호리조무가 동행하도록 보내준 용사들과 인사를 하고 헤어져 걸었다. 초홍 일행이 목표로 하는 조벽(雕壁)까지는 하루면 도달할 거리에 있었다. 독수리의 땅은 어떤 부족의 땅보다 위험한 곳이었다.

    독수리인들의 구성은 독특했다. 여러 부족이 독수리라는 이름 아래 있을 뿐 문화와 생활 등이 상이한 경우가 많았다. 공통으로 이 부족을 설명할 수 있는 것은 무섭고 잔인하다는 것이었다. 주변의 다른 부족과 싸움하거나, 전쟁을 벌이는 경우가 많았다. 척박하고 추운 땅에 살다 보니, 남의 것을 약탈하는 것이 일반적인 이들의 삶이었다.

    곰의 땅 북쪽 주원이 있는 이유도 이들을 막기 위함이 가장 컸다. 초홍의 일행은 한 번도 독수리인과 교류하거나 만나 본 적이 없었다. 초홍은 웅학성에게 어릴 때 들은 적이 있었지만, 웅학성도 이들에 대해서는 많은 것을 알고 있지 못했다. 초홍이 가지고 있는 독수리 땅의 인상은 척박하고 야만적이라는 것으로 요약할 수 있었다.

경험이 많은 능화조차 독수리의 땅에 들어와서는 긴장을 한 티가 역력했다. 능화가 주변을 살피며 말했다.

"두 분 다 조심하셔야 합니다. 독수리의 땅에서 위험에 처한다는 것은 곧 죽음을 의미합니다. 이곳으로 오는 것을 반대해야 했는데, 후회가 됩니다."

웅교가 자신 있는 목소리로 말했다.

"제가 있는데 무엇이 걱정입니까? 제가 두 분을 잘 모실 테니, 아무 걱정하지 마세요."

능화가 눈을 가늘게 뜨고 말했다.

"나와 겨뤄도 이기지 못할 사람이, 누가 누구를 보호한 답니까? 지금 농을 하는 것입니까?"

웅교는 가슴에 손을 올리고 아픈 척 연기를 하며 말했다.

"능화 누님은 제가 한 손으로 상대해도 충분합니다. 하지만 제가 싸우지 않는 것은, 능화 누님이 다쳐서 아프면 제 마음이 더 아프니… 제가 어찌 참지 않을 수 있겠습니까?"

능화가 창을 고쳐 잡고 웅교에게 달려가며 말했다.

"계속 장난칠 테야?"

웅교는 도망가며 비명을 질렀다.

"살려 주세요… 살려 주세요…!"

초홍은 두 사람의 장난에 미소가 번져 올랐다. 웅교와 능화의 장난스러운 행동은 일각의 시간 동안 계속되었다. 장난이 그칠 무렵 어디에선가 들릴 듯 말 듯 바람과 함께 다급한 목소리가 들려왔다.

"사람 살려…!"

초홍과 능화, 웅교는 서로를 바라본 후 급히 목소리가 들리는 곳으로 뛰었다. 언덕을 넘자, 여자 하나가 사내 세 명과 실랑이를 벌이고 있었다. 사내들은 창을 가진 것으로 보아 독수리의 용사들이 분명했다. 여자는 막 성인이 되었을 나이에 예쁘장한 처자였다. 사내들은 이십 대로 보였는데, 머리의 윗부분 머리카락이 하나도 없었다. 똑같은 형태로 머리가 없는 것으로 보아 일부러 만든 것 같았다. 여자가 울며 소리를 질렀다.

"제발 살려 주세요… 부탁드려요…."

독수리 용사 하나가 음탕한 표정을 짓고 말했다.

"거참… 우리가 재미 조금 보고 온전히 데려갈 것이다. 네가 죽으면 우리가 더 곤란한데, 무얼 살려 달라 난리 치느냐?"

여자가 울며 잡힌 팔을 흔들었지만, 사내들의 힘이 강해 꼼짝도 하지 않았다. 여자는 모든 것을 포기한 듯 자리에 주저앉아 울었다.

웅교가 단호하게 소리를 질렀다.

"당장 멈춰라!"

웅교의 큰 목소리에 울던 여자와 독수리 용사 세 명이 돌아서 웅교를 위아래로 보았다. 그중 한 명의 독수리 용사가 말했다.

"외지인인 것 같은데, 죽기 싫으면 끼어들지 말고 가던 길이나 가시지…."

울던 여자가 다급히 말했다.

"살려 주세요…."

용사 하나가 여자에게 말했다.

"저놈이 무슨 수로 너를 살린 단 말이냐?"

뒤늦게 능화와 초홍이 도착하여 웅교의 뒤에 섰다. 독수리 용사 하나가 능화와 초홍을 보고 크게 웃으며 말했다.

"하하하. 아니, 저길 보라구 이년보다 더 예쁜 것이 둘이나 나타났어? 오늘 우리 횡재하는 날인가?"

음흉한 눈빛을 하고 두 명의 용사가 웃었다.

"하하하."

능화가 소리쳤다

"그 여자를 놓아주고 이곳을 떠나라."

"하하하. 와… 무서워라…."

크게 웃은 용사 하나가 장난치듯 몸을 떨며 말하자, 콧방귀를 낀 능화가 창을 고쳐 잡고 말했다.

"네놈들이 상대를 잘 못 골랐구나."

능화가 앞으로 달려 나가려 하자 웅교가 창을 비스듬히 들고 독수리의 용사들에게 뛰고 있었다. 독수리의 용사들은 웅교가 창을 들고 자신들에게 오자 여자를 놓아주고 창을 고쳐 잡았다. 웅교는 용사들의 바로 앞까지 달리는 것을 멈추지 않았다.

용사 하나가 창을 크게 휘둘렀다. 웅교는 고개를 살짝 피하고 창을 피해 잡혀 있는 여자 앞에 가서 섰다. 독수리의 용사는 웅교가 자신의 공격을 쉽게 피하자 깜짝 놀라 다른 독수리 용사를 보았다. 다른 두 명의 용사는 약속이나 한 것처럼 양쪽에서 웅교를 향해 창을 크게 휘둘렀다. 웅교는 한쪽에서 날아오는 창은 고개를 숙여 피하고 다른 쪽의 창은 자신의 창으로 막아 세웠다. 독수리 용사 하나가 말했다.

"네놈이 제법 재주를 부리는구나, 이번에도 막을 수 있는지 어디 한번 보자."

 말이 끝나기 무섭게 세 개의 창이 동시에 웅교를 찔러 들어왔다. 웅교가 가볍게 창을 한 번 돌려내자, 세 명이 찌르는 창이 모두 웅교를 비켜 지나갔다. 화가 난 용사 세 명은 웅교의 목숨을 단번에 끊어낼 것처럼 급소들을 향해 숨 막히게 덤벼들었다. 모든 힘을 다해 웅교를 죽이려는 용사들의 필사적인 몸짓과 다르게 웅교는 여유 있는 표정으로 그들을 상대하고 있었다.

 능화가 차갑게 말했다.

 "장난은 그만두고 내게 넘겨, 내가 그놈들이 다시는 처자들에게 해코지를 못 하도록 만들어 줄 테니…."

 말을 마친 능화는 어느새 용사들의 뒤에서 창을 날렸다. 능화의 창이 어찌나 빠른지 용사들은 계속해서 뒷걸음질로 피해야 했다. 능화의 창은 멈출 줄 모르고 춤을 추었다. 옆으로 피해 창을 짚고 서 있던 웅교가 손뼉을 치며 말했다.

 "창술 하나는 이 웅교가 능화 누님을 따를 수 없겠습니다. 언제 시간을 내어 가르침을 주세요…."

 웅교가 말을 다 마치기도 전에 능화의 창에 손등과 팔에 상처를 입은 독수리 용사들이 창을 바닥에 떨구었다. 용사들은 얼굴이 핏기가 사라져 뒤로 돌아 도망을 쳤다. 웅교가 그 모습을 보고 활을 잡아 시위를 당기려 하자 초홍이 말리며 말했다.

 "멈추세요. 그들을 죽인다면, 독수리의 땅에서 우리가 행동하기 어려워집니다."

 웅교는 초홍의 말에 당기던 활의 시위를 거두어들였다.

초홍은 앉아서 정신이 반쯤 나가 있는 여자에게 갔다. 그러고는 앉아 있던 여자에게 손을 내밀었다. 초홍의 손을 본 여자는 그제야 정신이 돌아온 듯 초홍의 손을 잡고 일어섰다. 일어선 여자가 고개를 숙이며 말했다.

"감사합니다. 여러분 덕에 제가 살았습니다. 이 은혜는 잊지 않겠습니다."

초홍이 물었다.

"어디 다친 곳은 없나요?"

여자가 대답했다.

"네, 다친 곳은 없습니다."

초홍이 물었다.

"이런 곳에 왜 혼자 계셨습니까?"

"양 한 마리가 보이지 않아 찾고 있었습니다. 멀지 않은 곳에 저희 마을이 있어요. 제 소개가 늦었네요. 저는 조호청(雕昊青)이라 합니다."

초홍과 능화, 웅교도 자신을 소개했다.

조호청이 물었다.

"이곳에는 무슨 일로 오셨습니까?"

초홍이 대답했다.

"사람을 찾아왔습니다. 살인을 저지르고 이곳으로 도망친 사살모라는 여자를요."

조호청이 놀라 되물었다.

"살인이요?"

웅교가 말했다.

"네, 주술의 힘으로 사람들을 미혹하고 수많은 부족의 사람들을 죽음에 이르게 했습니다."

조호청이 다시 물었다.

"그럼, 어디로 그 사람을 찾아가시는 것입니까?"

능화가 대답했다.

"조벽(雕壁)으로 가려 합니다. 독수리의 땅에서 가장 큰 곳이니, 그 근방에 있을 것입니다."

조호청이 말했다.

"조벽은 이곳에서 하루거리인데, 이곳은 밤에는 엄청나게 추우니 저를 따라 저희 마을에서 오늘 밤을 보내시고 내일 가시는 것이 좋을 것 같습니다."

초홍이 대답했다.

"네. 그럼, 하루 신세를 지겠습니다."

조호청의 마을은 매우 작았다. 모두 합해도 오십 명도 되지 않는 사람들이 살고 있었다. 집도 이십 채가 전부였다. 양을 키우고 사냥하는 것이 이들이 할 수 있는 전부였다. 넉넉한 곳도 아닌데, 초홍 일행을 큰 손님으로 생각하고 맞아 주었다. 조호청의 집 앞으로 오십 명의 사람들이 약속이나 한 듯 금방 모여들었다.

조호청이 초홍 일행과 있었던 일을 말하자 모인 사람들은 저마다 집으로 돌아가 조그만 음식들을 챙겨서 초홍 일행에게 내어놓았다. 초홍과 능화 그리고 웅교는 진수성찬을 대접받는 것보다 그들의 웃음과 진심을 담아 내어놓는 소박한 음식에 말 못 할 감사함을 느꼈다.

초홍은 오랜만에 고향에 돌아온 듯한 기분에 사로잡혔다. 초홍의 기억에 남아 있던 고향의 삶이 이곳 사람들에게 그대로 투영되어 보였다.

초홍이 웅교에게 말했다.

"꼭 고향에 있는 것 같아요. 저는 독수리인들이 야만적이고 무서운 줄로만 알았는데, 이곳에 사람들은 고향에 사람들처럼 참 좋은 사람들입니다."

웅교가 미소를 짓고 대답했다.

"너도 그렇게 느꼈느냐? 나도 오랜만에 고향집에 다시 온 것 같아 기분이 좋아…."

두 사람의 이야기를 듣고 있던 능화가 끼어들어 말했다.

"두 분 그렇게 이곳이 좋습니까? 저도 독수리의 땅에 대해 오해했는데, 미안할 정도입니다. 독수리 땅으로 온 후 신경이 쓰여 힘이 들었는데, 긴장이 다 풀려 버리는 느낌입니다. 이 마을 사람들은 정말 착한 것 같아요."

초홍이 말했다.

"사살모를 쫓는 일만 아니라면 며칠을 더 머물고 싶은 생각이 듭니다. 우리 사살모를 잡은 후 이곳에 꼭 한 번 다시 오는 것은 어떨까요?"

웅교가 대답했다.

"좋은 생각이야. 우리 다시 한번 이곳에 오자."

능화도 대답했다.

"저도 좋아요."

좋은 밤을 보낸 초홍 일행은 아침이 밝아오자, 조호청과 마을 사람들과 작별하고 조벽으로 향했다. 일각의 시간을 걸었을 때, 초홍은 고개를 돌려 조호청의 마을 쪽을 돌아보았다. 마을 쪽에서 보일 듯 말 듯 연기가 피어오르는 것 같아 초홍이 능화와 웅교에게 연기를 가리켰다. 웅교가 말했다.

"마을 쪽에 불이 났어요?"

능화가 물었다.

"불이 날 일이 뭐가 있지?"

세 사람은 불길 한 생각이 들어서 오던 길을 향해 뛰었다.

세 사람이 조호청의 마을 근처에 도착하자 앞질러 달리던 웅교가 급히 바위 뒤로 몸을 숨겼다. 능화와 초홍은 웅교를 따라 숨었다. 초홍이 조심스럽게 고개를 내밀어 보자, 전날 능화와 웅교가 쫓아 보냈던 독수리의 용사들과 행색이 비슷한 자들 오십여 명이 마을에 불을 지르고, 반항하는 남자들을 창으로 찌르고, 젊은 여자를 붙잡아 묶었다. 노인과 어린 아이도 예외 없이 살육을 당하고 있었다.

웅교와 능화가 창을 들고 뛰어나가려 하자 초홍은 어금니를 꽉 물고 두 사람의 팔을 꼭 잡았다. 초홍은 말없이 고개를 좌우로 흔들었다. 한 식경도 안 되는 시간에 벌어진 이 참혹한 학살이 끝나고, 울며 절규하는 젊은 여자들과 약탈한 물건을 챙겨 들고 빼앗은 가축을 몰며 독수리 용사들이 사라졌다. 끌려가는 여자 중에는 조호청의 모습도 보였다.

그들이 사라지자 세 사람은 허탈한 표정으로 마을 이곳저곳을 살폈다. 가까운 곳에서 보자 참혹함은 이루 말할 수 없을 정도로 심했다. 생존자가 있을까 하여 꼼꼼히 살폈으나, 살아 있는 그 어떤 것도 남아 있지 않았다. 초홍이 마을을 모두 살피고 한숨을 쉬고 말했다.

"두 분도 저와 같은 생각일 줄로 압니다. 제가 만약 곰의 엄마가 된다면 독수리의 용사들을 절대 용서하지 않을 것입니다. 무모한 싸움이 될 것 같아 두 분을 말린 것이니, 저를 너무 나무라지 마세요."

한숨을 쉰 능화가 말했다.

"끌려간 사람 중에 조호청도 있었습니다. 어떻게 하실 생각입니까?"

초홍이 힘없이 말했다.

"우리는 용사들보다 인원이 너무 부족합니다. 우리의 힘으로 그들을 구할 수 있을지 알 수가 없네요. 일단 용사들을 따라가며 방법을 찾아요."

용사들을 쫓아 조벽에 도착했지만, 초홍의 일행은 조호청 일행을 구할 수 없었다. 단 세 명이 병사 오십을 당할 수 없으니, 안타까운 시간만이 흘렀다. 조벽은 깎아지는 절벽이 끝이 없이 펼쳐진 곳이었다. 수많은 독수리가 하늘을 덮고 절벽에 수많은 둥지로 넘쳐 났다.

초홍은 조호청을 구하려 머리를 썼지만, 뾰족한 방법이 떠오르지 않았다. 초홍 일행이 조벽에 들어서자 수많은 사람의 행렬이 한 곳을 향해 걷고 있었다. 웅교가 옆에서 걷고 있는 남자에게 물었다.

"이 많은 사람이 어디를 가는 것입니까?"

웅교 옆의 남자가 대답했다.

"한 시진 후에 제가 있습니다. 산 사람을 제물로 바치는 주술로 역병이 퍼지는 것을 막을 수 있다고 합니다. 제를 본 사람은 역병이 걸리지 않는다고 하니, 모두 모여드는 것입니다."

초홍과 능화, 웅교는 서로를 번갈아 보며 말했다.

"사살모…."

초홍 일행이 제가 준비된 독수리의 절벽 앞에 도착하자 구름처럼 많은 사람이 모여 있었다. 그 수가 수천을 넘어 일만은 되는 듯했다. 조벽 인근에 사는 모두가 모여든 것 같았다. 초홍은 이렇게 많은 사람을 처음 보았다. 도처에 먼지가 일고, 하늘에는 수많은 독수리가 머리 위를 맴돌고 있었다. 초홍은 이 독특한 풍경에 꿈꾸는 듯했다.

절벽에 앞으로 돌출된 곳이 하나 있는데, 멀리서 보니 마치 제단과 같은 모양을 하고 있었다. 그 크기가 앞뒤 좌우로 수십 보는 되는 커다란 바윗덩어리였다. 제단 앞으로는 나무로 된 커다란 기둥이 다섯 개가 세워져 있었다. 제를 지내는데 다른 어떤 음식이나 장식도 찾아볼 수 없었다.

제단의 앞쪽에 큰 북을 가진 백여 명의 용사들이 북을 치기 시작하자 수많은 사람의 목소리가 잠잠해져 갔다. 북소리가 점점 강렬해졌는데, 제단의 한쪽에서 남자 하나가 걸어 나와 모두가 볼 수 있는 곳에 멈춰 섰다. 남자가 두 팔을 들자 북소리가 멈췄다. 사방은 쥐 죽은 듯 고요함만이 남았다. 그때 남자의 목소리가 울려 퍼졌다.

대취 조익모가 말했다.

"웅족이 우리를 죽이려 퍼트리고 있는 역병을… 나 대취(大嘴) 조익모(雕翼貌)가 새로운 주술의 힘으로 모두 사라지게 할 것이다."

듣고 있던 능화가 초홍에게 물었다.

"대취라면 독수리인의 족장을 말하는 것 아닙니까? 그럼, 저 사람이 독수리의 족장이라는 건가요?"

초홍이 대답했다.

"네. 그런 것 같아요."

능화가 아쉬운 듯 말했다.

"저는 역병이라 하여 제에서 사살모를 볼 줄 알았는데…."

초홍이 대답했다.

"네. 저도 사살모가 하는 짓과 비슷하여, 같은 생각을 했습니다."

다시 대취 조익모의 목소리가 큰 소리로 들려왔다.

"우리 독수리의 부족인 모두를 위해 이번 주술의 제물이 되겠다고 자처한 다섯 명의 처녀를 여러분에게 선보이겠다."

조익모가 자신이 걸어 나온 곳을 가리키자 여자들이 걸어 나오는데, 독수리의 용사가 좌우에 한 명씩 여자의 팔을 잡고 있었다. 여자들은 자신의 의지로 걷는 것이 아니라, 용사들의 힘으로 끌려오는 것처럼 보였다. 초홍은 맨 앞에 여자의 모습에 깜짝 놀라 소리를 지를 뻔했다. 조호청이 나오고 있었기 때문이었다. 입에는 말할 수 없도록 하기 위해 무엇인가 넣어져 있었다.

끌려 나온 다섯 명의 여자는 준비된 기둥에 한 명씩 묶였다. 초홍은 조익모가 제물이 되겠다는 여자들이 스스로 자처했다는 말에 화가 치밀어 올랐다. 마을 하나를 몰살하여, 수십 명을 죽이고 잡아 온 여자들에게 스스로 자처했다고 말하니 화를 누르기 어려웠다. 조익모가 다시 소리쳐 말했다.

"이 특별한 주술을 위해 나를 대신하여, 우리에게 새로운 주술의 힘을 전해 줄 사람을 소개하겠다. 조주령(雕呪靈)은 앞으로 나오라."

조익모가 부르자 조주령이라는 여자가 앞으로 걸어 나오는데, 초홍은 심각한 얼굴이 되어 뚫어질 듯 바라보았다. 초홍이 약간은 떨리는 목소리로 능화와 웅교에게 말했다.

"저… 여자가… 사살모…입니다…."

초홍의 말을 듣고 놀란, 능화와 웅교는 조주령이라 불렸던, 사살모를 두 눈에 담기 위해 그에게서 눈을 떼지 않았다. 조주령이라 자신을 숨기고 있는 사살모는 독수리인의 복색을 화려하게 꾸며 입고 있었다. 북소리가 다시 울리기 시작했다. 조주령이 기둥에 묶어 놓은 여자들에게 새의 깃털을 가지고 피처럼 보이는 것을 열심히 발랐다. 모두 바르고 나자 북소리는 멈췄다.

조주령이 두 팔을 높이 들고 주문을 외우기 시작했다. 사람들은 조용히 이 광경을 지켜보고 있었다. 기둥과 제물이 된 여자들에게 바른 피 때문에 제단은 끔찍한 모습을 자아내고 있었다. 조주령의 주문이 점점 큰 소리가 되어 사람들에게 퍼져 갔다. 제단 쪽 하늘 위에는 수많은 독수리가 돌고 있어, 더욱 이상한 풍경이었다.

조주령 주문의 소리가 작아지자, 북소리가 조용히 박자를 맞추어 울렸다. 조주령이 조익모의 곁으로 가서 섰다. 용사 몇이 가죽에 담긴 피를 기둥 근처에 흩뿌렸다. 용사들이 자리를 피하자 구경하는 수많은 사람은 제단에서 눈을 떼지 못하고 있었다. 초홍의 일행은 자신에 눈앞에서 어떤 일이 일어날지 몰라 제단이 뚫어져라 바라보고 있었다.

초홍은 조주령과 공포에 떨고 있는 조호청을 번갈아 보고 있었다. 일각도 되지 않는 짧은 시간이 지나자, 하늘을 돌고 있던 독수리의 검은 그림자 하나가 제물이 된 여자들을 향해 내려왔다. 한 마리의 독수리가 내려오자 약속한 것처럼 날고 있던 독수리들이 일제히 여자들이 묶인 기둥으로 내려왔다. 마치 커다란 한 마리의 동물처럼 착각을 불러일으키는 경관이었다.

내려온 수많은 독수리 떼가 기둥에 제물이 된 여자들에게 달라붙어 새까만 덩어리를 이루어 여자들의 모습은 보이지 않았다. 독수리의 날갯짓 소리가 북소리와 조용히 들릴 뿐 사방은 고요했다. 초홍은 어금니를 힘을 주어 물고 조용히 눈을 감았다. 초홍은 서서히 눈을 떴다. 초홍은 산 사람을 독수리에게 제물로 줄 것이라고는 상상도 못 했다. 초홍은 조주령 행세를 하는 사살모를 용서할 수가 없었다. 독수리의 무리가 많아서인지 제단에 제물이 되었던 여자들의 모습은 순식간에 자취를 감췄다. 대취 조익모가 사람들을 향해 두 팔을 높이 들고 말했다.

"이제 독수리의 땅에는 역병이 사라질 것이다. 나 조익모가 있는 한 역병도 곰족도 우리를 어쩌지 못할 것이다."

조용하던 군중 앞 용사들이 연호를 시작했다.

"대취! 대취! 대취…!"

조용하던 군중들도 서서히 용사들의 연호를 따라 하기 시작했다.

"대취! 대취! 대취…!"

만여 명이 질러대는 연호 소리는 독수리의 절벽을 가득 채우고 퍼져 나갔다. 초홍과 능화, 웅교는 사람들 틈을 비집고 빠져나와 제단의 뒤쪽으로 향했다. 능화가 초홍에게 물었다.

"사살모가 대취 조익모의 비호를 받고 있는데, 어떻게 그를 잡을 수 있을까요?"

초홍이 걱정의 말을 했다.

"저도 지금은 어떤 방안도 생각나지 않습니다. 짧은 시간에 사살모가 조익모의 신임을 얻은 듯 보입니다. 수많은 독수리 용사들을 상대할 수 없으니, 심사숙고해 보아야 할 것 같아요."

웅교가 물었다.

"사살모에게 가까이 접근해 활을 쏘는 것은 어떨까?"

초홍이 담담한 투로 말했다.

"접근도 쉽지 않을 뿐 아니라, 사살모를 죽이고 그곳에서 도망치는 것은 불가능합니다. 목숨을 버리는 행위입니다."

웅교가 차분히 대답했다.

"사살모가 이렇듯 많은 사람의 죽음을 만들고 해악을 저지르는데, 내 목숨 하나와 바꾼다면 그것도 나쁘지 않겠지….”

초홍이 능화의 얼굴을 살피며, 웅교에게 눈치를 주었다. 콧방귀를 낀 능화가 웅교에게 냉정한 표정으로 말했다.

"창술이나, 활쏘기 모두 내가 웅교를 앞서지. 사살모에게 활을 쏘고 편안한 마음으로 세상을 등질 테니, 초홍 님을 모시고 잘 살도록 해."

능화의 반응에 깜짝 놀란 웅교가 어쩔 줄 몰라 하며 말했다.

"능화 누님, 내가 실언했습니다. 미안합니다. 나는 능화 누님 없이 못 살아요. 그 말 거두세요. 제 목숨도 능화 누님의 것이니, 앞으로는 더 주의하겠습니다."

초홍은 눈가가 촉촉하게 젖어오며 말했다.

"네. 기분 푸세요. 저는 두 분 중 누구도 희생하는 것은 바라지 않아요. 저에게 소중한 사람들을 지키기 위해 싸우는 것입니다. 웅검진 님과 같은 일은 다시는 없어야 해요… 사살모가 죽도로 밉지만, 두 분에게 문제가 생긴다면 저는 그를 쫓는 것을 그만둘 것입니다."

초홍이 웅검진이 죽은 후 처음으로 입에 그의 이름을 올리자, 능화와 웅교는 깜짝 놀랐다. 능화가 초홍의 말을 받아 빠르게 말했다.

"초홍 님, 저도 그 마음 다 알고 있습니다. 웅교도 마찬가지일 것입니다. 저는 기분 다 풀렸습니다. 사살모를 잡을 방법이 꼭 있을 것입니다…"

초홍은 잠을 잘 수가 없었다. 코앞에 있는 사살모를 잡아 웅검진과 조호청 등 수많은 사람의 원혼을 달래 주고 싶었다. 초홍은 자신이 곰의 엄마가 된다면, 이 일을 너무나 쉽게 해결할 수 있다는 것은 알았다. 대취 조익모의 문제도 큰 어려움 없이 처리할 수 있을 것 같았다. 하지만 지금은 가지고 있는 힘이 너무 미약했다. 초홍은 오늘 밤만큼, 곰의 엄마가 되고 싫었던 적은 없었다.

잠에서 깬 능화가 멍하니 밖을 바라보는 초홍을 발견하고 말했다.

"한잠도 안 잔 것입니까?"

초홍이 대답했다.

"네. 잠이 오지 않아서요."

잠에서 깬 웅교가 눈을 비비며 일어났다. 모두 잠에서 깨자, 초홍이 능화와 웅교를 향해 차분하게 말했다.

"제가 아무리 생각해 보아도 사살모가 이곳으로 온 시간이 너무 짧습니다. 그런데 이곳에서 가장 큰 권력을 가진 대취 조익모의 신임을 얻기는 무리가 있었을 것입니다. 아마 사살모가 역병의 씨를 사용해 대취 조익모를 겁박하고 있다고 보는 게 맞겠죠. 대취 조익모를 만나야 할 것 같습니다."

그때 대취 조익모는 조주령과 함께 비밀스러운 대화를 이어 가고 있었다.

대취 조익모가 말했다.

"이제 역병의 해독제를 내주시게…."

조주령이 미소 짓고 말했다.

"네. 드려야지요. 제가 다시 역병을 퍼트릴 수 있는 것은 잘 알고 계시죠? 제 말을 잘 듣는다면, 제가 다시 역병의 씨를 사용하지는 않을 것입니다."

대취 조익모가 설명했다.

"내가 이미 약조하지 않았나. 조벽의 부족이 모두 보는 앞에서 당신의 주술 힘을 보았으니, 독수리의 땅에 살고 있는 모든 부족이 당신의 힘을 본 것과 같아. 이제 내 다음으로 권력을 누릴 수 있을 거야."

코웃음을 치고 조주령이 말했다.

"당신 다음가는 권력이라… 내가 당신을 마음대로 할 수 있는데, 어째서 당신 다음이라는 것이죠?"

당황한 조익모가 놀란 눈으로 말했다.

"내 말은 그런 뜻이 아니라, 독수리인들이 보았을 때 그렇다는 것이지. 내가 어떻게 당신의 위에 설 수 있나…."

조주령이 단호하게 말했다.

"대취의 자리가 있으니, 타인이 있다면 지금과 같은 행동을 용납하겠다. 대신, 둘이 있는 경우 나에게 말과 행동을 깍듯이 해야 할 것이다."

조익모는 마지못해 대답했다.

"네… 알겠습니다…. 제가 그렇게 하겠습니다."

조주령은 품속에 가져온 가죽 주머니를 조익모의 발아래로 던지고 말했다.

"역병의 해독약 다섯 알이다. 너를 포함해 다섯만 살 수 있을 것이다."

조익모가 물었다.

"아니? 다섯 알만 주시면… 역병에 걸린 마을에 사람들은 어쩌라는 겁니까?"

"모두가 고통스럽게 죽겠지…. 고통이 심할수록 남은 독수리인들은 내 말을 잘 들을 것이고…. 대취의 말도 고분고분 잘 듣겠지? 안 그래?"

말을 마친 조주령이 큰 소리로 웃었다.

조익모는 조주령에게 공포감이 들었다. 사람 수백의 목숨을 저렇게 쉽게 말할 수 있다는 것이 자신은 이해가 되지 않았다. 역병의 씨를 가지고 있는 조주령을 어떻게 상대해야 할지 난감하기 그지없었다.

조주령이 돌아가자 조익모는 급하게 가죽 주머니를 열어 한 알의 환약을 꺼내어 급히 삼킨 뒤 그제야 안도의 한숨을 쉬었다. 독수리의 용사 하나가 조익모에게 들어와 말했다.

"곰의 땅에서 온 자들이 대취 뵙기를 청하고 있습니다. 역병의 씨에 관해 말씀드릴 것이 있다고 합니다."

대취 조익모는 두 눈이 번뜩였다. 역병의 씨라는 것은 조주령과 자신만이 아는 것인데, 곰인이 그것에 대해 말할 것이 있다니, 결코 나쁜 일은 아니리라. 조익모가 만나겠다고 하자 세 명이 그 앞에 섰다. 조익모가 보니, 두 명의 아름다운 여자와 잘생긴 남자였다. 나이도 어려 보여 조익모는 약간 놀랐다. 초홍이 조익모를 향해 예를 다하여 말했다.

"처음 뵀습니다. 곰의 땅에서 온 웅초홍이라 합니다. 이쪽은 저와 동행하는 웅교와 웅능화입니다."

조익모는 짐짓 대수롭지 않게 대하려 애를 쓰며 말했다.

"웅초홍 처자는 내게 무엇을 구하러 왔는가?"

초홍은 미소를 머금고 가볍게 말했다.

"돌려 말하지 않겠습니다. 조주령에게 역병의 씨로 고통받고 계시지 않습니까? 제가 조주령을 잡아 곰의 땅으로 가겠습니다. 대취께서는 이것만으로도 근심을 잊을 것으로 압니다."

조익모는 잘 모르는 일처럼 평온한 표정을 짓고 말했다.

"내가 어떤 고통을 받는다는 것인가?"

초홍이 미소를 멈추고 조용히 말했다.

"역병의 해독제를 받기 위해 필요하지도 않은 제를 지내고 살아 있는 사람을 제물로 바치는 일을 하시지 않았습니까? 지금쯤 해독제를 받으셨겠지만, 조주령이 역병의 씨를 가지고 있는 한 계속해서 같은 위협을 받겠지요."

"그렇다면, 웅초홍 처자는 어떤 대안이 있는 것이오?"

조익모가 물었다.

초홍이 말했다.

"저희가 조주령을 잡으려 할 때, 독수리의 용사들이 저희를 막는 일만 없으면 됩니다. 조주령이 독수리의 용사들을 마음대로 쓰지 못하게 해 주십시오."

조익모가 초홍에게 물었다.

"만약 당신들이 조주령을 잡지 못한다면 어떻게 할 것이오?"

초홍이 설명했다.

"그렇다면, 대취께서는 저희를 만난 적이 없는 것으로 하시면 됩니다. 대취가 없다면 조주령은 이곳에 남을 수 없습니다. 모든 권력은 대취를 마음대로 할 때만 쓸 수 있기 때문이죠. 대취는 지금의 상태를 유지하거나, 조주령을 제거하시거나 둘 중 하나가 될 것입니다. 후자가 유리하실 것이니, 저희에게 기회를 주십시오."

사대홍은 멧돼지의 땅에 갔다가 사살모가 여우의 땅으로 도망쳤다는 것과 웅검진과 웅초홍의 이야기를 들었다. 급히 웅초홍을 따라 여우의 땅에 왔으나, 여우의 땅에서는 사살모가 주술을 할 수 없다는 이야기를 들었다.

사대홍은 사살모가 독수리의 땅으로 왔을 것으로 생각해 급히 독수리의 땅으로 넘어왔다. 제를 지내고 제물을 바친다는 소문을 들은 사대홍은 독수리인 군중들 사이에서 끔찍한 제를 지켜보았다. 눈앞에서 사살모를 본 것은 실로 오래간만에 일이었다. 사대홍은 신이 주신 이번 기회를 절대로 놓치지 않을 것이라 마음속으로 다짐했다.

마음 같아서는 제단으로 뛰어올라 사살모를 죽이고 싶었지만, 독수리의 용사들이 장벽처럼 가로막고 있었다. 자신의 목숨은 아깝지 않았으므로 용사가 많아도 거리가 가깝다면 실행에 옮겼을 것이었다. 하지만 제단은 접근하기 어려웠다. 사대홍은 입술을 깨물어 물고 참았다. 절대 실수가 있으면 안 되었다.

독수리에게 제물을 바치는 제가 끝나자, 사대홍은 어떻게 해야 사살모를 죽일 수 있을까 고민했다. 하지만 딱히 좋은 방법이 없었다. 사대홍은 마음을 고쳐먹었다. 사살모를 죽이고 딸 사백면의 곁으로 갈 수 있다면 아무런 여한이 없을 것 같았다. 사대홍은 자신의 목숨을 이번에 내어놓기로 마음먹었다. 그렇게 생각하자 마음이 너무 편했다. 수많은 날을 사살모를 죽이는 것만을 생각했다. 하루도 편할 날이 없었는데, 이제 그 끝이 보이는 것 같았다.

사대홍은 단순하게 마음을 먹었다. 사살모의 숙소로 무작정 뛰어들어 독수리의 용사 몇 명을 넘으면 그곳에 사살모가 있을 것이니, 그를 죽이고 독수리 용사에게 죽으면 그뿐이라고. 사대홍은 창과 활 등 사살모를 죽일 때 사용할 것들을 하나하나 살피며 준비해 나갔다.

초홍과 능화, 웅교가 조익모를 만나고 돌아오려는데, 조주령의 당이 있는 곳에서 시끄러운 소리가 들려왔다. 초홍 일행은 급히 조주령의 당으로 향했다. 초홍 일행이 당에 도착하자 독수리 용사 십여 명이 덩치가 큰 사내 한 명과 창을 가지고 싸움하고 있었다. 초홍이 자세히 보니, 사대홍이 용사들과 일전을 벌이고 있었다. 일대 십의 싸움이지만, 사대홍은 싸움에서 밀리지 않았다. 싸움은 오래 지나도 우열을 가리기 힘들 것 같았다.

싸움을 보던 초홍이 아쉬운 듯 고개를 젓고 말했다.

"계획을 바꿔야 하겠습니다. 두 분은 사대홍 어른을 도와 용사들을 물리쳐 주세요. 당장 사살모를 잡아야 하겠습니다."

초홍의 말에 능화와 웅교가 창을 돌리며, 싸움 안으로 뛰어들었다. 사대홍 혼자서도 밀리지 않았던 혼전이었기에 두 사람이 돕자 기세는 금방 사대홍에게 기울었다. 능화의 현란한 창술은 셋 중에서도 단연 돋보이는 것이었다. 웅교도 능히 혼자서도 여럿을 상대할 창술을 보였다.

사대홍은 갑자기 나타난 반가운 두 얼굴에 깜짝 놀라 미소 지었다. 용사들을 빠르게 제거하지 않는다면, 사살모가 또 어디로 도망을 갈지 알 수 없어 답답한 지경에 있었기 때문이었다. 사대홍이 창을 힘차게 휘두르며 말했다.

"제가 힘이 달리는 중이었는데, 이리 도와주시니 감사합니다."

능화가 대답했다.

"인사는 사살모를 잡고 받겠습니다."

사대홍, 웅능화, 웅교가 승기를 잡아 독수리의 용사들을 몰아붙이고 있는데, 한편에서 독수리의 용사 열 명이 다시 달려오고 있었다. 승기를 잡아 곧 끝이 날 것 같던 싸움은 다시 혼돈의 상황으로 빠져들고 있었다.

사방에 창 부딪치는 소리와 바람 소리, 비명이 어우러져 혼란함이 극에 달했다. 초홍은 혼란함에 사살모가 도망을 치기라도 한다면 큰일이기에 창을 들고 당 안으로 들어갔다. 초홍은 멧돼지 땅에서 사살모가 사용하던 주술 도구를 봤었기에 비슷한 감흥이 일어났다.

잠시 잊고 있었던 웅검진의 마지막 얼굴이 스치고 지나갔다. 울컥하는 마음을 진정하려 초홍은 아랫입술을 꽉 깨물었다. 정신을 바로 하고 조심스러운 발걸음을 떼며, 주위를 살폈다. 하지만 어디에도 사살모의 모습은 보이지 않았다.

초홍은 불길한 예감을 느끼며 다시 밖으로 나왔다. 사대홍, 웅능화, 웅교는 잠깐 사이에 많은 용사들을 해치우고 남은 몇 명과 싸움을 이어 갔다. 그 순간 한쪽 모서리 구석에 숨어 사살모가 독 대롱을 입에 문 채 나타났다. 초홍은 놀라서 소리쳤다.

"위험해…!"

초홍의 목소리에 능화가 돌아보니, 사살모가 사대홍과 웅교가 서 있는 쪽으로 독 대롱을 쏘려 하고 있었다. 그 순간 능화는 사대홍과 웅교가 있는 쪽으로 몸을 날렸다. 사살모는 능화가 몸을 날리는 순간 독침을 쏘았다. 날아간 독침은 사대홍의 등에 맞기 직전이었다.

능화의 창끝이 독침을 겨우 막아내고 능화는 중심이 무너져 바닥에 넘어졌다. 그 순간 사살모가 다시 한 번 독침을 쏘았다. 웅교를 겨냥한 독침이 날자, 능화는 본능적으로 몸을 날렸다. 창을 들어서 막아 보려 했으나, 창을 스친 독침이 능화의 몸에 맞았다. 능화는 옆으로 굴러 쓰러졌다.

그 모습을 본 초홍과 웅교는 능화에게 달려갔다. 웅교가 쓰러진 능화를 안아 올렸다. 능화는 가쁜 숨을 쉬고 있었다. 멀리서 조익모가 소리를 질렀다.

"용사들은 싸움을 멈춰라!"

조익모의 소리가 들리는 쪽을 돌아본 독수리의 용사들은 창을 내리고 뒤로 물러섰다. 사대홍은 막고 있던 용사들이 물러서자 쓰러진 능화에게 갔다. 사대홍은 품을 뒤져 환약을 꺼낸 뒤 웅능화의 목으로 환약을 밀어 넣었다. 급히 독침을 빼고 하얀 가루를 뿌렸다. 걱정스러운 표정으로 능화를 바라보던 초홍이 떨리는 목소리로 말했다.

"사대홍 어르신⋯ 해독제⋯인가요?"

사대홍이 대답했다.

"네, 해독제입니다. 하지만 사살모가 가진 독을 완벽히 해독할 수 있는 것은 아닙니다."

해독제를 생각한 초홍은 재빨리 사살모가 있었던 곳을 돌아보았다. 하지만 그곳에는 아무도 보이지 않았다. 다시 고개를 돌려 능화와 웅교를 보았다. 능화의 얼굴에서 눈을 떼지 않는 웅교의 눈에는 눈물이 그렁그렁 맺혀 있었다. 초홍도 뺨을 타고 한줄기 눈물이 흘러내렸다. 웅교가 울음 섞인 떨리는 목소리로 말했다.

"사 어르신⋯ 능화 누님⋯ 괜찮겠죠? 죽지⋯않죠?"

사대홍이 자신 없는 목소리로 말했다.

"장담은 할 수 없습니다⋯. 지켜보지요⋯."

지켜보던 조익모가 다가와 말했다.

"내일 일을 벌인다고 하더니, 어째서 이렇게 된 것입니까?"

초홍이 힘없이 말했다.

"의도한 것이 아닙니다. 우연히 일어난 것이니, 넓은 아량으로 살펴주십시오. 사살모는 몸을 숨긴 것 같으니, 더는 대취의 고민거리가 되지는 않을 것입니다. 제 동행이 독에 당해 목숨이 경각에 달려 물러가겠습니다."

초홍은 일행과 함께 숙소로 돌아와 능화의 상태를 살피고 있었다. 능화는 가쁜 숨을 쉬지는 않았지만, 겨우 숨이 붙어 있는 것처럼 가는 숨을 쉬고 있었다. 웅교는 핏기 없는 얼굴로 멍하니 능화의 얼굴만을 바라보았다. 초홍이 사대홍에게 물었다.

"왜, 깨어나지 않습니까?"

사대홍이 대답했다.

"사살모의 독은 일반적으로 뱀인이 쓰는 것이 아닙니다. 제가 가진 해독제로는 급한 불을 끈 것에 불과합니다. 다른 해독제를 더 먹였으니, 지켜보시지요…."

초홍이 물었다.

"어떻게 알고 독수리의 땅으로 오셨습니까?"

사대홍이 대답했다.

"멧돼지의 땅에 갔다가 사살모가 여우의 땅으로 도망쳤다는 것과 웅검진 님과 웅초홍 님의 이야기를 들었습니다. 여우의 땅은 사살모가 주술을 할 수 없다는 이야기를 듣고 독수리의 땅으로 왔을 것으로 생각했습니다. 그래서 급히 이쪽으로 넘어온 것입니다."

초홍이 사대홍에게 물었다.

"앞으로 어떻게 하실 생각입니까? 사살모를 다시 쫓으실 건가요?"

사대홍이 대답했다.

"네, 당연히 다시 쫓아야지요."

초홍이 물었다.

"독수리의 땅 중 어디를 찾을 생각인가요?"

한숨을 쉰 사대홍이 대답했다.

"제가 독수리의 땅을 구석구석 다시 찾아보겠습니다. 이번에 놓친다면, 사살모는 찾기 어려울 것입니다. 제가 꼭 사살모를 잡을 것입니다."

초홍이 말했다.

"그럼, 저는 일행과 함께 곰의 땅으로 가겠습니다. 이곳에서 곰의 땅 주원이 가까우니, 그곳에 가서 독을 치료할 방법을 찾아야 하겠습니다. 사살모를 찾는 것은 사대홍 어른께 부탁을 드리겠습니다."

사대홍이 굳은 의지를 내보이며 말했다.

"초홍 처자의 마음을 제가 어찌 모르겠습니까? 저도 이번에는 마지막이라는 생각으로 사살모를 반드시 잡아, 이 악행의 뿌리를 뽑겠습니다."

7장

변심

　사대홍에게 사살모의 일을 부탁한 초홍은 조익모가 내어준 독수리의 용사들의 도움을 받아 곰의 땅으로 향했다. 능화의 독을 풀어내는 것이 한시가 급하여, 초홍 일행은 잠잘 때를 빼고는 걸음을 멈추지 않았다. 능화가 독에 당한 후 웅교는 한시도 능화의 곁을 떠나지 않고 걱정스러운 얼굴을 하고 있었다. 초홍도 능화를 걱정해 얼굴이 상했다. 초홍이 한숨을 한번 깊이 쉬고 말했다.

　"괜찮을 것이니, 잠을 좀 청하세요. 그러다가 쓰러질지 걱정입니다."

　조용히 능화의 얼굴을 바라보던 웅교가 초홍을 돌아보며, 대답한다.

　"내 걱정은 말고, 초홍이 너나 잠을 좀 자 두거라. 능화 누님은 내가 살필 것이다."

　초홍이 말했다.

　"내일이면 곰의 땅에 도착합니다. 주원 땅에 웅수벽 님이 계신다면,

독을 풀 방법을 알고 계실 것입니다. 만약 안 계신다 해도 화당의 어머니 웅신명 님의 주술이 뛰어나다고 하시니, 방법이 있을 것입니다."

능화에게 고개를 돌리며, 웅교가 말했다.

"그래. 걱정하지 않겠다. 주원에 가면 네 말 대로 방법이 있을 것이다."

초홍이 다시 한숨을 쉬고 말했다.

"죄송해요…. 제가 사살모만 쫓지 않았다면, 이런 일은… 없었을 텐데…."

웅교가 초홍에게 따뜻한 미소를 짓고 말했다.

"그 무슨 말이냐? 너는 곰의 엄마가 될 사람이고 능화 누님과 나는 너를 위해 죽어 지옥이라도 갈 수 있거늘…. 능화 누님도 너를 위해 못 할 것이 없다는 것을 잘 알고 있지 않느냐?"

초홍은 웅교의 말에 대답하지 못하고 고개를 돌렸다. 초홍도 잘 알고 있었다. 웅교나 능화가 초홍 자신을 위해서는 목숨도 내어놓을 것을 잘 알았다. 다만, 초홍은 자신의 소중한 사람들을 더 이상 죽거나 다치게 하고 싶지 않았다. 더구나 능화는 초홍을 키워준 어머니 같은 사람이었다. 이번 능화의 일이 웅교에게 충격이 컸지만, 초홍도 그 이상으로 충격을 받았다. 웅교와 초홍은 능화의 머리맡에서 불편한 잠에 빠져 들었다.

다음 날 아침 세 시진을 꼬박 걸어 곰의 땅에 도착한 초홍 일행은 독수리의 용사들과 작별을 고했다. 웅교는 능화를 들어 업고 걸었다. 웅교는 젊고 건장했으나 능화를 업고 걷자 속도가 더뎌지는 것은 어쩔 수 없었다. 저녁이 다 되어 주원 땅에 들어선 초홍과 웅교는 웅신명의 당으로 향했다. 당에 도착한 초홍이 당 앞에 서 있는 곰의 용사에게 말했다.

"웅신명 어른께 만수에서 온 웅초홍이 뵙기를 청한다고 말해 주세요."

잠시 후 곰의 용사들을 따라 초홍과 능화를 업은 웅교는 화려하게 꾸며진 당으로 안내되었다. 당으로 들어서자 능화보다 몇 살은 많아 보이는 아름다운 여자가 있었다. 초홍이 보니 웅화당과 닮은 것으로 보아 웅신명임에 틀림없었다. 초홍이 예의를 갖춰 말했다.

"처음 뵙겠습니다. 만수에서 온 웅초홍이라 합니다. 이쪽은 제 오라버니 웅교이고, 업혀 있는 사람은 웅능화라 합니다. 심한 독을 당하여, 웅신명 어른께 도움을 받고자 왔습니다."

웅신명이 웅능화를 눕히도록 웅교에게 손짓하며 말했다.

"내가 이름은 들어 알고 있습니다. 어서 오세요. 독에 당했다고요? 내가 좀 봅시다. 밖에, 가서 웅수벽 님을 모셔 오도록 해라."

웅신명이 웅능화의 여러 가지를 살피는 동안 웅수벽이 들어와 말했다.

"절 찾으셨습니까?"

웅신명이 말했다.

"이 사람을 좀 살펴보시지요."

웅교에 가려져 보지 못했던 능화의 얼굴을 보고 깜짝 놀란 수벽이 능화에게 급히 몸을 옮겼다.

수벽이 놀란 목소리로 말했다.

"어찌 된 일입니까? 능화 언니에게 무슨 일이 생긴 것입니까?"

초홍이 고개를 숙이고 말했다.

"안녕하셨습니까? 웅수벽 님. 웅초홍이 인사 올립니다."

놀란 눈으로 수벽이 말했다.

"아니, 이게 무슨 일입니까? 웅초홍 님."

초홍은 그동안 있었던 일을 웅수벽에게 간단히 설명했다. 초홍의 설명을 들은 수벽이 능화의 상태를 살피고 말했다.

"다행히 사대홍이라는 분이 급한 조치를 잘한 것 같습니다. 생명에는 지장이 없겠으니 너무 큰 걱정은 마세요. 다만, 정신을 차리지 못하는 것은 시간을 갖고 기다리는 것 말고는 방법이 없어 보입니다. 능화 언니는 강한 사람이니 깨어날 것입니다."

웅신명이 거들어 말했다.

"내가 주술의 힘으로 깨어나도록 힘을 더할 것이니 걱정 마세요."

초홍은 안도의 숨을 쉬고 말했다.

"감사합니다. 이 은혜, 잊지 않겠습니다."

옆에서 걱정하며 바라보던 웅교도 머리를 조아리며, 감사의 마음을 전했다. 초홍과 웅교는 웅신명이 마련한 곳으로 능화를 옮겨 눕히고 안도의 숨을 쉬었다. 웅교가 조심스럽게 말했다.

"나는 초홍이 너와 곰의 엄마를 두고 경쟁하는 관계에 있으니 그들의 도움을 받지 못할까 봐 많은 걱정을 했는데, 내 걱정이 기우에 지나지 않았구나."

초홍이 미소 짓고 답했다.

"네, 말씀은 드리지 않았지만, 저도 조금은 걱정하고 있었습니다. 다행히 반겨 주시니 감사할 따름입니다."

그때 웅수벽과 웅신명은 진지한 얼굴을 하고, 대화를 이어 가고 있었다. 웅신명이 말했다.

"웅초홍이라는 저 아이… 특별한 기운을 가지고 있습니다…. 불안해지는군요…."

수벽이 뭔가를 느낀 듯 말했다.

"알고 있습니다. 주술을 모르는 제게도 웅초홍에게 뿜어져 나오는 총명함이 보통이 아닌 것이 보입니다…. 저도 처음 웅초홍을 보았을 때 같은 것을 느꼈습니다. 이상하게도 이 몇 달 만에 특별한 기운이 더 강해진 것 같습니다."

웅신명이 말했다.

"내 딸 화당에게 느낄 수 없는 어른스러움이 있습니다. 화당은 웅초홍에 비하면 아직 아이 같습니다."

고개를 갸웃하며 수벽이 말했다.

"잘 보셨습니다. 만수를 떠나기 전에는 두 사람이 크게 다르게 느껴지지 않았는데, 무엇 때문에 이들이 이렇게 차이가 나게 되었는지 알 수가 없네요…."

웅신명이 물었다.

"긴장이 되고, 불안한 마음은 어쩌면 좋겠습니까?"

수벽이 쓴웃음을 짓고는 말했다.

"불안해할 것 없습니다. 어쩌면 더 빠르게 화당을 곰의 엄마로 만들 수 있을 것 같습니다. 웅초홍이 우리의 품에 있을 때… 끌어내려야겠습니다…."

초홍과 웅교는 능화의 곁에서 한시도 떠나지 못하고 있었다. 호흡도 매우 좋아졌는데 깨어나지 않는 것이 이상할 정도로 능화는 긴 잠에 빠진 듯 보였다. 초홍이 인기척을 느껴 고개를 돌리자, 화당이 미소 짓고 서 있었다. 반가운 마음에 활짝 웃으며 초홍이 말했다.

"오랜만이야, 화당. 잘 지냈지? 못 본 사이에 얼굴이 더 예뻐졌는데…."

화당이 조용히 물었다.

"잘 지냈어? 초홍. 웅능화 님은 어때?"

초홍이 능화에게 시선을 보내며 말했다.

"괜찮다고 하셨는데, 정신이 돌아오지 않아…."

웅교가 멋쩍게 서 있는 것을 발견한 초홍이 화당과 웅교에게 말했다.

"소개할게. 이쪽은 내 오라버니 웅교라고 해. 교 오라버니, 이쪽은 웅화당이에요."

화당이 고개를 숙이며 말했다.

"웅화당이 인사드립니다."

어색하게 웅교가 인사를 하며 말했다.

"웅교입니다."

인사를 한 웅교의 시선은 빠르게 능화의 얼굴로 향했다. 화당은 홍조를 띤 얼굴로 웅교를 바라보고 있었다. 초홍이 물었다.

"화당, 너는 너의 곰신을 찾았어?"

화당은 딴생각에 잠긴 것인지, 초홍의 물음을 듣지 못한 듯했다. 초홍이 다시 물었다.

"화당, 내 말을 듣지 못했어?"

초홍의 말에 깜짝 놀란 화당이 당황해서 말했다.

"미안, 뭐라고 했어?"

초홍이 다시 말했다.

"너는 너의 곰신을 찾았냐고 물었어."

화당이 여전히 당황한 듯 말했다.

"어… 아… 찾았지…."

초홍은 화당이 당황하는 모습을 보이는 것이 처음이라 이상하게 생각되어 다시 물었다.

"오늘따라 왜 그렇게 당황을 해. 난 화당이 당황하는 모습은 처음 보는 것 같아."

화당은 초홍과 웅교를 한 번씩 보고 말했다.

얼굴이 빨갛게 변한 화당이 도망치 듯 나서며 말했다.

"아니야. 내가 내일 다시 오도록 할게…."

초홍은 화당의 이상한 행동에 고개를 갸웃하고는 알 수 없다는 표정을 짓고 능화의 얼굴을 보았다.

다음 날이 되고, 초홍이 잠시 자리를 비운 사이 화당이 능화를 찾아왔다. 찾아온 화당을 보고 웅교가 예의를 갖추어 말했다.

"오셨습니까? 능화 누님을 많이 걱정해 주셔서 감사합니다."

얼굴이 발그레하게 상기된 화당이 말했다.

"웅능화 님은 차도가 좀 있으신가요?"

웅교가 대답했다.

"아니요. 어제와 차이가 없네요. 긴 잠을 자는 사람 같습니다."

부끄러운 표정으로 다음 말을 잊지 못하고 있는 화당을 보고 웅교가 말했다.

"초홍이는 잠시 비운 것이니, 곧 돌아올 것입니다."

화당이 조심스럽게 물었다.

"네… 저, 제가 어떻게 불러야 할지 잘 모르겠습니다… 일러 주십시오…."

웅교가 대답했다.

"웅화당 님이 편한 대로 부르셔도 됩니다."

화당이 얼굴을 보지 못하고 물었다.

"초홍이의 오라버니시니, 제가 초홍이 처럼 교 오라버니라 불러도 되겠습니까?"

웅교가 대답했다.

"네, 그렇게 부르는 것이 편하시면 그리하시지요."

화당은 떨리는 목소리를 내었다.

"저에게 존칭을 쓰지 마시고… 초홍이를 대하듯 대해 주세요…. 교… 오라버니…."

웅교가 대답했다.

"그게 편하다면 그렇게 하지…."

화당이 웅교의 얼굴은 보지 못하고 활짝 웃었다. 그 모습을 보고 웅교가 미소 짓고 말했다.

"얼굴은 예쁜데, 차가운 느낌이 들어서 안타까웠는데… 활짝 웃으니 보기가 좋아. 앞으로도 활짝 웃으면 좋겠네…."

화당은 웅교의 말에 얼굴이 더 달아오름을 느꼈다. 도저히 얼굴을 올려다볼 수 없을 것 같은 기분을 누르고 겨우 고개를 들어 웅교를 보자 웅교가 미소 짓고 있었다. 화당은 심장이 터질 듯 뛰어 다시 시선을 아래로 바꾸었다. 화당이 뛰는 가슴을 진정시키려 하고 있는데, 초홍의 목소리가 들려왔다.

"화당이 왔었구나?"

화당이 돌아보니 초홍이 걸어오고 있었다. 초홍이 다시 말했다.

"능화 언니를 보러 온 거야?"

화당이 짧게 답했다.

"응…."

초홍이 뚫어져라 능화의 얼굴을 보고 있는 웅교를 보고 말했다.

"교 오라버니, 능화 언니 얼굴 닳겠어요. 능화 언니 일어나면 제가 다 이를 거예요. 식사도 안 하고 잠도 안 자고 능화 언니 얼굴만 쳐다보고 있었다고…."

화당은 초홍의 말을 듣고 웅교의 얼굴을 보았다. 웅교는 누군가를 은애하는 사람의 눈빛을 하고 있었다. 그의 시선 끝에는 능화가 있었다. 화당은 순간 목으로 울컥하는 것을 억누르고 눈물이 날 것 같아 참았다. 화당은 일각도 되지 않는 시간 동안 웅교 때문에 설레어 행복하고, 웅교 때문에 슬펐고 불행하다고 느꼈다.

웅교가 초홍의 말에 웃으며 장난스레 대답했다.

"능화 누님께는 이르지 말아라. 내가 그렇게 한 줄 알면 누님이 내게 무섭게 발길질할 것이다."

초홍이 웃으며 말했다.

"능화 언니 무서운 건 알고 계시는군요? 그러니 제 말도 좀 들으시면 좋겠습니다."

화당이 조용히 말했다.

"저는 물러가겠습니다."

초홍과 웅교는 갑작스럽게 뒤돌아 나가는 화당의 모습에 놀라 서로의 얼굴을 보았다.

웅화당은 한숨을 쉬고 숲을 바라다보았다. 한 번도 남자에 관심조차 가져 본 적이 없었던 화당은 자신의 마음속에서 요동치는 무언가 때문에 혼란스럽기 그지없었다. 웅교에 대한 미묘한 감정의 문제도 있었지만, 웅교가 다른 사람에게 마음이 있다는 것에 대한 질투 섞인 감정도 화당을 혼란스럽게 했다.

화당은 깨어나지 못하는 웅능화가 부러웠다. 웅교의 마음을 가질 수 있다면, 자신과 웅능화를 서로 바꾸고 싶었다. 웅수벽은 화당에게 이제 곰의 엄마가 될 날이 얼마 남지 않았으니, 마음을 흩트리는 일은 일절 하지 말라 당부했었다. 하지만 화당의 마음속에서는 곰의 엄마가 되겠다는 생각조차 모두 사라진 것 같았다. 곰의 엄마가 자신에게 무슨 의미가 있단 말인가? 십 년의 세월을 곰의 수호자가 되기 위해 다른 생각을 하지 않았는데, 다시 마음을 먹으려 해도 웅교의 얼굴만 떠오를 뿐이었다.

웅화당은 제단 앞으로 돌아서서 기도를 올렸다. 정신에서 웅교의 생각과 웅능화에 대한 질투의 마음을 모두 덜어내려는 것이었다. 화당은 엎드려 빌고 또 빌었다. 하지만 웅교와 웅능화가 사라지기는커녕 오히려 또렷하게 각인되어 눈앞에 그려지는 것 같았다. 웅화당은 자신도 모르게 눈물이 흘렀다. 그렇게 울음소리를 삼키며 오랫동안 울었다.

웅수벽은 오랜 세월 준비한 것이 곧 눈앞에 펼쳐지겠다는 생각으로 입가에 웃음이 번졌다. 수벽의 야심은 컸다. 웅화당이 곰의 수호자가 되어 엄마의 자리에 오르면, 독수리의 땅과 여우의 땅을 손에 넣고, 힘을 길러 호랑이의 땅을 빼앗을 생각이었다. 어떤 곰의 엄마도 하지 못 한 일을 자신이 만들어 낸 곰의 엄마가 해낼 것이었다.

누구도 꿈꾸지 않았던 것. 하지만 자신은 이미 꿈을 넘어 그곳에 발을 들이밀고 있었다. 웅화당을 자신이 마음대로 조정할 수 있음을 알았기에 웅수벽은 이 생각만 하면 입가에 미소가 번지는 것을 어쩌지 못했다. 이제 웅초홍이 포기하도록 조치만 하면 되었다. 웅초홍이 자신의 손아귀에 들어왔다. 또 견제를 할 유일한 사람 웅능화도 혼수상태에 빠져 있으니, 곰신이 돕고 있는 생각이 들었다.

수벽은 웅초홍, 웅화당, 웅신명을 불러놓고 이런저런 생각에 빠져 있었다. 잠시 후 웅화당과 웅신명이 먼저 도착했다. 웅신명이 조용히 웅수벽에게 말했다.

"오늘 웅초홍에게 상황을 만들 것입니까?"

수벽이 미소 짓고 말했다.

"네. 지금 불렀으니, 오늘 모든 것을 결정할 것입니다."

웅신명이 미소 짓고 말했다.

"오랜 세월을 고생하셨습니다. 이제 다 왔군요."

수벽이 미소로 답하고, 웅화당을 보았다. 하지만 웅화당의 표정이 밝지 않아 의아해하며 물었다.

"무슨 일이 있으십니까? 낯빛이 어둡습니다."

화당이 짧게 답했다.

"아닙니다."

초홍이 세 명이 있는 곳으로 걸어와 말했다.

"부르셨습니까?"

수벽이 차분히 말했다.

"어서 오세요. 제가 긴히 말씀드릴 것과 보여 드릴 것이 있어서 오시라 했습니다."

초홍이 말했다.

"네, 어떤 말씀인지 하교하시지요."

수벽이 물었다.

"웅초홍 님은 곰신을 찾으셨습니까?"

초홍이 대답했다.

"아니요. 아직 찾지 못했습니다."

수벽이 다시 물었다.

"어릴 때 만났다는 곰신은 어찌 되었습니까?"

초홍이 힘없이 말했다.

"제가 어릴 때 만났던 곰신은 고향에 없었습니다."

수벽이 눈을 가늘게 뜨고 물었다.

"곰의 수호자가 자신의 곰신이 없다는 것은 무엇을 의미하는 것입니까?"

초홍이 또렷이 말했다.

"그것은… 곰의 엄마가 될 자격이 없다는 것입니다."

수벽이 힘주어 물었다.

"그럼 웅초홍 님은 주술의 힘이나 예언의 힘을 가지고 있습니까?"

초홍은 한숨과 함께 힘없이 대답했다.

"아니요. 저는 주술의 힘도 예언의 힘도 가지고 있지 않습니다."

수벽이 비꼬는 어투로 물었다.

"그럼, 무엇으로 곰 엄마의 중책을 맡을 수 있습니까?"

초홍이 자신 있게 대답했다.

"저는 저에게 소중한 것들을 지키려는 마음을 가지고 있습니다. 제게 소중한 것은 곰족입니다. 우리 부족을 위해서는 목숨도 내어놓을 수 있습니다. 곰의 엄마는 그런 마음을 갖고 있어야 한다고 생각합니다."

웅수벽과 웅신명이 크게 웃었다.

"하하하…."

웅수벽이 정색하여 물었다.

"참으로 재미있는 대답입니다. 어떻게 그런 것이 엄마의 자질이 될 수 있겠습니까? 그럼, 그런 마음을 가진 자가 곰신 없이 곰의 수호자가 될 자격이 있습니까?"

초홍이 확신에 찬 어조로 말했다.

"그런 마음만으로는 곰의 엄마가 될 수 없습니다. 오랜 세월 곰의 엄마는 자신의 곰신을 수호하는 자가 맡았으니, 이는 변할 수 없는 진실입니다. 당연히 지켜져야 할 것입니다. 하지만 주술과 예언은 엄마가 되기 위해 반드시 지켜야 할 당연한 것은 아닙니다. 오히려 제가 말씀드린 곰족을 지키려는 마음이 더 중요한 것으로 생각합니다."

수벽이 언성을 높여 말했다.

"그럼 좋습니다. 주술과 예언은 어디에도 자격으로 나오지 않으니 인정하지요. 하지만 자기 곰신을 찾지 못한다면, 당연히 엄마의 자리는 없는 것입니다. 인정하지요?"

초홍이 말했다.

"네, 인정합니다."

수벽이 단호히 말했다.

"제가 지금 웅초홍 님께 웅화당 님의 곰신을 보여 줄 것입니다. 예언의 곰신은 네 개의 표식을 가졌다는 것, 알고 계시죠? 만약 웅화당 님의 곰신이 네 개의 표식을 가지고 있다면, 곰 엄마의 경쟁은 끝난 것으로 알고 이곳을 떠나 고향으로 돌아가서 다시는 만수로 오지 마세요."

초홍이 대답했다.

"알고 있습니다. 웅화당의 곰신에 네 개의 표식이 있다면, 저는 말씀에 따르는 것이 당연합니다."

수벽이 다시 확인차 물었다.

"확인이 된다면 오늘이라도 떠나야 합니다."

초홍이 조심스럽게 말했다.

"하지만… 웅능화 님이… 깨어나는 것을 보아야 할 것 같아요."

수벽이 냉정하게 말했다.

"아니요. 능화 언니에게도 그것은 못 할 일이죠. 자신의 인생 전체를 웅초홍 님께 걸었는데, 웅초홍 님은 무슨 낯으로 능화 언니를 보려고 하죠? 미안하지도 않나요? 능화 언니는 내가 잘 돌볼 것이니, 걱정하지 말아요."

"하지만….”

초홍은 말을 잇지 못했다.

웅신명과 웅화당이 앞에서 걷고, 웅수벽과 초홍은 뒤를 따라 걸었다. 일각을 걷자 둥근 모양을 한 깎아지는 절벽의 특이한 곳이 보였다. 사람이 인위적으로 만든 모습을 하고 있었는데, 초홍은 자세한 모습이 눈에 들어오지 않았다. 초홍은 이미 볼 필요도 없다는 것을 알고 있었다.

웅수벽이 자신감을 가지고 이야기할 때부터 모든 상황은 끝이나 있었다. 초홍은 자신이 예언의 아이가 아니라는 것을 느끼고 있었다. 당연히 곰 엄마의 자격도 없는 것이다. 초홍은 길을 걸으며 그냥 모든 것을 인정하고 떠날까도 생각해 보았지만, 예언의 곰신을 보고 싶었다.

능화가 깨어나는 것을 보고 싶지만, 자신 때문에 실망할 능화의 얼굴을 보는 게 쉬운 일은 아니었다. 웅수벽의 말처럼 그냥 사라지는 것이 서로에게 상처가 적을 수도 있다는 생각이 들었다. 아픈 능화가 자신 때문에 충격을 받는다면, 병이 악화될 수도 있지 않겠는가. 초홍은 현실을 받아들이기로 마음먹었다.

아쉬운 것은 많았고 포기할 마음도 없지만, 자격이 되지 않는 것을 우겨서 될 수는 없는 일이었다. 노력으로 자격을 갖출 수 있다면 좋겠다는 생각을 해 보았지만, 부질없는 일이었다. 초홍은 사람들을 따라 나무로 만들어 놓은 사다리를 타고 아래로 내려갔다. 다 내려가자, 인위적으로 만든 동굴이 하나 나왔다.

동굴의 앞에는 두꺼운 나무를 엮어서 밧줄을 여기저기 얽어맨 담장이 있었다. 곰신이 나오지 못하도록 조치한 것 같았다. 웅신명은 사람이 팔을 높이 들어야 할 곳에 고기를 매달았다. 잠시 후 동굴 뒤편에서 검은 그림자가 어른거리는가 싶더니, 갈색빛이 도는 커다란 곰이 앞으로 걸어 나왔다.

초홍은 오랜만에 보는 곰의 모습에 긴장감이 돌았다. 담장 앞에 도착한 곰신은 앞다리를 높이 들고, 매달아 두었던 고기를 입에 물었다. 수벽이 그 순간 곰의 가슴 부위를 가리켰다. 그곳에는 흰색 털이 가로로 네 줄 있었다. 온몸이 갈색인데, 유독 흰색으로 되어 있어 쉽게 구별이 되었다.

초홍은 신기할 따름이었다. 어떤 짐승에게도 본 적이 없는 신기한 모양으로 털이 났기에 초홍이 보아도 곰신의 자질을 가진 것이 분명했다. 고기를 다 먹은 곰신은 동굴 안으로 사라졌다. 곰신이 사라지자, 웅수벽이 초홍을 보고 말했다.

"이제 인정이 되나요? 곰의 엄마 경쟁을 포기하고 고향으로 가겠습니까?"

초홍은 덤덤히 말했다.

"네, 확인이 되었으니, 제가 경쟁을 포기하는 것이 맞지요. 웅능화 님과 교 오라버니를 보고 바로 이곳을 떠나 고향으로 가겠습니다."

초홍은 능화와 웅교에게 가서 조금 전에 있었던 일을 웅교에게 설명했다. 웅교가 한숨을 쉬며 말했다.

"나는 믿을 수가 없구나. 너와 능화 누님과 함께했던 짧은 여정에서도 네가 곰 엄마의 자질을 차고 넘치게 갖고 있는 것을 알 수 있었는데… 어째서 포기하려는 것이냐? 능화 누님이 십 년을… 네가 곰의 엄마가 되도록 키웠던 노력은 무엇이 되는 것이냐?"

초홍이 덤덤히 말했다.

"능화 언니에게 입은 은혜는 제가 죽을 때까지 갚는다 해도 갚을 수 없는 것을 잘 압니다. 저도 자격이 없는 것이 원망스럽습니다. 제가 노력을 해서 할 수 있는 것이면 목숨이라도 걸고 하겠지만, 곰의 엄마가 되려면 그에 걸맞은 자격을 갖추어야 합니다. 저나 교 오라버니가 어쩔 수 있는 것이 아닙니다. 제가 떠나고 능화 언니가 깨어난다면 잘 말씀해 주세요. 제가 능화 언니 얼굴을 볼 면목도 염치도 없네요."

웅교가 물었다.

"고향으로 갈 것이냐?"

초홍이 대답했다.

"네, 약속을 했으니 고향을 떠나지 않을 것입니다."

웅교가 말했다.

"능화 누님이 건강을 찾으면 나도 고향으로 갈 것이니, 기다리고 있거라."

초홍이 부탁의 말을 했다.

"그러지 마세요, 교 오라버니. 능화 언니 곁에서 힘이 되어 주세요. 저 때문에 많이 힘들 것입니다."

웅교는 마지못해 고개를 끄덕였다. 초홍은 인사를 마치고 웅수벽과 웅화당, 웅신명에게 갔다. 초홍이 말했다.

"두 분이 그동안 저에게 베풀어 주신 은혜에 감사드립니다. 웅능화 님의 쾌유를 위해 힘써 주실 것을 부탁드리고, 저는 물러가겠습니다. 화당은 곰의 엄마가 되거든 부족들을 잘 보살펴 주길 바라. 감사합니다."

웅수벽이 말했다.

"나와 한 약조를 잊지 말도록 하세요."

초홍이 대답했다

"네, 명심하겠습니다."

초홍은 고향으로 방향을 잡고 걸었다. 빨리 걸어도 보름은 걸릴 거리에 있었기에 초홍은 길을 서둘렀다.

초홍이 떠난 지 며칠이 지났다. 능화가 깨어나지 않아, 웅교는 한숨을 쉬었다. 웅교가 능화의 얼굴을 보고 말했다.

"능화 누님, 언제 일어날 겁니까? 제가 보고 싶지도 않습니까? 제가 어떻게 하면 깨어날 건가요?"

웅교의 말이 끝나자 능화의 엄지손가락이 미세하게 움직였다. 능화는 정신이 돌아오고 있었다. 능화는 웅교의 말을 듣고 대답하려 했는데 말이 떨어지지 않았다. 그 순간 웅수벽과 웅화당, 웅신명이 능화를 찾았다. 웅화당이 말했다.

"교 오라버니, 저와 잠깐 바람을 쐬러 가세요. 이곳은 웅수벽 님과 어머니에게 맡기고….”

웅수벽이 강요하듯 말했다.

“그게 좋겠어요. 이곳에 온 후로 한 발짝도 움직이지 않으니, 우리가 다 답답할 지경입니다. 어서 웅화당 님을 따라가세요.”

웅교가 말했다.

“아닙니다. 저는 능화 누님 곁에 있겠습니다.”

웅수벽은 웅교의 팔을 잡아끌어 일으켜 세웠다. 웅교는 하는 수 없이 웅화당을 따라나섰다. 웅교와 웅화당이 사라지자, 웅수벽과 웅신명이 이야기를 시작했다. 능화는 머리가 깨질 듯 아팠지만 웅교와 웅수벽의 대화를 들으려 귀에 온 신경을 집중하고 있었다. 웅교의 목소리에 미소가 떠올랐지만, 얼굴이 움직이지 않았다.

능화는 웅교의 목소리를 들으려 애를 썼다. 하지만 웅교는 그곳을 떠나고 웅수벽과 잘 모르는 여자의 목소리만이 들려왔다. 능화는 몸을 움직여 보려 했지만 움직여지지 않았다. 다음 순간 어떤 여자가 한숨을 깊이 쉬고는 말했다.

“웅화당이 큰일입니다. 저 웅교라는 사내에게 푹 빠졌어요. 사내라고는 거들떠보지도 않던 것이 무슨 일인가 싶습니다.”

웅수벽이 말했다.

“크게 신경 쓰실 것 없습니다. 이제 웅초홍의 일이 잘 마무리되었는데 무슨 큰 일이 있겠습니까?”

여자의 목소리가 말했다.

“그래도 웅교라는 사내가 웅초홍의 오라비라는 것이 큰 문제이지요.”

능화가 들어 보니, 웅화당이 웅교를 마음에 두고 있는 것 같았다. 능화가 생각해 보니 웅화당을 걱정하는 듯한 여자는 웅신명인 듯했다.

웅수벽이 말했다.

"웅초홍은 고향으로 보냈으니, 다시는 돌아오지 않을 것입니다. 크게 걱정할 것은 아닙니다. 웅화당 님도 처음이니 저렇지… 시간이 지나면 다른 사내에게 관심을 보이거나 웅교에게 실망하거나 할 것입니다. 걱정하지 마세요."

능화가 듣고 있으니, 무엇이 어떻게 된 것인지 알 수가 없었다. 초홍이 고향으로 갔다는 것은 무슨 이야기인지 이해할 수가 없었다.

웅신명이 말했다.

"웅수벽 님의 계략에 걸려들어 웅초홍이 고향으로 간 것은 다행이지만, 화당이 웅초홍의 오라비에게 빠질지 누가 알았겠습니까? 더구나 웅교라는 사내는 이 웅능화라는 여자를 마음에 두고 있는 듯한데…. 저러다 정신을 차리고 깨어나면 어찌합니까?"

웅수벽이 차분히 말했다.

"능화 언니는 제가 잘 알아요. 머리가 좋은 사람은 아닙니다. 웅초홍의 일과 웅교의 일을 알았을 때는 어쩌지 못할 것입니다. 저도 능화 언니가 깨어나지 않았으면 좋겠습니다. 제가 좋아하던 언니의 피를 제 손에 묻히고 싶지는 않아요. 웅초홍도 고분고분 말을 들었기에 살아 있는 것입니다. 능화 언니도 그렇게 고분고분 말을 들었으면 좋겠네요."

웅능화는 자기 귀에 들리는 말을 도무지 믿을 수가 없었다.

8장

―

계시의 밤

화당이 말했다.

"교 오라버니, 저를 미워하지 마세요."

웅교가 반문해 물었다.

"미워하다니… 내가 왜 화당을 미워하겠어?"

아쉬운 한숨과 함께 화당이 말했다.

"제가 초홍이와 곰의 수호자 경쟁을 하지 않았다면, 초홍이도 떠나지 않았을 것이고, 좋은 친구가 됐겠지요. 그럼, 교 오라버니와도 잘 지낼 수 있었을 텐데…."

웅교가 씁쓸한 듯 말했다.

"그것이 어찌 화당의 잘못이겠어? 곰신이 두 사람을 경쟁하게 했고, 누군가 한 명은 곰신의 수호자가 될 수 없는 것을…."

밝은 표정으로 화당이 물었다.

"정말 그리 생각하세요?"

웅교가 미소 짓고 말했다.

"내가 어째서 거짓을 말하겠어?"

웅화당은 이 순간이 너무 행복하고 좋았다. 웅교가 자신을 미워할 거라는 생각에 잠도 한숨 못 잤다. 그런데 웅교가 자신을 위로해 주고 있었다. 웅화당은 자신도 모르게 입을 열어 말했다.

"좋아합니다. 교 오라버니…."

웅교는 자신이 잘못 들었나 싶어 대답은 못 하고 화당의 얼굴을 바라다보았다. 화당은 당황한 얼굴을 하고, 얼굴을 붉히고 있었다. 심호흡한 웅교가 말했다.

"나를 좋게 봐줘서 고마워…. 하지만 화당의 마음을 나는 받을 수가 없어…."

웅화당이 고개를 천천히 들어 웅교를 보며 말했다.

"웅능화 님 때문인가요? 그분을 좋아하시죠?"

웅교가 대답했다.

"맞아. 난 능화 누님을 좋아해…."

떨리는 목소리로 화당이 물었다.

"웅능화 님이 지금처럼 깨어나지 못하신다고 해도 저에게는 기회가 없는 건가요?"

웅교가 차분히 대답하고 고개를 하늘로 향했다.

"만약 그런 일이 일어난다 해도 나는 능화 누님 옆을 떠나지 않겠어…."

화당은 고개를 떨구었다. 화당의 한쪽 뺨으로 눈물이 흘러내렸다. 화당은 아랫입술을 깨물었다.

초홍은 착잡한 마음으로 길을 걸었다. 마음이 심란해서인지 걷는 걸음마저 더뎌지고 발걸음이 무거웠다. 주원 땅을 떠난 것이 며칠이 흘렀는지 초홍은 혼란스럽기만 했다. 지금껏 살면서 단 한 번도 이런 적이 없었기에 초홍은 고개를 좌우로 흔들었다. 날이 저물어 가는데, 잘 곳을 마련하지 못해 초홍은 급히 이곳저곳을 살피고 있었다.

주원 땅에서 제법 먼 곳까지 와서인지 주변에는 사람이 살고 있는 곳이 보이지 않았다. 숲 한가운데서 날이 저문다면 이보다 안 좋은 상황은 없을 것이었다. 초홍은 능화를 생각했다. 항상 능화가 옆에 있었기에 초홍은 무섭거나 두렵지 않았다. 아무리 외진 곳을 가더라도 위험에 놓여도 늘 곁에 능화가 있었다. 하지만 지금은 누구의 도움도 받을 수 없는 혼자였다.

초홍은 능화가 보고 싶었다. 한숨을 깊이 쉰 초홍은 급하게 발을 움직였다. 손에 쥔 창을 힘껏 고쳐 잡았다. 그렇게 한 식경을 움직였더니, 숲에는 빠른 어둠이 내려앉고 있었다. 초홍은 좌우를 열심히 살폈다. 멀리 보일 듯 말 듯 불빛이 반짝였다. 초홍은 생각할 것도 없이 불빛을 향해 빠르게 움직였다. 조금만 더 늦으면 발밑이 하나도 보이지 않을 것이었다.

초홍은 숨을 헐떡이며, 불빛으로 나아갔다. 가까이 불빛이 보이자, 날은 완전히 저물어 주변에 아무것도 보이지 않았다. 초홍은 칠흑 같은 어둠을 조심해서 한 발 한 발 내디뎠다. 그렇게 어둠을 뚫고 불빛 앞에 서서 초홍은 안도의 숨을 쉬었다. 불빛은 작은 바위틈에서 새어 나오고 있었다.

나무로 만든 물건들이 보였다. 사람이 있는 것이 분명했다. 바위 주변 나무에 밧줄을 일부러 묶어 놓은 것을 보아 주술을 하는 당인 듯했다. 초홍은 바위틈으로 가서 조용히 말했다.

"죄송합니다. 날이 저물어 갈 곳이 없습니다. 괜찮으시면 하룻밤 신세를 지고 싶습니다."

초홍이 말하고 대답이 없어 다시 말을 꺼내려 했다. 그런데 머리가 온통 흰색을 하고 초라하기 그지없는 옷을 입은 나이를 가늠하기 어려운 할머니 하나가 얼굴을 내밀었다. 얼굴엔 온통 주름뿐이었다. 초홍은 지금껏 이렇게 주름이 많은 사람은 본 적이 없었다.

초홍의 얼굴을 본 할머니는 안 그래도 굽은 등을 더 굽혀 초홍에게 깍듯한 인사를 건넸다. 초홍은 나이 많은 할머니가 자신에게 예를 다하자 놀라서 머리를 깊이 숙이고 말했다.

"할머니, 저같이 어린것에게 이렇듯 예를 다하시니 제가 몸 둘 바를 모르겠습니다."

할머니가 말했다.

"귀한 분이 이 늦은 시간에 이 늙은이를 찾으셨군요?"

초홍이 미소 짓고 말했다.

"귀하다니요, 사람을 잘못 보셨습니다."

할머니도 미소 짓고 말했다.

"안으로 드시지요."

몸을 숙여 바위틈으로 들어서자 사람이 서고도 남을 정도로 큰 공간이 나왔다. 할머니가 말했다.

"이곳은 예전에 제가 모시던 곰신이 살던 곳입니다. 이제는 이 늙은이가 죽기 전에 쉬는 곳이 되었습니다."

초홍이 둘러보니 소박하기 짝이 없어 특별히 볼 것도 없었다. 밝은 곳으로 들어와 할머니를 보니 주름진 얼굴에도 맑은 눈을 가지고 있었다. 초홍이 궁금하여 물었다.

"할머니, 이곳에서 오랫동안 사셨나요? 할머니 연세가 궁금하여 제가 참지 못하겠습니다. 여쭤봐도 될까요?"

할머니는 깊은 주름이 더 깊어지도록 인자하게 웃으며 말했다.

"제가 이곳에 온 지도 이제 사십 년이 넘었군요. 이 늙은이 다음 해에 백 살이 됩니다."

초홍이 두 눈을 커다랗게 뜨고 말했다.

"백 살이요? 저는 지금까지 그렇게 오래 사신 분을 뵌 적이 없습니다…."

기쁘게 웃으며 할머니가 말했다.

"제가 귀한 분을 보려고 지금까지 살았지요. 이제나저제나 기다리다 보니 백 살을 살았네요. 오늘 드디어 그분을 만났으니, 제 명이 끝나려나 봅니다."

초홍이 웃으며 말했다.

"농담이시지요. 저는 할머니께서 기다린 사람이 아닙니다. 귀한 사람은 더더구나 아니고요."

할머니가 진지하게 말했다.

"곰의 수호자로 곰의 엄마가 되어 부족 전체를 구하고 모든 부족의 어머니가 될 것인데, 이런 분이 귀한 분이 아니면 누가 귀하다는 말씀입니까?"

초홍은 놀라서 잠시 할 말을 잊고 있었다. 자신이 곰의 수호자로 경쟁하고 있다는 것에 대해 할머니는 알지 못할 것이기 때문에 초홍은 이 상황을 이해할 수 없었다. 초홍이 놀라서 물었다.

"할머니께서는 어떤 분이시기에 그런 것을 알고 계신가요?"

웃으며 할머니가 말했다.

"제 말씀을 드리지 않았군요. 저는 웅견명(熊見明)이라 합니다. 자세한 것은… 곰의 엄마를 뵙거든 저에 관해 물어보세요. 지금은 간단히 제가 잘하는 것에 대해서만 말씀드리겠습니다. 저는 부족의 중요한 앞날을 보는 재주를 가지고 있습니다. 그래서 귀한 분이라 말씀드리는 것입니다. 우리 웅족에게 수백 년간 많은 엄마가 있었습니다. 하지만 이렇게 특별한 분은 웅족에는 다시 없을 것입니다."

웅견명의 말을 다 듣고 초홍은 더 이상 오해를 갖게 해서는 안 된다는 생각을 가지고 자신에 대해 설명을 시작했다.

"저는 웅초홍이라 합니다. 곰신의 수호자가 되기 위해 경쟁한 것은 사실이나, 저는 저의 곰신을 찾지 못했습니다. 저와 경쟁하던 웅화당은 자기 곰신을 찾았으니 찾으시는 귀한 사람은 웅화당이 맞을 것입니다. 주원에 가시면 가장 큰 당을 찾으시고 웅화당을 찾으시면, 그가 바로 찾으시는 곰의 엄마입니다."

웅견명이 짧게 말했다.

"아닙니다. 저는 또렷하게 보았습니다."

초홍이 예언을 말했다.

"다음 우리 웅족의 곰신은 네 개의 표식을 가졌다. 그 곰신의 수호자를 찾아라. 지금 수호자의 나이는 일곱 살이다. 그 아이는 이미 그의 곰을 만났다. 아이가 다시 곰을 만났을 때, 그 아이는 곰의 엄마가 될 것이다."

웅견명이 미소 짓고 말했다.

"예언의 말이군요."

초홍이 대답했다.

"네, 예언에 곰신은 네 개의 표식을 가졌다 했습니다. 웅화당의 곰신은 가슴에 네 개의 하얀 털을 가지고 있었습니다. 제 눈으로 똑똑히 보았습니다."

웅견명이 설명했다.

"제가 본 네 개의 표식은 곰신의 피부에 있을 것입니다. 하얀 털은 표식이 아닙니다."

초홍이 물었다

"직접 보셨다는 것이 무슨 말씀인가요?"

웅견명이 미소 짓고 말했다.

"말 그대로입니다. 제가 그 예언을 보았고 그 예언의 말을 곰의 엄마에게 전달했습니다."

초홍이 놀라 물었다.

"그럼, 그 예언을 직접 보셨단 말씀인가요?"

웅견명은 말을 마치고 미소 지었다.

"단편적인 모습을 보았을 뿐 나 또한 모든 것을 보았다 할 수는 없지요. 다만, 예언의 말에 전달이 빠진 부분이 있었습니다. 그것은 곰신의 수호자가 저를 찾아오리라는 것을 전달하지 않았습니다."

초홍이 궁금해 물었다.

"저는 믿어지지 않습니다. 제가 곰신의 수호자라면 왜 저는 곰신을 만나지 못했을까요?"

웅견명이 말하며 미소 지었다.

"이유는 간단하지요. 아직 만날 때가 되지 않았기 때문입니다. 특별한 이유 같은 것은 없어요. 본인을 믿고 흔들림 없이 나아가세요. 당신이 곰의 엄마입니다."

초홍은 웅견명의 말을 믿기 힘들었지만, 이렇게 외진 숲에서 모든 것을 막힘없이 이야기하는 것이 어떤 의도도 없음을 알기에 믿지 않을 도리가 없었다. 웅견명이 조용히 말했다.

"이제 저의 소임은 모두 끝이 났습니다. 이제 이 늙은이는 좀 쉬어야 하겠습니다. 만나 뵈어 영광이었습니다."

말을 마친 웅견명은 불 옆으로 돌아누워 잠을 청했다. 초홍은 웅견명에게 말을 더 하려다가 아침에 물어야겠다고 생각하고 잠을 청했다. 초홍은 뭔가 답답한 것이 없어진 듯 깊은 잠에 빠졌다.

초홍은 눈을 뜨자 피곤함이 날아간 듯 개운함을 느꼈다. 절로 미소가 지어졌다. 웅견명은 어제저녁 누운 상태로 잠을 자고 있었다. 초홍이 웅견명에게 말했다.

"어르신 날이 밝았습니다, 어르신….'"

초홍의 부름에 웅견명은 반응하지 않았다. 초홍은 이상한 생각이 들어 웅견명에게 가까이 갔다. 웅견명은 행복한 표정으로 웃고 있었다. 웅견명을 흔들어 보았지만 미동도 하지 않았다. 이미 사망한 듯했다. 초홍은 웅견명을 땅에 묻었다. 그리고 주워 온 돌을 쌓아 올렸다.

초홍은 웅견명의 집에서 몇 가지를 찾아 제를 지냈다. 초홍은 어젯밤 일을 생각해 보고는 마치 꿈을 꾼 듯하다고 생각했다. 십 년의 공든 탑이 무너져 내렸는데, 꿈처럼 하룻밤 사이에 다시 탑이 생겨난 것 같았다. 잊을 수 없는 밤이었다. 현실은 달라진 것이 없었지만 초홍의 정신과 마음은 완전히 달라져 있었다. 깊은 심호흡을 몇 번 하고 고향을 향해 걸었다. 그 발걸음은 더 이상 무겁지 않았다.

웅교와 웅화당이 돌아오자 웅수벽과 웅신명은 하던 이야기를 멈췄다. 웅신명이 웅화당의 표정이 좋지 못해 물었다.

"여기 올 때만 해도 기분이 좋더니, 어째서 표정이 어두워졌느냐? 두 사람 무슨 일이 있었느냐?"

웅화당이 대답했다.

"아무 일도 아니에요. 어머니."

웅신명이 얼굴이 굳어서는 웅교를 보고 나무라듯 말했다.

"제 딸에게 무엇이라 했기에 저 아이가 표정이 좋지 않습니까?"

당황한 화당이 웅신명을 말리려 급히 말했다.

"어머니, 교 오라버니를 책망하지 마세요. 교 오라버니는 아무 잘못이 없습니다."

웅교가 조용히 말했다.

"제가 능화 누님이 깨어나지 못한다 해도 그녀의 곁을 떠나지는 않을 것이라 화당에게 말했습니다."

웅교의 말을 들은 웅신명이 화가 난 목소리로 웅화당에게 말했다.

"저렇게 너에게 매정한 자를 너는 어찌 그리 좋아하느냐?"

웅화당이 웅신명에게 대답한다.

"어머니, 여기서 이러지 마시고 저와 이야기해요."

분위기가 예상 밖으로 진행되자 웅수벽이 말했다.

"물러가시지요. 따로 화당의 말을 들어보는 것이 좋겠습니다."

웅수벽이 웅신명과 웅화당을 데리고 자리를 비우자, 웅교는 한숨을 쉬고 능화의 옆으로 와서 능화의 얼굴을 바라다보았다. 웅교는 능화에게 말했다.

"능화 누님, 언제까지 잠만 잘 생각입니까? 이 웅교가 보고 싶지도 않습니까?"

웅교는 한숨을 쉬고 말을 이었다.

"초홍이가 걱정된다면 빨리 눈을 뜨세요."

웅교는 고개를 좌우로 흔들고 다시 말했다.

"아니에요. 초홍이 걱정하면 능화 누님이 더 병날 것 같으니, 이 말은 취소예요."

그때였다. 능화가 조용히 말했다.

"내게 숨기는 것이 있으면 엉덩이를 차 줄 테야…."

웅교가 놀라서 소리를 지르려 하자 능화가 손을 들어 웅교의 입을 막았다. 능화가 조용히 말했다.

"당분간 내가 깨어났다는 이야기는 우리 둘만의 비밀로 해."

웅교는 머리를 끄덕이고 자신의 입을 막고 있는 능화의 손을 잡았다. 웅교는 미소를 짓고 말했다.

"어디 아픈 곳은 없어요? 몸을 움직일 수 있겠어요? 어디 불편한 곳은?"

능화가 미소 짓고 물었다.

"하나씩 물어야지. 나는 괜찮으니, 초홍 님의 이야기를 해 봐."

웅교는 잠깐의 머뭇거림을 뒤로하고, 초홍이 고향으로 떠나게 된 사연과 초홍이 염치가 없어 능화를 만나지 못할 것 같다는 말까지 전했다. 웅교의 말을 모두 들은 능화는 한숨을 깊이 쉬고 웅교에게 말했다.

"내 말을 잘 들어야 해. 조금 전 웅수벽과 웅신명의 대화를 몰래 들었어, 초홍 님은 그들의 계략에 빠진 것이 분명해. 나는 당분간 지금의 상태를 유지하고, 그들을 지켜봐야 하겠어."

웅교가 물었다.

"도대체 무슨 계략에 빠졌는데요?"

능화가 대답했다.

"그것을 모르니 지켜봐야지…."

능화는 웅교에게 조금 전 들었던 웅수벽의 이야기를 들려주었다. 웅교는 섬뜩한 내용에 놀라 말하지 못했다.

부지런한 발걸음에 고향에 들어선 초홍은 부모님께 가기 전, 어릴 적 곰신을 만났던 곳으로 향했다. 초홍은 더 이상 조급해하지 않았다. 때가 되면 곰신을 만날 것이라 믿었다. 초홍이 어릴 적 곰신을 만난 곳에 도착해서 어린 곰이 호랑이를 피해 숨었던 바위틈도 들여다보고 어미 곰과 호랑이가 싸움하던 곳에서 그때의 광경을 떠올려 보기도 했다.

초홍은 어미 곰신의 무덤으로 가서 간단한 제를 올렸다. 초홍은 아버지와 어린 곰을 치료하고 돌보던 곳에 섰다. 초홍은 눈을 감고 어린 곰을 안았던 감촉을 떠올리고 있었다. 초홍은 미소가 떠올랐다. 초홍이 눈을 뜨자 커다란 검은 곰이 눈앞에 서 있었다. 덩치가 얼마나 큰지 초홍의 눈은 모두 곰의 형체로 가득 찼다.

초홍은 놀라서 뒤로 몇 발짝을 물러섰다. 물러선 것을 잡으려는 듯 곰이 초홍에게 다가왔다. 초홍의 심장은 미친 듯이 뛰고 있었다. 온몸의 털이 곤두서는 듯한 놀람이 가시질 않았다. 초홍은 이제 곰에게 사지가 뜯기어 죽을 것을 받아들이고 두 눈을 감았다. 초홍은 공포심과는 다르게 마음은 한없이 편안했다.

잠깐의 시간이 흐르고 주위가 조용하여, 초홍은 눈을 떴다. 초홍의 눈앞에는 낯익은 뒷모습이 보였다. 아버지 웅진이었다. 웅진은 창을 들고 초홍과 곰 사이에 서 있었다. 초홍이 놀라서 말했다.

"아버지…."

아버지 웅진은 초홍을 슬쩍 보고 다시 곰과 눈을 맞추었다. 웅진이 조용히 말했다.

"초홍아, 천천히 뒤로 물러나 도망가거라."

초홍은 아버지의 말을 따를 수 없었다. 초홍이 말하려는 데 곰이 아버지에게 조심스럽게 다가왔다. 웅진은 침을 꿀꺽 삼키고 창을 잡은 손에 힘을 주었다. 웅진의 창이 닿을 거리에 곰이 멈추어 섰다. 웅진은 의아한 생각을 떨칠 수가 없었다. 살기를 가지고 덤벼드는 야수를 많이 보았던 웅진이 보기에 곰은 야수의 살기를 뿜어내지 않았다.

웅진은 잠깐 많은 생각이 들었다. 먼저 곰에게 창을 꽂을 수 있는 거리에 있으니 창을 쓸까 생각했지만, 창 하나로 쓰러트릴 수 있는 상대가 아니었다. 웅진은 오히려 곰에게 겨누었던 창끝을 바닥으로 향하고 창을 내려놓고 두 팔을 들었다. 초홍은 아버지의 모습을 보고 아버지의 등을 잡았다. 초홍의 손끝이 가늘게 떨리고 있었다.

그 순간 곰이 서서히 웅진과 초홍에게 걸어왔다. 웅진은 초홍만이라도 살리고 싶은 생각에 자신을 희생하리라 마음먹고 곰에게 한 발짝 나아갔다. 하지만 곰은 위협을 가하는 것이 아니라 냄새라도 맡는 것처럼 웅진의 이곳저곳에 코와 입을 가져갔다. 웅진은 온몸이 경직된 듯 꼼짝도 할 수 없었다. 초홍도 아버지 뒤에서 그 모습을 조심스럽게 바라보고 있었다.

곰은 웅진의 얼굴에 자신의 입을 가까이 가져갔다. 웅진은 죽을 마음을 먹은 듯 두 눈을 감았다. 하지만 웅진의 생각과는 다르게 혀의 감촉이 얼굴에 닿았다. 웅진은 놀라서 눈을 떴다. 웅진이 보니 곰은 웅진을 해치기는커녕 오히려 친근한 행동을 보이기 시작했다. 머리를 몸에 비비고 앞발을 들어 웅진을 안으려는 듯한 행동을 보였다.

웅진이 두 손을 내밀어 곰을 만지자 곰은 더 격하게 친근함을 표현하고 곰의 힘에 부친 웅진은 바닥에 주저앉았다. 주저앉은 웅진에게 곰의 친밀함의 표현은 끝이 없이 이어졌다. 옆에서 그 광경을 지켜보던 초홍이 눈물이 그렁그렁해진 얼굴을 하고 웅진에게 말했다.

"아버지. 어린 곰신이에요…. 어린 곰신….."

초홍의 목소리에 곰은 웅진에게서 떨어져 초홍에게 걸어왔다. 초홍은 한 걸음 물러섰다. 어린 곰신이 아버지 웅진을 기억할 수는 있겠지만, 지금 초홍은 일곱 살의 모습이 아니었다. 초홍은 곰이 다가오자 다시 긴장할 수밖에 없었다. 곰은 아버지에게 접근할 때와는 다르게 야수의 표정을 하고 있었다.

웅진은 초홍에게 접근하는 곰을 막아 보려 몸을 밀었지만, 곰은 꿈쩍하지 않았다. 곰은 초홍의 몸 근처에 얼굴을 대었다가 잠시 멈칫했다. 무언가가 이상한 듯 초홍의 이곳저곳을 살피던 곰은 웅진에게 했던 것 같이 초홍의 몸 구석구석을 킁킁거렸다. 초홍은 심호흡을 한번 하고 일곱 살 때처럼 곰의 몸을 끌어안았다. 곰은 잠시 미동도 하지 않고 있었다. 초홍이 안았던 팔을 풀어내자 곰은 웅진에게 한 것처럼 초홍을 핥았다. 웅진과 초홍은 그제야 웃을 수 있었다. 초홍이 다시 말했다.

"아버지. 어린 곰신이에요… 어린 곰신… 살아 있었어요. 살아 있었어…."

한참 곰신을 안고 쓰다듬기를 반복하던 초홍이 아버지 웅진에게 물었다.

"어떻게 알고 이곳으로 오셨어요?"

웅진이 덤덤히 말했다.

"초홍이가 실망하고 떠난 후로 하루도 빠지지 않고 이곳에 왔었지…. 오늘도 기대감 없이 왔다가 초홍이 네 모습을 보고 얼마나 놀랐는지 모른다…."

초홍은 아버지 웅진에게 감사한 마음이 들었다. 딸의 아쉬운 표정 하나 때문에 수많은 날을 고생했을 것을 생각하니 울컥하는 느낌을 참을 수가 없었다.

웅진이 미소를 짓고 초홍에게 말했다.

"웅능화 님과 교는 어디에 있느냐? 왜 혼자뿐인 거야?"

초홍이 미소 짓고 대답했다.

"이야기가 길어요. 집에 가서 어머니와 같이 들으세요."

초홍과 웅진은 곰신을 데리고 집으로 향했다.

웅수벽과 웅신명은 마주 앉아 깊은 대화를 이어 가고 있었다.

수벽이 물었다.

"대웅께서 용사를 모으신다는 것이 사실입니까?"

웅신명이 설명하여 답했다.

"네, 독수리인 수십 명이 곰의 땅 이곳저곳에 출몰하여, 약탈하고 있습니다. 몇 군데에서 출몰하는 통에 용사들을 배치하는 것이 쉽지 않은 것 같습니다. 주원 땅 서쪽은 제가 가진 용사들이 맡아 달라는 대웅의 요청이 있었습니다. 북쪽은 대웅의 주력 용사들이 맡아 방어하고 있는데, 수백 명의 공격이 있을까 하여 걱정이 되어 용사를 보낼 수 없다고 합니다."

수벽이 말했다.

"독수리의 땅에 무슨 문제가 생겼습니까? 최근 들어 곰의 땅에 문제를 많이 일으키는 것 같습니다."

웅신명이 대답했다.

"웅초홍이 말했던 사살모인지 조주령인지 하는 것이 다시 돌아온 것이 아닌지 모르겠습니다. 그렇지 않고 서는 이해가 되지 않습니다. 대취 조익모가 이렇게 날뛴 적은 없었습니다. 알 수는 없지만 독수리의 땅에 문제가 생긴 것은 틀림없습니다."

수벽이 물었다.

"웅화당 님은 여전히 웅교 때문에 힘들어하시나요?"

웅신명이 혀를 차며 말했다.

"네, 이제 큰일을 마무리해야 하는데 정신을 못 차리고 저러고 있으니 걱정이 되어 미칠 노릇입니다."

곰곰이 생각에 잠겼던 웅수벽이 말했다.

"웅화당님이 웅교를 포기 안 하신다면, 포기하도록 방법을 마련해야지요."

웅신명이 물었다.

"방법이 있습니까?"

수벽이 조용히 말했다.

"웅교에게 곰의 용사들을 이끌고 독수리 용사들과 맞서 싸우도록 하면 어떨까요? 목숨을 걸어야 하는 일이니, 싸우다 죽으면 제일 좋고…. 싸움에 패하여 돌아오면 그 책임을 물어야지요. 그리고 얼마간 보지 못할 것이니, 곰의 수호자로 세우는 일을 빠르게 진행해 보시죠."

웅신명이 되물었다.

"웅교가 웅능화를 놓아두고 싸우러 나가려 하겠습니까?"

웅수벽이 대답했다.

"조주령이 다시 나타났으니, 복수를 하라 이야기를 해 보면 어떨까 합니다. 이곳 주원이 위험에 처하면 웅능화도 위험하다고 말해야 하겠지요. 그리고 우리 용사들을 이끌 인재가 없다 하면 들을 것입니다."

누워 있는 능화를 웅교가 미소를 짓고 바라보고 있었다. 능화가 웅교를 걱정하며 말했다.

"수벽이 무언가 함정을 판 것 같은데, 나는 도무지 알 길이 없어? 초홍님이 옆에 있다면, 단번에 이유를 알 것인데…."

웅교가 자신 있게 말했다.

"걱정하지 마세요. 함정이라도 가야 합니다. 곰의 땅을 넘는 자들을 모른 척 보아 넘긴다면 곰인의 자격이 없는 것입니다. 다만, 능화 누님을 돌보지 못함이 아쉬울 뿐입니다."

능화가 안도의 숨을 쉬며 말했다.

"이제 내 걱정은 하지 마. 내가 건강을 찾은 것을 알고 있으니, 적과 목숨을 다툴 네 생각만 해…. 며칠을 누워 있었지만, 그때처럼 그들이 내 앞에서 이야기하는 경우가 없어서 무엇도 알아낼 수가 없었어. 하지만 앞으로 하루 종일 누군가와 붙어 있을 테니 뭔가 들을 가능성이 높아졌어."

웅교가 부드럽게 말했다.

"혼자 있다가 누군가에게 해코지를 당할까 두렵습니다."

능화가 조용히 웃으며 말했다.

"내가 누워 있어서 잊은 모양인데, 누워서도 적 열 명은 상대할 수 있다고…."

웅교가 웅신명이 내어준 오십 명의 곰의 용사를 이끌고 곰의 땅과 독수리의 땅이 맞닿는 곳으로 길을 나섰다. 뒤늦게 웅교가 전장으로 떠났다는 말을 전해 들은 웅화당은 웅신명에게 달려갔다. 웅화당이 급하게 말했다.

"어머니, 교 오라버니에게 돌아오라 하세요. 왜 죽을 수 있는 곳으로 교 오라버니를 보냈어요? 저 때문이죠?"

웅신명이 대답했다.

"그래. 네가 너의 본분을 잊고, 웅교에게 빠지는 것을 더는 두고 볼 수 없었다. 이제 대답이 되었느냐?"

눈물을 보이며 화당이 말했다.

"제가 잘못했어요…. 교 오라버니에게 돌아오라 하세요. 제가 오라버니를 포기할게요…."

고개를 흔들며 한숨을 깊이 쉰 웅신명이 말했다.

"웅교에 대한 네 마음이 그렇게 깊은 것이냐…?"

웅신명은 웅교가 죽어서 다시는 이곳으로 돌아오지 않기를 마음속으로 기도했다.

웅교는 주원의 외곽에 도착하자 큰 피해를 두 눈으로 확인할 수 있었다. 독수리의 땅이 가까워져 올수록 죽은 곰인들이 눈에 띄게 많아지고 있었다. 조그만 마을 하나가 불에 타고 몰살된 것을 보자 독수리 땅에서 몰살된 조호청의 마을이 떠올랐다.

웅교는 피가 끓어오르는 것을 느꼈다. 젊은 여자들의 모습이 보이지 않는 것으로 보아 조호청처럼 끌려갔다는 것을 알았다. 웅교는 서둘러 뒤를 쫓았다. 한 시진이 흐르자 멀리 수십 명의 독수리 용사가 보였다. 웅교는 곰의 용사들과 걸음을 빨리했다. 독수리의 용사들도 웅교의 용사들을 보자 돌아서 싸울 준비를 했다.

웅교는 맨 앞으로 달려 나갔다. 들고 있는 창끝은 예리하게 적을 찔러 나갔다. 용사의 수가 비슷했지만, 웅교의 무력을 눈앞에서 보고 있는 곰의 용사들은 번개처럼 빠른 그의 창에 넋을 잃을 것 같았다. 긴 독수리의 털로 멋을 부린 용사들의 우두머리는 힘 한 번 쓰지 못하고 웅교의 창에 맞아 거꾸러졌다. 독수리의 용사는 우두머리가 죽자 사방으로 흩어져 곰에 용사의 살육 대상이 되었다.

웅교가 이끄는 곰의 용사들은 싸움을 더 해 갈수록 웅교를 믿고 따랐다. 특히 웅교의 용맹함은 큰 곰의 싸움을 보듯 거침이 없었다. 웅교와 싸움을 같이한 곰의 용사들은 한결같이 마음속으로 웅교가 진정한 대웅(大熊)이라 생각했다.

9장

곰의 엄마

 웅교의 무용담은 주원 땅 대웅 웅조평에게 전해졌다. 웅조평은 기쁜 마음을 숨기지 않았다. 자신 수하의 어떤 용사보다 용맹했고 뛰어난 무력을 가지고 있었다. 웅조평은 웅교가 누구인지 궁금하여 웅신명의 당을 찾았다. 웅신명은 능화를 돌보고 있다가 웅조평이 연락도 없이 찾아오자 놀라며 그를 맞았다. 웅신명이 말했다.

 "대웅께서 이 중요한 시기에 기별도 없이 무슨 일이시옵니까?"

 웅조평은 큰 소리로 웃으며 말했다.

 "내가 주원 땅에서 뛰어난 용사의 이름을 모르는 자가 없는데, 신명의 수하에 어떻게 이렇듯 뛰어난 자가 있는 것이오?"

 웅신명이 물었다.

 "무슨 말씀입니까? 제가 알아듣도록 말씀해 주세요."

 웅조평이 흥분하여 말했다.

"전장에서 독수리의 용사 우두머리 다섯을 죽이고 그들의 수하 이백을 죽였으니, 이렇게 대단한 곰의 용사를 나는 단 한 번도 본 적이 없어요."

웅신명이 놀라서 물었다.

"제가 보낸 용사 중에 그런 자가 있습니까?"

웅조평이 말했다.

"듣기로 이름이 웅교라 했습니다."

웅신명이 다시 반문해 물었다.

"웅교요…?"

능화는 대웅 웅조평의 입에서 웅교의 소식을 듣자, 안도의 숨을 쉬었다. 웅교가 떠난 후로 웅교가 걱정되어 자리를 박차고 일어나 웅교에게 달려가고 싶은 마음이 하루에도 몇 번씩 있었다. 생각지도 않은 상황에서 웅교의 좋은 소식을 들으니 능화는 기쁜 마음을 억누를 수가 없었다. 더군다나 웅교가 전장에서 뛰어난 공을 세우고 있다고 하니, 능화는 더할 나위 없이 기뻤다. 대웅 웅조평이 누워 있는 능화를 발견하고 당황하여 물었다.

"내 마음이 급하여, 여기 사람이 있는 것을 몰랐습니다…. 누구입니까?"

웅신명이 설명했다.

"네, 신경 쓰실 필요 없습니다. 독에 당하여 깨어나지 못했으니, 이곳에 없는 사람과 똑같습니다."

웅조평이 안도의 숨을 쉬고 말했다.

"그래요. 다행입니다. 나는 괜히 놀랐습니다."

웅신명이 한숨을 쉬고 물었다.

"정말 웅교가 그렇게 많은 공을 세운 것입니까?"

웅조평이 궁금하여 물었다.

"어째서 이렇게 기쁜 일에 한숨을 쉬는 것이요? 당신이 전장으로 보낸 사람 아닙니까?"

웅신명이 아쉬운 목소리로 말했다.

"제가 보낸 것은 맞습니다. 다만, 공을 세우라고 보낸 것이 아니라… 죽으라고 보낸 것입니다…."

웅조평이 물었다.

"죽으라고 보냈다니, 그게 대체 무슨 말입니까?"

"화당이 곰의 엄마가 될 이 중요한 시기에 웅교에게 빠져 정신을 못 차리기에, 둘을 떼어 놓으려 그리 한 것입니다." 웅신명이 걱정하며 말했다.

웅조평이 다시 물었다.

"우리 화당이 웅교를 좋아한다는 말입니까?"

웅신명이 한숨을 쉬고 말했다.

"네. 그것도 아주 깊게 빠져 있습니다."

웅조평이 이해되지 않는다는 표정으로 말했다.

"그럼 무엇이 문제입니까? 우리 화당이 좋다고 하는데 둘을 맺어 주면 될 것이 아닙니까?"

웅신명이 덤덤히 말했다.

"여기 누워 있는 여자가 웅능화라고 하는데, 웅초홍을 곰의 엄마로 만들려는 사람입니다. 그리고 웅교는 웅초홍에 오라비입니다…. 더 큰 문제는 웅교가 이 웅능화를 마음에 두고 흔들리지 않는 것입니다."

웅신명의 설명을 다 들은 웅조평이 한숨을 깊이 쉬고 말했다.

"내가 화당에게 큰 부담만을 주었지… 아버지로서 해 준 것이 없는데… 화당이 이렇게 마음 아픈 일을 겪고 있었는지 몰랐소…."

웅신명이 힘주어 말했다.

"자책하지 마세요. 화당도 곰의 엄마가 되고 나면 달라질 것입니다. 이제 얼마 남지 않았습니다."

웅조평은 갑자기 창을 뽑아 들어 웅능화의 목에 창끝을 보내고 말했다.

"내가 이 웅능화라는 여자를 지금 죽여 없앤다면 우리 화당이 웅교와 혼인할 수 있을 것이니 내가 지금 그리하겠소."

능화는 그동안 깨어나지 못한 척 연기를 하고 있었으나, 특별히 어떤 것도 알아내지 못해 아쉬워하던 차에 그동안 알지 못했던 일들이 한 번에 머리를 파고들어 와 정신이 없었다. 능화는 웅교에게 수벽이 파놓은 함정이 웅교를 죽이려는 심산이었음을 알고 경악했다. 더욱 충격적인 것은 웅조평이 웅화당의 아버지라는 사실이었다.

곰의 수호자 경쟁이 시작된 이후 모든 것이 완벽했던 웅화당이 유일하게 세간의 입에 오르내리는 것은 신의 점지로 태어났다고 하는 것이었다. 혹자는 그것을 자격을 충분히 갖춘 이상으로 생각했지만, 한편에서는 흉흉한 소문이 있기도 했다. 능화는 웅수벽이 이 사실을 알고 있을지 궁금할 뿐이었다.

능화가 들은 이야기를 여러 가지로 생각하고 있는데, 갑작스럽게 웅조평의 창끝이 자신의 목에 와 닿자 머리가 하얗게 되어 어찌할 바를 몰랐다. 그때 웅신명의 단호한 목소리가 들려왔다.

"그 창 치우세요. 웅능화를 죽일 것이었으면 벌써 그렇게 했을 것입니다. 웅초홍도 그냥 죽였다면 일은 더 쉬웠을 것입니다. 하지만 우리 화당에게 어떠한 오점도 남겨서는 안 됩니다. 곰의 엄마가 될 화당의 앞길을 막을 그 어떤 빌미도 없어야 합니다. 만약 그들을 죽여야 한다면 모든 계획이 엉망이 될 피치 못할 사정일 때여야지요. 사흘 후 웅수벽 님이 화당과 곰신을 데리고 만수로 가서 곰의 엄마를 만날 것입니다. 웅초홍이 경쟁을 포기한 것을 알리고 곰신을 본다면, 곰의 엄마는 화당을 다음 시대를 이끌 곰의 엄마로 낙점하게 될 것입니다. 그러면 당신은 여러 대웅의 위에 서게 될 것입니다. 앞으로 한 달만 참으면 됩니다. 한 달만….”

초홍은 아버지 웅진과 어머니 웅소만에게 인사를 고하고 집을 나섰다. 초홍의 옆에는 곰신이 같이 걷고 있었다. 초홍은 만수로 가기 위해 길을 잡았다. 며칠간 곰신과 초홍은 더 많은 유대감이 생긴 것을 느끼고 있었다. 곰신은 초홍을 한시도 떠나려 하지 않았다. 잠을 자거나 밥을 먹을 때도 그랬다. 초홍은 능화가 곁에 있을 때만큼 안전한 느낌을 받았다. 초홍과 곰신이 잠시 떨어질 때는 곰신이 사냥을 가는 한두 시진 정도가 전부였다. 그마저도 곰신은 먼 곳으로 가지는 않았다.

초홍은 그렇게 며칠을 걸어 과거에 멧돼지의 땅으로 불리던 웅저(熊猪)로 향했다. 초홍은 웅검진이 떠오르는 것을 막을 수는 없었다. 웅저에 이르자 곳곳이 웅검진과의 추억이 되어 떠올랐다. 초홍은 웅검진과의 추억이 아픈 것만은 아니라는 것을 느꼈다. 상처가 오래되면 아물어 가듯 마음의 상처도 많이 아물어 들었다.

초홍이 그의 곰신과 웅저에 들어서자 소문은 금방 퍼져 나갔다. 웅저의 사람들이 초홍과 곰신을 보기 위해 모여들었다. 초홍은 웅저 사람들에게 특별한 존재였다. 모두에게는 생명에 은인과도 같았다. 은인 웅검진이 죽은 후에는 이제 초홍이 이들에게 남은 유일한 은인이었다. 초홍을 본 웅저 사람들은 모두가 고개를 숙이고 바닥에 엎드렸다.

초홍은 사람들의 마음을 알고 있었지만, 자신의 예상을 뛰어넘는 환대와 곰의 수호자가 확정된 사람에게나 할 대우를 하는 것에 놀랄 수밖에 없었다. 웅저에 들어온 지 한 식경도 지나지 않아, 웅만성과 웅군장이 반가운 얼굴을 하고 초홍의 앞에 서 있었다. 초홍이 그들에게 가까이 가자 웅만성과 웅군장은 바닥에 엎드렸다. 초홍은 놀라서 그들을 급히 일으켜 세웠다. 초홍이 놀란 마음을 진정시키지 못하고 말했다.

"왜들 이러십니까? 이런 예는 제가 불편하여 어찌해야 할지 모르겠습니다."

얼굴에 인자한 미소를 띤 웅만성이 말했다.

"이제 은인을 넘어, 곰의 엄마가 되실 분에게 이 정도의 예를 다하는 것은 당연합니다."

옆에 있던 웅군장이 끼어들어 말했다.

"제가 모시고 가지 못하여 많은 후회를 했습니다. 이렇게 건강한 모습으로 뵐 수 있어서 얼마나 다행인지 모르겠습니다."

초홍이 인사를 건넸다.

"그동안 모두 잘 계셨습니까?"

자리를 옮긴 초홍은 웅만성, 웅군장에게 그동안의 일에 대해 말했다. 이야기를 다 들은 웅만성이 아쉬운 듯 말했다.

"사살모의 죄가 하늘에 닿아 있는데, 신께서는 어째서 사살모의 목숨을 가져가지 않는지 궁금할 뿐입니다."

결연한 목소리로 웅군장이 말했다.

"그것도 그렇지만, 웅능화 님의 건강에 문제가 있다니…. 제가 반드시 사살모를 잡아 웅검진 님과 웅능화 님의 복수를 할 것입니다."

웅군장의 말이 끝나자 웅만성이 질타하는 표정을 웅군장에게 보냈다. 그 모습을 본 초홍이 미소를 지으며 말했다.

"웅만성 어른, 웅군장 님을 나무라지 마십시오. 저도 이제 웅검진 님을 보내 드릴 때가 되었습니다. 모두 잊었다 하면 거짓이겠지만 좋은 기억만을 남기려 하니 제 앞에서 조심하려 애쓰지 마세요. 그렇게 하시면 제가 나쁜 기억을 떠올리게 됩니다."

웅저의 밤은 축제가 벌어졌다. 갑자기 준비했지만 웅저의 사람들이 십시일반으로 내어놓은 것들로 축제가 풍족해졌다. 초홍은 오랜만에 기쁘게 웃었다. 축제가 끝나고 고인돌 앞에 선 초홍은 하늘을 보았다. 별들이 반짝이는 하늘을 올려다본 초홍은 그곳에서 미소 짓고 있는 웅검진을 보았다.

다음 날 날이 밝고 초홍이 곰신과 길을 나설 준비를 마치고 나오자 웅만성과 웅군장이 먼저 나와 있었다. 웅군장이 말했다.

"이번 여정은 제가 모시고 갈 것입니다."

용사 오십 명이 창과 활로 무장을 하고 도열해 있었다. 초홍이 그 모습을 보고 말했다.

"아닙니다. 저는 혼자 가도 됩니다. 곰신도 제 옆에 있으니, 걱정은 안 하셔도 됩니다."

웅만성이 웃으며 말했다.

"오늘의 일은 저희를 따라 주십시오. 전에 여우의 땅으로 가실 때 용사를 같이 보내지 못한 것이 두고두고 후회되었습니다. 같은 누를 끼치지 않도록 해 주십시오."

초홍은 웅만성의 제안을 뿌리칠 수 없어 웅군장과 오십의 용사를 대동하고 양수(陽水)로 향했다. 능화는 웅수벽과 웅화당이 만수를 향해 떠나자 마음이 조급해지기 시작했다. 무슨 좋은 생각이나 방법이 떠오르지는 않았지만 늦지 않도록 만수에 도착해서 웅수벽과 웅신명의 계획을 저지해야만 했다. 웅교가 돌아온다는 소식을 듣기는 했지만, 웅교가 많이 늦는다면 자신 혼자라도 길을 떠나리라 마음먹고 있었다. 아침이 되자 웅신명이 능화를 돌보기 위해 들어왔다. 능화는 연기를 해야 했으므로 마음을 다잡고 신음을 냈다. 신음에 놀란 웅신명이 능화에게 말했다.

"깨어난 것입니까?"

능화는 말하지 못하는 양 연기를 하며 힘겹게 팔을 들어 올리다 떨구었다. 능화는 눈을 게슴츠레하게 떴다가 감으며 반복적으로 연기했다. 웅신명이 사람들을 소리 질러 불렀다. 돌아가며 능화를 돌보던 여자들이 환하게 웃으며 좋아서 어쩔 줄 몰라 했다.

웅신명은 기뻐하는 척했지만 어색하기 짝이 없었다. 웅신명은 능화가 더 오래도록 누워 있기를 바랐었다. 한 달만 더 누워 있으면 모든 것이 끝났을 것이기 때문이었다. 아니 열흘만 더 누워 있어도 만수까지 가는 것을 따라잡을 수 없을 테니, 모든 것이 끝난 상태일 것이었다. 그래서 불안한 마음이 잠깐 들었으나 웅능화가 일어난다고 한들 웅초홍이 포기한 상태인데 무엇을 할 수 있겠나 생각하고 다시 미소를 지었다.

능화는 천연덕스럽게 말했다.

"여기는 어디입니까? 당신들은 누구죠?"

웅신명이 미소를 짓고 말했다.

"저는 웅신명이라 합니다. 여기는 주원에 있는 제 당입니다."

"저는… 독수리 땅에 있었는데…. 제가 어떻게 주원에 있죠?"

능화가 더듬거리며 말했다.

웅신명이 물었다.

"사살모의 독에 당하여, 웅교와 웅초홍이 이리로 모셔 왔습니다. 독에 당한 것은 기억하십니까?"

능화가 말을 더듬으며 힘겹게 말했다.

"네… 사살모의 독침을 맞은 것까지는… 기억이 납니다…. 웅교는 어디에 있습니까?"

웅신명이 대답했다.

"웅교는 전쟁을 치르고 돌아오고 있다고 들었습니다."

능화가 다시 물었다.

"전쟁이요?"

웅신명이 대답했다.

"독수리인들과 작은 문제가 있었습니다."

능화가 물었다.

"웅초홍 님은 어디에 있습니까?"

웅신명이 대답했다.

"웅초홍 님은 고향으로 돌아갔습니다."

능화는 놀란 표정으로 말했다.

"웅초홍 님이 무엇 때문에 고향으로 떠났습니까?"

웅신명이 설명했다.

"화당의 곰신을 보고 자신은 자격이 없다고 했습니다. 그리고 고향으로 가서 다시는 고향을 떠나지 않겠다고 말했습니다."

능화는 크게 한숨을 내쉬었다. 웅교가 떠날 때 데려간 곰의 용사가 오십이었는데, 돌아오는 웅교의 뒤에는 용사가 백 명에 가까웠다. 또 구출한 여자들 삼십 명과 포로로 잡은 독수리의 용사 이십 명이 그의 뒤를 따랐다. 다시 빼앗아 돌아오는 양의 숫자는 수백 마리였다. 주원 땅에 들어서자 곰인들이 웅교를 환영하며, 저마다 칭찬하기를 멈추지 않았다. 웅신명의 당까지 오는 동안 웅교를 연호하는 목소리가 끝나지 않았다.

웅신명이 물었다.

"밖이 왜 이리 소란스러운 것이냐?"

당의 신녀 하나가 대답했다.

"웅교님이 돌아오셨는데, 부족원들이 환영의 연호를 지르고 있습니다."

이야기를 들은 웅신명은 밖으로 나왔다. 웅교의 뒤를 따르는 사람들의 모습이 장관이었다. 웅신명은 의도하지 않았던 모습에 당황하여 고개를 가로저었다. 웅교가 웅신명에게 다가와 고개를 숙여 말했다.

"명하신 소명을 다하고 돌아왔습니다."

웅신명이 덤덤히 말했다.

"네, 제가 무훈은 들어 잘 알고 있습니다. 고생하셨어요. 돌아가 쉬세요."

물러 나온 웅교는 능화가 있는 곳으로 급하게 뛰어갔다. 능화가 있는 곳에 도착하기도 전에 웅교가 소리쳤다.

"능화 누님, 웅교가 왔습니다."

달려온 웅교가 능화 앞에 나타났다. 능화는 일어서 웅교를 보고 미소 짓고 있었다. 웅교가 달려와 능화를 힘껏 안았다. 웅교가 말했다.

"어떻게 일어나 있는 것입니까? 이제 깨어난 것을 모두 아는 것입니까?"

능화가 짧게 대답했다.

"그래."

능화는 웅교의 몸을 구석구석 살피며 말했다.

"어디 다친 곳은 없느냐?"

웅교가 웃으며 말했다.

"하하하, 없습니다. 걱정하셨습니까?"

입을 삐쭉 내밀며 능화가 말했다.

"내가 네 걱정을 왜 하느냐?"

웅교가 실망한 표정으로 서 있자, 능화가 웅교를 안으며 말했다.

"보고 싶었어…."

웅교와 능화는 서로를 안고 한참을 그렇게 있었다. 몸을 뺀 능화가 말했다.

"우리 시간이 없어, 빨리 만수로 가야 해."

웅교가 다시 물었다.

"만수요?"

능화는 대웅 웅조평과 웅신명의 비밀 이야기와 웅수벽이 웅교를 죽이려 전장에 보냈던 것, 웅수벽과 웅화당이 만수로 떠난 이야기를 전했다. 웅교는 놀라서 입을 다물 수가 없었다. 웅교가 놀란 목소리로 말했다.

"우리의 행동이 저들에게 걸림돌이 되었다면, 누군가는 죽음을 면치 못했겠군요?"

능화가 대답했다.

"그래. 무엇보다 초홍 님이 무사한 것이 다행이야."

웅교가 말했다.

"우리가 만수로 간다고 하면, 웅신명이 우리를 보내주지 않을 겁니다."

능화가 말했다.

"내 생각도 그래."

웅교가 말했다.

"제 생각에 건강을 회복했으니, 고향으로 초홍이를 만나러 간다고 하면 어떨까요?"

능화가 대답했다.

"좋은 생각이야. 그렇게 하는 게 좋겠어."

웅교가 물었다.

"아직도 초홍이가 곰의 수호자라고 생각하세요?"

능화가 단호한 목소리로 말했다.

"난 단 한 번도 초홍 님이 곰의 수호자라는 것을 의심해 본 적이 없어."

웅교가 한숨을 쉬고 말했다.

"하지만 초홍이는 곰신을 만나지 못했어요. 초홍이도 그것을 알기에 이곳을 떠나 고향으로 간 것이고요."

능화는 확신에 차서 말했다.

"때가 되지 않았을 뿐이야. 아직 약속된 시간이 남았어. 분명 초홍 님은 곰신을 만날 거야."

웅교가 말했다.

"그래요. 전 초홍이도 믿고, 무엇보다 능화 누님을 믿어요. 우리 만수로 가서 방법을 찾아보도록 해요."

"웅화당과 웅수벽을 따라잡으려면 빨리 움직여야 해. 시간이 많다면 초홍 님을 찾아 같이 가면 좋을 텐데…. 그럴 수가 없구나…."

웅신명을 겨우 설득한 웅교와 웅능화는 주원 땅을 벗어나자, 만수로 방향을 바꾸어 급히 걸었다. 능화와 웅교는 이 보름 동안 웅화당의 이야기를 손쉽게 듣고 있었다. 새로운 곰신과 수호자를 봤다는 이야기가 가는 곳마다 들렸다. 다행인 것은 곰신을 운반하기 위해 나무로 상자를 만들어 이동하고 있어, 좀처럼 빠르게 이동하지 못한다는 것이었다. 그래서 만수에 도착하기 전에 따라잡을 수 있을 것 같았다.

양수에 도착하자 이틀 전에 웅화당이 양수를 지나간 것을 알 수 있었다. 양수의 부족들은 웅초홍이 곰신의 수호자가 아니라는 것에 실망하는 눈치였다. 능화와 웅교는 빠르게 양수를 빠져나가 만수로 향했다.

충분한 식량까지 챙겼기에 초홍은 곰신과 사냥을 하지 않아, 빠르게 양수로 갈 수 있었다. 초홍은 양수 대웅 웅적도를 만나기 위해 그에게 향했다. 초홍은 자신 때문에 웅검진이 죽은 것이므로 웅적도의 얼굴을 어떻게 보아야 할지 난감하기 이를 데 없었다. 초홍이 양수로 오자 웅저와 같은 환영은 아니지만, 수많은 사람이 초홍과 곰신을 보기 위해 모여들었다.

웅검진이 양수의 부족들에게 신망을 받았었기에 초홍과 웅검진의 이야기를 양수에 있는 사람들은 소문으로 알고 있었다. 초홍은 웅적도에게 나아가며 심호흡을 크게 했다. 초홍이 웅적도 앞으로 가자 웅적도는 뒤돌아서 있었다. 초홍이 들어오는 인기척에 웅적도가 돌아섰다. 웅적도의 얼굴은 초홍이 상상한 것과는 많이 달랐다. 얼굴이 말라 있기는 했지만, 어둡지는 않았다. 초홍이 무슨 말을 해야 할지 몰라 가만히 서 있자 웅적도가 먼저 말을 꺼냈다.

"사살모라는 자는 어떻게 되었습니까?"

초홍이 얼굴도 들지 못하고 말했다.

"죄송합니다. 제가 힘이 부족하여, 사살모를 잡지 못했습니다. 아드님의 복수는 제가 어떻게 하든 할 것입니다…."

웅적도가 인자하게 말했다.

"고개를 드세요. 무엇을 잘못했다고 머리를 숙이고 있습니까?"

초홍이 그 말에 눈을 들어 웅적도를 바라보자 웅적도가 초홍에게 미소를 지었다. 초홍의 눈에는 금방이라도 쏟아져 내릴 것 같은 눈물이 고여 있었다. 초홍이 떨리는 목소리로 말했다.

"죄송합니다. 저 때문에 아드님이 이렇게 되었습니다…. 제가 대웅께 씻을 수 없는 죄를 지었습니다."

변함없는 인자한 표정을 하고 웅적도가 말했다.

"무슨 죄를 지었다 하십니까? 이 사람이 죽어서 아들 얼굴도 못 보게 하실 생각입니까? 제 아들이 은애하는 사람이 이렇게 건강한 모습으로 있는데…. 제 아들이 얼마나 기뻐하겠습니까? 사살모를 쫓아 여우의 땅으로 가셨다 들었을 때 말리지 못하여 아들에게 너무나 미안했습니다. 웅초홍 님께 혹시나 변고가 생길까 제가 걱정이 많았습니다."

초홍은 웅적도가 하는 말을 듣고 가슴이 벅차올라 눈에서 눈물이 흘러내렸다. 그 모습을 보던 웅적도가 이어 말했다.

"웅초홍 님이 곰신의 수호자가 되셨으니, 제 아들도 기뻐할 것입니다. 저를 찾아오기 쉽지 않았을 것인데 이렇게 저를 찾아 주셔서 고맙습니다. 제 아들 검진이 지금 이 모습을 보면 기뻐할 것입니다. 제가 도울 일이 있다면 언제든 말씀하세요. 성심을 다할 것입니다."

초홍의 눈물은 멈추지 않고 조용히 계속되었다. 초홍이 눈물을 멈추자 대웅 웅적도가 걱정하듯 말했다.

"사실 엊그제 주원의 웅화당이 이곳 양수를 지나 만수로 갔습니다. 사람들의 말을 전해 들었는데 갈색 곰신과 동행을 한다고 하여, 웅초홍 님이 경쟁에 밀렸나 걱정했습니다. 그런데 지금 제 눈앞에 곰신을 직접 보여 주시니 얼마나 다행인지 모르겠습니다. 시간이 있다면 제가 편안히 모시고 싶지만, 빠르게 만수로 가시는 것이 좋을 것 같습니다. 곰신의 수호자가 되신 후 다시 뵙겠습니다."

대웅 웅적도의 집을 나온 초홍은 일행과 함께 빠르게 만수로 향했다.

웅화당이 만수에 들어서자, 만수의 곰인들이 길거리로 쏟아져 나왔다. 다음 시대를 이끌 곰신과 수호자를 보기 위해 사람들은 들떠 있었다. 수십 년 만에 한 번 있을 구경을 놓칠 수 없기에 사람들은 점점 늘어났다. 웅수벽이 크게 미소 짓고 말했다.

"저것 보세요. 모든 사람이 웅화당 님을 보려고 모여들었습니다. 이제 웅화당 님이 저들의 엄마가 되어, 저들의 숭배를 받을 것입니다."

웅수벽과는 다르게 웅화당은 즐겁지 않았다. 무표정한 얼굴을 하고 있어, 본인이 가진 얼굴빛 그대로 차갑게 비치고 있었다. 웅수벽이 그런 웅화당을 보고 말했다.

"표정이 왜 그러십니까? 웅화당 님은 즐겁지 않습니까? 혹시… 아직도 웅교를 걱정하시는 것입니까?"

웅화당은 대답하지 않았다. 그런 화당을 보고 웅수벽은 한숨을 쉬고 말했다.

"곰의 엄마가 되면 웅교 같은 남자는 웅화당 님 마음대로 할 수 있을 것입니다. 필요하다면 더 많은 남자를 마음대로 하실 것인데… 대체… 왜 이러십니까?"

웅화당은 웅수벽의 말을 듣지 못한 것처럼 대꾸 없이 조용히 걸었다. 수벽은 고개를 절레절레 흔들고 곰 엄마의 거처로 걸어갔다. 수많은 사람은 환호하는 만큼 실망도 하고 있었다. 웅화당을 보는 것도 중요했지만 대부분의 사람은 새로운 곰신을 보고 싶었다. 그러나 곰신은 상자에 들어가 있어 나무의 틈새로 조금씩 보일 뿐이었다.

십 년 전에 죽은 곰신은 곰의 엄마와 나란히 있었기에 지금의 모습은 모두에게 낯설게만 느껴졌다. 웅화당이 곰의 엄마 거처에 도착하자 날이 저물기 시작했다. 웅화당이 도착했다는 소식을 들은 곰의 엄마는 불을 밝혀 환영하도록 지시를 내렸다. 모든 불을 붙이자, 주변은 대낮처럼 밝았다. 웅수벽이 곰의 엄마 앞으로 나가 인사를 하며 말했다.

"웅수벽, 곰의 엄마를 뵙겠습니다."

뒤에 선 화당이 예를 취하고 말했다.

"웅화당, 인사드립니다."

곰의 엄마가 물었다.

"먼 길 오느라 수고가 많았다. 웅화당은 너의 곰신을 찾았느냐?"

웅화당이 대답하며 상자를 가리켰다.

"네, 제가 가져온 저 상자에 저의 곰신이 있습니다."

곰의 엄마가 다시 물었다.

"곰신에게 네 개의 표식이 있더냐?"

웅화당이 대답했다.

"네. 네 개의 표식이 있습니다."

곰의 엄마가 말했다.

"내가 확인하여도 되겠느냐?"

웅수벽이 대답했다.

"네, 당연히 확인하셔야지요."

곰의 엄마가 말했다.

"저 상자를 열어 네 개의 표식을 보여라."

웅수벽이 말했다.

"상자를 열면 조심하여야 합니다. 곰신이 아직 야성을 버리지 않았습니다."
곰의 엄마가 말했다.
"열어라."
곰의 엄마 명령을 듣고 웅능화와 웅교가 용사들과 함께 들어왔다. 웅수벽과 웅화당은 그들의 모습에 깜짝 놀랐다. 웅수벽은 웅능화가 건강하게 깨어나, 하필이면 이렇게 중요한 때에 눈앞에 나타나서 놀랐다. 웅화당은 웅교의 건강한 모습에 기뻤다. 웅화당은 오랜만에 보는 웅교의 얼굴에 미소가 번졌다. 반면에 웅수벽은 불안한 감을 느끼며, 얼굴이 굳어졌다. 하지만 웅수벽은 심호흡을 한번하고 다시 평정심을 찾아갔다. 웅수벽이 생각했을 때 웅능화와 웅교가 이 상황을 바꿀 그 어떤 것도 없다고 생각했다. 자신이 준비한 모든 것은 빈틈이 없었다. 이 밤이 지나가면, 웅수벽 자신이 계획한 모든 것이 이루어질 것이었다.

웅능화와 웅교는 용사들과 곰신이 있는 상자의 한 부분에 나무를 뜯어내었다. 그 순간 곰의 앞발이 틈으로 불쑥 튀어나와 발톱을 세우고 좌우로 빠르게 움직였다. 용사들은 겨우 피하고 안도의 한숨을 쉬었다. 용사들이 조심해서 하나의 나무를 떼어내자 같은 일이 반복되었다. 상자 안에서 울부짖는 곰신의 소리와 함께 그 모습을 보는 곰인들은 온몸에 소름이 돋았다. 용사들이 조심스럽게 하나의 나무를 더 제거하자 곰신의 두 발이 틈을 비집고 나와서 상자를 흔들었다. 용사들과 능화 웅교는 놀라서 뒤로 물러났다. 곰의 엄마가 소리쳤다.

"용사들은 하던 일을 멈춰라."

용사들은 서너 발 뒤로 다시 물러났다. 하지만 곰은 괴성을 지르는 것도 상자를 때리고 흔드는 것도 멈출 것 같지 않았다. 얼마의 시간이 흐르자 '우지끈' 하는 소리와 함께 기둥 하나가 부러져 나갔다. 그 모습을 지켜보던 사람들이 비명을 질렀다. 곰신의 행동은 점점 더 거칠게 변해 가고 있었다. 금방이라도 상자는 산산조각이 날 것 같이 휘청거렸다. 수벽은 미간을 찌푸렸다. 용사들이 몰려나와 곰의 엄마 앞을 겹겹이 둘러쌌다. 그곳에 있는 모든 사람은 이 상황이 난감하기 그지없었다. 다음 시대를 이끌 곰을 죽일 수도 없는 일이기 때문이었다.

그러던 차 걱정하던 일이 일어나 버렸다. 곰신이 상자를 부수고 밖으로 나온 것이었다. 곰인들은 모두 소리를 지르고 용사들의 뒤로 숨었다. 용사들 수십 명이 창끝을 세우고 있었지만, 곰신은 좀처럼 야성을 줄이려는 모습을 보이지 않았다. 위협하는 곰의 소리에 사람들은 공포에 떨고 있었다.

초홍과 웅군장 일행은 쉴 새 없이 걸어 날이 저물 무렵에 만수에 도착했다. 수많은 사람이 나와 있어 초홍과 일행은 놀랐다. 잠시 후 흩어지던 사람들이 초홍의 일행을 보고 소리를 질렀다. 그도 그럴 것이 초홍의 옆에는 곰신이 있었기 때문이었다. 사람들은 처음에는 놀라서 비명을 질렀으나, 이내 곰신이 평온하게 있는 것을 보고 곰신에게 엎드렸다.

이런 행동이 모여 있는 모두에게 삽시간에 번져 갔다. 곰신 옆의 웅초홍을 알아본 사람이 웅초홍의 이름을 말하자 이 말도 순식간에 사람들 입으로 전해졌다. 초홍의 일행이 걸어가자 부족인들은 좌우로 비켜서며 땅에 엎드렸다. 이런 모습은 초홍이 곰의 엄마 거처까지 가는 동안 반복적으로 일어났다. 곰의 사람들은 모두가 혼란함을 느꼈다. 불과 한 식경도 지나지 않아, 곰신과 수호자를 둘이나 볼 거라고 아무도 생각하지 못했기 때문이었다. 수많은 곰인은 어디서도 들어본 적 없는 이 일에 어안이 벙벙할 뿐이었다. 초홍 일행이 곰의 엄마 거처에 도착하자 안에서 곰의 울부짖는 소리와 사람들의 비명이 들렸다.

초홍과 웅군장은 서로의 얼굴을 보고 뛰어 들어갔다. 뛰어든 곳에는 갈색의 곰이 울부짖고 있었다. 초홍은 그 곰이 웅화당의 곰이라는 것을 알 수 있었다. 웅화당의 곰신이 용사의 창을 앞발로 치자 창은 멀리 튕겨 나갔다. 그 모습에 얼어붙은 병사는 자리에서 벌벌 떨고 있다가 곰의 발에 맞아 고꾸라져 쓰러졌다. 그 모습에 사람들은 더욱 크게 비명을 질렀다.

사람들은 웅화당의 곰을 보느라 초홍 일행을 보지 못했다. 웅화당의 곰신이 이리 뛰고 저리 뛰고 하는 통에 용사들은 이쪽저쪽을 왔다 갔다 했다. 때마침 웅화당의 곰신이 초홍 쪽으로 뛰어왔다. 웅군장은 용사들과 창을 들었다. 그 순간 초홍의 옆에서 검은 그림자가 빠르게 뛰어나갔다. 초홍의 곰신이 달려오는 웅화당의 곰신에게 앞발을 날렸다. 뛰어오던 곰신은 초홍의 곰신의 앞발에 맞아 비틀거렸다.

그곳에 있던 모두는 그제야 새로운 곰신과 초홍을 보았다. 능화와 웅교는 초홍의 얼굴을 보자 좀 전의 긴장감은 온데간데없어지고 미소가 떠올랐다. 웅수벽은 초홍과 곰신을 보자 얼굴이 사색이 되었다. 곰신들이 서로의 눈을 노려보며 잠시 대치하는가 싶더니, 두 곰신 모두 앞발을 높이 들어 서로의 얼굴에 발톱을 박아 넣으려 분주히 흔들었다.

두 곰신 모두 일반적인 곰보다 덩치가 커서 둘이 일어나 격렬하게 앞발을 휘두르니 사람들은 숨소리도 내지 못하고 바라볼 뿐이었다. 곰의 격렬한 싸움은 피워 놓은 불에서 생기는 여러 개의 그림자 때문에 더 격렬해 보였다. 웅화당의 곰신이 왼발을 들어 회심의 일격을 휘둘러 웅초홍의 곰신을 때렸다. 곰신은 비틀거리며 피워 놓은 왼쪽 불구덩이로 쓰러졌다. 초홍은 깜짝 놀라 '악' 소리를 질렀다. 초홍의 곰신은 왼쪽 앞다리에 불이 붙자, 바닥 옆으로 누워 불을 껐다. 이 빈틈을 웅화당의 곰신이 놓치지 않고 덤벼들었다.

10장

―

야수의 전쟁

　웅화당의 곰신이 초홍의 곰신의 오른쪽 다리를 물었다. 초홍의 곰신은 재빨리 몸을 세우고 왼쪽 다리를 들어 내리쳤다. 강하게 휘두른 왼다리는 웅화당의 곰신의 얼굴을 정확히 타격했다. 깜짝 놀란 웅화당의 곰신은 물었던 이빨을 풀어내고 뒤로 한 발 물러섰다. 다행히 초홍의 곰신에게 붙었던 불은 꺼져 있었다.

　곰의 사람들은 두 곰신이 죽기로 싸우는 모습에서 눈을 뗄 수가 없었다. 수많은 사람이 지켜보고 있었지만 누구의 숨소리도 들리지 않았다. 고요한 가운데 사방으로 울려 퍼지는 소리는 두 곰신이 울부짖는 소리뿐이었다. 날이 저물어 타오르는 불빛 사이로 싸움을 하는 두 곰신의 모습은 사람들에게 비현실적으로 보였다. 조금 전까지 그들을 잠식하던 공포는 잊힌 지 오래였다.

　화당의 곰신이 몸을 세워 일어서자 초홍의 곰신도 몸을 세웠다. 화당의 곰신이 빠르게 앞발을 내리쳤다. 하지만 곰신의 발끝은 초홍의 곰신의 머리를 살짝 비켜 지나갔다. 화당의 곰신이 휘청거리자, 초홍의 곰신이 몸을 부딪쳐 화당의 곰신을 넘어트렸다. 화당의 곰신이 바닥에 거꾸로 뒤집혀 바둥거리자 초홍의 곰신이 앞다리로 누르고 목을 물었다.

화당의 곰신은 목을 피하려 버둥거리다 목 옆을 물렸다. 목을 비스듬히 물리자 화당의 곰신은 벌떡 일어나 두 앞발을 사정없이 휘둘렀다. 초홍의 곰신도 두 다리로 일어서서 앞발을 휘두르는데, 물었던 입에 더욱 힘을 주었다. 웅화당의 곰신의 목에는 피가 흘렀으며, 살 속 깊숙이 송곳니가 파고들었다. 초홍의 곰신도 발톱에 긁혔는지 하얀 살이 보이며 피가 스며 나왔다.

사람의 몇 배나 되는 덩치를 가진 곰신들이지만, 발을 날리는 속도와 힘은 실로 엄청났다. 서로 밀어붙여 좌우로 흔드는 것이 너무나 빨라서 살이 찢기지 않는 것이 신기할 따름이었다. 사람들은 싸움이 격해지자 잊고 있었던 공포감이 다시 생겨 모두가 자리에 얼어붙어 있었다.

곰신의 싸움을 처음 보는 사람들은 자신의 눈앞에 펼쳐지는 격렬하고 무서운 싸움에 일부는 눈을 감고 떨었다. 만약 곰신에게 용사들이 수십 명이 달려들어도 승패를 가늠하기 어려울 것 같았다. 구경하던 용사들은 저마다 마른침을 삼키고 창을 잡은 손끝에 힘을 주고 공포에 질린 얼굴을 했다.

초홍은 어릴 때 보았던 호랑이와 곰의 싸움을 떠올렸다. 그 처절한 싸움은 어린 초홍의 머릿속에 한순간도 빼놓지 않고 기억되어 있었다. 그만큼 충격적인 장면이었다. 그런 초홍이 보는 지금의 싸움도 그에 못지않았다. 초홍은 곰신들의 싸움을 말리고 싶었지만, 말릴 수 있는 어떤 방법도 떠오르지 않았다. 다만 초홍 자신의 곰신이 무사하기만을 바랄 뿐이었다.

곰신의 싸움은 더욱 거칠게 진행되었다. 목을 물려서인지 빠져나오려 안간힘을 쓰며 발버둥 치는 화당의 곰신 때문에 두 곰신은 땅바닥을 여러 차례 굴렀다. 곰신들이 사람들 쪽으로 구를 때마다 사람들은 비명을 지르며 반대쪽으로 피했다. 일각을 격렬하게 이리저리 구르던 두 곰신의 몸놀림이 어느 순간 느려지기 시작했다.

화당의 곰신의 목에서 흐른 피가 여기저기 흩뿌려져 있었고, 갈색 털은 흥건하게 피에 젖어 있었다. 초홍의 곰신의 이빨은 자비 없이 더욱 깊이 파고들었다. 화당의 곰신은 옆으로 누워 가쁜 숨을 몰아쉬었다. 일각에 채 못 미치는 시간이 흐르자, 화당의 곰은 숨을 쉬지도 움직이지 않았다. 하지만 초홍의 곰신은 물고 있는 목을 놓아 주지 않았다. 사람들은 그 모습을 소리 없이 숨죽여 지켜보고 있었다.

초홍이 천천히 곰신에게 걷기 시작하자 모든 사람의 눈이 초홍에게 향했다. 초홍이 곰신에게 다가서자, 곰신은 그제야 물었던 입을 놓았다. 곰신이 일어나 초홍에게 걸어왔다. 초홍은 곰신이 다친 곳을 살폈다. 다행히 발톱이 깊이 들어가지 않아 피도 멈춰 있었다. 초홍은 불이 붙었던 곰신의 왼쪽 어깨를 살피려고 어깨를 보았다. 검은 털이 모두 타 버려 곰신의 왼쪽 어깨는 피부가 다 드러나 있었다.

초홍은 곰신의 어깨를 보고 깜짝 놀랐다. 손을 들어 곰신의 피부 위에 손을 올렸다. 초홍은 어린 곰신을 처음 보았던 그날을 다시 떠올렸다. 호랑이의 발톱이 어린 곰신의 살을 파고 지나가던 순간이 선명히 떠올랐다. 초홍은 손끝에 만져지는 흉터가 그때 호랑이 발톱에 의해 생긴 것임을 알았다.

선명하게 네 개의 발톱 자국이 남아 있었다. 초홍은 웅견명의 계시를 들은 이후로 자신이 곰의 수호자라 믿으려 했고, 어린 곰신을 다시 만난 후로 확신을 가졌다. 하지만 초홍의 곰신에게는 예언에 나오는 네 개의 표식이 없었다. 그래서 초홍은 무언가 다른 뜻을 찾으려 애를 썼지만, 무엇도 답이 되지 못해 답답했었다.

그런데 이제 모든 것이 명확하게 제 자리를 찾은 듯했다. 초홍은 죽은 화당의 곰신에게 갔다. 쓰러진 곰신의 가슴을 살펴본 초홍은 한숨을 쉬었다. 곰신의 가슴에 있는 흰털의 아랫부분은 갈색을 띠고 있었다. 초홍은 몸을 일으켜 곰의 엄마 앞으로 나아가 예를 갖추고 말했다.

"웅초홍, 곰의 엄마께 인사드립니다."

곰의 엄마가 물었다.

"오랜만이구나, 웅초홍. 저 곰신이 너의 곰신이냐?"

초홍이 대답했다.

"네, 제가 일곱 살 때 만났던 그 곰신입니다."

곰의 엄마가 다시 물었다.

"저 곰신이 몸에 네 개의 표식을 가지고 있느냐?"

초홍이 말했다.

"네, 곰신의 왼쪽 어깨에 있습니다."

곰의 엄마가 명령했다.

"웅수벽은 초홍의 곰신을 보고 네 개의 표식을 확인해라."

웅수벽이 짧게 대답했다.

"네…."

웅수벽은 조심스럽게 초홍의 곰신에게 걸어가 어깨를 보았다. 어깨에는 네 개의 커다란 상처가 있었다. 수벽은 놀란 감정을 숨기려 어금니를 꽉 물었다. 수벽이 말했다.

"웅초홍 님의 곰신의 몸에 네 개의 표식이 있습니다."

그 말은 들은 곰의 사람들은 놀라움에 신음 같은 경탄의 소리를 냈다. 곰의 엄마가 말했다.

"웅능화는 웅화당의 곰신에게 네 개의 표식이 있는지 살펴라."

"네."

짧은 대답과 함께 능화가 곰을 살피고 다시 말했다.

"웅화당 님의 곰신 몸에 흰색으로 된 네 개의 표식이 있습니다."

웅능화의 말에 곰의 사람들이 놀라서 웅성거리기 시작했다. 어떻게 두 곰신 모두에게 예언의 표식이 있을 수 있냐는 것이 대부분의 이야기였다.

웅수벽이 웅초홍을 보고 큰 소리로 말했다.

"웅초홍 님, 갑자기 들이닥쳐 웅화당 님의 곰신을 죽였으니, 이 일을 어떻게 책임지실 것입니까? 저 곰신은 다음 시대를 이끌 예언의 곰이었습니다. 웅화당 님이 곰신이 없으니 자격이 없다고 말하시려는 것입니까?"

초홍이 웅수벽에게 몸을 돌려 말했다.

"저는 웅화당의 곰신을 죽일 생각이 없었습니다. 모두 보신 것처럼 모두가 위험에 처하여… 그런 것입니다. 저의 곰신이 나서지 않았다면 많은 곰인이 생명을 잃었을 것입니다."

웅수벽이 물었다.

"용사 몇 명의 목숨이 예언의 곰보다 중요합니까?"

초홍이 차분히 말했다.

"전에도 비슷한 답을 드린 적이 있습니다. 저에게 곰의 수호자가 되어 곰인의 엄마가 된다는 것은 저에게 가장 소중한 곰족을 지키기 위함입니다. 그들을 위해 이 목숨도 내어놓을 것인데, 저의 곰신도 마찬가지입니다. 용사들도 곰족의 사람들이니, 저는 그들을 살리기 위해 저의 곰을 희생해야 한다면 그렇게 할 것입니다."

빈정거리듯 웅수벽이 물었다.

"웅초홍 님은 남과의 약속도 지키지 않으면서 어떻게 지키지도 못할 말씀을 하십니까? 저와 약속하신 것은 잊지는 않았겠죠?"

초홍이 대답했다.

"저는 약속을 어기지 않았습니다. 자격을 갖추기 전에는 웅수벽 님과의 약속을 지켰겠지만, 제가 자격을 갖추었으니 약속은 의미가 없는 것입니다. 저는 곰의 엄마가 제시하신 시간 전에 곰신을 찾았으니 자격을 갖추었습니다."

웅초홍의 말에 불리함을 느낀 웅수벽은 무표정하게 앉아 있는 곰의 엄마를 보고 대화 상대를 바꾸기로 마음먹었다. 웅수벽이 곰의 엄마를 보고 말했다.

"엄마께 말씀드립니다. 웅화당의 경쟁자가 예언의 곰을 죽이고 웅화당의 자리를 빼앗는다면, 이것은 공평하지 못하고 온당하지 못한 처사가 될 것입니다."

조용히 눈을 감고 듣던 곰의 엄마가 대답했다.

"온당하지 못하다 했느냐? 그럼 아직 시간이 남은 웅초홍에게 곰신을 만나지 못했다고 경쟁을 포기하도록 하는 것은 온당한 처사이더냐?"

"그것은… 그러니까…, 그것을 어떻게 알고 계십니까?"

웅수벽이 말하고 깨달은 것이 있어 웅능화를 보았다.

웅수벽의 말을 받아 능화가 말했다.

"그동안 주원에서 있었던 일들을 엄마께 말씀드렸다."

곰의 엄마가 초홍을 향해 말했다.

"웅초홍은 들어라. 네가 말한 것처럼 우리도 상황을 모르는 바는 아니지만, 경쟁 관계 예언의 곰신을 죽인 것은 책임을 면할 수는 없는 것이다. 우리는 이미 십 년을 곰신 없이 살면서 갖은 어려움을 겪고 있다. 그 귀한 곰신을 죽음에 이르게 했으니, 이는 가벼이 여길 것은 아니다."

초홍이 엄마에게 고개를 숙여 예를 취하고 대답했다.

"저는 예언의 곰신을 죽이지 않았습니다. 저 곰신은 예언의 곰신이 아닙니다."

곰의 엄마가 물었다.

"예언의 곰신이 아니라니, 이는 또 무슨 말이냐?"

능화가 답답한 마음에 끼어들었다.

"초홍 님, 제가 좀 전에 확인한 것을 보지 않았습니까? 어째서 그런 말씀을 하시는지요? 곰신의 가슴에 흰색 줄 네 개가 정확히 있습니다."

초홍이 능화에게 미소 짓고 말했다.

"건강하신 것 같아서 다행입니다."

초홍이 곰의 엄마를 다시 보며 말을 이었다.

"저도 주원에 있을 때는 표식을 자세히 볼 수 없어 같은 생각을 했습니다. 하지만 좀 전에 죽은 곰신의 몸을 자세히 보았는데, 흰털의 아래쪽에서 갈색 털이 올라오는 것이 보입니다. 이것은 주원땅에서 이곳 만수로 오는 동안 자라났을 것입니다. 그 말인즉슨 주원에서 누군가 곰신의 갈색 털을 흰색으로 바꾸었다는 이야기입니다. 그렇다면 그 곰신은 예언의 곰신이 아니라는 뜻이지요. 저는 경쟁하는 곰신을 죽인 것이 아닙니다."

초홍의 말을 듣고 능화가 죽은 갈색 곰신의 가슴을 자세히 살펴보고 말했다.

"웅초홍 님의 이야기가 맞습니다. 흰털 밑으로 갈색이 보입니다."

모여 있는 곰족의 사람들은 다시 웅성거리기 시작했다. 조용히 이 상황을 지켜보던 곰의 엄마가 호통을 치며 말했다.

"누가 주원 땅에서 가짜 예언의 곰신을 만들었느냐? 웅화당 너냐? 아니면 웅수벽 너냐?"

웅화당은 이 모든 상황을 이해할 수 없다는 표정으로 아무런 말을 하지 못했다. 한숨을 길게 내쉰 웅수벽이 대답했다.

"제가 했습니다."

곰족의 사람들은 웅수벽의 대답에 놀라 더 큰 소리로 웅성거렸다. 곰의 엄마가 팔을 들어 올리자, 주변은 다시 조용해졌다. 웅수벽이 말했다.

"제가 가짜 예언의 곰신을 만든 것처럼 웅초홍 님의 곰신도 일부러 흉터를 만들었는지 어찌 알겠습니까?

사람들이 다시 큰 소리로 웅성거렸다. 초홍이 곰의 엄마에게 물었다.

"웅견명 어른을 알고 계신가요?"

곰의 엄마가 놀라서 물었다.

"아니 네가 어떻게 웅견명 어른을 아느냐?"

초홍이 대답했다.

"제가 얼마 전에 웅견명 어른을 뵐 기회가 있었습니다."

곰의 엄마가 고개를 가로저어 말했다.

"너, 그분이 살아 계시면 몇 살인 줄 아느냐? 네가 만났을 수 없다. 이미 돌아가셨을 텐데, 무슨 수로 만났다는 것이냐?"

초홍이 대답했다.

"네. 돌아가신 것은 맞습니다. 제가 직접 그분의 장례를 지냈습니다. 곧 백 세가 되신다고 했습니다."

옛 생각에 잠겨 곰의 엄마가 말했다.

"아니야. 나는 아직도 웅초홍, 네 말을 믿을 수 없구나? 그분은 내 앞대에 곰의 엄마였던 분이다. 만수를 떠난 지 사십 년도 넘었어… 앞날을 보는 대단한 분이었다…."

초홍이 말했다.

"웅견명 어른이 말하길 새로운 곰신은 피부에 표식을 가졌다고 했습니다. 곰의 엄마가 될 저를 기다렸다고도 말씀하셨습니다."

곰의 엄마가 말했다.

"그런 말들이야 누구든 만들어 낼 수 있는 것들이 아니냐? 내게 증거를 내보이거라."

초홍이 차분히 말했다.

"예언을 직접 보신 것도 웅견명 어른이셨고, 예언의 말을 엄마께 전달한 것도 웅견명 어른이라 하셨습니다."

초홍의 말을 듣고, 놀란 곰의 엄마가 말했다.

"아니… 어떻게… 그것을 아는 것이냐? 사십 년 전에 곰신의 예언을 그 어른께 받은 사실은 나밖에 모르는데…. 네가 정말 그 어른을 만난 것이냐?"

감격한 곰의 엄마가 확신에 찬 말을 이어 나갔다.

"이것만큼 확실한 증거는 없을 것이다. 나조차도 예언의 말을 전달하고 믿을 수가 없었다. 그런데 모든 것이 웅견명 어른이 말한 대로 이루어졌다. 웅초홍은 오늘부터 예언에 따라 곰신의 수호자가 되어 우리 곰족을 이끄는 엄마가 될 것이다."

모여 있던 곰족 사람들은 환호했다. 웅능화와 웅교는 감격하여 눈물을 흘렸다.

주변이 조용해지자 곰의 엄마가 꾸짖어 말했다.

"웅수벽, 내가 일찍이 너에게 좋은 머리를 곰족을 위해 쓰라고 늘 말했는데 나를 이리 실망시키느냐? 내가 웅능화의 말을 듣고도 믿지 않았는데…. 이제 모든 일이 사실임을 알겠다. 너의 죄가 가볍지 않으니, 저들을 당장 잡아 가두어라. 새로운 곰의 엄마가 그들의 죄를 판결할 것이다."

초홍은 능화에게 달려가 안겼다. 두 사람은 감격의 눈물을 흘렸다. 초홍이 능화에게 울먹이며 말했다.

"아픈 분을 두고 염치가 없어 도망치듯 떠났던 것 용서해 주십시오. 제가 앞으로 잘하겠습니다."

능화가 눈물을 닦으며 말했다.

"무슨 말씀이세요. 조금 전에 모든 일을 당당히 처리하시는 것을 보고, 제가 얼마나 뿌듯했는지 모르실 것입니다. 제가 도움을 못 드려 죄송할 따름입니다."

초홍이 미소 짓고 말했다.

"교 오라버니, 감사해요. 웅능화 님을 이렇게 건강히 데려오신 점에 특히 감사합니다."

웅교가 말했다.

"제가 무엇을 했다고 감사하다 하십니까? 당연히 해야 할 일을 했을 뿐입니다."

초홍이 물었다.

"교 오라버니, 어째서 저에게 존대를 하시나요?"

웅교가 웃으며 말했다.

"이제 곰의 수호자가 되셨으니, 그에 걸맞게 해야지요."

초홍은 능화가 주원에서 깨어나서 들었던 웅조평과 웅신명의 이야기를 들었다. 웅수벽과 웅화당에 대한 것도 능화와 웅교의 설명으로 자세히 들었다. 능화는 웅교와 독수리인들의 전쟁 이야기에서는 누구보다 흥분해 설명하며 좋아했다. 능화가 초홍에게 말했다.

"제가 웅수벽과 친했던 것이 부끄러울 지경입니다. 모든 사람을 십 년간 속여 왔어요. 아무도 다치지 않아서 다행입니다. 처음부터 일이 틀어졌다면 우리는 모두 무사하지 못했을 것입니다. 주원의 웅신명과 웅조평을 빨리 잡아들이는 것도 시급한 문제입니다."

초홍이 물었다.

"교 오라버니는 어떻게 생각하십니까?"

능화의 눈치를 살피며 웅교가 말했다.

"저는 능화 누님과 생각이 같습니다. 다만, 웅화당이 얼마나 이 일에 관여가 되었는지는 모르겠어요…."

능화가 말했다.

"내 눈치는 살피지 말아…. 내가 교의 마음을 모르겠어? 하지만 웅화당의 일은 나도 잘 모르겠어⋯."

이야기를 다 들은 초홍이 얼굴을 심각하게 바꾸고 말했다.

"사실 전 이들을 모두 풀어줄 생각입니다."

눈을 동그랗게 뜬 능화가 언성을 높이며 말했다.

"지금 무슨 말씀을 하는 것입니까? 그들이 초홍 님께 어떤 해코지를 하려 했는지 들으셨는데⋯. 어찌 그렇게!"

초홍은 진지하게 설득하듯 말했다.

"물론 저도 대부분 같은 생각입니다. 하지만 결과적으로 우리 모두 큰 피해가 없었습니다. 난 그들의 도움이 필요합니다. 섣부른 죄를 물어 불만 세력을 키우지는 않겠어요. 그들에게 죄를 씻도록 기회를 주려 합니다."

곰의 엄마를 중심으로 웅초홍, 웅능화, 웅교, 웅군장 등이 모였다. 곰의 엄마가 말했다.

"웅화당과 웅수벽을 이 앞으로 데려오거라."

잠시 후 웅화당과 웅수벽이 엄마의 앞으로 끌려왔다.

웅수벽의 얼굴은 어두웠다. 판결은 이미 정해진 것이나 다름없었다. 다른 것도 아니고 곰의 엄마 자리를 속여 차지하려 했으니, 웅초홍이 당장이라도 죽이라 명하면 그렇게 될 것이었다. 웅수벽은 모든 것을 포기하고 있었다. 무슨 변명의 말을 한다고 해도 용서는 없으리라. 웅화당은 웅교를 슬픈 눈으로 한 번 보고, 곧 죽을 자신의 처지를 한스럽게 생각했다.

웅수벽과 웅화당을 바라보던 곰의 엄마가 웅초홍을 향해 물었다.

"이 둘과 주원 땅에 웅신명, 대웅 웅조평은 어떻게 처벌하시겠습니까?"

웅초홍이 앞으로 나서며 말했다.

"웅수벽 님께 묻겠습니다. 독수리와 전쟁을 한다면 이길 방법이 있습니까?"

수벽은 갑작스러운 초홍에 질문에 혼란함을 느꼈다. 수벽이 대답하지 못하고 초홍을 바라보고 있자 초홍이 다시 물었다.

"다시 묻겠습니다. 여우와 전쟁한다면 이길 방법이 있습니까?"

수벽은 초홍을 보고 한숨을 쉬며 말했다.

"이길 방법이 있습니다…. 그건 왜 물으십니까?"

초홍이 잠시 수벽의 얼굴을 바라보고 말했다.

"곰에 용사들의 희생을 최소로 하여, 독수리와 여우 모두와 동시에 전쟁을 치를 방법이 있겠습니까?"

웅수벽이 의심의 눈빛을 하고 말했다.

"계획하고 준비할 시간이 있다면 가능한 일입니다."

초홍이 좌중을 둘러보며 말했다.

"지금 독수리의 땅에는 알 수 없는 큰 변화가 있는 것 같습니다. 독수리가 곰의 땅으로 들어와 약탈과 살인을 저지르고 있습니다. 곧 대규모의 독수리 용사가 곰의 땅으로 넘어올 것이라는 소문도 있습니다. 여우는 자신의 혼란스러운 상황을 외부로 풀기 위해 곰과 독수리가 전쟁한다면, 곰족의 혼란을 틈타 필히 전쟁을 일으켜 곰의 땅으로 올 것입니다. 그렇게 된다면 우리 곰이 지지는 않겠지만, 수많은 용사와 부족원이 생명을 잃고 고통에 시달리게 될 것입니다."

이야기를 듣고 있던 곰의 엄마가 말했다.

"나의 곰신이 죽은 후 독수리와 여우, 멧돼지가 우리 곰족을 머리 아프게 한 것이 사실입니다. 새로운 곰의 수호자가 현명하게 멧돼지인들을 귀화시켜 위기를 기회로 바꾸었습니다. 새로운 곰의 수호자는 독수리와 여우를 상대로 전쟁하실 생각입니까?"

웅초홍이 대답했다.

"네, 우리가 원하지 않아도 전쟁은 시작될 것입니다. 대비를 하여야 합니다."

곰의 엄마가 말했다.

"네, 중요한 일입니다. 하지만 지금 이 자리는 웅화당과 웅수벽의 죄를 묻는 자리입니다. 이 사안을 마치고 논의하는 것이 타당할 것 같아요."

초홍이 대답했다.

"네, 알고 있습니다. 저는 지금 그것을 논하고 있습니다."

곰의 엄마가 의아한 듯한 표정으로 초홍을 바라보았다. 초홍이 웅수벽에게 다시 물었다.

"곰족을 위해 목숨을 내어놓을 수 있습니까?"

이해가 되지 않는다는 표정을 지은 웅수벽이 말했다.

"이곳에 있는 모든 사람은 모두 곰족을 위해 죽을 수 있는 사람들입니다. 단지 방법과 생각이 다를 뿐입니다. 이제 죽음을 눈앞에 두고 있는데, 이 목숨을 엄마의 말씀처럼 곰족을 위해 쓰지 못하는 것이 안타까울 뿐입니다."

초홍이 물었다.

"웅수벽 님, 웅화당은 이번 일에 얼마나 깊이 관여되어 있습니까?"

웅수벽이 덤덤히 말했다.

"웅화당은 저와 웅신명이 시키는 대로 했을 뿐 누구도 해코지하지는 않았습니다."

초홍이 곰의 엄마를 바라보며 물었다.

"제가 이 둘의 죄를 어떻게 판결한다고 해도 엄마와 부족원들에게 지지를 받을 수 있는 것입니까?"

곰의 엄마가 위엄 있게 말했다.

"네. 아직 엄마의 취임이 남아 있지만, 이 사안은 모두 새로운 엄마에게 일임한다고 내가 공표했으니, 당연히 나를 포함한 부족 모두가 따를 것입니다."

초홍이 심호흡을 한 번 하고, 웅수벽과 웅화당을 한 번 보고 말했다.

"그럼 엄마의 말씀대로 제가 판결을 내리겠습니다. 웅수벽 님은 부족에게 큰 죄를 지어 죽음으로 갚아야 할 것이나, 곧 부족에 큰 위기인 전쟁이 시작될 것이니 가지고 있는 재주로 부족에 지은 죄를 조금이라도 씻기를 바랍니다. 가진 재주로 독수리와 여우로부터 부족을 보호하고, 전쟁이 발발하면 빠르게 승리하도록 자신의 모든 능력을 쏟아야 할 것입니다. 웅수벽 님이 살리는 부족원 하나와 용사 하나로 그 죗값의 하나하나를 씻어 내리는 것임을 잊지 말아야 할 것입니다. 웅화당은 나의 신녀가 되어 제사와 주술을 관장할 것입니다.

주원의 대웅 웅조평과 웅신명은 독수리와의 전쟁에서 선봉을 맡아 공을 세운다면 다시 주원을 그들에게 맡길 것입니다. 만약 독수리와 여우의 전쟁에서 모두 승리하도록 한다면, 이들의 죄는 모두 지워질 것입니다."

초홍의 말이 끝나자 곰의 엄마가 초홍의 다른 생각에 놀라서 되물었다.

"진정 그리 판결하실 것입니까?"

초홍이 덤덤히 대답했다.

"네, 곰족에게 필요한 인재들에게 다시 한 번 기회를 주겠습니다."

판결이 난 한 달 후 웅초홍의 곰의 엄마 취임식이 있었다. 웅초홍의 만류에 취임식은 약소하게 치러졌다. 초홍이 바라는 것은 독수리와 여우의 공격에 대비하여 준비에 만전을 기하는 것이었다. 웅수벽은 초홍의 판결로 새로운 생명을 부여받은 느낌이 들었다. 수벽은 밤낮을 가리지 않았다. 독수리와 여우와의 전쟁은 늘 생각하고 있었던 것이지만 초홍이 생각하는 전쟁은 용사들과 곰족의 희생을 최소화하는 것이라 이는 결코 만만한 것이 아니었다. 수벽은 주원 땅에서 독수리와 가장 가까운 곳을 떠나지 않았다.

초홍이 곰의 엄마가 된 지 육 개월의 시간이 지났을 뿐인데, 곰의 땅에는 많은 변화가 있었다. 웅만성이 웅저에 하는 농사의 방법을 곰의 땅 깊숙이 가져왔고, 곰의 용사들 훈련에 전력을 기울여 짧은 시간이지만 성과를 내고 있었다. 독수리가 언제든 넘어올 수 있는 주원으로 웅교에게 잘 훈련된 천 명의 용사를 주어 그곳으로 보냈다. 그 뒤를 주원의 용사 이천이 받치자, 주원 땅의 기세는 천지를 흔들었다.

웅교에 대한 주원 땅의 소문은 더욱더 기세를 높이는 데 일조했다. 웅교가 도착한 후 웅수벽은 웅교의 곁에서 용사들을 다루거나, 준비를 시키고 작전을 짜는 데 전력을 다했다. 독수리들이 곰의 땅을 침범한 것은 웅교가 주원으로 온 지 두 달도 지나지 않았을 때였다. 독수리 용사 천 명이 곰의 땅으로 왔으나, 매복한 웅교의 용사 천 명에게 포위당해 오백이 죽고 오백은 독수리의 땅으로 도망쳤다.

웅교와 대웅 웅조평은 용사 이천을 데리고 독수리의 땅을 넘었다. 웅수벽의 말 대로 독수리의 용사들은 대부분 조벽에 있었고, 그보다 몇 배의 용사들은 독수리의 땅 이곳저곳에 있었다. 수벽의 계획은 뿔뿔이 흩어져 있는 독수리 용사들이 모여들기 전에 조벽을 접수하고 조익모를 잡는 것이었다.

조벽을 치자 많은 준비를 했음에도 곰의 용사 오백을 잃고, 다행히 조벽을 손에 넣었다. 조익모는 죽은 채 발견이 되었고, 걱정하던 사살모의 흔적은 어디에서도 찾을 수 없었다. 웅교와 웅수벽은 조익모가 곰의 땅을 침범하는 이유를 찾고 싶었으나, 조익모는 죽고 사살모는 흔적이 없어 이유는 미궁에 빠져 버리고 말았다.

웅수벽은 독수리의 땅 이곳저곳 남아 있는 용사의 수가 삼천은 될 것으로 보았다. 이들이 한곳에 모이지 못하도록 소문을 내어 귀화를 독려하고 큰 집단을 하나씩 무너트려 나갔다. 전쟁을 시작하고 육 개월의 시간이 흐르고서 야 독수리의 땅에는 곰족에게 반발하는 자들이 모두 사라졌다.

여우의 땅에서는 호리조무가 호리적지를 죽이려 준비했다. 그러나 준비 중인 내용이 거꾸로 호리적지에 귀에 들어가 반대로 호리조무와 호리흑지가 잡혀 끌려가고 말았다.

호리적지가 큰 소리로 말했다.

"감히 호리조무 네놈이 가짜 호리적지를 만들어 우리 여우인들을 속이고 거짓을 퍼트리니 내가 너를 죽여 본보기로 삼을 것이다."

호리조무가 악에 받쳐 소리를 질렀다.

"호리적지, 네가 무서운 것이 없냐? 내 형 호리조혜를 독살하고, 호리흑지와 거짓 주술로 사람들을 미혹해 속였으니, 너는 신의 형벌을 받을 것이다."

호리흑지가 흐느껴 울며 말했다.

"언니, 저 호리흑지예요. 살려 주세요. 왜 저를 모르는 척하세요. 제발 절 살려 주세요…."

호리적지가 무서운 눈을 부릅뜨고 말했다.

"저들의 말을 더 들을 것 없다. 구덩이를 파고 저들을 산 채로 묻어라."

호리조무와 호리흑지가 악을 쓰며 끌려 나가자, 호리적지가 용사들에게 소리쳤다.

"곰과 독수리가 전쟁을 시작했다. 지금 곰의 땅은 무방비 상태에 있으니, 용사들아, 일어나 곰의 땅으로 가라. 내가 너희와 사후까지 함께할 것이다. 곰의 땅을 짓밟고 모든 것을 빼앗아라. 곰의 땅은 모두가 너희의 것이다."

용사들의 외침이 사방으로 퍼져 나갔다.

"미호! 미호! 미호…!"

초홍에게 급하게 웅군장이 찾아와 말했다.

"엄마께 말씀드립니다. 여우의 땅에서 두 명의 용사가 찾아왔습니다. 호리조무라는 사람의 용사인데, 전에 엄마를 수행하여, 독수리의 땅까지 간 자들이라 합니다."

초홍이 그들을 보자 틀림없이 호리조무의 용사가 맞았다. 초홍이 미소 짓고 말했다.

"호리조무 어른은 잘 계십니까?"

침통한 표정을 한 용사 중 하나가 말했다.

"호리조무께서는 산채로 땅에 묻혀 돌아가셨습니다."

초홍이 놀라 다시 물었다.

"돌아가시다니, 이 무슨 말입니까?"

용사는 호리조무가 호리흑지와 호리적지에게 잡혀 죽은 이야기와 여우의 용사들이 곧 곰의 땅을 넘어 쳐들어온다는 이야기를 전하고 물러갔다.

초홍이 웅군장에게 조용히 말했다.

"양수 대웅 웅적도 어른께 받은 이천의 용사와 웅군장께서 그동안 열심히 훈련한 천 명의 용사를 데리고 여우의 땅으로 가세요. 짧은 시간에 무릎 꿇려야 합니다. 그것이 독수리와의 전쟁도 빠르게 끝내는 길입니다."

웅군장이 대답했다.

"명심하겠습니다."

웅군장이 이끄는 이천의 군사는 양수의 서쪽 끝에 주둔하여 매복했고, 천 명의 용사는 여우의 경계에서 적의 후미를 공격하고 일부는 여우의 땅으로 갈 준비를 마치고 있었다.

호리적지의 용사 이천이 양수를 향해 무섭게 접근했다. 하지만 웅군장의 잘 훈련된 용사들이 여우의 용사들을 양수로 가도록 길을 터 주었다. 그리고 매복한 용사들에게 그들을 상대하게 하고 웅군장은 빠르게 여우의 땅을 넘어 초령으로 향했다. 매복한 곰의 용사 이천이 공격하고 숨기를 반복하자 여우의 용사들은 체력적으로 힘들고 굶주림에 지쳤다. 전쟁이 시작되고 두 달을 못 넘겨 대부분 굶어 죽거나 곰의 용사들에게 투항했다.

그렇게 전쟁은 어렵지 않게 정리가 되어 갔다. 웅군장이 초령에서 여우 용사 오백을 상대로 삼 개월을 싸우자 초령을 손에 넣었다. 초령에서 붙잡은 호리적지를 초홍에게 보내려 했으나 호리적지는 스스로 목숨을 끊었다. 호리적지가 죽자 여우의 땅 사람들은 곰인이 되겠다고 스스로 나섰다. 웅초홍은 큰 피해 없이 곰인이 가지고 있던 땅과 비슷한 크기의 땅을 몇 개월 만에 얻을 수 있었다.

웅초홍과 웅능화, 웅교는 서로를 보며 미소를 지었다. 초홍이 말했다.

"이제 두 분은 어떻게 하실 것입니까?"

웅교가 되물었다.

"무엇을 말입니까?"

초홍이 말했다.

"혼례요."

능화가 놀라서 되물었다.

"혼례요?"

"네. 이제 독수리와 여우의 땅이 우리에게 속했으니, 오랜만에 평안한 세상이 되었습니다. 두 분도 이제 핑계는 마시고 혼례를 올리세요."

능화는 초홍의 말에 얼굴이 홍당무가 되었다. 그런 능화의 모습이 귀여운 듯 웅교가 웃으며 말했다.

"사살모만 잡으면, 제가 청혼을 할 것입니다. 능화 누님…."

웅교의 말을 들은 웅초홍이 한숨을 쉬고 말했다.

"사살모는 여전히 찾지 못했습니까? 걱정입니다…. 이토록 신출귀몰하게 빠져나가니, 모든 부족의 걱정거리입니다. 조만간 세상이 큰 풍파를 겪을까 걱정입니다…."

사대홍이 풍백에게 역병의 씨와 해독제를 넘긴 지 삼 년의 시간이 지났다. 사살모는 세상에 복수하듯 천족의 땅, 웅족의 땅, 호족의 땅에 역병의 씨를 뿌려 역병을 심었다. 사살모는 말했다.

"결국 모두가 내 손아귀에서 놀아날 것이다. 모두 다…! 하하하…."

사대홍 외전

　사대홍은 풍백과 삼 년 만에 만나 풍백의 말을 듣고 있었다. 풍백이 허리를 숙이며 공손히 말했다.

　"제가 사대홍 님을 만나 역병의 씨와 해독제를 받지 못했다면, 천족의 사람들은 죽음의 공포에 빠졌을 것입니다. 또, 부족이 존속할 수 없는 지경에 처했을 것입니다. 다시 한번 감사드립니다."

　사대홍은 풍백의 말에 안심하며 말했다.

　"천만의 말씀입니다. 풍백께 역병의 씨와 해독제를 드렸던 것이 너무 다행입니다. 제가 몇 년 가지고 있었다면, 그것은 아무짝에도 쓸모없는 물건에 지나지 않았을 것입니다."

　풍백이 걱정하며 말했다.

　"사살모를 또 놓쳤으니 안타까운 일입니다. 이번에는 또 어디로 도망간 것인지…."

사대홍은 걱정의 표정을 거두고 말했다.

"천족이 해독제를 만들었으니, 사살모가 다른 부족에게 피해를 줄 수 없을 것입니다. 저는 그것만으로 마음이 편안합니다."

풍백도 걱정의 표정을 지우고 말했다.

"그렇게 생각하신다면 다행입니다. 그럼 이제 사살모를 쫓는 것을 멈출 생각인가요?"

사대홍이 말했다.

"아니요. 사살모는 딸과 부족의 원수입니다. 세상 끝까지 쫓아서 죄를 물어 불쌍한 원혼들을 달래 주어야지요. 그게 제 소임입니다."

걱정하는 표정으로 풍백이 말했다.

"사대홍 님이 사살모를 몇 년이나 쫓으셨는데…. 몸이 상할까 걱정입니다."

사대홍이 큰 소리로 말했다.

"제 이 한 몸이 무슨 걱정이 있겠습니까? 사살모만 잡을 수 있다면, 이 놈의 목숨은 아깝지도 않습니다. 풍백께서는 걱정을 거두시지요."

사대홍은 풍백과 작별하고 다시 사살모를 찾아 길을 나섰다. 이 몇 년 간 사살모는 사대홍, 호백삼, 웅초홍이 자신을 쫓는 것을 잘 알고 있었다. 그래서 매사에 조심스럽게 행동했기에, 사대홍이 사살모를 찾기가 점점 더 어려워지고 있었다. 그런데 사살모가 천족의 땅에 역병의 씨를 퍼트리고 있는 것이 아닌가.

사대홍은 이번이 마지막 기회라고 생각하고 사살모를 쫓았다. 역병은 천족과 웅족이 섞여 살아가는 평안(平安)에서 발생했다고 풍백이 말했다. 쉬지 않고 빨리 걸으면 아사달에서 삼 일 거리에 있었다. 사대홍은 쉬지 못하고 사흘 밤낮을 걸었다. 평안에 도착하니 역병 때문에 마을마다 밧줄로 들어가지 못하게 되어 있었다. 천족의 용사들이 사람들의 통행을 막아서고 있었다. 풍백이 해독제를 가지고 평안에 도착하려면 이틀은 걸릴 것이었다.

사대홍은 마을을 크게 끼고 돌아서 곰의 땅으로 향했다. 곰의 땅에도 마을마다 밧줄로 통제하고 곰의 용사들이 사람을 막고 있었다. 사대홍은 곰의 용사들에게 역병이 퍼진 지역을 물어보고 깜짝 놀랐다. 생각보다 곰의 땅 여러 곳으로 역병이 퍼져 있었다. 오히려 천족 측에는 적게 퍼진 편이었다.

사대홍은 웅초홍이 머리에 떠올랐다. 어린 나이에 곰의 엄마가 되어 부족을 다스리는데 이번 역병이 그녀를 얼마나 힘들게 할지 사대홍은 가늠이 되지 않았다. 부족 중 어떤 자는 웅초홍이 덕이 없어 역병이 돈 다 말하는 자가 있을 것이었다. 웅초홍의 심성으로 보았을 때 부족 사람들 걱정에 먹고 자는 것조차 등한시할 것을 사대홍은 알고 있었다. 걱정이 많아진 사대홍이 곰의 용사에게 말했다.

"곰의 엄마에게 내 말을 전하세요. 저는 사대홍이라 합니다. 천족의 땅에 가면 역병의 치료제를 얻을 수 있을 것입니다. 빠른 시간에 늦지 않도록 조치하세요. 꼭 전해야 합니다."

사대홍은 곰의 병사에게 같은 말을 여러 번 당부하고 길을 나섰다. 사대홍은 결정해야 했다. 곰의 땅 깊숙이 사살모가 들어갔을까? 아니면 새롭게 역병의 씨를 심으러 호족의 땅으로 갔을까? 사대홍은 호족의 땅으로 가려고 마음을 먹었다. 이곳에서 호족의 땅 통백이 멀지 않은 곳에 있었다. 힘 있는 모든 부족을 자신에게 굴복시키려 한다면, 호족의 땅으로 향했을 것으로 사대홍은 생각했다. 통백까지는 또다시 삼 일을 밤낮 없이 걸어야 하는 곳이다. 사대홍은 품속의 마른고기를 찾아 대충 씹어 삼키고, 빈 움집에 찾아 들어가 잠을 청했다. 며칠 동안 잠을 못 잔 까닭에 사대홍은 깊은 잠에 빠져 들었다.

날이 밝아오자, 사대홍은 깊은숨을 들이마시고, 호랑이의 땅으로 급히 걸었다. 사대홍의 발에 많은 이의 목숨이 달려 있었다. 지체할 겨를이 없었다. 다행히 통백으로 가는 길에는 아직 역병의 조짐이 없어 안심했지만, 한편으로 사살모가 호랑이의 땅으로 오지 않은 것 같아 걱정도 되었다. 이틀하고 반나절을 걸어 사대홍은 통백의 입구에 다다랐다.

사대홍의 바람과는 상관없이 통백에는 입구부터 밧줄로 메어져 사람의 통행을 막고 있었다. 사대홍은 한숨이 나왔다. 통백의 용사 십여 명이 사대홍의 앞을 가로막았다. 호족의 용사 하나가 말했다.

"여기는 역병이 돌아 들어갈 수 없습니다. 돌아가세요."

사대홍이 물었다.

"호랑이 땅 어디까지 역병이 퍼졌습니까?"

호족의 용사가 말했다.

"근방 백 리의 마을은 모두 역병이 퍼지고 있습니다. 어찌나 빠르게 퍼지는지, 누군가 병을 퍼서 나르지 않는 이상 이렇듯 빠르게 번져 나가는지 알 수가 없습니다."

사대홍은 사살모가 호랑이 땅 도처에 직접 역병의 씨를 퍼트리고 있는 모습을 상상했다. 한숨을 쉰 사대홍이 물었다.

"통백 근처에 아직 역병이 번지지 않은 마을이 있을까요?"

호족의 용사가 말했다.

"이 앞에 보이는 산을 넘으면 마을이 하나 있는데, 그 마을에는 아직 역병이 없다 들었습니다."

사대홍은 호족의 병사가 가리키는 산을 보며 고개를 끄덕였다. 그리고 발길을 옮기려는 데, 호백삼의 얼굴이 떠올랐다. 호백삼이 호랑이의 엄마가 되었다는 소식을 듣고도 얼굴을 못 본 지 몇 년이 되어 있었다. 호백삼이 승냥이의 땅을 무너뜨렸다는 이야기를 듣고, 사대홍은 자기 일처럼 즐거워했었다.

사살모의 일도 중요했지만, 호백삼이 수많은 다른 부족의 생명을 구한 것에 사대홍은 진심으로 기뻤다.

지금의 역병 이야기를 들었다면 호백삼도 사살모를 생각하고 있을 것을 사대홍은 너무 잘 알고 있었다. 사대홍이 호족의 용사에게 부탁의 말을 했다.

"제 이름은 사대홍이라 합니다. 호랑이의 엄마에게 이 말을 전해 주시기를 바랍니다. 천족의 땅으로 가면 이 역병의 해독제가 있을 것입니다. 빨리 구하여 호랑이인을 구하라 전해 주세요."

사대홍은 호족 용사의 대답을 듣고, 용사가 알려 준 산으로 향했다. 사대홍이 역병이 없는 마을을 찾은 이유는 사살모가 그곳을 기반으로 할지도 모른다고 생각했기 때문이었다. 자신이 기거하는 곳에 역병의 씨를 뿌리지는 않을 것이기 때문이었다. 물론 다른 가능성이 존재했지만 사대홍의 입장에서는 지금의 이 선택이 최선이었다.

한 시진을 걸어 사대홍은 마을 입구에 도착했다. 역병이 돌고 있다는 흉흉함 때문인지 마을은 사람이 없는 듯 조용했다. 사대홍은 작은 마을을 이곳저곳 둘러보았지만, 의심이 될 만한 무엇도 찾지 못했다. 실망하고 마을을 빠져나와 일각을 걸었을 때, 사대홍은 자기 눈을 의심했다. 외딴집이 하나 있었는데 주변과 어울리지 않게 커다란 집이었다. 사살모가 그 집으로 들어가고 있었다.

백 보의 거리에 사살모를 보자 사대홍은 창을 꼬나들고 그 집으로 뛰었다. 뛰어오는 사대홍의 모습을 본 사살모는 급히 집안으로 뛰어 들어갔다. 사대홍은 흥분을 가라앉히려 노력했지만, 심장이 심하게 요동치고 있었다. 사대홍은 다시 한 번 창을 힘껏 잡고 조심해서 집 안으로 들어갔다. 그 순간 사대홍은 자기 허벅지에 통증을 느꼈다. 허벅지에 대나무가 박혀 들어가 있었다.

사대홍이 머릿속으로 '아뿔싸'라는 단어를 생각했을 때는 이미 너무 늦어 있었다. 눈앞에 사살모의 얼굴이 보이는데, 그 모습이 두세 개의 형체로 겹쳐 보였다. 그러다 이내 사대홍은 앞으로 고꾸라져 쓰러졌다.

사대홍은 머리가 깨질 것처럼 아팠다. 눈을 채 뜨지도 않았는데, 남자의 목소리가 들려왔다.

"저자가 사대홍이라는 자요?"

사살모가 말했다.

"네, 제가 말씀드린 사대홍이라는 놈입니다."

남자 목소리가 말했다.

"덩치가 산만 한 것이 짐승도 저런 놈은 없을 것이오. 하하하."

사살모가 화난 목소리로 말했다.

"저런 덩치가 몇 년을 날 죽이겠다 쫓아다니니, 내가 편할 날이 있었겠어요?"

남자 목소리가 물었다.

"그런데, 어째서 독이 퍼지는 그에게 해독제를 준 것이오? 독이 퍼져 죽게 하면 그뿐인 것을…."

사살모가 대답했다.

"저자가 그렇게 편안히 죽는 것을 볼 수가 없어요. 내가 저놈을 최대한 고통스럽게 죽일 거예요."

남자 목소리가 말했다.

"아, 그랬군. 이제 당신의 소원대로 저놈을 죽일 수 있게 되었으니, 얼마나 다행이오. 최대한 고통스럽게 죽입시다. 사살모."

사살모가 말했다.

"호마준(虎痲遵), 저놈에게 당신의 새로운 역병의 씨를 넣어 보면 어떨까요? 고통을 주려면 그 정도는 되어야 할 거 같아요. 하하하."

호마준이라는 남자가 말했다.

"그것 참 좋은 생각인데, 역병의 씨가 어떻게 진행되는지, 고통은 얼마나 심할지, 내가 아직 지켜보지 못해 아쉬운 참이었는데…. 저놈이면 다른 놈보다 고통을 잘 참을 듯하니, 저놈이 못 견디면, 다른 놈들은 더 못 참을 거야…."

사대홍은 생각했다.

'저 호마준이라는 놈이 새로운 역병을 만들어 냈다는 말인가? 지금의 역병도 어쩌지 못해 한참을 고생했고, 이제 막 풍백의 도움으로 치료제를 만들었는데, 새로운 역병이라니…. 정말 큰일이군.'

호마준이 물었다.

"저놈은 얼마나 지나야 깨어나는 것이오?"

사살모가 말했다.

"반나절은 저렇게 있을 거예요. 묶어 두었으니 깨어나도 어쩌지는 못할 것입니다."

사대홍은 조심스럽게 팔에 힘을 주었다. 팔이 밧줄에 묶여 전혀 움직이지 않았다. 사대홍의 몸 전체가 밧줄에 묶여 있었다. 사대홍은 자신의 앞에 큰일이 생겼음을 느꼈다. 철천지원수를 눈앞에 두고, 그 원한을 갚지는 못할지언정 그 원수에게 고통스럽게 죽어 갈 것을 생각하니 억울함이 폐부를 찌르는 것 같았다.

호마준이 물었다.

"사살모, 이번에 호랑이의 땅에 역병의 씨를 뿌리는 일은 어떻게 되었소?"

사살모가 말하고 호마준의 품으로 파고들었다.

"생각한 대로 모두 뿌렸어요. 조만간 각 부족에서 수만 명이 죽어 나갈 거예요. 그리고 그들은 나 사살모가 필요할 거예요. 천족, 웅족, 호족은 내 발밑에 엎드려 해독약을 구걸하겠죠…. 그러면 저는 모든 부족의 엄마가 되는 거예요. 호마준 당신은 내 옆에서 모든 걸 다 가지게 될 거예요."

호마준이 사살모를 어루만지며 물었다.

"하하하. 당신은 참 대단한 여자라니까? 그런데 당신이 가지고 있는 해독제는 수십 알에 불과한데, 어떻게 그들 모두를 살릴 셈이오?"

사살모가 재밌다는 듯 말했다.

"모두를 살릴 필요가 있나요? 각 부족의 엄마와 중요한 몇 사람에게 치료제를 주면, 그들은 모두 내 마음대로 할 수 있을 텐데…. 하찮은 부족의 인간들… 죽을 것들에게 아까운 해독제를 낭비할 필요는 없어요. 하하하."

사대홍은 속으로 콧방귀를 끼고 생각했다.

'사살모, 네년이 곰의 엄마와 호랑이의 엄마를 몰라도 너무 모르는구나. 웅초홍과 호백삼은 부족의 사람들을 위해서라면 목숨도 내어놓을 사람들이다. 그리고 듣기로 천인의 부족장 환웅도 인품이 훌륭하여 그럴 사람이 아니다. 어찌 간악한 네년이 그들의 깊은 속을 알겠느냐?'

호마준이 궁금한지 다시 물었다.

"그럼 혹시 세 부족 중 누구 하나가 당신의 말을 듣지 않는다면 어떻게 할 생각이오?"

사살모가 신나서 말했다.

"간단하죠. 전쟁으로 쓸어 버려야지요. 나 사살모에게 반하는 자는 모두 죽음뿐입니다. 하하하."

호마준은 흡족한 듯 미소 짓고 다시 물었다.

"만에 하나, 모든 부족의 족장이 당신의 말을 듣지 않으면, 우리에게는 군사가 없는데, 어떻게 할 생각이오?"

사살모는 확신에 차서 말하고 웃었다.

"그런 일은 없어요. 족장도 사람인데, 자기가 죽을 상황에 부족을 생각할 사람이 어디 있어요. 다 자기 살길만을 찾을 텐데…. 하하하."

호마준이 물었다.

"그럼, 세 부족을 수중에 넣은 다음 세월이 흘러 말을 듣지 않는 부족이 생긴다면, 무엇으로 그들을 통제할 생각이오?"

사살모가 웃으며 말했다.

"그때는 당신이 발견해 만든 새로운 역병의 씨를 풀어야지요. 하하하."

호마준이 반문해 말했다.

"알다시피 내 역병의 씨는 나조차도 아직 해독제가 없소. 그런 것을 어떻게 사용할 수 있겠소?"

사살모는 남자를 녹일 듯한 표정을 하고 호마준의 목을 감싸며 말했다.

"나는 호마준 당신이 해독제를 만들어 낼 것을 알아요. 나를 위해서… 그것도 아주 빠르게요…."

호마준은 흐뭇한 미소를 사살모에게 보내며 말했다.

"물론이요. 내가 당신을 위해 못 할 게 무엇이오. 내 빠른 시간에 해독제를 만들어 내리다."

사대홍은 두 사람의 말을 듣고 있다가 더는 참지 못하고 말했다.

"네년 놈들이 망상에 빠졌구나. 하늘과 땅이 무섭지 않으냐?"

사살모와 호마준은 사대홍 쪽을 돌아보고 다시 서로를 보고 말했다.

"깨어났군."

사살모는 호마준 목에 걸었던 팔을 풀고 사대홍에게 걸어왔다. 조용히 사대홍의 결박을 다시 한번 확인하고, 사대홍의 두 눈을 노려보며 말했다.

"사대홍, 이 지긋지긋한 거머리 같은 인간… 내가 너 때문에 얼마나 불안해하며 살았는지 아느냐? 하지만 뱀의 신은 역시 내 편이야. 뱀 신께서 사대홍 너의 목숨을 내게 주셨다. 하하하."

사대홍은 호통치며 말했다.

"사살모, 내가 너를 죽이지 못해 내 딸과 많은 원혼의 원한을 풀지 못하는 것이 한스러울 뿐이다. 내가 아니어도 누군가가 너를 찾아 죽일 것이니, 내 억울함은 있으나, 그것이 오래가지는 않을 것이다."

사살모가 콧방귀를 뀌며 말했다.

"사대홍, 너 말고 누가 나를 죽이려 찾을 것 같으냐? 네놈이 죽고 나면, 아무도 무모하게 나를 죽이려는 자는 없을 것이다."

사대홍이 다시 호통을 쳤다.

"뱀의 신을 우롱했으니, 뱀신이 노하여 하늘과 땅이 너를 벌할 것이다. 내 죽어서 귀신이 되어 너를 잡으러 다시 올 것이다."

호마준이 사살모의 곁으로 와서 말했다.

"이놈의 말을 언제까지 들어줄 거요. 지금 당장 내 역병의 씨를 이놈에게 넣어 줍시다. 이놈이 그때도 저 세 치 혀를 멋대로 놀릴 수 있는지 보지."

사살모가 호마준을 보며 미소를 짓고 말했다.

"그래요. 더 들어줄 이유가 없지요. 살려 달라 애원하게 고통스럽게 죽이겠어요."

호마준은 묶인 사대홍의 입안에 자기 역병의 씨를 넣었다. 사대홍은 어떠한 저항도 하지 않았다. 사대홍은 죽음을 받아들였다. 해독제도 없다고 했지만 있다고 해도 저들에게 구걸하고 싶지는 않았다. 다만 사대홍은 죽어도 눈을 감지 못할 것 같다고 생각하고 있었다. 그렇게 찾아 헤매던 사살모가 눈앞에 있는데, 딸의 복수를 할 수 없다는 것이 한스러울 뿐이었다.

또 한 가지 새로운 역병의 씨가 세상에 나왔는데, 그것을 막지 못해 많은 부족의 사람들이 고통받을 것을 생각하니, 가슴속에서 울분이 치솟아 올라왔다. 사대홍은 최대한 울분을 참으려 두 눈을 감았다. 호마준이 사살모에게 말했다.

"저번 사내놈들을 보니 역병의 씨를 먹이고 사흘이 지나자 온몸에 열이 나고 오한에 고통스러워하다가 손톱으로 자기 살을 파내기를 반복하는 행동을 했고, 닷새가 지나자 피를 토하고 죽었지. 토한 피를 접촉한 자들이 다시 역병을 시작하는 것으로 보아서 피를 통해 감염되는 것 같소. 지금 이 사대홍이라는 자에게 역병의 씨를 넣었으니, 우리는 피를 토하기 전, 그러니까 닷새가 되기 전에 이곳을 버리고 다른 곳으로 옮겨야 하오."

사살모는 흡족한 듯 자신의 계획을 말했다.

"어차피 천족의 땅으로 가서 그곳을 먼저 손에 넣으려 했으니, 우리 닷새 후에 떠나요. 지금쯤 천족의 땅에는 역병이 심해 내 해독제 제안에 대해 다른 대한이 없을 거예요. 시간이 적절히 맞아요. 천족을 접수하면, 웅족이 같은 상황에 놓일 것이고, 다시 호족을 찾으면 우리는 세 부족을 모두 우리의 발 아래 두게 될 거예요."

호마준이 물었다.

"저놈이 죽는 것을 보지 않아도 괜찮을까?"

사살모가 말했다.

"해독약이 없는데, 저자가 무슨 수로 살아날 수가 있겠어요. 죽기 전에 자기 살을 모두 자기 손으로 파내도록 묶인 팔만 풀어주고 저자가 고통스럽게 죽어 가는 것을 본 후 천족의 땅으로 가도록 해요. 사대홍 저자가 아무리 독하다 해도 살려달라 울며 매달릴 거예요. 얼마나 재밌겠어요."

사대홍은 겁나지 않았다. 앞으로 닷새면 세상과 등을 지게 된다는 것이 믿기지는 않았지만, 저들에게 살려 달라 애원하는 일은 없을 거라고 다시 다짐했다. 사대홍은 어떻게 하면 닷새 안에 저들을 막을 것인지 궁리했다. 사대홍은 여러 일을 생각하다 딸의 일을 떠올리고 그동안 궁금했던 것을 사살모에게 물었다.

"사살모, 너는 어떻게 사태독의 수하가 되어 역병의 씨를 얻었지?"

사살모가 콧방귀를 뀌며 말했다.

"목숨이 경각에 달렸는데 그것이 궁금하더냐? 하긴 네 딸년이 사태독에게 비참하게 죽었는데 궁금할 법도 하지."

사살모는 옛일을 회상하며 쓴웃음을 지었다. 잠시 후 사살모의 이야기가 시작되었다.

사살모의 어머니는 이십 년간 뱀의 엄마 자리에서 소임을 다하고 있었다. 사살모가 열두 살이 되었을 때 사살모는 시름시름 앓았다. 어떤 병에 걸렸는지 알 수가 없었다. 뱀인들은 사살모가 귀신에 들렸다고 믿었다. 사살모의 이해할 수 없는 행동은 귀신의 소행이라고 믿을 수밖에는 없었다.

온갖 좋은 약초와 약을 써 보아도 사살모의 병은 치유되지 않았다. 병은 사살모가 성인이 되고 일 년이 지난 열일곱에 정점에 달했다. 뱀인들은 사살모가 곧 죽을 것으로 생각했다. 어린 사살모는 뱀의 엄마 자리를 이어받을 똑똑하고 예쁜 아이였다. 열일곱의 사살모는 눈을 보면 귀신이 씌운 듯 초점도 영혼도 보이지 않았다.

뱀의 엄마는 자신의 딸을 살리기 위해 제를 올리고 치성을 다 했지만, 사살모의 병증은 나아지지 않았다. 그때 사태독이 뱀의 엄마 앞에 나타났다. 주술로 사살모의 병을 고치겠다고 공헌한 것이다. 뱀의 엄마는 모든 희망을 잃고 있다가 사태독의 말에 모든 것을 걸었다.

뱀의 엄마는 사태독이 말하는 대로 사굴에 제단을 만들고 사살모에 대한 주술과 굿을 했다. 주술과 굿은 삼 일간 계속되었고 사굴 앞의 북과 나무 두드리는 소리가 멈추지 않았다. 뱀인들은 무서워 누구도 사굴 근처에 접근하지 못했다. 주술과 굿이 끝나자, 사살모는 깨질듯 아프던 머리도 안 아픈 곳이 없던 몸도 깨끗이 나았다.

눈의 초점은 돌아오지 않았지만, 사살모가 고통의 신음을 내지 않는 것만으로도 뱀의 엄마는 기뻐서 눈물을 흘렸다. 사살모가 병증이든 귀신에 씌운 것이든 그 고통에서 벗어난 것에 뱀의 엄마는 기뻤다. 하지만 기쁨도 잠시였다. 뱀의 엄마는 딸을 살리는 대신 주술과 굿을 했던 사태독에게 약속했다. 딸을 살려 준다면, 자기 자신을 사태독에게 산채로 제물로 바치기로.

뱀의 엄마는 약속을 지키기 위해 딸 사살모에게 뱀의 엄마 자리를 넘기고 사굴을 차지한 사태독에게 스스로를 제물로 바쳤다. 사태독은 어린 사살모에게 '엄마를 죽인 자'라는 뜻을 지닌 사살모라는 이름을 지어 주고, 사살모 때문에 뱀의 엄마가 제물이 되었다고 계속 세뇌했다. 사살모는 자신의 어머니가 사태독에게 산 채로 잡아 먹이는 모습을 겁에 질려 지켜보아야 했다.

그렇게 사태독의 세뇌에 자신을 지운 사살모는 사태독의 지시를 하나씩 실행해 나갔다. 역병의 씨를 퍼트리고 부족의 사람들이 하나씩 죽어 나갈 때 사살모는 점점 더 자신을 잊고 있었다. 사살모는 점점 아무런 느낌이 들 수 없는 지경이 되었다. 뱀인들은 사살모의 이름을 듣고 상상을 추가해 소문을 만들었다. 사살모가 뱀의 엄마를 죽이고, 뱀의 엄마가 되었다는 말이 모든 뱀인에게 들렸다. 사살모는 어머니를 죽인 자로 부족에 알려져 있었고, 점점 많은 죄를 더해 가며 악마처럼 변해 갔다.

이야기를 다 들은 사대홍은 뱀 엄마의 기구한 삶에 대해 생각하다가 잘못된 모성의 판단 하나가 사살모와 같은 악마를 만들어 낸 것에 씁쓸한 마음이 들었다. 사대홍이 말했다.

"사살모, 사태독의 악행이 더없이 사악하고 무섭지만, 지금 너의 죄는 사태독을 넘어서고 있다. 죄 없는 수많은 부족에 사람들이 너로 인해 고통받고 있으니, 당장 하던 일을 멈춰라. 너를 낳은 뱀의 엄마에게 더는 죄를 짓지 말아라."

사살모가 웃으며 대답한다.

"하하하, 네놈이 나에게 무슨 말을 하든 내가 눈썹 하나 까딱할 줄 아느냐? 곧 고통스럽게 죽을 놈이라 상대를 해 주었더니, 자신의 상황을 판단하지 못하는구나."

삼일의 시간은 빠르게 흘러갔다. 호마준은 묶여 있는 사대홍의 두 팔을 자유롭게 풀어주고 그곳을 나갔다. 사대홍은 온몸에 작은 벌레들이 지나가는 것 같은 느낌이 들기 시작했다. 고통이 극심할 것을 알았지만, 사대홍의 생각과는 다른 고통이 시작되었다. 사대홍은 온몸이 간지러워 몸을 조금씩 긁었다. 하지만 긁은 부분이 시원하기는커녕 오히려 더욱 심한 가려움을 느꼈다.

사대홍은 정신을 바싹 차리려 애를 썼다. 하지만 가려움의 고통은 점점 더 사대홍의 정신을 잠식하고 있었다. 사살모가 사대홍을 무섭게 생각해 온몸을 꽁꽁 묶어 놓지 않았다면, 사대홍은 오히려 온몸에 상처를 내며 긁고 있을 것이 분명했다. 사대홍의 피부가 노출된 부분은 많지 않았다. 하지만 노출된 피부 어디 한군데 피가 흐르지 않는 곳이 없었다. 사대홍은 고통에 몸부림치다 혼절해 버렸다. 그 모습을 지켜보는 사살모와 호마준은 재미있는 구경이나 하는 것처럼 웃고 있었다. 호마준이 말했다.

"독한 놈은 분명해. 저 정도면 다른 놈들은 살려 달라 소리를 지를 텐데, 두 시진을 버터 내다니, 대단한 놈이야."

사살모가 말했다.

"내가 말했잖아요. 저렇게 끈질기고 독한 놈은 본 적이 없어요."

호마준이 미소 짓고 말했다.

"좀 더 많은 곳에 상처를 내도록 밧줄의 일부를 풀어야 하겠어."

사살모가 재밌어하며 말했다.

"그래요. 좀 더 고통을 주면, 살려 달라 소리를 지르겠죠. 재미있겠어요."

사대홍은 죽고 싶은 마음이 들 정도로 고통스러웠다. 오 일의 시간은 그렇게 영원처럼 흐르지 않았다. 사대홍의 신체는 대부분 손톱에 의해 모든 피부가 엉망이 되어 피고름이 넘쳐났다. 사대홍은 정신을 차리려 애를 쓰고 있었다.

이제 밧줄은 많이 남아 있지 않아 사대홍이 사력을 다하면 풀어낼 수 있을 것 같았다. 사대홍은 모든 힘을 주어 밧줄을 끊어 내는 데 집중하고 있었다. 일각을 노력하니, 밧줄이 풀려나갔다. 온몸의 간지럼 때문에 손톱으로 후벼 파는 것을 참기 위해 양손을 잡아 깍지를 꼈다. 그렇게 잠깐을 누웠던, 사대홍은 마지막 힘을 쥐어짜서 일어섰다.

머리가 아프고 어지럽기도 했다. 사대홍은 자신의 생명이 얼마 남지 않았음을 직감하고 있었다. 사대홍은 조용히 자신의 활을 메고 창을 들었다. 해가 막 떠오르려 해, 사방이 조금씩 밝아져 오고 있었다. 사살모와 호마준은 아직 잠에서 깨지 않았는지 조용했다.

사대홍은 그들이 자는 곳으로 조용히 들어섰다. 죽을 시간이 가까워져서인지 가려운 것은 점점 무뎌져 가고 있었다. 다만 머리가 점점 아파지고, 눈앞이 흐릿해지기 시작했다. 순간 사대홍은 휘청하며 벽으로 쓰러졌다. '꿍' 하는 소리에 사살모와 호마준이 잠에서 깨어 놀란 눈으로 사대홍을 바라다보았다.

사대홍은 어금니를 꽉 물었다. 그러고는 창을 잡고 몸을 바로 세웠다. 어느 틈에 호마준은 머리맡에 있는 창을 꼬나들고 서 있었다. 호마준이 놀란 목소리로 말했다.

"독한 놈, 역병의 몸으로 이렇듯 돌아다닐 수 있다니…."

"내가 다른 건 몰라도… 네년 놈들은 저승으로 데려갈 것이다…."

사대홍이 힘겹게 말했다.

사대홍이 말을 채 마치지도 않았는데, 호마준의 창이 사대홍의 허벅지를 찔렀다. 사대홍은 창이 허벅지를 찌르고 빠지는데도 어떠한 움직임도 없었다. 다시 호마준의 창이 사대홍에 가슴으로 향해 날아들자, 사대홍은 가까스로 그 창을 자신에 창으로 튕겨내었다. 호마준이 창으로 또다시 찔러오자, 사대홍은 겨우 뒤쪽으로 물러서 피했지만, 창끝이 사대홍의 옆구리를 스쳐 지나갔다. 사대홍이 외마디 신음을 내었다.

사대홍은 호마준에게 창을 쓰려 했지만, 눈앞의 초점이 자꾸 흔들리는 바람에 어떤 것도 하지 못했다. 이 틈에 다시 호마준이 창을 이리저리 흔들어 찌르는 것을 피하던 사대홍은 피워 놓은 장작 불가로 쓰러졌다. 사대홍은 손에 잡히는 장작으로 벽에 불을 놓았다. 잡히는 장작을 하나씩 꺼내어 집안 이곳저곳으로 던졌다. 잠시 후 잘 마른 집안 이곳 저것에 불이 조금씩 붙기 시작했다. 호마준이 놀라서 말했다.

"여기서 모두 죽자는 것이냐?"

사대홍은 힘들게 대꾸했다.

"그래. 네놈이 가진 역병의 씨와 우리 모두 여기서 죽자."

호마준이 소리치며 창을 찔러왔다.

"이런 미친놈…."

사대홍은 모든 힘을 다해 호마준에게 창을 던졌다. 바람을 가른 창은 호마준을 뚫고 호마준과 함께 불붙은 벽으로 가서 꽂혔다. 불길이 꿈틀거리는 호마준에게 가서 붙었지만, 호마준은 창을 잡고 힘없이 늘어졌다. 사대홍이 사살모 쪽으로 고개를 돌리자, 사살모가 어디서 꺼내었는지 독 대롱에 독살을 넣고 있었다.

사대홍은 너무 급하여, 장작에 손을 넣어 숯을 잡아 사살모에게 던졌다. 사살모는 날아오는 숯을 피하지 못하고 눈에 숯을 맞아 독 대롱을 바닥에 떨구었다. 놀란 사살모는 밖으로 뛰어나갔다. 사대홍은 있는 힘을 다 짜내어 밖으로 나왔다. 사대홍이 보니 비틀거리며, 그곳을 떠나고 있는 사살모의 모습이 보였다.

사대홍은 머리가 어지러워 똑바로 서기 어려웠다. 눈앞은 초점을 잃고 있었다. 사대홍은 마지막 힘을 짜내어 화살에 활을 메어 당겼다. 그가 쏜 화살이 바람을 가르는 소리와 함께 사살모의 등 뒤로 날았다. 다음 순간 사살모는 앞으로 고꾸라져 쓰러졌다.

사대홍은 기침과 함께 피를 토했다. 그의 두 손에는 토한 피가 홍건하게 보였다. 그는 몸에 힘이 빠져 바닥에 누웠다. 사대홍의 주위로 불이 점점 번져 오고 있었다. 불타는 곳으로 고개를 돌리자 딸 사백면과 용지단의 모습이 보였다. 그녀들은 사대홍에게 미소를 보내고 있었다. 사대홍도 미소를 지었다. 사대홍은 사백면과 용지단을 향해 팔을 뻗었다. 사대홍의 눈앞은 타오르는 불빛과 함께 점점 흐려져 갔다.

작가 인터뷰

이 책을 집필하게 된 계기는 무엇인가요?

사회생활을 막 시작하던 20대에 IMF 위기를 직접 겪었어요. 먹고 사는 일에 모든 역량을 쏟느라 제 안에 있을지도 모르는 재능을 꺼내 볼 여유가 전혀 없었죠. 앞만 보고 달리다 보니 어느새 중년이 되어 있었습니다. 후회 없는 삶이었다고 자부하면서도, 한편으로는 무언가 빠진 듯한 기분이 들었어요. 제 안에 쓰지 못한 무엇인가가 있다는 느낌이 들어서 무작정 펜을 들고 단편소설을 쓰기 시작했습니다. 단편들이 모여 책 한 권 분량이 되었을 때, 과연 제가 장편도 쓸 수 있을지 궁금해졌습니다. 하나의 소재를 장편으로 풀어낼 수 없다면 글을 쓰지 말아야 한다는 마음으로 이어졌죠. 사실 처음에는 SF 소설을 쓰려고 했습니다. 하지만 12·3 계엄 사태를 겪으면서 잘못된 지도력으로 인해 사람들의 삶이 송두리째 흔들리는 것을 피부로 느꼈죠. 그러면서 자연스럽게 제 글은 '역사 판타지'의 길로 향하게 되었습니다. 이 책을 통해 '좋은 리더란 누구인가'에 대한 답을 풀어내고 싶었습니다.

단군신화에 상상력을 더한 이야기로 글이 시작되는데요. 이 책의 '서막'은 어떻게 탄생했나요?

대학 시절, 너무나 익숙했던 단군신화를 다시 접할 기회가 있었는데요. 그때 새로운 의문을 품게 되었습니다. '우리 민족의 아버지인 환웅에게 걸맞은 배필로 선택된 민족의 어머니는 어떤 분이었을까?' '과연 단순히 쑥과 마늘을 먹으며 인내한 것만으로 최고의 어머니로 평가되었을까?' 문자가 없던 시절에 구전으로 전해져 온 이야기이니만큼, 그 안에는 직접 겪은 이들만 알 수 있는 비밀이 있지 않았을까 상상했습니다. 그 기억이 코로나 시기에 불현듯 떠올랐어요. 당시의 호녀와 웅녀도 우리처럼 위기 속에 놓인 리더가 아니었을까 하는 생각이 들었던 거죠. 그 순간 오랫동안 놓고 있던 펜을 다시 들게 되었습니다. 그렇게 '서막'이 탄생했습니다.

특별히 애착이 가거나, 쓰면서 가장 힘들었던 인물이 있나요?

'사대홍'입니다. 처음에는 잠깐 불쌍하게 등장하는 정도로 구상했던 인물이었어요. 그런데 글을 쓰다 보니 점점 생각이 달라졌어요. '의'를 위해 자신을 희생하고, 가장 소중한 것을 내어놓아야 했던 평범한 사람들의 마음을 대변하는 인물 같았거든요. 그래서 '사대홍 외전'으로 책을 마무리할 만큼 중요한 사람으로 그리게 되었습니다. 역사나 이야기로 전해지지 않은 백성들의 존재는 잊히기 마련입니다. 하지만 그들이 없었다면 오늘날의 우리 또한 없었겠죠. 보이지 않는 곳에서 자신의 소명을 다해 왔던 국민들이 작금의 12·3 내란 사태도 막아냈듯이 말입니다. 단군 시대부터 쭉 작고 평범한 사람들이 우리나라를 지탱해 왔잖아요. 세상에 도움을 주고 떠난 무수히 많은 사람을 사대홍이라는 인물로 대변하고 싶었어요. 그런 제 의도가 잘 전달되었으면 좋겠습니다.

'호백삼'과 '웅초홍', 두 주인공을 통해 보여주고 싶었던 '리더'의 모습은 무엇인가요?

호백삼과 웅초홍 모두 지금으로 치면 중, 고등학생 나이의 어리고 힘없는 여성입니다. 하지만 부족을 위해 자기의 모든 것을 쏟아붓습니다. 중요한 것은 그들이 그 자리를 원했는지 아닌지가 아닙니다. 자신에게 주어진 운명을 받아들이고 이겨내는 과정에서 자신의 이익이 아니라 부족의 안위와 더 나은 삶을 위해 나아간다는 점이 핵심이죠. 그들은 권력을 사리사욕을 채우거나 누군가를 억압하는 수단으로 쓰지 않아요. 대의를 위해 몸으로 실천하며 나아가는 리더들을 보여줌으로써 지금 시대의 리더들에게 경종을 울리고 싶었습니다.

악역인 '사살모'의 비극적 서사를 설정하게 된 배경이 궁금합니다.
어떤 사람들은 살면서 견디기 힘든 불행과 어려움을 마주하게 됩니다. 그로 인해 사살모처럼 더 악하게 변해가는 사람이 있는 반면, 그 불행을 극복하고 타인에게 도움이 되려는 사대홍이나 경효해 같은 사람들도 있죠. 그들의 상반된 마음가짐과 선택에 따라 사회에 선이 되기도, 악이 되기도 하잖아요. 안타까운 일이지만, 불행이 죄를 정당화할 수는 없습니다. 사살모에게 비극적인 서사가 있다고 해서 그의 악행과 죄가 없어지지 않잖아요. 처음부터 절대적으로 악한 사람은 없습니다. 서서히 키워지는 거죠. 사살모의 서사를 보고 모호한 동정을 하게 된다면, 그것이 절대 악을 키워나가는 씨앗이 될 수 있어요.

이번 작품을 통해 독자들에게 어떤 메시지를 전하고 싶으셨나요?
코로나 12·3 내란 사태 같은 일은 과거에도 이미 있었고, 앞으로도 언제든 다시 일어날 수 있습니다. 새로운 전염병이 창궐하면 혼란은 필연적으로 찾아옵니다. 그럴 때 평범한 대다수가 세상일에 무관심하다면, 이상한 리더가 득세해 우리 삶을 어지럽게 만들 거예요. 아무리 열심히 잘 살고 있다고 하더라도, 정치가 위협받으면 삶 전체가 흔들리게 됩니다. 위기 상황에서는 아주 작은 도움을 받지 못해 죽어가는 이들이 생겨나죠. 그게 곧 나 자신이 될 수도 있습니다.

책을 다 읽은 후 독자들이 스스로 던져보기를 바라는 질문이 있다면요.
'내 삶을 통해 누군가를 구하거나 도울 수 있을까?' 하는 질문을 품고 잠깐이라도 머물러 보셨으면 좋겠습니다. 우리의 삶을 송두리째 바꿔버릴 만한 일은 언제든 일어날 수 있어요. 인류는 단 한순간도 전쟁을 멈춘 적이 없고, 지금 이 순간에도 이름 모를 병으로 목숨을 잃는 사람들이 있죠. 자기 이익과 권력에 취해 세상을 어지럽히는 리더들도 여전히 많습니다. 때로는 대단한 리더가 나타나기도 했지만, 대부분 힘없고 이름 없는 누군가가 세상을 구해왔습니다. 제 소설에도 스스로 의도했든 의도하지 않았든 사소한 행동으로 다른 이들을 돕고 살리는 장면들이 나와요. 인류뿐만 아니라 이 땅 위에서 함께 살아온 수많은 동물도 기억해 주셨으면 좋겠어요.

한 회사의 대표이사로 15년간 역임하는 등 오랜 기간 직장 생활을 하셨어요. 어떤 마음으로 전혀 다른 분야인 소설 창작을 시작하셨나요?
처음에는 자기계발서를 쓸까 고민도 했지만, 어설픈 지식 나열은 세월이 지나면 우스운 책으로 남을 것 같아 생각을 바꿨습니다. 대신 제 안에 있는 이야기를 소설로 풀어내기로 했죠. 글을 쓰는 부담은 적었지만, 한편으로는 두려움도 있었어요. 하지만 막상 완성된 원고를 보니 소설 속 인물들이 살아 움직이고 있다는 느낌을 받았습니다. 마치 이미 존재하던 인물을 처음 발견한 듯한 신비한 감각이었습니다. 독자로만 남아있었다면 몰랐을, 쓰는 자로서의 기쁨과 매력을 비로소 알게 되었습니다.

과거의 경험과 이력이 이번 작품에 준 영향이 있다면 무엇인가요?
15년간 작은 회사를 경영하는 내내 아무도 가보지 않은 길을 개척하면서 수많은 결정을 내려야 했어요. 참 많은 고민과 역경이 있었죠. 직원들을 이끌며 성장과 실수를 거듭했던 과정이 주인공의 여정과 닮아 있어요. 결국 우리 모두는 각자의 삶에서 소설 속 주인공으로 살아가고 있는 게 아닐까요.

집필 과정에서 가장 어려웠던 점은 무엇이었나요?
단군신화를 모티브로 글을 쓰겠다고 마음먹고 몇 년간 기획을 구상할 때가 가장 힘들었어요. '호녀전기'와 '웅녀전기'라는 장제목을 정한 후부터는 놀라울 만큼 집필에 속도가 붙었어요. 때로는 누군가 불러주는 것을 그대로 받아 적는 듯한 날도 있을 정도였죠. 책을 쓴다는 게 무척 힘들기도 했지만, 제 삶에 큰 위로와 행복이 되는 시간이었어요.

소설 집필 시 가장 중요하게 생각하는 가치나 원칙은 무엇인가요?
독자를 위한 글을 쓰다 보면, 오히려 그 부담감에 집필이 막힐 때가 있었어요. 그래서 먼저 저 스스로 좋아하고 만족할 수 있는 글을 쓰려고 합니다. 내가 좋아하지 않는 글을 다른 사람이 좋아하기는 힘들 테니까요. 그렇게 쓰다 보니 훨씬 글이 잘 풀렸어요. 그래서 좋아하고 관심 있는 것들을 소재로 나답게 쓰겠다는 다짐을 가지고 필명도 '나다운'으로 정했죠. 물론, 독자가 없는 글은 의미가 없으니 다른 분들에게도 공감이 될 만한 글을 계속해서 써나가고 싶습니다.

소설의 마지막인 사대홍 외전을 보면 열린 결말처럼 느껴지는데요. 혹시 차기작에 대한 계획이 있으신가요?

제가 하고 싶은 이야기는 총 3부로 나누어 두 권 분량에 담을 만한 분량이었습니다. 그러나 3부를 없애고 1, 2부를 한 권으로 담아내게 되면서, 호백삼과 경효해의 이야기를 더 끌고 갈 수가 없었습니다. 사대홍 외전에서 열린 결말로 글을 마무리하게 된 이유죠. 지금도 3부에 대한 미련이 남아 있습니다. 여러 인물의 서사와 제 소설의 큰 축인 동물을 더 다루지 못한 점도 아쉽습니다. 이번 소설에서 차마 못다 한 이야기는 언젠가 꼭 이어 쓰고 싶습니다.

마지막으로 독자들에게 한말씀을 해 주세요.

『전설의 왕국』은 판타지 역사 소설입니다. 역사적 사실 안에서 상상력을 펼쳐내는 일이 정말 쉽지 않았어요. 초고 작업만 3개월이 걸렸고, 이후 맞춤법과 구성, 편집 등 수많은 수정을 거쳐 이 책이 완성되었습니다. 창작 과정에서 시대와 기록과는 다른 지명이나 동물, 직위 명칭을 사용하거나 재미를 위해 각색한 부분이 있습니다. 단군신화를 훼손하려는 의도는 전혀 없음을 밝히며, 독자 여러분의 너른 양해를 부탁드립니다.

　마지막 장을 덮고 난 후, 호백삼과 웅초홍을 꼭 기억해 주시면 좋겠습니다. 그들이 우리 민족의 어머니였다는 사실을 잊지 말아 주세요. 이 책을 읽은 독자분들이 이 땅을 일으켜 세울 '주인공'이 되어 주시리라 믿습니다. 진심으로 감사드립니다.

작가 홈페이지

전설의 왕국
길을 묻고 운명을 걷는다

발행일 2025년 10월 27일

지은이 나다운
펴낸이 마형민
기획 페스트북 편집부
편집 곽하늘 강채영 홍은혜
디자인 김안석 표진아
펴낸곳 주식회사 페스트북
홈페이지 festbook.co.kr
편집부 경기도 안양시 동안구 관악대로 488

© 나다운 2025

ISBN 979-11-6929-917-6 03810
값 18,000원

* 이 책은 저작권법에 의해 보호를 받는 저작물이므로 무단 전재와 무단 복제를 금합니다.
* 페스트북은 작가중심주의를 고수합니다. 누구나 인생의 새로운 챕터를 쓰도록 돕습니다.
  creative@festbook.co.kr로 자신만의 목소리를 보내주세요.